IL CODICE AMAZZONIA

I THRILLER DI HARVEY BENNETT

LIBRO 3

NICK THACKER

PREMESSA

Questo libro è stato tradotto dall'inglese grazie a un servizio, per offrire ai lettori di tutto il mondo storie fantastiche. Ci auguriamo che vi piaccia e vi preghiamo di perdonare eventuali errori linguistici!

Per ringraziarvi, visitate nickthacker.com/italiano per scaricare gratuitamente un romanzo thriller!

PROLOGO

IL MONDO *non è pronto per una svolta come questa. Io non sono pronto per una svolta come questa.*

La dottoressa Amanda Meron correva attraverso i corridoi del piccolo centro, schivando carrelli di metallo pieni di vassoi di apparecchiature di prova, computer e display che lampeggiavano e lampeggiavano. Viveva per questi momenti, aveva dedicato la sua vita a questi momenti e non se li sarebbe lasciati sfuggire.

Per Amanda non si trattava nemmeno della ricerca. Certo, ne era affascinata, ma era il senso di *vita* che accompagnava i momenti di pura scoperta scientifica.

Come dovevano sentirsi, si chiedeva, *Einstein, Newton, Bohr.* I suoi eroi d'infanzia, che ora considerava la sua amichevole concorrenza.

"Dottor Meron, qui. Appena in tempo", sentì una voce chiamare da una stanza che aveva quasi superato di corsa.

Conosceva questo posto meglio di chiunque altro, eppure la sua eccitazione le fece perdere momentaneamente il controllo. Rallentò, entrando nella stanza dalle pareti di vetro, e si guardò intorno. I volti dei suoi colleghi, tutti sorridenti, erano riuniti intorno al grande monitor del computer al centro della stanza.

1

"Siamo pronti quando lo è lei, dottor Meron", disse la voce. Il dottor Henry Wu, il trapiantato di Stanford, si spostò leggermente di lato per lasciare spazio al loro capo.

Amanda riprese fiato e prese posto accanto a Wu. Annuì. Lo schermo tremolò e i colori cominciarono a vorticare intorno a un'area centrale di luce prorompente.

"Abbiamo trascritto oltre 10.000 località in più dall'ultimo ponte neurale", ha spiegato il dottor Wu. "La mappa si avvicina ora al 40% di accuratezza relazionale".

40%.

Quasi non riusciva a crederci. Quasi.

Negli ultimi anni - per non parlare degli anni di scuola precedenti - aveva lavorato per raggiungere questo momento. Molti nel suo campo pensavano che non si potesse fare, ma le proiezioni teoriche che aveva usato come modello nella sua tesi di dottorato erano più che semplici *capricci.*

Sapeva che si poteva fare.

Sapeva di poterlo fare. Se c'era qualcuno che poteva, era *lei*.

"I dati sono in corso di trasferimento". Tutti gli occhi sono rimasti sullo schermo. "Il soggetto si sta avvicinando alla REMS, gli impulsi elettrici dal tronco stanno comparendo in rapida successione irregolare".

Amanda osservava fiduciosa. *Ci siamo.* Cercò qualcosa a cui aggrapparsi e la sua mano trovò il freddo acciaio di una spessa scrivania che sporgeva da sotto il monitor del computer.

Il soggetto, un certo Ricardo Herrera, dormiva nella stanza accanto. Un uomo di 67 anni del villaggio vicino, si era offerto volontario per una settimana di test nella struttura all'avanguardia che Amanda aveva costruito. Lui e la sua famiglia sarebbero stati pagati profumatamente per il suo tempo e, non essendoci effetti collaterali previsti, a parte il fatto di sentirsi meravigliosamente rinvigorito e riposato, sarebbe stato probabilmente il guadagno più facile che avesse mai fatto.

"Stiamo registrando?", ha chiesto.

Rispose un tecnico più giovane. "Sì, certo. Digitale e analogico". Indicò una scatola rettangolare a lato del computer.

UN VIDEOREGISTRATORE.

Sorrise. *Erano anni che non ne vedevo uno.*

Dopo lo spavento causato da un virus informatico qualche mese fa, aveva deciso di "fare la vecchia scuola", come la chiamavano i tecnici: utilizzare la tecnologia di registrazione analogica in aggiunta alla configurazione digitale. I dispositivi analogici erano più lenti, *molto* più ingombranti e fastidiosi da usare nelle situazioni quotidiane, ma erano quasi completamente a prova di hacker. Chi voleva manomettere i dati doveva essere fisicamente presente per farlo.

"Il soggetto sta entrando nel sonno REM". Una finestra di dialogo su un monitor separato e più piccolo ha fatto lampeggiare un piccolo messaggio: *REM-S POSITIVO.*

Il monitor più grande lampeggiò di nuovo al centro dello schermo e i colori iniziarono a vorticare nella direzione opposta. Piccole scintille di luce, come stelle cadenti in miniatura, danzarono ai bordi del vortice.

"Sembra uscito da un film di fantascienza", ha sussurrato uno dei tecnici.

"*È* qualcosa di un film di fantascienza", ha risposto un altro.

Le stelle cominciarono a crescere, poi a ridursi, poi a crescere di nuovo, prima di spegnersi, sostituite dal nero e poi da un'esplosione di colori.

"È un sogno?", chiese qualcuno.

"No", ha risposto il dottor Wu, "il nostro soggetto è appena entrato nel sonno REM, ma al momento non ha sogni. Tuttavia, sta dormendo profondamente e presto dovremmo vedere qualcosa".

"Come facciamo a saperlo?"

Il dottor Wu si limitò a sorridere.

Rimasero a guardare per un altro minuto, poi il vortice di colori si spostò e svanì. Lo schermo vuoto li fissò per ben trenta secondi. Amanda afferrò il lato della scrivania fino a farsi venire le nocche bianche, poi lo rilasciò.

Hanno perso la connessione?

Pensò a tutte le possibilità, cercando di ricordare i tempi ipotetici per questi test iniziali...

E lo schermo esplose di nuovo in vita.

Davanti a lei si muovevano forme sfocate, alcune riconoscibili come persone. Si muovevano e interagivano, fondendosi l'una con l'altra e cambiando forma.

Oh, mio Dio.

Deglutì, cercando di non sbattere le palpebre. Cercando di non perdere un momento.

"Siamo entrati in uno stato di sogno. Il soggetto sembra relativamente lucido e cerca di concentrarsi su uno dei corpi".

La sua eccitazione ebbe quasi la meglio su di lei. La mente di Amanda non ebbe nemmeno bisogno di tornare ai suoi documenti e alle sue ricerche per capire cosa significasse; la risposta era già sulla punta della lingua. Se ogni singola persona nella stanza intorno a lei non fosse già stata addestrata da lei, avrebbe potuto persino iniziare una mini-lezione. *Stato di sogno* era il termine che indicava il sonno a metà della fase REM durante il sogno di un soggetto, e i *corpi* si riferivano a qualsiasi sostantivo "fisico" - una persona, un luogo o una cosa tipica - evocato dal subconscio del soggetto durante uno stato di sogno.

Ci sono voluti due anni per arrivare qui dal loro primo tentativo di visualizzare il sogno di un soggetto.

E ora stava funzionando.

Il soggetto, il signor Herrera, cercava di mettere a fuoco uno dei *corpi* del sogno. Era più piccolo degli altri, ma si stagliava più nitidamente sullo sfondo di colori vorticosi.

Una persona.

"Il soggetto sembra concentrarsi sul ricordo di un corpo di bambino".

La narrazione confermava ciò che Amanda stava osservando sullo schermo. L'immagine divenne ancora un po' più a fuoco e lei poté ora vedere meglio il corpo "ambientato" di questo particolare ricordo.

Herrera si trovava in un corpo "stanza", o almeno così sembrava, dato che i raggi di luce scorrevano in diagonale dall'alto a destra del video. Inoltre, si muoveva, lavorando intorno a oggetti troppo sfocati per poterli distinguere.

Amanda forzò gli occhi fuori fuoco, cercando di interrompere le funzioni paradigmatiche involontarie che stavano cercando di utilizzare per dare un senso all'immagine. Costringendo gli occhi a rendere "sfocato" ciò che stava vedendo, l'immagine avrebbe potuto avere più senso.

E così è stato.

Ora poteva capire meglio che cosa Herrera stesse ricordando. Stava attraversando una casa; passava un soggiorno, poi una sala da pranzo. I colori e le ombre delle pareti sullo sfondo stabilivano il punto dell'immagine in cui si trovavano e lei poteva dire che Herrera si stava muovendo rapidamente.

Inseguendo la piccola ombra.

Herrera stava inseguendo un bambino che rideva in casa.

Il bambino si fermò e si girò verso Herrera, e gli occhi di Amanda si concentrarono nuovamente sull'immagine. Avendo ora stabilito una "linea di base" visiva, poteva ora interpretare le sbavature e le linee sfocate delle immagini e, nell'immagine ricreata nella sua mente, riusciva quasi a vedere il volto del bambino.

Era il figlio maggiore di Herrera, ora ventenne, che nel video ha un'età compresa tra i tre e gli otto anni.

Si portò una mano alla bocca. *Sta succedendo davvero.*

La sfocatura potrebbe essere risolta, così come l'illuminazione sgraziata, attraverso l'uso di tecniche di mappatura più specifiche e, eventualmente, di un numero maggiore di elettrodi sul cervello. Dopodiché, la manipolazione dell'immagine e il rendering degli effetti video avrebbero potuto renderla ancora più nitida. Considerò immediatamente le ripercussioni di questa scoperta e cercò di prevedere quanto tempo avrebbe impiegato il suo team per consegnare un prodotto finito e degno di essere testato.

"Non posso crederci", disse la dottoressa Wu accanto a lei. "L'immagine è così... vivida. Non avrei mai pensato...". La sua voce si interruppe quando il punto di vista in prima persona di Herrera ricominciò a seguire la bambina in un'altra stanza.

"Siamo... *lì*. Dentro la sua testa", ha detto uno dei tecnici. "E possiamo migliorare la qualità dell'immagine aumentando la potenza di ciascuno degli elettrodi e quadruplicando il numero di...".

"Torna indietro!"

Amanda guardò il dottor Wu, accigliata.

"Signore?"

"Torna indietro", ripeté. "Questo viene registrato, vero?".

"S - sì, ma -".

"Non mi interessa il feed attuale. Riavvolgi il video di circa tre secondi".

"Dottor Wu", disse Amanda, "non vogliamo perdere il...".

"Capisco, Amanda, ma ho visto qualcosa...".

Amanda annuì e il tecnico più vicino al monitor si avvicinò e armeggiò con i comandi del computer sottostante. Lo schermo cambiò per un attimo in un desktop, poi fece doppio clic su una cartella e poi su un file video al suo interno.

"Sto solo passando dalla trasmissione in diretta alla registrazione...", ha detto mentre lavorava.

Il video ricominciò da capo, dal vortice di colori alla schermata vuota. Trascinò il cursore sulla traccia di scrubbing, "mandando avanti" il file a pochi secondi dalla fine.

"Che cosa hai visto, Henry?". La voce di Amanda era calma, ma nascondeva preoccupazione. Il dottor Wu non era il tipo di persona che scherzava o si lanciava in iperboli, soprattutto non durante un periodo di test dal vivo.

"Io... non lo so. Non ne sono ancora sicuro", balbettò, con gli occhi fissi sul display del monitor. "Ecco! Fermati lì e torna indietro di qualche fotogramma alla volta".

Il ricordo che stavano guardando era lo stesso di prima: Herrera che insegue il figlio maggiore in una casa. Ma Wu sembrava fissato non sull'oggetto del ricordo attivo di Herrera - suo figlio - ma sullo sfondo.

Il punto di vista del video ruotava verso sinistra, cercando di seguire il bambino, e sembrava che Herrera stesse correndo davanti a una finestra. Guardarono lo schermo finché Wu non parlò di nuovo.

"Tenetelo. Proprio lì, a destra, fuori dalla finestra. Quella è una finestra, giusto?".

Le teste annuirono. Amanda non riusciva a capire cosa avesse attirato l'attenzione di Wu.

"Fuori, appena oltre la finestra.

Sfumò di nuovo la vista, poi la rilasciò. L'immagine si mise maggiormente a fuoco e lei sentì la gola contrarsi.

"Ma che..."

"È una persona?"

Lo era davvero. Amanda ne era sicura.

L'immagine era piccola, difficile da vedere anche quando si chinava verso il monitor, ma era ben focalizzata.

Eternamente concentrato.

Era un uomo, ricoperto da quella che sembrava vernice dorata.

"A me sembra una statua".

"Ma il dettaglio...".

Amanda scosse la testa. "È uno scherzo, vero, dottor Wu?".

Il dottor Wu si limitò a guardare lo schermo accigliato.

"L'uomo, o la statua, è *completamente* a fuoco". L'uomo ricoperto d'oro nell'immagine, in piedi al di fuori della sagoma sfocata della finestra, era perfettamente definito nell'inquadratura. Era piccolo e quindi facile da non notare, ma Amanda sapeva senza dubbio cosa stava fissando.

Un uomo, perfettamente concentrato, li fissava.

"Dottor Wu", ha ricominciato, "ha in qualche modo inserito questo nel feed? Forse c'è un artefatto di un precedente...".

"No, dottor Meron", rispose, con voce dolce. "Non ho interferito con questa registrazione. Quello che vediamo qui fa parte dello stato di sogno creato dal subconscio del signor Herrera. L'uomo che stiamo vedendo è, in realtà, parte della memoria di Herrera".

"Ma come può essere così *chiaro*? Così perfettamente a fuoco?".

Wu scosse la testa. "Non lo so ancora. Ma vediamo cosa succede se saltiamo qualche fotogramma alla volta, avanti e indietro".

Il tecnico più vicino al monitor e al computer annuì e spostò alcuni comandi. L'inquadratura fece un balzo, saltando in avanti. La memoria di Herrera si spostò a sinistra, allontanandosi dalla finestra mentre cercava il bambino.

Tutti gli occhi erano puntati sull'uomo ricoperto d'oro nell'angolo in basso a destra dello schermo.

Il tecnico ha spinto in avanti un altro fotogramma, poi un altro ancora.

"Ecco!", gridò qualcuno.

Amanda sobbalzò, spaventata dal suono della voce della persona.

O spaventata da ciò che vedeva.

L'uomo ricoperto d'oro si era *spostato*. Mentre la memoria di

Herrera cambiava e si spostava, l'uomo nell'angolo, in piedi fuori dalla finestra in lontananza, si voltò e seguì Herrera.

Amanda fissò l'uomo. Riusciva a vedere i suoi occhi, neri e infossati nella testa, e il suo volto dorato, delineato da una luce scintillante che circondava il suo corpo.

Gli occhi la guardavano direttamente.

PROLOGO

"MA COME FA A FISSARMI?".

La dottoressa Amanda Meron stava seguendo il suo collega, il dottor Henry Wu, attraverso i corridoi della struttura fino alla sala conferenze del personale.

"Non lo stava facendo, dottor Meron", rispose Wu. "Stava fissando la telecamera".

"La telecamera?"

"Beh, sapete cosa intendo. La memoria proiettata del nostro soggetto. In questo caso, il ricordo dell'inseguimento del figlio piccolo nella sua casa, è ricordato in prima persona, proprio come qualsiasi sogno che io o voi facciamo".

"Quindi l'uomo stava guardando Herrera? Il nostro soggetto?".

"È quello che scopriremo", ha detto Wu. "Ma sì, suppongo che sia la conclusione più logica: il ricordo dell'uomo d'oro probabilmente non sarebbe apparso a meno che non si trattasse di un ricordo significativo, ma represso. Dobbiamo chiedere al signor Herrera chi è quell'uomo e perché lo stava sognando".

"Ma perché era a fuoco? Una volta che l'hai indicato, è stato chiaro come guardare una fotografia. Ho pensato..."

"Che le proiezioni sarebbero state tutte distorte, sfocate, fuori fuoco? Sì, come me. Ma per qualche motivo, il ricordo di quell'uomo era così forte, così *rafforzato*, che gli elettrodi sono riusciti a ricrearlo quasi perfettamente nella trasmissione".

"*Quasi* perfettamente?" chiese un'altra voce. Amanda notò che si era unito a loro lo stesso tecnico più giovane che li aveva aiutati a navigare nei comandi del computer pochi minuti prima. "A me è sembrato perfettamente composto".

"Giusto", ha detto il dottor Wu, senza rallentare il suo passo allegro attraverso i corridoi. "Ma era completamente d'oro. La memoria non era abbastanza solida da ricreare l'abbigliamento, la colorazione e così via. Tuttavia, trovo abbastanza strano che sia apparentemente insignificante".

"Cosa vuoi dire?"

"Perché quell'uomo, in particolare, era l'unica cosa a fuoco durante quel ricordo? Certo, non abbiamo ancora la capacità di ricreare immagini perfette, ma abbiamo già fatto delle ipotesi in merito. I ricordi più forti, o gli *elementi* più forti all'interno di quei ricordi, saranno le cose che appariranno più chiare".

"Quindi quell'uomo è la parte più importante di quel ricordo?".

"Questo è ciò che suggerisce la nostra ricerca", ha detto il dottor Wu.

Amanda lo sapeva, ma era incoraggiante - persino confortante - sentirlo dire da una delle sue amiche più care e dalla sua collega più fidata. *Allora non sono pazza,* pensò.

"Ma perché *quell'*uomo e non il figlio di Herrera? O la sua casa?", chiese.

"È proprio questa la domanda a cui dobbiamo rispondere, dottor Meron".

Si voltarono ed entrarono nella sala conferenze. Amanda aveva spesso pensato che la piccola stanza sarebbe servita meglio come ripostiglio, ma tenne a freno la lingua e si infilò tra il muro e gli schienali delle sedie per raggiungere un posto nell'angolo. Dopotutto, questa era la sua azienda e lei era l'ultima tra loro a voler spendere soldi per cose frivole come lo spazio e le sale conferenze di lusso.

Un tecnico e altri due ricercatori - Johnson, Guavez e Ortega - erano già lì, seduti di fronte ad Amanda. Il dottor Wu e Nichols, l'ultimo tecnico, si sedettero accanto a lei.

Ha iniziato subito. "Squadra, come sapete, il nostro primo esperimento neurologico con un cervello umano vivo e funzionante è stato un successo. Inizieremo la valutazione del progetto e inizieremo ad assemblare una risposta e un modello ipotetico non appena questa riunione sarà conclusa".

Ha continuato a fare il debriefing richiesto, senza fermarsi a rispondere alle domande fino alla fine.

Per fortuna, ciò avvenne solo pochi minuti dopo.

"Ok", ha detto, concludendo la seduta. "Ci sono domande?"

Le mani si alzarono nella stanza.

Ha sorriso. "Fammi indovinare: "Chi pensiamo che sia l'uomo ricoperto d'oro?" "Come faceva a essere così perfettamente a fuoco?"".

Le teste annuiscono all'unisono.

"Anch'io mi sto chiedendo le stesse cose". In quel momento la porta si aprì e una donna piccola e minuta entrò nei pochi metri quadrati di spazio rimasti.

"Dottor Meron, i risultati del laboratorio", disse la donna. Fece scivolare una cartella sul tavolo verso Meron.

"Grazie, Diane". Si rivolse ai tecnici e agli scienziati che si erano uniti a lei intorno al tavolo. "Come tutti sapete, voglio che questo sia un forum completamente aperto e onesto. Siamo tutti coinvolti, quindi è la prima volta che *qualcuno* di noi vede questi risultati". Amanda aprì la cartella e iniziò a leggere ad alta voce.

"Al risveglio del paziente, alle ore 9.00, sono state poste le seguenti domande. Seguono la trascrizione e le risposte".

Amanda sfoglia una pagina. "1 - È riuscito ad avere un sonno ristoratore? Risposta: 'Sì'. 2 - Ricorda di aver sognato durante i periodi di sonno più riposanti? Risposta: 'Sì'".

Si fermò un attimo e si guardò intorno alla stanza. "Vado un po' avanti".

Ci furono alcune risatine e risate nervose, ma lei continuò.

"7 - Nel sogno c'era un oggetto - quello che sembrava essere un maschio umano. Quest'uomo sembrava essere ricoperto da una vernice dorata. Breve pausa. Chi è l'uomo? Risposta: 'Mi dispiace? Non ricordo di aver visto un uomo". 8 - Quest'uomo sembrava trovarsi fuori da una finestra della casa. Ricorda la finestra? Risposta: 'Sì. Questa era la mia casa, la casa della mia famiglia. La finestra... doveva essere la finestra principale, che dava sulla strada". 9 - Eppure non ricorda l'uomo fuori dalla finestra? Risposta: 'Non c'era nessun uomo fuori dalla finestra. Ne sono sicuro".

Amanda deglutì, poi chiuse la cartella. Senza parlare, posò la cartella sul tavolo e vi appoggiò sopra le mani.

Cosa diavolo sta succedendo?

La sua prima reazione è stata la rabbia. La *mia ricerca, la mia intera* azienda, *tutto è stato sabotato.*

Si tenne quel sentimento per sé. Purtroppo, la *seconda* emozione che provò - quella dello shock totale, del chiedersi cosa stesse accadendo - le si dipinse in faccia.

"Dottor Meron?" La voce del dottor Wu. "Sta bene?"

Amanda si sentì girare la testa. *Sto tremando?* Cercò di stabilizzarsi sul tavolo. Guardò il dottor Wu, che annuì.

"Dottor Meron, sono sicuro che c'è una spiegazione logica per questo. Forse il signor Herrera aveva temporaneamente dimenticato...".

"No", ha detto il dottor Wu. "Dobbiamo eseguire un altro test. Per favore, dica a Diane di preparare il soggetto per un altro ciclo di

REMS. Dovrà accelerare il suo regolare programma giornaliero in modo da poter preparare un test per questa sera".

Intorno al tavolo, le teste annuiscono. Amanda sentiva la voce del dottor Wu, ma le sue parole non venivano registrate. Siamo *stati sabotati*, pensò. *È uno scherzo. È tutto uno scherzo.*

Il dottor Wu ha proseguito. "Nel frattempo, c'è un altro soggetto preparato per un'analisi REMS?".

Diane annuì. "Sì, dottor Wu. In realtà, abbiamo qui anche un cugino del signor Herrera. Si sono iscritti alla stessa settimana di esami".

"Sarà perfetto". Si rivolse ai tecnici seduti intorno al tavolo. "Preparate ancora una volta il computer e il sistema fMRI".

LA DOTTORESSA WU non biasimava Amanda. Per anni aveva costruito questo progetto, lavorando per raggiungere l'obiettivo finale e il sogno che entrambi condividevano: registrare i sogni umani.

Il fatto che lei fosse al momento sopraffatta dalla realtà della situazione non lo sorprese. Avrebbe preso il comando finché lei non fosse stata pronta a tornare. Conoscendola, aveva solo bisogno di riposo e di tempo per schiarirsi le idee.

Era stato con lei fin dall'inizio di questa fase finale. Le loro carriere erano simili, anche se Amanda era certamente la mente intelligente e creativa di cui aveva bisogno un progetto di ricerca di questo calibro, mentre lui era lo scienziato capo che forniva le funzioni logiche e analitiche per portare avanti il progetto.

Erano anche una squadra perfettamente assortita. Fin dal primo giorno erano andati d'accordo, con l'arguzia e il fascino di lei e la serietà e l'amore per la scienza di lui. Nella maggior parte della sua carriera professionale aveva visto solo tipi spietati che si contendevano le credenziali di pubblicazione, le posizioni universitarie e i progetti di costruzione del curriculum vitae che avrebbero solo favorito le loro carriere.

Ma non qui alla NARATech. La Neurological Advanced Research Applications era un'azienda come nessun'altra, concentrata unicamente sul raggiungimento degli obiettivi fissati da tutti loro, insieme, intorno al tavolo in quella sala conferenze terribilmente angusta. Le considerazioni politiche e burocratiche, semplicemente, non venivano prese in considerazione.

Per i primi anni in cui avevano lavorato insieme, aveva dato per scontato che fosse stata lei a finanziare personalmente la NARATech: non riusciva a immaginare nessun'altra possibilità per un'azienda del genere. Ma dopo averla conosciuta, aveva sentito alcuni riferimenti a "investitori", "capitali" e cose del genere, e aveva iniziato a chiedersi dove Amanda avesse trovato gli investitori indipendenti che aveva raccolto per far decollare questo posto. Non riusciva a immaginare che qualcuno fosse disposto a investire somme così ingenti in un mercato non ancora collaudato, soprattutto senza la massiccia supervisione e gli stanziamenti lungo il percorso che sempre accompagnavano il denaro degli investimenti.

Ma NARATech sembrava essere proprio un'organizzazione di questo tipo. Con sede a Maraba e non a Brasilia, il distretto federale del Brasile, NARATech era una stazione di ricerca da un miliardo di dollari, con tutti i vantaggi di una startup della Silicon Valley, ma lontana dal trambusto della vita cittadina. La dottoressa Amanda Meron dirigeva l'azienda e Wu era il membro esecutivo del personale.

Questo è quanto. Né più né meno. Si trattava di una configurazione semplice ed elegante che consentiva loro di muoversi rapidamente nelle aree di ricerca di cui avevano bisogno.

Per il bene di Amanda, il dottor Wu sperava che il prossimo test andasse meglio. In particolare, sperava che lo strano fenomeno che avevano sperimentato la prima volta non li avrebbe afflitti questa volta.

Fece cenno al tecnico di iniziare. Di nuovo, tutti si misero attorno al computer e al monitor, tranne Amanda. Il tecnico avvertì Diane, nella stanza accanto, di accendere lo scanner fMRI che avrebbe iniziato ad attivare gli elettrodi posizionati all'interno del casco che il soggetto indossava.

Wu osservò che ancora una volta i colori vorticosi danzavano e giocavano sullo schermo, seguiti da esplosioni di stelle e spruzzi di luce. Questa volta ci è voluto più tempo perché il paziente entrasse in uno stato di sogno, ma dopo circa dieci minuti di osservazione lo schermo si è spento.

"Conferma la registrazione", ha detto.

Un tecnico confermò, mentre lo schermo si illuminava di luce brillante. Wu rimase di nuovo sbalordito dalla sua bellezza. Era difficile comprendere ciò che stava vedendo, ma alla fine le cose cominciarono ad andare al loro posto.

Questo particolare stato onirico era molto meno strutturato di quello del signor Herrera. Linee e forme astratte danzavano ancora sullo sfondo, interpretazioni confuse di qualcosa che il cugino del signor Herrera ricordava da tempo. In primo piano, o in quello che Wu supponeva fosse il primo piano, forme più grandi - corpi sconosciuti - si muovevano avanti e indietro sullo schermo.

Lo schermo stesso sembrava saltare su e giù mentre le forme si muovevano a destra e a sinistra. È un *bene che non sia soggetto a crisi epilettiche*, pensò.

"Dove siamo?" Chiese uno dei tecnici, Johnson.

Gauvez ha risposto. "Non ne ho idea, ma sembra un ricordo divertente".

"Sembra un ballo. O una festa".

Ci furono alcune risatine, poi il silenzio.

Wu capì improvvisamente il contesto e l'ambientazione. *Si tratta di una danza, ha* capito. Anche il cugino del signor Herrera stava ricordando un momento felice, un momento di gioia.

Le persone, o almeno le loro sagome sfocate, danzano sullo schermo. Due delle forme - i corpi delle persone, come sarebbero stati chiamati - si abbracciarono e vorticarono in un unico blob. Il blob si è mosso, girando verso il lato dello schermo. Il soggetto ha mosso la testa e ha seguito il blob che continuava a spostarsi in un altro punto della memoria.

Osservarono in silenzio per altri due minuti, fino a quando le due sagome riemersero una dall'altra e si separarono sullo schermo.

E lì, al centro dello schermo, proprio nel punto in cui le due forme si dividevano, si trovava l'uomo ricoperto d'oro.

Guardare.

In attesa.

Guardando direttamente il dottor Henry Wu.

PARTE UNO

"Allegramente illuminato
Un cavaliere galante,
Al sole e all'ombra,
Aveva viaggiato a lungo,
Cantare una canzone,
Alla ricerca di Eldorado...".
Edgar Allen Poe

CAPITOLO 1

"COSA INTENDI PER "*INCONCLUDENTE*"?" chiese Amanda. Non voleva che suonasse così accusatorio, ma l'ultima settimana era stata un incubo.

"Mi dispiace, dottor Meron", rispose il dottor Juan Ortega. Aveva davanti a sé una pila di cartelle e documenti e sembrava improvvisamente troppo grande per la piccola sala conferenze. Il dottor Wu si sedette accanto ad Amanda a un lato del tavolo mentre ponevano una domanda dopo l'altra al loro dipendente.

"Intendo solo dire che i dati che abbiamo raccolto sono insufficienti per trarre conclusioni fondate".

"Capisco i *dati*, dottor Ortega", disse Amanda. "Sto chiedendo la sua *opinione professionale.* Lei ha partecipato a tutti questi test, non è vero?".

"L'ho fatto".

"Vorrei che ci desse la sua migliore ipotesi su ciò che sta accadendo. Perché lo stesso uomo, perfettamente delineato e ricoperto d'oro, compare in più del 6% dei ricordi dei nostri soggetti? Perché compare in *ognuno* di essi? Quale particolare intuizione potrebbe avere che noi non abbiamo considerato?".

Il dottor Ortega rimase in silenzio. Amanda lo conosceva come un individuo "che parla per ultimo", un descrittore della personalità che lei usava per i tipi tranquilli e riservati che spesso avevano un'intuizione dell'ultimo minuto che chiariva, aiutava o reindirizzava la conversazione.

In altre parole, una risorsa preziosa per lei e per il suo team.

"Non ne sono ancora sicuro, dottor Meron. Ho considerato gli stessi problemi che abbiamo già affrontato. Tutti noi abbiamo esaminato l'apparecchiatura, alla ricerca di manomissioni, hacking o qualsiasi cosa fuori posto, e abbiamo esaminato i dati...".

"Avete altre idee? Idee che potrebbero non essere, uh, particolarmente *scientifiche*?".

Amanda vide il dottor Wu sorridere. Sapeva che era questo il motivo per cui piaceva loro e per cui erano contenti di lavorare qui. A lei importava poco della percezione e del mantenimento dell'immagine: voleva risultati reali e tangibili.

"Beh, credo che potremmo identificare alcune delle aree più granulari di somiglianza demografica, come la classe di reddito, l'istruzione, le scelte di vita...".

"Abbiamo già affrontato tutto questo. C'è stata una serie di domande durante la fase iniziale di iscrizione al trial, e non ci sono state somiglianze statistiche tra i soggetti".

"Lo so. Non riesco a pensare ad altro, al di fuori di un'idea freudiana di 'intelligenza condivisa'".

Amanda alzò le sopracciglia. "Vai avanti".

"Intelligenza condivisa?" Chiese il dottor Ortega. "Beh, Freud è stato il primo a coniare il termine 'inconscio', come sapete, ma perché credeva in una particolare 'memoria condivisa' delle specie. Questa era la sua base per credere e sostenere le idee relative alle somiglianze genetiche, al comportamento istintuale e ad altri comportamenti 'naturali'".

"Pensa che alcuni dei nostri soggetti abbiano l'ESP?". Chiese il dottor Wu.

"Non è vero. È biologicamente impossibile per gli esseri umani produrre comunicazione attraverso mezzi non fisici o non udibili. Ma l'intelligenza condivisa va oltre. È un filo conduttore tra gli esseri umani e gli altri mammiferi, così come tra gli altri membri del regno animale in generale: da dove vengono gli istinti? Come fa una madre a *sapere* come prendersi cura dei suoi piccoli? Come nascono le reazioni involontarie, le emozioni e i sentimenti?".

"Tutte ottime domande, dottor Ortega, ma come facciamo a testare tutto questo?".

"È quello che ho cercato di decifrare", ha risposto. "Sono state fatte molte ricerche sul campo, ma nessuna è utile per la nostra situazione".

"Cosa vuoi dire?"

"Beh, considerate il fatto che delle quarantasette persone che abbiamo esaminato, solo tre sembrano avere una memoria che include l'uomo ricoperto d'oro. E di queste tre, nessuna ha un ricordo di quell'uomo. Sembrano tutti confusi quando glielo facciamo notare".

"E non lo riconoscono quando mostriamo loro le registrazioni".

"Esatto", ha risposto Ortega. "Quindi non posso dire che sia un *istinto* che sentono, o sperimentano, o altro, ma è certamente possibile che ci sia un filo conduttore simile nel loro lignaggio. In realtà, se si esclude il nostro equipaggiamento, *deve esserci* una somiglianza da qualche parte, quindi perché non lì?".

Amanda ci pensò. "Hmm. Stirpe". Guardò Wu, incerta se continuare o meno. La sua ipotesi a questo punto era quasi assurda, certamente nel regno della "scienza ciarlatana".

Lui annuì e lei continuò.

"Naturalmente c'è una somiglianza, però: sono tutti imparentati".

Ortega sembrò momentaneamente scioccato, ma si riprese subito. "Esatto, sono loro. I cugini Herrera e la sorella. Si sono iscritti tutti alla stessa settimana di test e tutti hanno ricordi diversi dello stesso uomo ricoperto d'oro. Ma poiché non è presente in nessuna delle loro coscienze *o* subcoscienze collettive, sono propenso a credere che dobbiamo scavare più a fondo per capire da dove proviene il ricordo".

"Cosa stai suggerendo?"

"Dobbiamo ridurre il nostro database di soggetti. Con il vostro permesso, rilasciamo temporaneamente i soggetti dal test, a meno che non venga confermato che hanno un lignaggio simile a quello dei nostri tre parenti Herrera".

Questa volta è intervenuto il dottor Wu. "Ma come facciamo a saperlo? Se non abbiamo identificato un segmento di DNA che confermi o neghi la loro parentela, non abbiamo un'ipotesi verificabile. Inoltre, il tempo necessario per eseguire i test e ricevere i risultati...".

"Non sto suggerendo di usare i test del DNA", ha risposto Ortega.

Tutti gli occhi si rivolsero di nuovo a lui, ma Amanda non ne fu sorpresa. *Ecco perché è qui*, pensò.

Aveva assunto quell'uomo per il suo background in genetica e psicologia, per non parlare delle sue competenze informatiche. Ma era la sua personalità fuori dagli schemi che lei rispettava di più.

"Senta", ha detto, "io sono di questa zona, come Guavez. Posso dirle con certezza che il lignaggio è un legame familiare importante qui in Brasile. Molti di noi possono far risalire i propri antenati ai conquistadores europei e alle loro truppe, fino alle tribù locali e regionali".

Amanda annuì. Wu sembrava leggermente confuso, ma lasciò che Ortega continuasse.

"Scommetto che anche gli Herreras potrebbero raccontarci la

storia della loro famiglia, almeno in termini generali. Molte delle tribù dell'America centrale e meridionale sono state divise da quelle più grandi e importanti che le hanno precedute, quindi gran parte della loro storia, per quanto sfumata, è collegata".

Il dottor Wu parlò di nuovo, ora capendo. "Naturalmente, se ci fornissero un po' di informazioni, potremmo individuare altri soggetti che condividono un legame familiare. Diane..."

Diane aveva già iniziato ad abbandonare il suo ruolo di "tappezzeria incaricata di prendere appunti". Definita "assistente d'ufficio", il ruolo di Diane era molto più approfondito e cruciale per le operazioni quotidiane di quanto chiunque, tranne il dottor Wu e il dottor Meron, potesse capire. Aveva una laurea in amministrazione organizzativa, ma le sue competenze si estendevano a quasi tutti gli aspetti delle operazioni del team: risorse umane, finanza e conduzione di studi in doppio cieco controllati con placebo erano tra questi.

"Ci penso io, dottor Wu", disse. Prese il suo taccuino giallo, tre pagine di appunti ordinati che si estendevano da cima a fondo, e uscì dalla stanza.

"Dottor Ortega, ci aiuterà a determinare i legami importanti della storia familiare dei nostri soggetti?".

L'uomo annuì e cominciò ad alzarsi.

"Un'altra cosa", disse Amanda. La testa di Ortega si voltò verso il suo capo. "Di solito non siamo una squadra che si preoccupa della discrezione. Preferisco che sia così, come sono sicuro che lo sia anche lei. Tuttavia, data la natura di queste scoperte, vorrei che suggerisse ai nostri tecnici di astenersi dal caricare il flusso di dati settimanale d'ora in poi, finché non riuscirò a capirci qualcosa".

Il dottor Wu e il dottor Ortega si sono entrambi accigliati, quindi Amanda ha spiegato.

"Non faccio spesso riferimento ai nostri investitori esterni", ha detto. "Ma voi sapete che esistono, tutti qui lo sanno. Siamo grati a loro per il loro continuo sostegno, e certamente per il loro stile di gestione non vincolante in questa organizzazione. Ma finché non sapremo *esattamente* cosa significano questi risultati per la nostra organizzazione, vi invito a non aprire troppo le porte".

Sperava che l'avvertimento fosse chiaro.

"Decidi tu, capo", ha detto Ortega. "Noi siamo con lei, qualunque cosa accada".

Lei annuì, sorridendo.

"A parte la prima serie di risultati pubblicati nel primo pomeriggio, terremo tutto segreto finché non saremo pronti".

Amanda girò leggermente la testa. "Il primo set? Questo pomeriggio?"

"Sì", ha detto il dottor Ortega. "Il mese scorso abbiamo cambiato l'orario, anticipandolo di dodici ore: era più facile per i nostri consulenti informatici, visto che sono dall'altra parte del mondo".

Amanda lo fissò. *Me lo ricordo,* pensò. *E io l'ho completamente dimenticato.*

"Sarà un problema?" Chiese il dottor Wu, con aria preoccupata.

"No", rispose lei, scuotendo rapidamente la testa. "È solo che è stata una settimana movimentata. Avevo dimenticato che avevamo deciso di farlo".

"Ottimo accordo", disse Ortega. "Lo terremo offline fino a quando non darà il via libera, e vedrò da dove proviene quello che ha ricevuto il colpo, giusto per tenerti al corrente".

"*Ricezione di* un riscontro? Qualcuno ha già avuto accesso ai dati?".

"Beh, certo - qualcuno lo fa sempre, subito. Almeno è sempre stato così da quando sono qui. Ogni volta lo stesso indirizzo IP. Di solito anche alla stessa ora del giorno. Potrebbe essere quell'investitore solitario che hai". Fece l'occhiolino.

Amanda si sentì gelare il sangue. *Se hanno già i dati...*

Si alzò in piedi. "Molto bene. Grazie a tutti per il duro lavoro svolto. Dopo che tu e Gauvez avrete dato un'occhiata ai risultati di Diane, domattina ci metteremo al lavoro".

Il dottor Wu e Ortega annuirono e Amanda si alzò per lasciare la stanza.

È ora di chiamare un vecchio amico.

CAPITOLO 2

"AMANDA MERON", disse Paulinho al telefono che aveva infilato nella fondina della spalla. Andare in bicicletta e parlare al telefono non era facile, ma Paulinho non aveva intenzione di lasciarsi fermare. "Toglietevi di mezzo!", urlò in portoghese a un taxi che gli passava accanto. L'autista del taxi non si voltò nemmeno a guardare e suonò il clacson in risposta.

"Paulinho, sei tu?", gli chiese la voce femminile all'orecchio.

"Sim; sì. Come stai?"

"Tutto bene, Paulinho. È bello sentirti. Possiamo incontrarci?".

Paulinho controllò l'orologio: un'altra prodezza di coordinazione fisica di cui andò subito fiero. "Sì, credo di sì. Ho un altro appuntamento tra mezz'ora, ma ora sono in centro".

Le corse pomeridiane in bicicletta erano solo una delle tante forme di esercizio fisico che Paulinho praticava durante la settimana. Pur non avendo un programma particolare, per lui "mantenersi attivo" significava fare arrampicata, sollevare pesi e giocare a racquetball nella palestra accanto all'ufficio governativo in cui lavorava, ma anche andare in bicicletta, correre e nuotare quando il tempo era bello.

"Bene, anch'io ho una riunione. Possiamo vederci per un caffè? Posso venire da te".

Paulinho confermò, poi si spostò con la bicicletta sul marciapiede accanto alla strada. Trovò una piccola caffetteria nascosta tra due negozi al dettaglio e mandò un messaggio al suo amico.

Aspettò dieci minuti, ma prima ancora di aver trovato un tavolo libero fuori dal bar sulla strada, Amanda si precipitò nel patio recintato.

"Paulinho!" Si scambiarono i convenevoli, ordinarono da bere e si sedettero.

"Cos'è che sei venuto a dirmi?". Chiese Paulinho, fermandosi a sorseggiare la bevanda calda.

"Non per dirti... per *chiederti*", rispose Amanda. "Ho bisogno di un favore".

Cercò di leggere la sua espressione, ma non ci riuscì. "Va tutto bene?"

"Sì, credo di sì. Ma non ne sono sicuro. È... è NARATech".

"La vostra azienda?"

"Sono preoccupato per i miei investitori. In particolare, sono preoccupato di sapere chi *sono* veramente".

Paulinho interruppe il contatto visivo quando il cameriere portò i loro drink. Ognuno di loro bevve un lungo sorso, rendendo omaggio alle bevande di alta qualità, poi riprese la conversazione.

"Abbiamo fatto dei progressi nella nostra ricerca - progressi significativi. E abbiamo avuto il lusso di avere un partner per lo più silenzioso nei miei investitori, ma vorrei vedere se riesci a scoprire qualcosa su di loro".

"'Scavare?'"

Amanda annuì.

"Amanda, non sono una spia. Lavoro per l'ufficio finanziario. Sono solo un contabile".

"Ma lei è il mio unico contatto nel governo. Sei intelligente, e potresti essere in grado di trovare qualche informazione per me - conti bancari, collegandoli a una o più persone - qualsiasi cosa".

Paulinho finalmente l'ha capita. È *disperata*. Improvvisamente si sentì dispiaciuto per lei, ma il sentimento si placò quasi subito. La dottoressa Amanda Meron aveva una personalità fragile ed era l'incarnazione di un genio introverso, ma non era comunque il tipo di persona che veniva a chiedergli favori strisciando. Si erano conosciuti solo un anno fa, ma erano andati subito d'accordo. Paulinho, estroverso e mondano, si era avvicinato a lei durante una cena, essendo gli unici single presenti, e aveva iniziato una conversazione.

Amava la sua tranquilla sicurezza, la sua capacità di controllare le parole e di costringere naturalmente chiunque la ascoltasse a fermarsi e ad aspettare che raccogliesse i suoi pensieri. Non guastava nemmeno il fatto che fosse straordinariamente bella.

Rifletté un attimo sulla richiesta prima di rispondere. "Amanda, voglio aiutare. Lo voglio davvero. Ma non riesco a immaginare da dove potrei cominciare".

"Ho i numeri di routing e di conto corrente dei depositi. Possiamo iniziare da lì".

"Che ne dici di un nome; qualcuno dello studio?". Bevve un altro sorso di caffè, poi aggiunse: "E perché sei così preoccupato?".

Amanda scosse la testa. "Non sono preoccupata... No, non ho nomi, questo era l'accordo. Inoltre, non si tratta di una sola persona: questa è un'organizzazione, che si vanta della propria discrezione. Hanno accettato di finanziare il progetto fino al suo completamento e di darci il controllo completo, in cambio del loro anonimato. Preferiscono essere un partner silenzioso".

"Vuoi dire un partner *inesistente...*".

Amanda sorrise. "Tuttavia, finora ci hanno lasciato operare senza sorveglianza e abbiamo rispettato la nostra parte dell'accordo: la mia squadra carica ricerche ogni settimana e sembra che qualcuno vi acceda, ma non hanno mai risposto con domande o chiarimenti". Fece una pausa. "Bene. Per rispondere alla sua seconda domanda, credo di sentirmi... un po' sopraffatto. Il nostro progetto è andato avanti sempre più rapidamente e mi sono resa conto che non abbiamo idea *per* chi stiamo lavorando".

Paulinho annuì. "Tuttavia, Amanda, non so in cosa posso aiutarti. Certamente cercherò nei nostri uffici eventuali collegamenti evidenti, ma se questa società avesse un nome, o una persona associata...".

"Ha un nome. Beh, ricordo quello che mi hanno detto quando li ho sentiti per la prima volta".

Paulinho sollevò un sopracciglio.

"Si sono chiamati 'Dragonstone Corp.' Non ho dubbi che si tratti di una società ombrello, e sto ricevendo denaro da una delle loro filiali, un'altra società che si chiama Drache Global".

Paulinho si irrigidì. "Una struttura tipica, per risparmiare sulle tasse. Ha idea di dove si trovino?".

Amanda scosse la testa. "Nessuna. L'uomo con cui ho parlato inizialmente, sette anni fa, sembrava francese. Forse canadese. Ho fatto qualche ricerca online, ma non sono riuscita a trovare nulla su di loro".

"Bene. Vedrò cosa riesco a trovare. Amanda, spero che vada tutto bene. Per favore, fammi sapere se senti qualcos'altro".

Amanda si alzò per andarsene. "Lo farò. E fammi sapere cosa trovi".

Paulinho si alzò per salutarla, poi tornò a sedersi al tavolo del patio esterno. Tirò di nuovo fuori il telefono dalla tasca e aprì il browser, cercando il numero di una vecchia amica. *Chissà se il suo numero è online,* pensò.

Scorse per un attimo l'elenco degli interni dell'ufficio, finché non arrivò al numero che stava cercando. Cliccò sul link, aprì l'applicazione telefonica e compose il numero. Sollevò il telefono all'orecchio e aspettò, sperando che il numero fosse il suo cellulare personale e non solo una linea dell'ufficio.

Rispondi, disse al telefono.

Rispose una voce femminile. "Juliette Richardson".

"Julie? Pronto? Sono Paulinho, dell'Università". Erano passati anni da quando si erano laureati, ma allora Paulinho e Julie erano molto uniti. Avevano cercato di rimanere in contatto, ma le loro ambizioni professionali li avevano allontanati. Le loro strade si erano però incrociate di nuovo qualche mese fa, quando lui era stato inviato negli Stati Uniti per contribuire alla bonifica di alcune delle ricadute finanziarie subite dal Paese in seguito alle esplosioni e all'epidemia di virus nel Parco Nazionale di Yellowstone.

"Paulinho! Wow, due volte in un anno!", rispose la donna.

"Sì, e mi dispiace che non siamo rimasti in contatto, ma sto chiamando per un'altra cosa".

Julie fece una pausa all'altro capo. "E cosa potrebbe essere?".

Paulinho sospirò. "Beh, ricordo il tuo... *calvario...* a Yellowstone".

Nessuna risposta.

"Julie, so che non vuoi rivivere nulla di tutto questo, ma so anche quanto eri sconvolta dopo che tu e Harvey non siete riusciti a chiudere la questione".

Più silenzio.

"Julie, sono stata appena contattata da una mia amica che lavora nel campo della ricerca neurologica. Mi ha chiesto aiuto per indagare su uno dei suoi investitori. Sembrava un po' disperata, in realtà, il che è un po' fuori dal suo carattere". Fece una pausa. "Ascoltate, il punto è che: sono preoccupato per lei. Mi occuperò della questione, ma prima volevo che lei lo sapesse".

Finalmente Julie parlò. "Perché?"

"Beh, il nome della società che mi ha dato è Drache Global".

CAPITOLO 3

"JULES, te l'ho detto: non sono interessato a stare seduto sul mio sedere per tre settimane mentre tu ne passi la maggior parte a vomitare sul bordo di una barca".

Harvey "Ben" Bennett attese la confutazione che sapeva sarebbe arrivata, poi tornò al libro che stava leggendo: *Piante delle Montagne Rocciose*. "Leggere" forse era una parola troppo forte, dato che per lo più stava solo sfogliando le pagine, sperando di cogliere un po' di quella che suo padre era solito chiamare "intelligenza per osmosi".

Non aveva aspettato abbastanza. Juliette Richardson si fermò sulla soglia del minuscolo soggiorno della baita in cui vivevano insieme e parlò. "Non ho detto che ho il mal di mare, Ben. Ho detto che *avrei potuto* soffrire. Mia madre lo soffriva, e sua sorella, e...".

"E tu stai dicendo che il mal di mare è ereditario", disse, senza alzare lo sguardo dal suo libro.

"Sto *dicendo* che non *so* se lo sarò o meno. Ma non importa. Ho le medicine e ora hanno questi piccoli braccialetti che...".

"Oh, *andiamo*", disse ridendo. "Non penserai davvero che queste cose *funzionino*, vero?".

Julie si avvicinò a lui di qualche passo e si mise ai piedi della sua poltrona reclinabile, una vecchia poltrona logora e incrostata che lui non le permetteva di sostituire. Era "ben seduta", come lui le diceva sempre. Lei non era d'accordo e sceglieva sempre di sedersi sulla poltrona accanto.

"Prendiamoci un secondo per capire chi di noi due è il più drammatico", ha detto.

"Tu", rispose immediatamente, senza ancora alzare lo sguardo dalla descrizione della "Chiave dell'uva spina e del ribes (*specie Ribes*)" nella sezione "Arbusti" del libro.

Julie sospirò. "Giusto. Io. Sono io quella drammatica, che si chiede se soffrirò o meno il mal di mare durante una crociera di una settimana nel Golfo del Messico. Non *tu*, che vuoi *andarci in macchina*. Ben", fece una pausa, aspettando che lui alzasse lo sguardo.

Non farlo, sciocco, pensò. *Lei vince se guardi in alto.*

Ha alzato lo sguardo. *Accidenti, è carina.*

"Ben", ripeté. "Siamo in *Alaska*. Tu vuoi *guidare fino a Galveston, in Texas*. Dall'Alaska".

Alzò un po' le sopracciglia. *E allora?*

Sospirò di nuovo, poi alzò le mani in aria e lasciò la stanza per occuparsi dell'enorme pentola di chili a cui aveva lavorato tutto il giorno. Era la ricetta preferita di sempre di sua madre e, dato che a Ben piaceva definirsi un "tipo da chili tutto l'anno", non aveva problemi a mangiare il sostanzioso stufato più volte al giorno in piena estate.

Julie viveva "ufficialmente" nella sua baita da qualche mese e lui sapeva che nessuno dei due sperava di cambiare la situazione a breve. Semmai stavano diventando più seri, ma Ben cercava il più possibile di non sembrare "innamorato" ogni volta che i suoi colleghi guardaparco li vedevano insieme. All'inizio era riuscito a tenere a bada gli scherzi e le prese in giro, ma nel giro di una settimana da quando avevano scoperto il suo stato di coppia lo chiamavano "Romeo". Scoprì subito che i suoi colleghi ranger al Denali National Park non erano più creativi negli insulti di quelli che si era lasciato alle spalle a Yellowstone.

Dopo il trasferimento da Yellowstone, lui e Juliette sono stati accolti a braccia aperte nello staff a tempo pieno del parco, mentre Julie ha iniziato un nuovo ruolo come coordinatore dell'assistenza tecnica e informatica e come consulente part-time per il CDC. Il suo vecchio programma, la divisione di ricerca sulle minacce biologiche, era stato temporaneamente chiuso dopo il sospetto omicidio del suo capo e un'infiltrazione terroristica tra le sue fila. Guadagnava un sacco di soldi facendo informatica per il parco e appaltando i suoi servizi al CDC, che le permetteva di lavorare dove voleva. Dopo che Ben aveva concluso l'acquisto del terreno in Alaska che aveva sempre desiderato e aveva fatto i preparativi, aveva portato Julie con sé per trasformare la minuscola capanna dei trapper che si trovava lì sopra in una casa.

Julie entrò di nuovo nella stanza, dopo aver fatto girare il chili e averlo ritenuto sicuro per altri cinque minuti. Ben non aveva mai capito le sue abitudini culinarie. Entrambi amavano cucinare, ma Julie era molto più "pratica". Quando una ricetta le diceva di "aspettare venti minuti", Ben poteva essere sicuro che lei ci sarebbe stata sopra ogni minuto, osservando, punzecchiando e stimolando.

Quando una ricetta diceva a Ben di "aspettare venti minuti", lui gliene dava trenta, per sicurezza.

"Il punto è che tu non vuoi volare. Se volessi volare, potremmo arrivare in poche ore e avere tempo da ammazzare prima di salire sulla nave".

Ben alzò di nuovo lo sguardo dall'arbusto che stava studiando in modo inattivo. "Qualche ora? Ma davvero? Julie, ci sono circa *9 ore* da Anchorage, senza contare il tempo che ci vuole per andare all'aeroporto".

"Sono tre giorni di guida. Senza contare gli alberghi e il cibo. Sto solo dicendo..."

"So cosa stai dicendo, Jules. Non lo farò". Voleva che sembrasse una frase definitiva, per far capire a Julie la serietà con cui aveva preso la decisione, ma gli sembrò di essere esitante. Se era sincero con se stesso, voleva *davvero* una vacanza. Sebbene amasse assolutamente le fresche estati dell'Alaska, doveva ammettere che stare seduti su una terrazza, a fare il bagno nella luce del sole bevendo un Cuba Libre suonava bene.

Per non parlare dell'abbigliamento di Julie durante la settimana.

Sapeva che lei aveva ordinato dei costumi da bagno online, aspettandosi che la conversazione che stavano avendo ora andasse nella sua direzione.

E lo avrebbe fatto. Ben sapeva che doveva solo resistere un po' di più per assicurarsi che lei sapesse che non l'aveva messo al dito. Opponendo un po' di resistenza, lei sarebbe stata molto più eccitata quando lui avrebbe accettato.

Uscì dalla stanza per mescolare ancora una volta il chili, poi tornò. "Ho ordinato dei costumi da bagno online, e il primo è arrivato in ufficio oggi: vuoi che te lo modelli?".

Julie gli lanciò un'unica occhiata con le sopracciglia alzate, che usava quando cercava di essere sexy e che la faceva sembrare solo stupida.

Il che la rende sexy.

"Bene. Credo che metterò giù il libro", disse Ben, sorridendo.

Julie corse nella camera da letto della baita, situata accanto alla cucina e dietro il soggiorno più grande, e Ben chiuse la guida e la posò sul tavolino accanto alla sedia.

Sentì squillare il suo cellulare, uno stridio penetrante che lei non cambiava né abbassava. Lo portava con sé ovunque, temendo che da un momento all'altro sarebbe stata chiamata a gestire un cambio di password di emergenza per la posta elettronica o un blocco del computer dell'ufficio.

Dopo un altro minuto, Julie rientrò nella stanza, indossando ancora i vestiti che aveva prima.

"Tutto bene?", chiese.

Lei scosse la testa. Lui si concentrò sui suoi occhi. Dove fino a un attimo prima c'era stata giocosità e gioia, ora lei era tutta un affare.

"Jules, che c'è?", si alzò dalla grande poltrona e spinse la poltrona reclinabile, poi si diresse verso di lei.

"Dobbiamo andare in Brasile".

Ben non era sicuro di come rispondere. "Come? Il Brasile? Il paese?"

"Era un mio amico del college. Mi ha detto che la Drache Global è emersa laggiù e che pensa che stiano progettando di nuovo qualcosa".

Ben si sentì gelare il sangue. *Drache Global.* Dopo aver trascorso due mesi a cercare di capire cosa facesse davvero la società e, soprattutto, chi ci fosse dietro, aveva perso ogni speranza. Il governo, se sapeva qualcosa, non stava offrendo alcun aiuto e la posizione di Julie al CDC non era abbastanza elevata da permetterle di negoziare qualcosa di utile.

Tutto ciò che sapeva era che erano una delle filiali della *vera* organizzazione che si trovava dietro gli attacchi al Parco Nazionale di Yellowstone mesi prima, e che per lo più erano riusciti a farla franca con l'atto di terrore. Nessuno, a parte Ben e Julie, sapeva quanto la nazione fosse stata vicina alla distruzione totale, e lui aveva giurato a se stesso che non avrebbe mai smesso di cercarli. Avevano alcuni nomi diversi di altre filiali che potevano essere coinvolte, tra cui Dragonstone e Drage Medisinsk, ma le ricerche di quelle società portarono solo a informazioni pubbliche sui loro affari nei paesi in cui operavano. Niente di illegale, niente che potesse collegarle agli attacchi e niente che Ben potesse seguire. Aveva già trascorso troppe ore di veglia nel tentativo di trovare e seguire un filo conduttore, e aveva quasi gettato la spugna.

Ora qualcuno porgeva loro un guinzaglio, facendo un cenno.

Sarebbe stato dannato se si fosse lasciato sfuggire l'occasione.

CAPITOLO 4

JULIETTE RICHARDSON FISSAVA il piccolo finestrino ovale del 737 mentre volava verso sud sul Mar dei Caraibi. Desiderava ardentemente essere laggiù, a navigare nelle acque blu brillante tra il Messico e la Giamaica. La crociera che aveva scelto li avrebbe portati in tre porti: Cozumel, Grand Cayman e Port Royal, e avrebbero trascorso sette giorni di lusso a bordo di un gigantesco hotel a cinque stelle galleggiante.

Invece, stavano sorvolando le acque aperte e proseguendo verso Belo Horizonte, in Brasile, dove avrebbero cambiato aereo e poi sarebbero volati di nuovo a nord verso una piccola municipalità del Brasile centrale chiamata Marabá, dove sarebbero atterrati nel caldo soffocante e nell'umidità opprimente per trascorrere Dio sa quanto tempo a rintracciare un'organizzazione di cui non erano sicuri che esistesse davvero. Si sarebbero incontrati con la dottoressa Meron, conoscente di Paulinho, presso la sua società di ricerca, la NARA-Tech, e avrebbero cercato di mettere insieme frammenti di informazioni che potessero - o meno - ricondurre alla Drache Global.

Si voltò verso Ben, che era seduto nella poltrona accanto a lei. "Pensi che li troveremo?", chiese.

Aprì gli occhi. "Hm?"

"Mi dispiace, pensavo che non si potesse dormire in aereo", ha detto.

Si strofinò gli occhi e si sedette più dritto sul sedile. "Non stavo dormendo. Solo che non riuscivo a sentirti...".

Lo guardò mentre si infilava una gomma da masticare in bocca e aspettò che rispondesse. Ci vollero altri dieci secondi.

"Sì, credo che troveremo qualcosa", ha detto.

Alzò le sopracciglia, sperando di far passare il messaggio. *Avremmo potuto essere in crociera in questo momento, ma tu mi trascini per mezzo emisfero perché* pensi che *troveremo* qualcosa?

Ha capito l'antifona.

"Bene", disse. "Sì, credo che li troveremo. È una società, o un'organizzazione, o quello che è. Ma tratta valuta, proprio come tutti noi. Devono esserci le loro impronte da qualche parte".

Lei annuì.

"E lei ha detto che questo 'Paul' - Paulinho - aveva delle informazioni che legavano la Drache Global alla società del suo amico?".

Lei annuì. "Sì. Mi ha detto che lei pensava che fossero collegati in qualche modo; che forse la stavano finanziando, ma che cercavano di tenersi lontani dai riflettori".

Ben rimase in silenzio per un momento. "Di cosa si occupa esattamente la sua azienda?".

"Da quello che ho capito in rete, si tratta di una società di ricerca neurologica. Neurological Advanced Research Applications, credo. NARATech. Paulinho ha detto che attualmente stanno lavorando a un'applicazione per mappare gli stati onirici".

"Stati del sogno?"

"Sogni. Stanno usando la tecnologia della fMRI, applicata direttamente al cranio, per immaginare e registrare i sogni umani".

"Questo è un viaggio. Funziona?"

"Credo", ha detto. "Non c'è nulla sul loro sito web, ma ho chiesto a Paulinho qualsiasi cosa ne sapesse. Non è molto, ma mi ha detto che hanno avuto 'risultati per lo più positivi'".

"Mi chiedo come siano i 'risultati negativi'", ha detto Ben.

"Qualunque cosa sia, se dietro c'è la Drache Global, probabilmente è importante per qualcosa che stanno pianificando".

"Ha detto qualcosa su come si presenta questa 'ricerca'?".

"No, solo che è emersa una specie di anomalia. Non sapeva cosa fosse, ma ha detto che faceva sembrare Amanda 'agitata' quando parlavano".

""Fidgety?""

"È quello che ha detto".

Ben non rispose, ma tornò a "dormire" con la testa delicatamente appoggiata al cuscino duro come la roccia del sedile dell'aereo. Le sue gambe, troppo lunghe per essere comode, erano schiacciate contro il sedile di fronte a lui, non aiutate dalla decisione del passeggero di reclinare il sedile al massimo.

Guardando Ben seduto lì come un manichino da crash test che era stato schiacciato contro la parte anteriore del veicolo dopo un test fallito, Julie si sentì ancora più a disagio.

"Ora so perché non ti piace volare", disse.

Ben aprì gli occhi e sorrise, spostandosi sul sedile per cercare di trovare una posizione più comoda. "Pensi che sia *questo il* motivo per cui odio volare?", chiese.

Lei ricambiò il sorriso. "Sicuramente non è il personale di bordo, gentile e premuroso".

Lui la fulminò con lo sguardo. "So che stai scherzando, ma fa comunque male ricordare".

Lei rise. Avevano volato insieme solo una volta, quando erano stati invitati entrambi alla Casa Bianca per incontrare il Presidente dopo gli eventi del Parco Nazionale di Yellowstone. Il governo degli Stati Uniti, apparentemente intenzionato a onorarli nella capitale della nazione, non sembrava ritenere necessario onorarli *fino al* loro arrivo - non avrebbero speso nulla di più costoso di un biglietto in pullman. Trascorsero le ore di volo schiacciati l'uno contro l'altro nella fila posteriore, senza che nessuno dei due sedili fosse in grado di reclinarsi per offrire anche solo un po' di tregua da quel miserabile viaggio.

Come se non bastasse, l'aereo aveva esaurito le bevande alcoliche, lasciando Ben e Julie a sussistere con noccioline e mezze lattine di Diet Coke consegnate da un assistente di volo chiaramente insoddisfatto della sua carriera. L'assistente di volo faceva un commento sprezzante ogni volta che chiedevano qualcosa e alla fine disse a Ben di "alzarsi e prendersela da solo" quando Ben chiese un'altra bevanda.

Eppure, se c'era qualcosa che entrambi avevano portato via da quell'esperienza, era il ricordo delle risate per la ridicolaggine di tutto ciò; una battuta interna tra loro. Julie sapeva che Ben odiava volare per una serie di motivi, ma anche Ben ammetteva di essere molto più allegro quando viaggiavano insieme.

Si chiedeva se avrebbe mai superato la paura di volare. Era un problema di controllo, cioè sapeva di non avere alcun controllo, ma le piaceva ricordargli che le paure potevano essere superate.

Lui ribatteva sempre, come era sua abitudine, ma Julie amava segretamente vederlo contorcersi sul sedile mentre l'aereo decollava e poi di nuovo mentre atterrava. Pensava che lo rendesse carino.

"Pensi ancora a tre giorni, vero?", chiese.

"Tre giorni per cosa?"

Gli lanciò un'occhiata. "Tre giorni per trovare tutto il possibile sulla Drache Global, poi il resto del tempo siamo in vacanza. *Non a* cercare".

"Pensavo avessimo detto una settimana...".

"*Hai* detto una settimana. Passeremo *due settimane* lì, e non ne sprecherò la metà per rintracciare un'organizzazione misteriosa". Julie non insistette oltre; sapeva che Ben era molto più deciso a dare la caccia alla nebulosa organizzazione che era quasi costata loro la vita.

Voleva sapere chi fossero quanto lui, ma era più che felice di lasciare il lavoro investigativo ai veri detective.

Ben all'inizio non rispose, ma quando lei non smise di fissarlo, finalmente annuì. "Sì, certo, lo so. Tre giorni. Ma se troviamo...".

"No, Ben. Tre giorni. E basta". Voleva sembrare decisa, ferma, ma le parole suonavano stanche. *Era* stanca: Yellowstone e le sessioni di debriefing con il governo e i media nei mesi successivi avevano avuto il loro peso, e lei era pronta a chiudere la faccenda. Come diceva sempre sua madre, "a volte non si chiude, si va avanti".

Ben, tuttavia, non era il tipo di persona che poteva semplicemente "andare avanti". Era troppo testardo e determinato ad andare avanti. Era probabilmente la cosa più frustrante di quell'uomo. Julie amava il fatto di poter contare su di lui per portare a termine un progetto, non importa quanto grande, ma doveva trovare un equilibrio con la realtà che lui tendeva a non concentrarsi su nient'altro finché il progetto non era finito.

Temeva sempre che alla fine lui trovasse una pista, una piccola informazione che potesse risvegliare il suo interesse per il caso. Aveva anche pensato di non dirgli della telefonata di Paulinho, ma sapeva che lui era troppo intelligente per farlo. Avrebbe chiesto chi aveva chiamato, avrebbe capito che si trattava di qualcosa di serio e lei glielo avrebbe detto.

Fu quindi con grande riluttanza che parlò a Ben della possibile pista in Brasile, mise da parte le loro vacanze e accettò di volare in Brasile con lui per scavare un po' in giro per qualche giorno. Se tutto fosse andato come previsto, avrebbero trascorso qualche giorno con Paulinho e la sua amica Amanda Meron, controllando i documenti di investimento e i dettagli di finanziamento della società di lei ed eventualmente esaminando alcune ricerche, poi avrebbero trascorso altri dieci giorni a oziare sulle bellissime spiagge di sabbia bianca e a bere con la gente del posto.

Se tutto è andato come previsto.

CAPITOLO 5

BEN SI MASSAGGIÒ LE MANI, smaltendo la rigidità dovuta all'aver stretto i braccioli del sedile dell'aereo durante l'atterraggio di un paio d'ore prima. Ascoltò mentre il gruppo si scambiava saluti e convenevoli, tutti in attesa che venissero consegnate le loro ordinazioni di bevande. Erano seduti intorno a un tavolo circolare in un pittoresco caffè brasiliano, con un ombrellone che li copriva e che bloccava la luce più intensa del sole che bagnava le strade della città. Intorno a loro, sulla passerella, si muovevano flussi di acquirenti e uomini d'affari che si muovevano tra i tavolini del caffè.

L'uomo che aveva presentato tutti, Paulinho, era ancora in piedi davanti alla sua sedia, con un sorriso a tutto campo sul volto. Aveva stretto la mano di Ben con una presa che sembrava voler impressionare, ma non abbastanza forte da sentirsi utile. Ben non riusciva a capire se gli piacesse o meno, ma, come era sua abitudine, decise che non gli piaceva, ma avrebbe permesso all'uomo di fargli cambiare idea. La pelle dell'uomo era scura, profondamente abbronzata dal sole brasiliano, e mentre ritirava la mano Ben notò un piccolo tatuaggio circolare all'interno del polso. Non riconobbe il disegno e non riuscì a guardarlo abbastanza a lungo per decifrarlo ulteriormente.

Alla sua sinistra sedeva Julie, che arrossì quando Paulinho la baciò su ogni guancia. Ben non riusciva a ricordare se quello dovesse essere un saluto europeo o qualcosa che faceva tutto il mondo, ma pensava comunque che fosse strano vederlo in Brasile. Di fronte a Julie, alla destra di Ben, sedeva la dottoressa Amanda Meron, una giovane donna che, secondo Ben, sembrava più adatta a una squadra di beach volley che a un laboratorio scientifico. La sua pelle era chiara, ma abbronzata con una luminosità naturale che solo l'estate in un posto come il Brasile può dare. I suoi capelli erano corti e biondi, ma abbastanza lunghi da essere tirati indietro in una coda di cavallo sciolta che le poggiava delicatamente sulla nuca. Sembrava essere americana o europea di nascita e si distingueva dagli indigeni brasiliani che li circondavano.

Ben cercò di non soffermarsi sul fatto che era assolutamente splendida. Quando Julie gli aveva parlato della sua azienda, aveva pensato che fosse una vecchia signora raggrinzita, con la schiena ingobbita per gli anni passati al microscopio. Occhiali, probabilmente tenuti sul camice bianco da una lunga catena penzolante che agganciava alla tasca anteriore. Immaginò la sua defunta nonna, una donna larga e minuta che aveva la ferocia di un toro e le spalle adatte. Pensò a tutte le altre persone "scientifiche" che gli venivano in mente: Bill Nye, Bill Gates, alcuni uomini e donne in camice bianco nelle fotografie di repertorio, tutti nerd, secondo Ben.

Quando ha incontrato Amanda Meron ha capito che non sapeva nulla di scienza.

Rubando un'altra occhiata, vide che la dottoressa Meron era seduta con i gomiti sul tavolo, la schiena dritta e gli occhi fissi su Paulinho. *Rilassata, ma al tempo stesso nervosa.* Julie guardò Ben, che tossì rapidamente e annuì una volta, poi alzò lo sguardo su Paulinho.

Julie sorrise, gli occhi scintillanti di una risata che teneva per sé.

Ben si chiese se stesse arrossendo.

"Ben, dimmi: che lavoro fai, se posso chiedertelo?". disse Paulinho, parlando in qualche modo con un inglese impeccabile e mantenendo un enorme sorriso stampato sul viso.

"Certo", disse Ben. "Sono un ranger del parco, in Alaska".

"Oh, molto interessante! È una cosa che fate tutto l'anno?".

Ben si accigliò, cercando di interpretare la domanda. Se si fosse trattato di chiunque altro, sarebbe stato un commento legato al tempo: *"Non fa troppo freddo per lavorare in Alaska d'inverno?".* Ma non era ancora sicuro di Paulinho. *È qualcosa che paga le bollette per te e la tua ragazza, o non ha bisogno di un uomo migliore? Uno come me, magari...?'*

"Ben?"

Ben alzò di scatto la testa e Julie, Paulinho e Amanda lo stavano fissando.

"Giusto, oh, mi scusi", ha detto. "Sì, è un lavoro a tempo pieno. Paga le bollette, sa...".

Il sorriso di Paulinho, miracolosamente, divenne ancora più grande. "Meraviglioso! Sono contento che siamo tutti qui. Grazie per essere venuti con così poco preavviso. Immagino che la dottoressa Meron vi abbia informato sui dettagli delle iniziative della sua azienda".

Julie annuì. "Sì, grazie. E sta cercando qualcosa che abbia a che fare con la Drache Global?".

Il cameriere tornò con le loro bevande. Due succhi di frutta frizzanti e leggeri per Paulinho e Amanda, una Diet Coke per Julie e un'acqua per Ben.

Paulinho annuì in risposta alla domanda di Julie e finalmente si sedette. "Sì, ma finora è stato tutto inutile. Sembra che la società voglia tenersi ben nascosta".

"Il che significa che stanno facendo qualcosa di sbagliato", disse Amanda.

"Non necessariamente. Le imprese spesso preferiscono operare a distanza dai governi locali e nazionali. Le tasse sono un onere pesante al giorno d'oggi, per non parlare della costante minaccia di cause legali e cattiva pubblicità".

Tutti i presenti annuirono, accettando la risposta.

"Ma *se* stessero facendo qualcosa di sbagliato, lo troveresti?". Chiese Ben.

"Beh, non esageriamo. Lavoro in un ufficio che ha accesso a registri altrimenti privati che le aziende devono archiviare ogni anno: questo non significa che sarò in grado di trovare qualcosa, se c'è. Lo faccio per fare un favore al dottor Meron e, naturalmente, anche a voi due. Ho anche contattato un mio amico che si interessa di storia. È un po' eccentrico, ma vi piacerà".

Julie si avvicinò e accarezzò la mano di Paulinho con uno sguardo preoccupato, come se avesse appena salvato il cucciolo di suo nipote. Ben bevve un lungo sorso d'acqua, cercando di ignorare lo strano modo in cui la sua ragazza si comportava nei confronti del robusto Paulinho dalla pelle scura. Paulinho se ne stava seduto, sorridendo, e si godeva il tutto.

Quell'uomo è spavaldo, pensò Ben. Doveva riconoscerglielo. Vivendo in Brasile, istruito, ricco e di bell'aspetto, Ben sapeva che quell'uomo non cercava l'attenzione dell'altro sesso. Si presentò con sicurezza, con un sorriso permanente che illuminava la giornata già sbiadita dal sole.

"Allora", chiese Ben. "Qual è il prossimo passo?".

Amanda scosse la testa, formando le parole. "Non so cosa stia succedendo o perché, ma sono contenta che siate qui, tutti e due. Dovete andare in albergo e riposare un po'. Possiamo parlare domani. E se c'è qualcosa che potete dirmi su questa organizzazione, sono tutto orecchi".

Ben si alzò, preparandosi ad uscire con Julie. "Siamo all'oscuro di tutto, ma posso dirvi questo: La Drache Global, se davvero c'è lei dietro a tutto questo, non è una società con cui si vuole scherzare".

49

CAPITOLO 6

JUAN ORTEGA si accostò alla minuscola casa alla fine dell'isolato e parcheggiò la sua berlina sul vialetto. Guadagnava abbastanza per comprare un veicolo migliore, una casa più grande e vivere praticamente ovunque in Brasile, ma per lui non si trattava mai di volere di più.

Era stato allevato in modo cattolico, da un agricoltore e da una maestra, e la frugalità era sempre stata un forte maestro nella loro casa. Il padre di Juan aveva insegnato ai figli - nove in tutto, compreso Juan - come coltivare il giardino e il cibo, come badare a se stessi e come prendersi cura della famiglia. Sua madre insegnò loro il valore di un'istruzione adeguata e instillò in tutti loro il desiderio di imparare.

Mentre raccoglieva la borsa e appendeva il badge identificativo della NARATech sullo specchietto retrovisore, gli venne in mente l'immagine dei suoi genitori. Suo padre, che sorrideva sapendo che il figlio maggiore stava portando avanti il nome della famiglia in modo orgoglioso e vantaggioso per il mondo, e sua madre, compiaciuta con lo sguardo che solo una madre soddisfatta può avere quando guarda i propri figli cresciuti. Erano morti entrambi cinque anni fa, a distanza di sei mesi l'uno dall'altro, e Juan faceva del suo meglio per ricordarli bene. Avevano allestito un piccolo santuario all'ingresso della casa, appena dentro la porta d'ingresso. Si diresse verso di essa, aprì la zanzariera e girò la maniglia della porta più grande dietro di essa, ed entrò in casa.

Passò davanti al santuario, vedendo la fila di candele e l'immagine incorniciata dei suoi genitori che gli sorridevano. Si fermò un attimo, sperando di poter onorare la loro memoria in silenzio, ma la figlia di cinque anni stava già girando l'angolo.

"Papà!", urlò lei, saltando verso di lui e saltando tra le sue braccia.

"Caroline", disse lui, baciandole la guancia, "cosa ci fai a casa?". Caroline avrebbe dovuto avere una lezione di danza dopo la scuola oggi, quindi fu sorpreso di vederla in casa.

"La mamma ha detto che posso saltare, così stasera possiamo fare i biscotti".

Sorrise. Fare i biscotti" significava che l'intera cucina sarebbe stata messa sottosopra per il resto della serata, ma subito dopo ci sarebbero state *centinaia* di biscotti di ogni forma, dimensione, consistenza e sapore tra cui scegliere. Era una tradizione familiare a cui partecipavano la moglie e le loro tre figlie, di nove, sette e cinque anni. Il ruolo di Juan era quello di "assaggiatore ufficiale".

"E perché non la aiuti adesso?", disse, facendole il solletico.

Lei urlò di risate, poi corse fuori dalla stanza non appena lui la mise a terra. La moglie lo accolse in portoghese, troppo indaffarata per lasciare il suo posto in cucina, e lui rispose entrando nella zona familiare adiacente alla cucina.

Prima che potesse posare la valigetta, la figlia maggiore, Gloria, entrò nella stanza con un gioco in mano. Aveva già gli occhi imbronciati di una bambina che implora, sperando di ottenere qualcosa dal padre.

"Come, anche tu non aiuti tua madre?".

"Lo sono, ma stiamo aspettando di finire questa partita", rispose lei. "Per favore?" La donna sollevò la piccola scatola rettangolare verso Juan.

"Credo", disse, "se tua madre è d'accordo".

Fece un rapido cenno di assenso, poi aggiunse: "Ma se arriverete in ritardo alla prossima partita di pasta, non vi sarà permesso di mangiarne nemmeno una".

Le ragazze risero e Gloria scaricò la scatola sul tappeto del salotto. La *pega-verità* era un gioco per bambini che avevano ricevuto dal fratello di sua moglie qualche settimana prima. I bastoncini colorati cadevano a casaccio l'uno sull'altro e il gioco consisteva nel cercare di raccoglierli senza muovere nessun altro bastoncino. Ogni colore di bastoncino valeva un punto diverso. Era un gioco semplice, ma Juan si divertiva a interpretare i ruoli per le ragazze quando giocavano. Stasera sarebbe stato un chirurgo impazzito, che cercava di curare un paziente senza causare altri danni. Si immedesimò subito nel personaggio, urlando ai bastoncini sul pavimento con accento americano di "liberare la stanza!".

Le ragazze risero tutte e Gloria raccolse il suo primo bastone.

Giocarono per alcuni minuti, avanti e indietro, finché non rimasero solo dieci bastoni. Tutti i bastoni rimasti erano caduti sul pavimento in modo simile, con le estremità sovrapposte più vicine a un lato di ogni bastone che all'altro, formando un punto in cui tutti i bastoni convergevano.

Juan inclinò la testa da un lato mentre li guardava.

"Papà, è il tuo turno", disse Gloria.

Ha risposto con il suo carattere. "Sì, sì, mi sto concentrando".

Ma quando guardò i bastoni rimanenti, che si incrociavano tutti in un unico punto, ebbe un'illuminazione.

Devo andare in ufficio...

Doveva verificare la teoria.

Si alzò, scusandosi con Gloria. Andando in cucina, prese la mano della moglie. "Devo andare in ufficio".

"L'ufficio?" chiese lei, sorpresa. "Sei appena arrivato da lì".

"Sì, mi scuso. È... è una cosa urgente".

"Va tutto bene?"

"Lo è, sì. Ma devo portare qualcosa al dottor Meron prima di stasera. Una cosa che ho dimenticato in ufficio".

Lei annuì, ancora confusa, ma non disse altro. Odiava nasconderle la verità, ma tutto questo poteva ancora essere una ridicola coincidenza. Non voleva esagerare e far agitare tutti.

Ma se ho ragione...

Doveva ottenere i punti dati dagli uffici della NARATech e tracciarli su una mappa, quindi inviare tutto ciò che aveva trovato - *se* aveva trovato qualcosa - ad Amanda Meron. Ultimamente non era in sé e lui sapeva che aveva a che fare con questo progetto. Non era sicuro del tipo di pressione a cui lei e il dottor Wu erano sottoposti, e non era affar suo saperlo. Ma a lui importava di loro; erano la sua squadra, la sua famiglia. Se si sentivano sotto pressione per capire il significato di questo progetto e le sue possibili ramificazioni, li avrebbe aiutati in qualsiasi modo.

Probabilmente non era nulla. Probabilmente si trattava di un altro strano riconoscimento che non avrebbe portato a nulla di particolare. Avrebbe analizzato i dati - la sua specialità - e non avrebbe trovato nulla di strano. Niente che li avrebbe avvicinati alla scoperta del motivo per cui c'era un'anomalia nel loro sistema.

Ma mentre imboccava l'autostrada principale che lo avrebbe portato a nord verso il complesso di uffici, ebbe una strana sensazione.

E se avessi ragione? E poi?

CAPITOLO 7

LA TESTA di Ben non aveva ancora toccato il cuscino prima che Julie si avvicinasse al suo lato del letto e cominciasse a dargli dei colpetti sulla spalla.

"Ben. Svegliati", disse, con un sussurro più forte della sua voce normale.

Si strofinò gli occhi, poi si mise a sedere, spingendo il cuscino dell'albergo contro la testiera per sostenere la schiena. Avevano fatto il check-in solo un'ora prima, Julie aveva insistito perché facessero un giro in macchina e "vedessero la città" prima di sistemarsi per la notte. Avevano fatto un giro intorno al piccolo centro, poi lei lo aveva fatto accostare a uno stadio di calcio locale per scattare delle foto. Gli aveva detto di essere sempre stata una fan di questo sport e, anche se non aveva mai sentito parlare della piccola squadra di club, era entusiasta di vedere uno stadio "vero". Quando lasciarono il parcheggio dello stadio si stava facendo buio e Ben sapeva che sarebbe diventato sempre più scontroso con l'avanzare della giornata, così prese la decisione esecutiva - con il permesso di lei, ovviamente - di andare all'-hotel in cui Amanda aveva detto loro di alloggiare.

L'approccio di Julie e Ben al soggiorno in albergo non avrebbe potuto essere più diverso. Ben era pratico, utilitarista: non voleva altro che un letto pulito, una stanza buia e una porta interna solida e chiudibile. Punti bonus se l'hotel aveva un bar, e ancora meglio se aveva un happy hour decente. Non viaggiava molto, ma quando lo faceva si concedeva un rapido bicchiere di whisky, in qualsiasi gusto preferisse la gente del posto.

A Julie, invece, non importava nulla della camera in sé, purché fosse pulita. Voleva una vasca idromassaggio, un centro di allenamento e una grandiosa colazione continentale. Ben amava ricordarle che dimenticava sempre il costume da bagno, non usava mai i servizi dell'hotel e non faceva colazione, ma le poche volte che erano stati in un hotel insieme, Julie si era sempre assicurata che avesse i suoi servizi "preferiti".

Quando entrarono nella stanza, Julie gettò immediatamente la valigia sul secondo letto - un'altra "caratteristica" che preferiva nelle camere - e lasciò che i suoi vestiti si spargessero ovunque. Non aveva ancora finito di profanare il secondo letto che decise di iniziare a lavorare al bagno. Quando Ben vi entrò, dopo appena due minuti di permanenza, il piano d'appoggio era ricoperto di prodotti per l'igiene, trucchi e altri oggetti estranei a Ben.

"Cosa c'è?", chiese. "Non stavo dormendo. Non so come avrei potuto addormentarmi con te che camminavi in quel modo. Mi stai stressando".

"Ci sono molti motivi per essere stressati, Ben", disse. "Ero al telefono e mandavo messaggi a Paulinho".

Ben ha fatto un cenno di disappunto a bassa voce, ma abbastanza forte perché lei lo sentisse.

"Calma, non sei un tipo geloso", rispose lei.

"Sì, ma non sono nemmeno il tipo brasiliano abbronzato che gioca a calcio", disse. "Che c'è?"

Julie fece scorrere il telefono davanti al viso di Ben. "Ha mandato un video. Qualcosa che Amanda ha registrato sul suo telefono. Dice che è un aggiornamento da parte di uno dei suoi dipendenti. Poi c'è scritto 'URGENTE' a caratteri cubitali".

Ben vide la parola e il video sotto di essa. "Non l'hai guardato?"

Scosse la testa. "No, è... travolgente, credo. Volevo guardarlo con te".

Mentre lei parlava, Ben vide arrivare un altro messaggio. Lo lesse ad alta voce. "Ho appena visto il video. Per favore, incontriamoci nell'atrio - stiamo venendo da te".

"Non l'ha nemmeno guardato prima di spedirlo? Quanto lo conosceva bene?".

Julie gli lanciò un'occhiata che diceva: *"Lascia perdere"*, poi premette il dito sul pulsante "play" sullo schermo del telefono.

Lei avvicinò la testa a quella di Ben, che girò leggermente il telefono in modo che potessero vedere entrambi.

Sullo schermo, un uomo con una camicia Oxford bianca, i primi due bottoni slacciati, gli occhiali e l'inizio di una barba sul mento, parlava alla telecamera montata su un computer.

"Dottor Meron, se sta ascoltando, è troppo..." lo schermo tremolò mentre un lampo di luce accecante copriva momentaneamente la visuale. "... Non possiamo tenerli... nella struttura. Dottor..." Si girò per guardare dietro le spalle, poi si abbassò. Un altro lampo di luce e sembrò che l'uomo stesse lottando per rimanere seduto sulla sedia. "Dottor Meron, la prego, trovi il loro segreto".

Il video saltò di nuovo e il fumo riempì il piccolo schermo. Un forte rumore *di schiocco* proveniva dal dispositivo e, anche nella relativa tranquillità, era chiaro che il rumore sarebbe stato *forte* nella stanza reale. Julie sobbalzò, poi il fumo si schiarì abbastanza da mostrare il volto dell'impiegato. Egli raggiunse freneticamente la telecamera, la tirò verso il suo viso e si chinò verso il computer. Alle sue spalle si profilava un'ombra che si muoveva e girava mentre l'uomo iniziava a parlare.

"... Non c'è tempo - per favore - *pega-palito...*" ripeté di nuovo le parole, più lentamente, poi provò a ripeterle velocemente un'ultima volta. *"Pega..."* l'ultima parola fu interrotta proprio mentre un altro *schiocco* spingeva il livello degli altoparlanti del telefono, e l'uomo sullo schermo divenne spalancando gli occhi, poi iniziò ad accasciarsi.

Julie urlò, coprendosi la bocca, e l'uomo cadde sul tavolo. La telecamera rimase stretta nella sua mano, non riprendendo altro che lo sguardo cupo e freddo dell'uomo morente accanto ad essa. Cercò di mettere a fuoco l'immagine ravvicinata, ma non ci riuscì. Il volto dell'uomo divenne sfocato, si mise leggermente a fuoco, poi tornò ad essere sfocato.

Anche Ben si sentì respinto. Il colpo continuò ancora per qualche secondo, poi vide lo schermo cambiare. L'uomo fu spinto violentemente di lato e apparve una figura più grande, vestita di nero, che si stagliava contro la luce della porta dietro di loro. Girò la testa, cercando di decifrare ciò che era sullo schermo. Ben si chinò, cercando di catturare ogni momento dell'azione. Si concentrò intensamente sugli occhi dell'uomo.

Gli occhi possono dirti tutto, gli disse una volta suo padre durante una battuta di caccia.

Gli occhi dell'uomo si allargarono, anche se di poco, poi si restrinsero. *Aveva trovato qualcosa. Qualcosa che lo sorprese.* Ben sentì un brivido lungo la schiena e si mise a sedere più dritto. *E vuole tenere l'informazione per sé.*

Cercò di fissare nella mente l'immagine degli occhi dell'uomo. Il volto era mascherato da un panno nero, ma gli occhi erano chiari: verde-marrone, quasi dorati alla luce del computer, e nitidi.

Affilatissima.

Ben sapeva che li avrebbe ricordati e giurò a se stesso che avrebbe trovato l'uomo che li possedeva.

Non conosceva l'impiegato - lo scienziato - che era stato appena assassinato davanti a lui, ma sapeva che avrebbe fatto il possibile per capire cosa fosse appena successo.

CAPITOLO 8

"OK, OK, RALLENTA", disse Ben. "Prima spiegaci cosa è successo".

La dottoressa Amanda Meron aveva le lacrime che le rigavano il viso, facendo colare il poco trucco che portava e macchiandole le guance. Strinse i denti, poi alzò lo sguardo verso i tre. "Hai *visto* cos'è successo, Harvey. Il dottor Ortega è *morto* a causa di... di chiunque *fosse*, e voi non volete che chiami la polizia?".

Paulinho le afferrò il braccio. "Chiameremo la polizia, quando avremo avuto un po' più di tempo per capire cosa sta succedendo esattamente. Ma ho anche chiesto aiuto a un vecchio amico, che dovrebbe arrivare presto. Noi..."

"Ogni minuto che aspettiamo peggiora! Dobbiamo chiamare *subito* la polizia!", disse. Si sedette sulla grande poltrona dell'atrio, appena dentro la porta dell'hotel in cui alloggiavano Juliette e Ben. Dopo che Julie ebbe chiamato Paulinho, si misero d'accordo per incontrarsi in albergo e poi decidere cosa fare. Julie, su richiesta di Ben, disse a entrambi di tenere fuori la polizia, almeno per il momento.

Ben scosse la testa. "No, dottor Meron, non è vero. Se li chiamiamo, potremmo essere trattenuti per essere interrogati, o peggio.

La Drache Global - se è questo il mandante, dopotutto - non se ne starà con le mani in mano. Continueranno a muoversi". Ben guardò Paulinho. "Chi è questo tuo 'vecchio amico'?".

"Gestisce un campo di sopravvivenza e un poligono di tiro qui. Ex militare, un cecchino, credo. È una brava persona da avere accanto in un combattimento", ha detto Paulinho.

"Beh, speriamo di non aver bisogno di lui", rispose Ben. *Ma, considerando il quartier generale della NARATech in questo momento...* sapeva che avere qualcuno con una certa esperienza militare da avere almeno vicino era una buona mossa. Fece un rapido cenno a Paulinho.

Amanda Meron annusò. "Allora, cosa pensi che stiano cercando?".

"Non possiamo esserne certi, ma il poco che siamo riusciti a scoprire su di loro suggerisce che sono interessati alla conoscenza".

Il volto di Julie arrossì di rabbia. "*Conoscenza?* Ben, questi ragazzi...".

"So cosa hanno fatto, Jules", disse. "Ma ricorda che non si *preoccupavano* molto dei danni che facevano, e di certo non avevano paura di uccidere chiunque si mettesse sulla loro strada. Ma, a prescindere dai nostri sentimenti nei loro confronti, dobbiamo ammettere che avevano un processo estremamente scientifico ed erano assolutamente decisi a scoprire fino a che punto potevano spingersi con l'arma che avevano costruito".

Julie scosse la testa.

"Credetemi", continuò Ben, "voglio che siano cancellati dalla faccia del pianeta tanto quanto voi. Ma sappiamo che sono ancora in giro e che stanno lavorando a qualcosa. Sono intelligenti, veloci e sanno quello che fanno". Si voltò verso Amanda e Paulinho. "Credo che stiano cercando di rubare la ricerca della vostra azienda. Sono interessati a quello che state facendo qui - lo sappiamo perché hanno investito. Ma sono interessati a qualcosa di *più grande*, qualcosa di più grande della semplice conoscenza per il gusto di farlo".

"Cosa stai suggerendo?" Chiese Paulinho.

"Non lo so ancora, ma questo è uno dei motivi per cui siamo venuti qui. Per scoprirlo. Se devo indovinare, stanno lavorando a qualcosa e hanno bisogno di ciò che la NARATech può fornire. E soprattutto, a giudicare da quel video, non vogliono che nessuno di noi si metta sulla loro strada".

Amanda si alzò in piedi e iniziò a camminare intorno alla zona salotto. Le sue scarpe, ballerine marroni casual con paillettes e cerchi dorati scintillanti che potevano funzionare anche come comode calzature da ufficio, tintinnavano contro il pavimento piastrellato. Ben era stanco e il suono ripetitivo del ticchettio sembrava fargli venire ancora più voglia di dormire. Osservò le scarpe, perdendo la concentrazione, e poi lasciò che i suoi occhi risalissero le gambe della donna, che spuntavano dal fondo della gonna da lavoro che indossava. Lunghe, magre, un fisico perfetto.

"Ben".

Si girò di scatto e vide Julie che lo fissava. Alzò un sopracciglio.

Ripeté la domanda. "Paulinho pensava che dovessimo andare in laboratorio, per vedere a cosa stava lavorando il dottor Ortega, quando..." la sua voce si interruppe.

"No". Amanda e Ben dissero contemporaneamente. Si guardarono e Amanda tornò verso le sedie.

"No", disse ancora Ben. La polizia - e probabilmente anche di più - sarà già lì, quindi non c'è modo di entrare".

Interviene Amanda. "Il dottor Ortega stava usando il Mac nella sala conferenze sul retro, il che significa che probabilmente stava cercando di fare qualcosa di più che lasciare un messaggio per noi".

"Cosa vuoi dire?" Chiese Julie.

"È il computer che usiamo per registrare le sessioni di conferenza. È criptato, e senza dubbio prima o poi riusciranno a penetrare, ma non è il computer che usiamo per il lavoro di laboratorio. Tutto ciò avviene su computer portatili personali e...".

"Voleva che trovassimo qualcosa sul computer, e quello era l'unico che avrebbe funzionato".

Annuì. "È il più semplice, comunque. C'è una funzione di cattura dello schermo e un programma di condivisione dello schermo. Lo usiamo per registrare e trasmettere a distanza le nostre riunioni nel caso in cui qualcuno di noi sia fuori sede. C'è un'unità di archiviazione speciale basata su cloud a cui inviamo tutto, come backup ridondante".

"Pensi che stesse cercando di dirci qualcos'altro? Qualcosa di diverso dalle *pega-veretas?*" chiese Ben.

Di nuovo, annuì. "Se era nella sala conferenze, ne sono certo. Anche se il computer fosse stato danneggiato, qualsiasi cosa stesse facendo sarebbe stata caricata e memorizzata".

Paulinho guardò Julie, che si alzò in piedi. "Vado a prendere il mio portatile".

Amanda sorrise, con il trucco ancora spalmato sulle guance. "Grazie - a tutti e due, grazie. Avrei portato il mio, ma non ero lucida. È tutto... non posso...".

"Per favore", disse Ben. "Non ti scusare. So come ti senti in questo momento".

Offrì loro un caffè mentre Julie andava a prendere il portatile nella loro stanza, tre piani sopra di loro. C'era una macchina per la preparazione del caffè dall'altra parte dell'atrio, a un'estremità della sala grande. Si avvicinò, rendendosi conto ancora una volta di quanto fosse esausto. Erano partiti dall'Alaska quasi due giorni fa e, a parte un breve sonnellino sull'aereo, non aveva mai visto l'interno delle palpebre. Avevano guidato fino ad Anchorage, volato fino a Seattle, Los Angeles, Panama City, Belo Horizonte e infine Marabá. Il viaggio in auto, gli scali e le quasi trenta ore di volo hanno reso il viaggio totale di circa trentacinque ore. Odiava volare, e ora ne aveva fatto più in due giorni che in tutta la sua vita.

Ma ne valeva la pena. Doveva dirselo, se non per lui, per Julie: amava la ragazza e non voleva che fosse coinvolta in tutto questo. Ma conosceva bene anche lei e sapeva che non si sarebbe lasciata indietro. Avrebbe voluto essere coinvolta nell'azione, accanto a lui.

Inoltre, grazie al suo precedente ruolo a tempo pieno e al suo attuale lavoro di consulente presso il CDC, aveva un contatto con i vertici di Washington. Se le cose fossero andate male in Brasile, Ben sapeva che lei avrebbe potuto almeno avvertire le autorità della loro posizione e far loro sapere cosa era successo. Era troppo presto per creare problemi a qualcuno e di certo non volevano attirare indebitamente l'attenzione su di sé, ma a Ben bastava sapere che l'opzione c'era.

Si avvicinò alla prima delle macchine alte e argentate e prese una tazza di polistirolo. Premette il labbro della tazza sul rubinetto sotto la macchina.

E il vetro dietro di lui esplose.

CAPITOLO 9

BEN SENTÌ l'aria intorno a sé e poi l'assenza di peso di essere sollevato completamente da terra. La sensazione non durò a lungo: fu scaraventato in avanti, oltre il tavolino, contro il duro muro a secco della parete sud dell'atrio.

Il rumore di tutto ciò lo raggiunse. L'esplosione della granata gli fece quasi scoppiare i timpani e i frammenti di vetro piovvero intorno a lui. Cadde dalla parete, con la parte anteriore quasi schiacciata, mentre si accartocciava sul tavolo e poi sul pavimento. Gli alti scalda caffè rotolavano sulle piastrelle, per lo più illesi. Rotolò di lato, costringendo il suo corpo esausto e ormai ustionato a collaborare.

Vai da Julie.

Il pensiero gli attraversò la mente come se fosse un pilota automatico. Voleva solo trovare un buco da qualche parte, un posto in cui infilarsi e dormire; fingere che fosse tutto un incubo malato.

Ma erano sotto attacco. Gli spari iniziarono subito dopo, facendo tremare il resto delle lastre di vetro che proteggevano la hall dell'hotel dall'esterno. Sentì il suono inconfondibile dei fucili automatici, che sembravano spruzzare proiettili da ogni direzione possibile, e continuò a rotolare. Alla fine si mise a sedere e iniziò a strisciare, mirando alla fessura delle dimensioni di una porta tra il muro e il bancone delle informazioni e del check-in.

Non c'era nessun altro nell'atrio, solo loro quattro, e Ben ne fu grato. Raggiunse il bancone e si tirò su in posizione accovacciata, appoggiandosi al muro per riprendere fiato. Era fuori dalla visuale della facciata dell'edificio, ma poteva vedere - e sentire - i proiettili che atterravano sul muro sopra e intorno alla posizione del tavolino. Il tavolino stesso era stato fatto a pezzi, i tre contenitori del caffè perdevano e spruzzavano il loro contenuto caldo nell'aria.

Il fumo e la polvere causati dallo scoppio della granata e dall'accartocciamento dei muri a secco confondevano l'aria davanti a lui, ma Ben si costrinse a tenere gli occhi aperti, per cercare di vedere se Paulinho e Amanda fossero ancora nell'atrio.

Paulinho sembrava abbastanza atletico e Ben sperava che corrispondesse alla descrizione. Non riuscì a vedere nessuno dall'altra parte del corridoio e scelse di credere che i due fossero fuggiti nel corridoio più piccolo dietro l'atrio dopo l'esplosione. Gli spari cessarono per un attimo e vide una coppia di soldati entrare nell'atrio. Si voltarono da una parte all'altra, entrambi in cerca di bersagli.

Ben ha capito che siamo *noi i bersagli*. Non era sicuro di come fosse tutto collegato, ma sapeva che questi soldati erano gli stessi che avevano distrutto la società di Amanda e ucciso la sua dipendente. Provò una scarica di rabbia, poi di adrenalina, ma ebbe la forza di fermarsi e ricordare che non era armato. Anche se lo fosse stato, non avrebbe potuto fare nulla contro le loro armi e il loro addestramento.

Era un bersaglio facile e loro erano tra lui e Julie.

Si costrinse a respirare e scivolò di qualche metro alla sua sinistra, nascondendosi completamente dietro il bancone del check-in. Non sarebbe servito a molto, ma gli fece guadagnare qualche secondo prezioso.

Sono ben addestrati. Non se ne andranno senza aver cercato a fondo. Mi troveranno e poi...

Fu interrotto dal suono di altri spari, questa volta più lontani.

Jules.

Cominciò a respirare più velocemente, incapace di controllare la sua eccitazione. *Se l'avessero trovata...*

Si è tolto quel pensiero dalla mente, sapendo che non avrebbe portato a nulla di produttivo. *Hai bisogno di un piano, Harvey.* Si guardò intorno. Non c'era nemmeno un estintore appeso alla parete. I tre computer della postazione di check-in avevano tutti tastiere e monitor separati, ma se li avesse lanciati contro gli aggressori non avrebbe fatto altro che attirare l'attenzione su di sé.

Devo andare da Julie. Osò alzarsi in piedi, sbirciando oltre il bancone.

I soldati erano spariti.

L'atrio era vuoto, tranne che per la polvere e i resti di fumo che ancora aleggiavano sul soffitto.

Si alzò un po' di più, riuscendo a vedere l'intera area dell'atrio. Paulinho e Amanda non si vedevano da nessuna parte, e nemmeno i soldati.

Ma che diavolo?

Sentì un grido dall'esterno dell'edificio, poi un'altra scarica di spari. I suoi occhi colsero il bagliore lontano di una raffica di tre colpi di un fucile d'assalto e istintivamente si acquattò dietro il computer di fronte a lui. I colpi non andarono a segno e lui si rialzò per vedere lo scambio.

Un altro lampo di luce, questa volta uno solo, e sentì un tonfo nauseante e un urlo quando il proiettile trovò apparentemente il suo bersaglio. Un altro grido, incomprensibile, risuonò, seguito da altri spari.

Osservò lo scambio per qualche altro secondo, finché un enorme riflettore illuminò il parcheggio di fronte all'hotel. La luminosità accecante del bagliore giallo gli punse gli occhi, ma quando si adattò vide un parcheggio vuoto, pieno di rugiada scintillante e una sottile nebbia di fumo nell'aria.

Non si mosse nient'altro. Aspettò un minuto intero, poi un altro. Pensò di prendere il cellulare per chiamare Julie, ma poi si ricordò che non avevano ancora attivato il servizio internazionale.

Passò un altro minuto e Ben fissò il parcheggio finché un'ombra si mosse. Si allungò e da essa emerse la sagoma di un uomo, che si stagliava nel bagliore. Si diresse verso l'hotel, facendo un lungo giro tra le auto e tra i pilastri, cercando ovviamente di rimanere al riparo.

Si avvicinò alla prima parete di vetro rotta e la attraversò. Ora si trovava nell'atrio.

"Paulinho!" gridò. Alzò la sua arma, una pistola corta e tozza, davanti a sé. Un fucile più lungo era montato sulla schiena, in diagonale tra le scapole.

Ben guardò e aspettò.

"Paulinho? Se sei vivo, è il momento giusto per dimostrarmelo, amico".

Ben trattenne il respiro.

Paulinho uscì da dietro il muro che separava l'atrio dal corridoio. Ben trasalì, aspettando un altro sparo o un'altra esplosione, ma non arrivò.

"Ma guarda un po'! Sei sopravvissuto!" urlò l'uomo verso un Paulinho evidentemente scosso.

"Reggie!" Disse Paulinho. "Sei... sei sicuro che sia sicuro là fuori?".

Reggie si accasciò sui vetri rotti sparsi sul pavimento dell'atrio e venne ad abbracciare Paulinho.

"È sicuro, per ora", disse Reggie. "Torneranno però per il lavaggio dell'alluvione". Reggie indicò l'imponente schieramento di luci che puntava verso di loro dal parcheggio. "Ho messo in scena dei proiettili a detonazione, soprattutto per effetto. Ho fatto credere che un'intera squadra fosse sulla collina. Non mi hanno visto, hanno deciso di andarsene con quello che avevano, probabilmente per riorganizzarsi e tornare più tardi".

Rimasero insieme per un momento, poi Reggie spinse Paulinho verso il muro in fondo all'atrio. "Comunque", disse, "forse è meglio uscire dalla luce. Chiunque abbia una mira pari alla mia potrebbe colpirti da lì fuori".

Paulinho si girò di fronte a Ben che si era alzato da dietro la cabina. Ben si tolse le maniche e i jeans, spazzando via la polvere e i frammenti di muro a secco che vi si erano accumulati. Sollevò una mano, ancora instabile per le esplosioni, e salutò.

"Harvey!" Paulinho gridò. "Per favore, unisciti a noi. Anche Julie è qui".

Ben sentì un'ondata di sollievo che lo investì. Guardò verso il parcheggio mentre attraversava l'atrio, ma non riuscì a vedere altro che la luce brillante della lampada a diluvio. Raggiunse l'altro lato, raggiungendo Paulinho e Reggie proprio quando avevano girato l'angolo del corridoio.

Julie si precipitò in avanti e afferrò Ben, abbracciandolo. La borsa del portatile le rimbalzava sulla spalla, dondolando dietro di lei mentre correva verso di lui. Amanda era dietro di lei, con il terrore negli occhi. Ben pensò di dire qualcosa, ma nulla sembrava appropriato. Quella donna aveva perso la sua azienda, i suoi dipendenti erano stati uccisi e ora era chiaro che le stavano dando la caccia. Nulla di ciò che Ben poteva dire sarebbe servito a calmarla.

Guardò di nuovo Julie. "Stai bene?"

"Ho sentito tutto, poi ho guardato fuori e... mi sono precipitato al piano di sotto quando è iniziato tutto".

La strinse, poi la lasciò andare. "Sto bene. Sono contento che tu stia bene. Hai visto qualcun altro nei corridoi?".

"C'erano un paio di famiglie e qualche altra persona. Ci siamo tutti rintanati nelle nostre stanze quando è iniziato, ma credo che l'hotel sia per lo più vuoto".

Paulinho presenta Reggie al gruppo. "Questo è Reggie, il nostro esperto di storia. È anche un ex cecchino dell'esercito".

Reggie si inchinò con un'elegante camminata e sorrise. "Esercito *americano*, nel caso ve lo steste chiedendo. Lieto di conoscerla. Mi dispiace che sia successo in queste circostanze *non proprio auspicabili*".

Ben si sentì immediatamente respinto da quell'uomo e dalla sua presunzione. Aveva circa la stessa età di Ben, sulla quarantina a quanto pare, ma non aveva perso un grammo del suo fisico dei giorni dell'esercito. Mascella cesellata, sopracciglia indurite e la capacità di sorridere con la bocca, pur mantenendo uno sguardo freddo e calcolatore.

Ben allungò una mano, preparandosi alla stretta mortale dell'uomo. Arrivò, e Ben si costrinse a mantenere un'espressione muta mentre sentiva le dita e il palmo della mano schiacciati insieme nella morsa.

"Ti dobbiamo ringraziare", disse Ben. "Non sono sicuro che saremmo vivi senza di voi".

L'uomo si è rifiutato di ringraziare. "Non è niente. Sono solo contento che Paulinho abbia avuto il buon senso di darmi un anello prima che tutto andasse a rotoli qui. Mi piace la storia, ma mi piace *molto* combattere". Si voltò e guardò dietro di loro la devastazione dell'atrio. Pezzi di piastrelle del soffitto e di apparecchi per l'illuminazione erano disseminati sul pavimento, mentre polvere e pezzi di muro continuavano a cadere man mano che si staccavano completamente dalla struttura. Ben poteva sentire le sirene della polizia e delle ambulanze che risuonavano in lontananza, avvicinandosi.

"Come ho detto, però, dovremmo sgomberare. Torneranno e immagino che saranno un po' più preparati".

"Dove andiamo?" chiese improvvisamente Amanda. Era chiaro il vero significato della sua domanda: *Possiamo davvero nasconderci da loro?*

Reggie ci pensò un attimo. "Sei tu la ragazza che cercano, vero?".

Lei annuì. "Amanda Meron", disse.

"La *dottoressa* Amanda Meron", ha aggiunto Paulinho.

Reggie sollevò un sopracciglio. "Allora dobbiamo solo *nasconderti*. Non vogliono avere niente a che fare con il resto di noi".

Amanda sembrava confusa. "Come scusa?"

Reggie scoppiò a ridere. "Sto scherzando!" Sorrise, sorpreso per qualche motivo che nessun altro condividesse il suo affetto per l'umorismo leggermente fuori luogo. Ben lo osservò attentamente, non fidandosi ancora dell'uomo che aveva salvato le loro vite. In un istante, la sua espressione facciale cambiò. Gli occhi e le sopracciglia tornarono allo stato precedente di freddo nulla e il sorriso fu sostituito dall'espressione di chi ne ha passate abbastanza nella vita da meritare una visione seria. "Ecco il piano: Sono io al comando, almeno fino a quando non saremo liberi da questi idioti. Quando dirò che siamo al sicuro, *allora* - e *solo* allora - cercheremo di capire cosa vogliono da te, Doc".

Tutti, tranne Ben, annuirono e Reggie continuò. "Tuttavia, abbiamo bisogno di una destinazione, quindi potremmo anche andare in un posto sicuro che potrebbe anche aiutarci. Qualche idea? Una biblioteca? Un ufficio?".

Amanda scosse la testa. "No, solo un posto con una buona connessione a Internet. Julie - il portatile?".

Il volto di Julie si illuminò un po'. "Giusto! Me ne ero dimenticata". Girò la borsa del portatile e aprì la cerniera, mostrando la macchina argentata nascosta all'interno. "Eccola qui".

Amanda spiegò a Reggie. "Andiamo via. Ovunque, ma non qui. Pensiamo che il dottor Ortega - uno dei miei dipendenti - stesse cercando di dirci qualcosa. Dovrò accedere alla nostra cartella condivisa dal sito di backup sicuro del cloud".

Reggie si stava già muovendo lungo il corridoio, ma annuì e fece cenno di seguirli. "Bene. Va bene; prendiamo l'uscita laterale, vediamo se riusciamo a uscire e ad aggirare l'edificio. Ho parcheggiato oltre la collina, nel parcheggio accanto, e lì possiamo stare tutti".

"E le loro cose?" Chiese Paulinho.

"Giusto, e la nostra auto a noleggio?". Julie aggiunse. Ben e Julie avevano un'auto a noleggio, ma Paulinho e Amanda erano arrivati con l'utilitaria di Amanda.

"Non ne avrai più bisogno", disse Reggie, continuando a parlare alle sue spalle. "Inoltre, hai mai visto quei film con le auto che esplodono quando giri la chiave?".

Julie lanciò un'occhiata a Ben, ma lui non disse nulla. *Questo tizio è malato*, pensò Ben. *Ma sembra abbastanza sicuro di sé da riuscire a superare questa situazione.* E se Ben sapeva qualcosa di queste situazioni, era che la fiducia in se stessi, se non altro, poteva essere sufficiente a farle superare.

CAPITOLO 10

GUIDARONO per quelle che sembravano ore, verso il "complesso" autodefinito di Reggie. Non volle fornire ulteriori dettagli finché non furono arrivati, ma disse solo che era il luogo in cui viveva e lavorava quando non era in città. Quando Ben si svegliò di nuovo e guardò l'orologio sul cruscotto, fu sorpreso di vedere che in effetti avevano guidato per quasi due ore. Dritto verso nord, quasi fino al bacino inferiore del territorio della giungla, famoso in tutto il mondo. La maggior parte del tragitto era buio pesto e Julie e Ben avevano sfruttato il tempo per recuperare il sonno.

Amanda e Paulinho erano sul portatile di Julie, utilizzando la rete wireless ad hoc di Reggie dal suo cellulare per collegare il computer a Internet e scaricare le informazioni che il dottor Ortega aveva lasciato loro.

Julie aveva ragione: il dottor Ortega aveva davvero cercato di dire loro qualcosa, senza che l'informazione finisse nelle mani sbagliate. Aveva organizzato meticolosamente le immagini nelle cartelle in file numerati, poi aveva caricato un video esplicativo intitolato *pega-veretas*. Il video era di grandi dimensioni e, dal momento che il telefono aveva una velocità di download quasi irraggiungibile, avevano aspettato l'intero viaggio per scoprire il significato del video e dei file.

Ben sentì un leggero *ding* al termine del download e diede un colpetto a Julie. Lei si pulì un rivolo di bava dal lato della bocca, poi guardò il computer sulle ginocchia di Amanda sul sedile anteriore.

"È fatta", disse Amanda. Paulinho si allungò sul sedile dietro a quello di Amanda, accanto a Ben, e guardò sopra la sua spalla lo schermo. "Pronto?"

Ha premuto play prima che qualcuno potesse rispondere.

"*Dottor Meron, se sta guardando questo video, è molto probabile che io sia morto. Io...*" l'uomo nel video, il dottor Juan Ortega, deglutì a fatica, poi strinse i denti e ricominciò. "*Mi... mi dispiace. La prego di dire alla mia famiglia che le voglio bene e...*". Non riuscì a finire la frase. "*Sì, lo sa. Beh, alle 20:55 circa, le strutture della NARA Tech sono state violate e penetrate da quella che sembra essere un'operazione militare. Hanno immediatamente sparato e ucciso le due guardie in servizio e si sono diretti verso la sezione principale del laboratorio, dove stavo testando una teoria. Ho potuto spostarmi nella sala conferenze e iniziare a caricare questo video, insieme ad alcune delle ricerche che ritengo provino la mia teoria*".

L'uomo era analitico e Ben capiva che stava cercando di descrivere gli eventi nel modo più chiaro e conciso possibile. A lui doveva sembrare surreale, ma la sua formazione e il suo addestramento presero il sopravvento e cercò di mantenere la voce ferma per la telecamera, fornendo quanti più dettagli possibili che potessero essere utili nell'inevitabile indagine di polizia che sarebbe seguita.

"*Cercherò di inviare un rapido aggiornamento direttamente al vostro telefono, ma senza dubbio sarà di bassa qualità. Dal momento che state guardando questo video, avete ovviamente visto il video e il messaggio in esso contenuto. Ecco l'intero messaggio: Ho una teoria sull'uomo d'oro che abbiamo visto nei sogni dei soggetti. 'Pega-veretas' è*" *un gioco che faccio con le mie figlie. Ho visto i bastoni e come alcuni di essi sembravano puntare in una certa direzione".*

L'uomo fece un'altra pausa, raccogliendo i suoi pensieri, poi continuò.

"Non c'è tempo per descrivere completamente il mio processo di pensiero, quindi purtroppo il metodo scientifico dovrà aspettare". "Sorrise. *"Sono sicuro che potete capire i risultati che ho raccolto in queste cartelle."*

Il video si concluse bruscamente e Ben si chiese se dovesse esserci dell'altro. Stava per chiederlo, ma Amanda e Paulinho sembravano più preoccupati dei file nascosti in ciascuna delle cartelle.

"Cos'è l'"uomo d'oro"? Chiese Julie.

Anche Paulinho sembrava perplesso, così tutti attesero che Amanda rispondesse. Quando lo fece, si girò alla sua sinistra per rivolgersi a tutti gli occupanti del piccolo SUV.

"È esattamente quello che sembra. Un uomo, completamente color oro, che abbiamo osservato".

"Come *guardare?*" Chiese Paulinho.

"Sì, ma negli stati onirici dei nostri soggetti. Loro sognano, noi osserviamo i sogni e registriamo i video che possiamo, e poi discutiamo i risultati quando si svegliano. Ma in alcuni dei nostri soggetti vediamo questo uomo d'oro. Guarda sempre direttamente verso di noi".

"Come ti guarda?"

"Beh, tecnicamente è un'impressione proveniente dall'immagine subconscia del soggetto. La loro mente sta preparando l'immagine dell'uomo d'oro e la sta preparando in modo che l'uomo stia sempre guardando direttamente il soggetto - quello che abbiamo chiamato la 'macchina fotografica'".

Ben rabbrividì. La ricerca che stavano conducendo alla NARA-Tech era ancora più inquietante di quanto avesse pensato all'inizio. Registrare i sogni? Osservare i ricordi delle persone?

"Questo uomo d'oro è stato oggetto di molte discussioni nella mia azienda nell'ultimo mese. Non riuscivamo a capire perché si presentasse solo nei ricordi di alcuni dei nostri pazienti e perché i pazienti stessi non avessero idea di chi fosse".

Ben si piegò in avanti sulla sedia. "Aspetta un attimo: i pazienti non *sanno* dell'uomo d'oro?".

Amanda scosse la testa. "No. Sono completamente all'oscuro di tutto e a volte anche polemici quando mostriamo loro la riproduzione della registrazione. Sono irremovibili: non hanno mai visto quell'uomo prima d'ora".

Rimasero in silenzio per un momento, assimilando il tutto. Svoltarono a sinistra su una lunga strada sterrata e Amanda riprese a parlare. "Inoltre, la nostra tecnologia non è abbastanza potente da trasporre chiaramente tutti i segnali elettrici emessi dal cervello. In genere ci avviciniamo e possiamo dire, per esempio, che un soggetto sta camminando per strada, o guidando, o a una festa, ma non riusciamo a vedere chiaramente i volti e la maggior parte degli oggetti sono sfumature di luce sfocate".

Ben ha aspettato che lei dicesse "*ma*".

"Ma", ha detto, "l'uomo d'oro, quando si presenta, è *sempre* perfettamente a fuoco. Ogni volta, senza errori. In qualsiasi punto delle immagini appaia, è perfettamente delineato e possiamo persino vederne i tratti del viso".

Ben aveva quasi dimenticato che Reggie era sul sedile anteriore, alla guida, finché non parlò.

"Sembra che siate incappati in qualcosa per cui vale la pena uccidere. Direi che sei nei guai fino al collo, ma non sono un esperto".

CAPITOLO 11

JULIE ERA SCOSSA, ma fece del suo meglio per tenere nascoste le sue paure. Se Ben le aveva insegnato qualcosa, era che non c'era nulla di buono nel trasmettere al mondo le proprie paure e insicurezze. Non era sicura di credergli del tutto, ma doveva ammettere che costringersi a calmarsi, a respirare e a trasmettere fiducia invece che stanchezza la aiutava almeno a mantenere la calma in quella situazione.

Finora erano stati colpiti da proiettili, avevano rischiato di saltare in aria, erano stati minacciati e inseguiti, e non c'era segno che la situazione si sarebbe fermata presto. Julie voleva tornare a casa, alla loro pittoresca, bella e semplice capanna nei boschi nel cuore dell'Alaska, ma sapeva di non poterlo fare.

Come aveva detto Ben, c'erano problemi da cui si scappava e problemi da cui non si scappava. Non era del tutto sicura del significato, ma sembrava sempre avere un senso nella situazione. Finora avevano sperimentato solo il tipo di problema da cui non si doveva scappare, e anche questo "problema", lo sapeva, era quel tipo di problema.

Ben era probabilmente la persona più testarda che avesse mai conosciuto, a parte suo padre e suo nonno, ma Ben era sicuramente la persona più vicina a lei. La sua missione era trovare Drache Global, Drage Medisinsk o Dragonstone, chiunque fossero, e consegnarli alla giustizia. Era un'impresa ardua, che probabilmente lo avrebbe fatto uccidere, ma lei non poteva fare nulla per convincerlo.

Aveva anche provato ad andarsene, ma non ci era riuscita. Ore di discussioni e porte sbattute le avevano insegnato che *non c'era nulla* che potesse separarli, tranne, ironia della sorte, la morte. Era un gioco interessante, litigare per qualcosa che poteva portare alla morte, ma non riuscire a vincere la partita senza morire davvero.

Ci pensò ora, mentre il SUV si immetteva sulla quarta e ultima strada sterrata, un lungo vialetto che conduceva a una baracca fatiscente nel bel mezzo del nulla. Era incredibilmente piccola, larga non più di tre metri, e Julie dovette ricredersi quando si rese conto che era l'unico vero edificio della zona.

Di sicuro non ci andremo?

Una grande collina si ergeva dietro la casa, proiettandola in un'ombra ancora più profonda di quella che la notte era in grado di fornire. A una certa distanza dalla casa, Julie poté vedere una luce solitaria, appesa a un alto palo, che illuminava delicatamente una piccola struttura a quattro pareti, in un pallido bagliore giallo. L'edificio, troppo piccolo per essere qualcosa di più di una semplice rimessa, si trovava accanto a una lunga area coperta fiancheggiata da tavoli da picnic, sedie di plastica e panche di legno alte fino al petto.

"Il poligono di tiro è a sinistra e il campo principale del corso di sopravvivenza è direttamente dietro la casa, salendo e superando la collina". L'uomo alla guida, l'ex cecchino dell'esercito che Paulinho aveva presentato come Reggie, fece un movimento con la testa mentre descriveva ogni stazione. "Usiamo il poligono tutto l'anno, ma ora sto facendo solo un corso invernale. Il tempo è migliore, credo, quindi la gente si iscrive solo in quel periodo". Ridacchiò, poi sorrise. "Mi sembra un po' inutile prepararsi al peggio solo nel periodo migliore dell'anno".

Si accostò alla baracca e Julie poté constatare che all'interno era completamente buio. L'unica luce in tutta l'area, in realtà, era il palo della luce vicino al poligono di tiro. Reggie mise l'auto in parcheggio, poi si girò per rivolgersi agli occupanti all'interno. "Restate qui un attimo, mentre disattivo il sistema di difesa. Non dovrebbe essere un problema, ma è obsoleto e non posso permettermi un aggiornamento in questo momento".

Mentre lo diceva, tirò fuori il telefono e aprì un'applicazione. "Inoltre", aggiunse, sfogliando lo schermo del telefono con l'indice teso, "che ci sia luce".

Con un gesto drammatico, ha dato un colpetto allo schermo e l'intero complesso si è illuminato di una luce bianca e brillante come quella del giorno.

Julie sollevò involontariamente il braccio per proteggersi gli occhi, mentre Amanda e Paulinho emisero un sussulto.

Reggie rise di nuovo. "Impressionante, no? Una delle migliori difese domestiche in cui si possa investire è un'ottima illuminazione. Chiunque si intrufoli nella mia proprietà nel cuore della notte dovrà essere invisibile se non vuole essere visto".

Inclinò la testa di lato. "In realtà, mi rimangio quello che ho detto. Verrebbero comunque visti. Solo che non se ne accorgerebbero finché le *altre* difese non entrano in funzione".

Nessuno nel SUV chiese quali fossero le "altre difese" e Julie ne fu in parte felice. Non era riuscita a decidere se fidarsi o meno di Reggie, anche se era stato lui a salvarli dal terribile assalto all'hotel. Una parte di lei voleva fidarsi di quell'uomo, ma un'altra parte di lei sembrava percepire l'esitazione di Ben e prenderla in prestito da lui.

Dopo un minuto passato a giocare con il telefono, Reggie alzò finalmente lo sguardo e sbloccò le portiere dell'auto. "Ottimo. Credo che siano quasi tutti. Casa dolce casa". Tirò la maniglia e uscì dal veicolo. Lo fece anche Paulinho, seguito da Amanda, poi Ben e Julie. Era bello sgranchirsi le gambe, ma sentiva anche la stanchezza dell'adrenalina e della mancanza di sonno. Qualunque fosse il piano, sperava che prevedesse di dormire, in sicurezza, almeno per qualche ora.

"Vi portiamo tutti dentro, e poi capiamo questa storia dell'uomo d'oro", disse Reggie. Fece strada all'interno della casa in miniatura, mentre gli altri quattro si accodavano, ancora scettici. Si fermò davanti alla porta d'ingresso e si voltò. "Cosa state aspettando? Andiamo!" Reggie digitò una sequenza di numeri su una minuscola serratura numerica montata sopra la maniglia, e la porta scattò e si aprì.

Julie raggiunse la porta, seguita da Ben e dagli altri, e si fermò sulla soglia. Reggie era scomparso.

Fece un passo nell'edificio e vide una scala alla sua sinistra, strategicamente nascosta alla vista dall'esterno della casa. Reggie sporse la testa su per le scale. "Andiamo", disse. "Non abbiamo tutta la notte". La testa dell'uomo scomparve di nuovo dalla vista e Julie la seguì.

Le scale girarono una volta, poi si aprirono una rampa sotto il pavimento in un ambiente sorprendentemente diverso. Una sala seminterrata, grande tre volte l'edificio principale, l'attendeva. Di fronte a lei c'erano un divano, due poltrone e un bar ben arredato, ben distribuiti sullo sfondo di un bellissimo arredamento inglese dei primi dell'Ottocento. La carta da parati, incollata con precisione e in perfette condizioni, ricopriva le tre pareti che riusciva a vedere, mentre un ingresso ad arco conduceva all'interno della dimora.

"La maggior parte dei mobili li ha messi la mia ex moglie. Sono un pignolo dell'ordine e della pulizia, quindi probabilmente l'avrei fatta sembrare una stanza d'ospedale se fosse stato per me". Reggie era già dietro il bancone a versarsi un bicchiere di bourbon. Lo fece roteare nel bicchiere mentre gli altri raggiungevano Julie al piano di sotto e lo porse loro. "Sarete davvero sorpresi dalla qualità della scelta delle bevande qui", disse. "È abbastanza buona da rendere orgoglioso qualsiasi americano".

Alzò il bicchiere, un segnale di offerta al resto del gruppo, ma solo Ben lo accettò. Si avvicinò al bancone, estrasse uno splendido sgabello in legno massiccio e vi si sedette. Reggie sembrò più che soddisfatto di versare un drink all'uomo e Ben lo tenne in mano, ispezionandone il colore.

Julie pensò che i due avrebbero potuto ignorare completamente il resto della squadra, consumati dal loro amore per i liquori pregiati, così si schiarì la voce.

Amanda si avvicinò al bar. "Signor... Reggie...". Reggie alzò lo sguardo ma non disse il suo cognome alla donna. "Mi scusi... cioè, grazie. Grazie per quello che ha fatto prima".

Annuì, corrugando leggermente il viso per esagerare l'espressione.

"Ma noi...", la sua voce si interrompe.

"Lo so", disse, interrompendo il silenzio imbarazzante. "Devi scoprire chi vuole ucciderti".

I suoi occhi si allargarono leggermente, probabilmente sorpresi dalla franchezza dell'uomo, ma poi annuì.

"Sì, ci sto lavorando".

Julie osservò l'uomo che si versava un altro bicchiere e poi riempiva quello di Ben. Ripose con cura la bottiglia sulla rastrelliera da cui proveniva, con il decanter senza etichetta perfettamente rivolto verso la stanza. Si voltò di nuovo verso Ben. "È un 1970, e va giù bene come qualsiasi altra cosa al doppio del prezzo. Conosco il tizio che lo produce - è del posto, a dire il vero".

Julie osservò Ben che chiudeva gli occhi e beveva un lungo sorso.

Incredibile.

Ben era il tipo di uomo che riusciva a concentrarsi così tanto su una cosa che lei spesso pensava che ci fosse qualcosa di sbagliato in lui. Spesso gli diceva che un giorno sarebbe morto per essersi spinto troppo oltre, incapace di smettere quando aveva bisogno di una pausa. Le uniche due cose che aveva sempre saputo essere in grado di distoglierlo dalla sua concentrazione erano lei stessa, offrendo qualcosa che lui non era in grado di fornire da solo, e un buon bicchiere di whisky.

E questo bicchiere di whisky doveva essere particolarmente buono. Aveva essenzialmente bloccato tutto ciò che lo circondava, assorbendo l'aroma, poi il sapore, poi la sensazione del liquore.

Lui la guardò e lei alzò le sopracciglia. *Fatto?*

Si è ripreso di scatto. "Scusa, solo che... è bello".

Voleva prenderlo a schiaffi. "Te ne prendo una bottiglia prima di partire".

"No, non si può fare", disse Reggie, ignaro della lotta non dichiarata in corso tra Ben e Julie. "È locale, ma non è in vendita. Mi dispiace. Potrei essere in grado di...".

"Ascolta, Reggie, chiunque tu sia. Siamo davvero grati che tu sia qui e che ci abbia accolto nel tuo rifugio sotterraneo, ma dobbiamo *davvero* capire chi c'è dietro a tutto questo. E io...".

Reggie alzò il dito indice, facendo venire a Julie l'immediata voglia di dare un ceffone anche a lui. "Ci stiamo già lavorando".

Questa volta Paulinho, Amanda *e* Ben sembrano sorpresi.

CAPITOLO 12

"HO INOLTRATO il file dal telefono di Amanda al mio sistema di archiviazione online mentre tu dormivi". Si avvicinò al bancone e tirò fuori un telecomando d'argento lucido. Premendo i pulsanti, Julie osservò un enorme schermo proiettore che scendeva dal soffitto e si posizionava sulla parete più vicina a Ben, di fronte al divano. "Non è stato un problema, visto che comunque non era criptato. Non lo sarebbe stato comunque, visto che ho...".

Reggie si rese conto che gli altri lo stavano fissando.

"Sentite, non sono un hacker. È stato abbastanza facile. Il punto è che volevo che fosse pronto per essere messo in coda qui in casa, così non avremmo dovuto aspettare ancora. Si accomodi, vediamo di capirci qualcosa".

Prese il suo bicchiere e si diresse verso una delle poltrone. Ben e Julie lo seguirono e presto furono tutti seduti di fronte allo schermo gigante. Fedele alla sua parola, Reggie aveva scaricato il video e altri file sul computer che aveva nascosto in casa, e il video principale era stato caricato ed era pronto a partire.

"Non abbiamo bisogno di vederlo di nuovo, giusto?", chiese a nessuno in particolare. Quando nessuno rispose, premette un pulsante e tornò alla directory degli altri file. Facendo clic sul primo, si sedette sulla sedia, rilassandosi nella confortevole morbidezza del mobile imbottito.

Julie guardò lo schermo mentre appariva una mappa. Era una mappa del bacino amazzonico al centro, ma ingrandita abbastanza da mostrare quasi tutto il continente sudamericano. Rio de Janeiro si trovava in basso a destra della mappa, etichettata con un testo scritto a mano che era stato dipinto sull'immagine digitale.

Premette in avanti e guardò lo schermo cambiare. Sullo schermo appariva la stessa mappa, ma con un'altra etichetta scritta a mano. *Cristo Redentor", numero 1,* era scritto sopra una linea che si estendeva da Rio fino al bordo in alto a sinistra della mappa, tagliando il bacino amazzonico.

"Cristo Redentore", disse Paulinho, traducendo dal portoghese. Julie ha immediatamente richiamato nella sua mente l'immagine della grande statua di Cristo, seduta con le braccia aperte in cima a una montagna brasiliana.

Fissarono l'immagine per un momento, poi Reggie passò all'immagine successiva. L'immagine era la stessa mappa, ma la linea era cambiata in modo quasi impercettibile, così come l'etichetta: *"Cristo Redentor," #2.*

Si presentò una terza immagine; sempre la stessa mappa, ma un'altra linea e un'altra etichetta: *"Teatro Municipal".*

C'erano solo tre immagini nella cartella, quindi Reggie scorse la directory e andò alla seconda cartella, quella etichettata come *"Florianopolis".*

La prima immagine apparve, la mappa si spostò leggermente e apparve un'altra linea. L'etichetta recitava: *"Hercilio Luz".*

Paulinho ha spiegato. "Hercilio Luz è un ponte molto conosciuto a Florianoplis, in Brasile".

Reggie fece scorrere altre cinque immagini, ognuna con una linea perfettamente diritta tracciata in una posizione leggermente diversa e ognuna con un'etichetta unica. Julie rimase stupita dalla chiarezza della scrittura e delle linee, senza dubbio tracciate con un righello dal dottor Ortega pochi istanti prima della sua morte.

Scorsero altre cartelle, per lo più etichettate come località e in Brasile, ma ce n'erano alcune di tutto il mondo. Una era lontana come Parigi, in Francia, e mostrava la posizione della Torre Eiffel, con la linea diagonale sovrapposta alla mappa che collegava le due località.

"Cosa c'entrano i luoghi con la sua ricerca, dottor Meron?". Chiese Julie. Amanda non aveva parlato da quando erano arrivate e Julie non era sicura di cosa stesse pensando la donna.

"Non lo so ancora", ha detto. "Non so perché il dottor Ortega si sia preso tutto questo disturbo. Sembra che stia solo tracciando delle linee che vanno dalla posizione dei soggetti che abbiamo studiato a... qualcos'altro".

"Sedi di cosa, però?". Chiese Paulinho. "Dove sono nati i soggetti? O dove si sa che hanno vissuto per l'ultima volta?".

"Non credo. Le etichette sono di attrazioni turistiche, e ricordo alcuni di questi test. I sogni che abbiamo registrato a volte contenevano scenari molto riconoscibili. La statua del Cristo Redentore era particolarmente evidente in alcuni di essi, e sono sicuro che lo sarebbe stata anche la Torre Eiffel".

"Quindi queste persone - i soggetti - hanno visitato questi luoghi", disse Ben. "Poi Ortega ha tracciato delle linee dai luoghi a... qualcos'altro. E quindi?".

"Il dottor Ortega non si sarebbe preso il disturbo se non...". La voce di Amanda si interruppe a metà frase.

"Cosa c'è?" Chiese Paulinho.

"Pega-veretas", disse Amanda. "Che cosa significa?"

"È un gioco, proprio come ha detto lui", rispose Paulinho. Si fermò un attimo, cercando di pensare alla migliore traduzione dal portoghese. "Bacchette, o bastoni - *raccogli i bastoni*, credo si chiami".

CAPITOLO 13

BEN AVEVA GIÀ VISTO questo gioco. I bastoni, o aste, si posavano uno sull'altro sul pavimento e due giocatori cercavano di raccoglierli uno alla volta senza disturbare gli altri bastoni. Non ci aveva mai giocato, ma da bambino lo aveva visto nei negozi di giocattoli. Amanda si alzò e si avvicinò alla mappa, indicando la linea. "Sta disegnando i 'bastoni' sulle mappe", disse. Si stava eccitando e Paulinho e Reggie si alzarono per raggiungerla vicino alla mappa. "Reggie, torna indietro. Quali altre cartelle ci sono?".

Reggie seguì le sue istruzioni, mostrando loro l'elenco delle cartelle della directory. Amanda lesse l'elenco, poi indicò. "Lì! *Immagini ingrandite*. Tira su quella".

Reggie lo fece e sullo schermo apparve la prima immagine. L'etichetta era una di quelle che avevano già visto: *"Cristo Redentor, #2"*. Apparve anche la linea, disegnata per estendersi oltre il bordo dell'immagine verso la parte superiore sinistra dello schermo. Ma la mappa stessa era ingrandita molto più vicino alla statua del Cristo Redentore. Si potevano vedere i contorni della topografia della montagna, punteggiati nelle vicinanze dall'inconfondibile forma di case ed edifici. La cosa più evidente, tuttavia, era la parola *"soggetto"*, scritta in portoghese vicino alla base della montagna.

C'era una piccola "x" vicino alla parola, e la linea iniziava e si estendeva da essa.

L'immagine successiva era simile, ma con una "x" diversa e una linea diversa.

"Tutte le linee sono diagonali, dall'alto a sinistra al basso a destra", disse Julie. "O viceversa".

L'immagine successiva, tuttavia, ha cambiato questa teoria. Si trattava di un'altra "x", di un altro "soggetto" e di un'altra linea, ma questa scendeva bruscamente dall'alto a destra dello schermo verso il basso a sinistra. Il titolo dell'immagine era "Estátua da Liberdade".

"La Statua della Libertà", tradusse subito Paulinho.

"Sembra che le linee puntino tutte allo stesso punto, giusto?". Chiese Julie.

Non appena lo disse, Ben intervenne. "C'è una cartella con tutte le linee aggiunte a una mappa?", chiese.

Reggie sfogliò di nuovo le cartelle e ne trovò una intitolata *"Convergenza"* in portoghese. Cliccando sulla prima immagine, tutti i presenti rimasero a bocca aperta. Ben si alzò e si diresse verso lo schermo.

"Stanno tutti convergendo sullo *stesso identico punto*", sussurrò. "È... proprio come ha detto lui. 'Bastoni per raccogliere', ma i bastoni sono queste linee. Si incrociano tutte, a un certo punto del..." la sua voce si interruppe.

Amanda riprese il resto della frase. "...Nella foresta amazzonica. Reggie, puoi stampare questi?".

Reggie annuì. "Naturalmente". Navigò nel sistema di menu del computer.

Ben strizzò l'occhio alla parte superiore sinistra della mappa, per lo più centrata sulla metà superiore del continente sudamericano, e vide le parole *"Floresta Amazônica"* scritte con la stessa calligrafia chiara e delineata. C'era un cerchio disegnato frettolosamente intorno al punto di convergenza delle linee e tutti si soffermarono un attimo a esaminare la mappa.

"Ma da dove prende la direzionalità delle linee?". Chiese Reggie. Tornò a navigare nell'elenco delle cartelle, alla ricerca di qualcosa che potesse essere utile. Paulinho gli disse di fermarsi a una delle ultime cartelle.

"Schermate di posizionamento, o schermate di posizionamento", disse mentre Reggie entrava nella cartella. Ben esaminò la prima immagine. Non era altro che una spruzzata di colore, sfumature di colori più chiari e più scuri, tutti mescolati insieme, con una griglia accuratamente disegnata sopra l'intera immagine. I blu e i gialli più chiari apparivano in alto e le tonalità più scure in basso. In basso a destra dello schermo, su uno sfondo di un'analoga tonalità dorata, vide un uomo che lo fissava. Come aveva spiegato il dottor Meron, l'uomo era perfettamente a fuoco. L'immagine era troppo piccola per vedere i tratti del viso dell'uomo, ma Ben poteva dire che l'uomo era in piedi davanti a qualcosa di grande. Forzò gli occhi fuori fuoco e un'immagine sembrò apparire intorno all'uomo d'oro.

"Cristo Redentore", disse Julie ad alta voce. Lo vide anche lui. Un triangolo sfocato dominava l'immagine, al centro, con un triangolo molto più piccolo di tonalità bluastra seduto sopra di esso. Intorno alla "statua" c'era il cielo e Ben sapeva che si trattava di una veduta che guardava la statua, mentre la montagna stessa copriva la maggior parte dell'immagine. L'uomo d'oro era posizionato nell'immagine, fermo e, come sempre, guardava dritto verso il soggetto.

"Beh, se non è la cosa più inquietante che abbia mai visto", disse Reggie.

Ben dovette convenire. Non aveva mai visto nulla di simile, e non era nemmeno un'immagine falsificata. "Vuoi dire che si tratta di uno screenshot di una *registrazione* del sogno di qualcuno?", chiese.

Il dottor Meron annuì. "Ogni mese miglioriamo il rendering delle immagini. Un numero sempre maggiore di sensori, progettati per rilevare l'esatta posizione dei neuroni che sparano nel cervello, permette ai computer di proiettare determinate luci, colori e immagini su uno schermo. Si tratta solo di creare una rappresentazione visiva di ciò che accade elettronicamente nel cervello".

"È incredibile", disse Julie. "Come si fa a fare una cosa del genere?".

Amanda annuì di nuovo. "Grazie. È stato un processo lungo, ma la tecnologia e le tecniche di base esistono da anni. Abbiamo iniziato con una griglia di luci otto per otto posizionata su un pannello di fronte ai nostri soggetti, e quando accendevamo una delle luci, si illuminava anche una certa area del cervello. Lo stesso punto si illuminava sempre allo stesso modo e, tracciando queste informazioni migliaia di volte con centinaia di soggetti, siamo riusciti a creare una "mappa" del cervello. Questa mappa poteva poi essere usata al contrario: abbiamo detto ai soggetti di pensare a una delle luci che si accendeva. Di immaginarla davvero nella loro mente.

Quando lo facevano, le stesse aree del cervello si illuminavano allo stesso modo, come se vedessero fisicamente la lampadina accendersi e spegnersi. Alla fine, quella ricerca ci ha permesso di sapere che tipo di immagine, per la maggior parte, il loro cervello stava evocando".

Reggie sorrise. "Affascinante. Poi, naturalmente, hai fatto un ulteriore passo avanti e hai iniziato a registrare i loro sogni?".

"Il sogno e il modo in cui i sogni vengono prodotti è uno dei campi più sottostimati delle neuroscienze, perché è stato impossibile 'vedere' il sogno di qualcun altro. Abbiamo dovuto lavorare sulle descrizioni e, come tutti sapete, ricordare un sogno avvenuto la notte precedente può essere a volte una sfida".

Ben era d'accordo, ma non era ancora sicuro del significato di tutto questo e di cosa Drache Global volesse fare.

"Quindi, di nuovo, come fa il dottor Ortega a determinare la direzionalità?". Chiese Ben.

Si voltarono tutti verso l'immagine sullo schermo. "Sembra che abbia calcolato approssimativamente dove si trova l'uomo d'oro, in relazione al soggetto e allo scenario riconoscibile nell'immagine. In questo caso, la statua del Cristo Redentore".

Paulinho indicò i due elementi dell'immagine, l'uomo d'oro e la statua. "Ha disegnato una griglia sull'immagine, probabilmente per aiutare a determinare la distanza. In teoria si potrebbe calcolare la distanza misurando le dimensioni della statua e la posizione del soggetto rispetto ad essa, dato che conosciamo facilmente queste informazioni. Poi si potrebbe triangolare la posizione dell'uomo e la direzione in cui è rivolto".

"Sì", disse il dottor Meron. "Sì, è possibile. Mi sembra che l'uomo nell'immagine sia posizionato in modo da poter tracciare una linea dal soggetto all'uomo d'oro".

"Le stesse 'linee' che abbiamo visto sulle altre mappe".

"Non ne sarei sorpreso", ha risposto.

Hanno giocato con le immagini contenute nelle cartelle, tirando a indovinare, stimando e tracciando le linee sul grande schermo del proiettore. Ciascuna delle immagini contenute nella cartella "Schermate di posizionamento" mostrava un'immagine simile: una vista sfocata di un'attrazione turistica o di un luogo importante facilmente riconoscibile e un uomo dorato in piedi da qualche parte nell'immagine. Ogni volta che immaginavano un segmento di linea che collegava il soggetto all'uomo e poi estendevano il segmento di linea oltre l'uomo d'oro, si rendevano conto che esisteva una mappa corrispondente di quella stessa scena, vista dall'alto. Il dottor Ortega aveva disegnato tutte le linee, estendendole da ciascuna mappa.

Reggie tirò fuori ancora una volta la mappa di convergenza. "Devo dire che il dottor Ortega ha fatto un ottimo lavoro. Non sono un esperto di mappe, ma ho fatto la mia parte di navigazione planimetrica e topografica. Sembra che tutto sia a posto".

Nessuno era in disaccordo, ma Ben fece la domanda che gli era venuta in mente da quando avevano visto il punto di convergenza. "Allora, abbiamo un uomo d'oro che appare nei sogni della gente e questo omino sta cercando di indicarci un posto. Sappiamo che è da qualche parte nella foresta pluviale, ma la domanda che mi pongo è: cosa ci sta indicando *esattamente*?".

Nessuno ha risposto.

Alla fine Amanda parlò. "Non lo so. Non ho idea di cosa sia, e un mese fa non riuscivamo a capire cosa significasse questa storia dell'uomo d'oro. Ma il dottor Ortega è morto cercando di dircelo, e io voglio andare a scoprire cos'è".

Reggie alzò le sopracciglia. "Sei inseguito da un gruppo di assassini addestrati dall'esercito e vuoi andare a zonzo nella giungla? Se non ti uccidono prima loro, lo farà sicuramente la giungla".

"Credo che quello che abbiamo scoperto qui abbia a che fare con il motivo per cui stanno cercando di uccidermi", disse Amanda.

"Non ne dubito, ragazza, ma questo non significa che sia un'idea intelligente correre nell'ambiente più mortale della Terra, inseguendo un inquietante ragazzo dei sogni".

"Reggie", disse Paulinho. "Sei un esperto di sopravvivenza e insegni nei campi per le persone...".

"Io *insegno*, non corro nella giungla con un esercito che cerca di uccidermi".

"Ma lei potrebbe aiutarci ad arrivarci?".

Ben osservò la mascella dell'uomo stringersi e socchiudersi un paio di volte, cercando di decidere cosa fare.

"Avremmo un vantaggio almeno per un po', questo è certo. Dubito che si aspettino una campagna in profondità e so che non sono preparati come lo sarei io. Credo che potrò tenerci in vita, finché resteremo davanti a loro. Ma se ci raggiungono...".

Ben si avvicinò a Reggie e gli batté la mano sulla spalla. "Vado nella giungla, Reggie. Ci hai già aiutato più di quanto potremmo mai ripagare, ma devo chiederti ancora una volta il tuo aiuto. Non sei obbligato a venire con noi, ma io ci vado".

Reggie guardò Ben dall'alto in basso. "È testardo come sospettavo". Tornò al bar e si versò un altro drink, questa volta molto più alto.

"Bene", disse Reggie. "Facciamolo. Andiamo a scoprire il segreto di questo omino d'oro".

CAPITOLO 14

REGGIE LASCIÒ il gruppo nel soggiorno del suo bunker sotterraneo e si diresse verso le stanze posteriori della sua casa. Era una struttura relativamente piccola, meno di 2.000 metri quadrati, ma era più che sufficiente per lui. Il salotto principale e il bar erano il pezzo forte, dove intratteneva i clienti più facoltosi e vendeva i suoi pacchetti di campi di sopravvivenza di alto livello ai dirigenti aziendali. Volevano sempre il "meglio del meglio", anche se non avevano idea di cosa significasse. Era un ciclo di uomini che cercavano di impressionare altri uomini, e i campi di sopravvivenza di un fine settimana erano i nuovi campi da golf del business networking brasiliano.

In origine aveva progettato i suoi pacchetti per persone come lui, militari ben addestrati che volevano mantenere il loro vantaggio dopo il servizio attivo. Aveva alcuni clienti che lo pagavano per l'uso del poligono, ma la maggior parte delle persone che frequentavano i suoi campi non erano altro che turisti dell'ambiente, generalmente sprovvisti di informazioni sul mondo in generale, ma interessati a "salvare le balene" o a qualsiasi altra cosa avessero deciso di fare quel mese.

Dopo alcune recensioni negative e numerose lamentele sull'estrema difficoltà dei suoi corsi "best of the best" da parte dei dirigenti e degli ecoturisti che non riuscivano a sopportarli, ha creato un campo di sopravvivenza molto più attraente: un campo che mescolava il campeggio semi-primitivo con alcune lezioni sull'accensione del fuoco e sulle tecniche di sopravvivenza di base, distribuite nell'arco di un fine settimana. I clienti arrivavano il venerdì sera e potevano tornare alle loro sedie da ufficio con supporto lombare il lunedì mattina presto. Non insegnava nulla che non si potesse imparare in un manuale per boy scout, ma toglieva tutti i dettagli che richiedevano di fare qualcosa di fisicamente impegnativo.

Per mantenere il *proprio* vantaggio - e la propria sanità mentale - creò alcuni altri corsi per i clienti che erano *effettivamente* interessati alle tecniche di sopravvivenza nella natura. Aveva un corso di costruzione di ripari, un mini-corso sulla costruzione del fuoco e un corso di addestramento alle spedizioni a lungo termine che era il suo orgoglio e la sua gioia. Il corso portava dodici studenti in un'avventura di due settimane nella foresta pluviale, portando con sé solo un unico zaino che conteneva l'attrezzatura per il peggiore dei casi, come l'equipaggiamento per la navigazione e il materiale per accendere il fuoco, un kit di pronto soccorso e razioni MRE. Portava lui stesso lo zaino e dormiva vicino ad esso, per assicurarsi che nessuno degli studenti ne tirasse fuori qualcosa nel cuore della notte.

Reggie si vantava del fatto che nessuno dei suoi studenti avesse mai avuto bisogno di usare lo zaino.

Tuttavia, teneva alcuni degli zaini in dotazione e pronti all'uso, nel caso in cui avesse avuto bisogno di "uscire" dal bunker.

Erano questi zaini che stava cercando. Il corridoio che collegava il soggiorno e la zona bar del bunker alle due camere da letto sul retro e alla cucina aveva un bagno centralizzato su un lato e un grande armadio a muro sull'altro. Nell'armadio teneva una cassaforte per la sua collezione personale, alcuni prodotti in eccesso che vendeva al poligono e per i corsi, e gli zaini.

Erano zaini Kelty Falcon 4000 personalizzati, ognuno leggermente riconfigurato per adattarsi alla sua corporatura. Preferiva questi modelli che avevano uno scomparto principale più piccolo e tasche aggiuntive attaccate al telaio dello zaino. Ognuno dei tre zaini era rifornito in modo simile, ma uno aveva all'interno una tenda Stingray aggiuntiva per viaggiare con un gruppo più numeroso. Uno di questi zaini era sufficiente per una persona per sopravvivere fino a un mese; con il razionamento, tre persone potevano sopravvivere per qualche settimana, supponendo che non riuscissero a trovare acqua fresca e cibo.

Dato che avrebbe viaggiato con il gruppo, non avrebbero nemmeno avuto bisogno di uno zaino: era più che in grado di tenerli in vita per un po' di tempo, a meno di ferite. Ma Reggie aveva considerato le circostanze e aveva deciso che portare con sé lo zaino avrebbe offerto una protezione, una sicurezza e un sostegno supplementari per qualsiasi viaggio li attendesse. Il fatto di non conoscere la loro destinazione esatta li poneva già in una posizione di svantaggio e stavano per addentrarsi in uno dei tipi di clima selvaggio più pericolosi. Non voleva condannarli al fallimento prima ancora di uscire di casa.

Afferrò uno degli zaini e aprì il lembo superiore. Aggiunse le stampe piegate dell'immagine della convergenza delle linee sulla foresta pluviale, la versione migliore di una "mappa" che avrebbero avuto, controllò il resto del contenuto e fece un rapido inventario. Ritenendola pronta per l'uso, ripeté la procedura con gli altri zaini e si avvicinò alla cassaforte delle armi. Sbloccandola con l'impronta digitale dell'indice sinistro, aprì la grande porta e selezionò alcuni dei pezzi contenuti.

Tre pistole Sig Sauer P226 da 9 mm e un fucile, un Henry Arms AR-7. Era un fan dell'ingombro del fucile: scomposto poteva stare nel suo zaino e pesava solo 3,5 libbre. Le munizioni in calibro 22 erano un po' piccole per la "posse del potere d'arresto", il gruppo di teste d'armi e survivalisti che credevano che le munizioni più grandi -

più "potere d'arresto" - fossero sempre migliori, ma lui aveva usato l'AR-7 come arma da usare senza problemi. Sistemò le pistole nello scomparto principale dello zaino e iniziò a fissare il fucile all'esterno.

Mentre lo faceva, sentì un leggero rimbombo sotto il pavimento del bunker. Il pavimento non era altro che cemento levigato, spesso un metro e mezzo, ma lui non aveva messo nulla sopra la superficie nuda dell'armadio. Guardò in basso, aspettando che il rimbombo finisse. Durò qualche secondo, si allontanò nel nulla, poi ricominciò.

Sentì una scarica di adrenalina ancor prima di comprendere appieno il significato di quel suono. Sbattendo la porta della cassaforte e aspettando lo *scatto* quasi impercettibile della serratura, lasciò lo zaino sul pavimento e tornò di corsa in salotto.

"Stiamo per essere attaccati. Quelle sono conchiglie, e ho bisogno che tutti qui rimangano calmi e inizino a salire le scale".

Gli altri presenti nella stanza - il suo amico Paulinho, la dottoressa Amanda Meron, Ben e Julie - che stavano ancora discutendo le immagini sullo schermo del proiettore, lo guardarono come se fosse pazzo.

"Mi dispiace", ha detto. "Non posso spiegare bene ora, ma c'è stato un suono di scuotimento. L'ho riconosciuto, ma devi fidarti di me. Amanda, ci hanno trovato. In qualche modo".

A quel punto, Amanda si alzò e lo fissò con occhi spalancati.

"Va tutto bene", disse lui, sperando di rassicurarla. "Non sono ancora qui, ma sanno che ho un bunker sotterraneo. Ho costruito questo posto per essere una casa, non una fortezza, quindi alla fine entreranno. Dobbiamo andarcene da qui molto prima".

Lei annuì e Ben si diresse verso di lui. "Cosa vuoi che faccia?".

Reggie si fermò un attimo, osservando l'uomo grande e ben costruito che aveva di fronte. *Sta iniziando a fidarsi di me. Bene.* "Grazie, Ben", disse. "Prendi i due zaini in quell'armadio, quelli contro il muro. Io prendo quello vicino alla cassaforte e poi usciamo".

Si voltò verso il resto del gruppo, mentre Ben gli scivolava accanto per entrare nel corridoio. "Salite le scale, ma aspettate in cima finché non ci siamo io e Ben. C'è una porta sul retro della baracca che ci porterà fuori e oltre quella collina. Mi aspetto di essere ben nascosto e quasi dentro gli alberi quando inizieranno a bombardare la casa".

Non aspettò che gli altri seguissero le istruzioni. Si voltò e seguì Ben nell'armadio per prendere il resto dell'equipaggiamento, soffermandosi solo un attimo a valutare il gruppo a cui ora era legato il suo destino.

In tutti i suoi anni di addestramento e preparazione dei sopravvissuti, conosceva solo una caratteristica che separava i "dirigenti" e i "turisti" dai veri sopravvissuti, quelli veri e propri.

Mentalità.

Sperava che il gruppo che ora lo seguiva nel clima più straziante che avesse mai conosciuto avesse la mentalità di rimanere vivo.

CAPITOLO 15

I PROIETTILI si stavano avvicinando al bunker. Ben vedeva polvere e piccoli sassi che cadevano dalle fessure tra le lastre di cemento che costituivano le pareti, e trasaliva ogni volta che uno di essi atterrava.

"Si stanno avvicinando", disse Ben a Reggie mentre si portava i due zaini sulle spalle.

"Non mirano alla baracca. Non ancora, comunque. Puntano a dove pensano ci siano gli altri bunker".

"*Altri* bunker?"

Reggie sorrise. "Forza, andiamo di sopra. Sì, ho presentato i progetti alla contea quando ho fatto costruire questo posto. Sono piuttosto esigenti in materia di scavi e di attività di scavo qui, così vicino alla foresta. I piani mostravano tredici bunker più piccoli, tutti sparsi per il mio terreno. Un paio di centinaia di acri".

Ben dovette ridere. "Quindi avete appena presentato dei progetti che sarebbero stati resi pubblici, mostrando che avevate un mucchio di bunker a caso qui intorno".

Reggie annuì una volta. "Sì. Non c'è niente di meglio di un piano falso per avere un ulteriore livello di difesa".

Ben seguì Reggie su per le scale, dove gli altri stavano aspettando.

Vedendo la baracca dall'interno, notò che anche le pareti erano di cemento, mentre l'esterno dell'edificio era ovviamente costruito con una facciata.

Un ulteriore livello di difesa.

"Reggie, sembra che tu abbia speso un bel po' di soldi per proteggerti quaggiù", disse Ben. "Perché tutta questa sicurezza?".

Reggie si limitò a scrollare le spalle. "Mi è sembrata una buona idea in quel momento". Non si dilungò, cambiando invece argomento e tornando alla situazione attuale. "Forza, uscite dalla porta sul retro quando dico 'via'. Correte dritti, oltre quella collina, e non smettete di correre finché non sarete ben dentro il bosco. Ben, tu prendi il comando. Io seguirò dietro".

Ben annuì e si mise accanto alla porta chiusa.

"Oh", disse Reggie, voltandosi ancora una volta verso Ben. "Ecco, prendi questa". Porse a Ben una pistola, color peltro e pesante. "Sig Sauer P226 9mm".

Ben si rigirò l'arma tra le mani un paio di volte. Non era un professionista, ma aveva maneggiato una buona dose di armi da fuoco come guardiaparco e crescendo a caccia con il padre e il fratello. Sentì il peso della pistola, controllò il caricatore e fece un cenno a Reggie.

"Ottimo affare", disse Reggie. "Oh, e non fatevi beccare dalle autorità brasiliane con quella. Non amano molto i locali o i turisti che li portano in giro, e anche se non vi arrestano sul posto vi tratterranno più a lungo della TSA quando troveranno delle pinzette".

Una granata atterrò proprio accanto alla baracca e Ben sentì le sue viscere vibrare per l'esplosione. La baracca stessa resisteva, ma pezzi di roccia e di materiale del soffitto piovevano intorno a loro. Amanda si coprì le orecchie.

"Vai!" Reggie urlò. Aprì la porta e spinse Ben fuori. Ben iniziò a correre, dirigendosi verso l'alta collina che si trovava dietro la casa.

Spinse le gambe più forte che poteva, sperando che gli altri riuscissero a raggiungerlo.

Superò la cima della collina e proseguì lungo l'altro versante, rendendosi improvvisamente conto che stava per addentrarsi nella foresta più fitta che avesse mai visto. Mentre i boschi che conosceva bene a casa erano costituiti per lo più da grandi pini, distribuiti uniformemente con rami che non iniziavano prima della metà del tronco, qui gli alberi e i cespugli erano aggrovigliati l'uno all'altro, avvinghiati l'uno all'altro come dita attorcigliate, formando una fitta rete di fogliame che sembrava impenetrabile.

Corse verso di essa. Man mano che si avvicinava, vide alcuni punti abbastanza ampi da poterci correre dentro. Puntò al più vicino di questi, una pausa nel fogliame che sperava gli avrebbe permesso di sfondare il muro di vita della foresta verso cui si stava dirigendo.

Ora sentiva i passi degli altri dietro di sé, mentre i proiettili non soffocavano più tutto. Stavano ancora attaccando, ma da quando avevano iniziato a correre non aveva sentito altro che la costante raffica di esplosioni che colpivano il terreno. Sperava che non riuscissero a vederli allo scoperto. Anche nella foresta, sapeva che non sarebbero stati all'altezza dell'artiglieria pesante che stava facendo piovere l'inferno sulla terra di Reggie alle loro spalle.

Dopo aver corso per un altro minuto, schivando alberi e cespugli e saltando su tronchi caduti e su pezzi di roccia spezzata, sentì Reggie gridare da dietro. Rallentò, poi si fermò e si voltò.

Julie era lì, ansimante ma in buone condizioni. Paulinho e Reggie non mostravano segni di sforzo, ma la dottoressa Amanda Meron aveva le mani sulle ginocchia e ansimava. Reggie si avvicinò e le mise una mano sulla schiena, poi disse qualcosa che Ben non riuscì a sentire. Lei annuì e Reggie si avvicinò a Ben e agli altri.

"Dobbiamo continuare ad andare avanti", ha detto. "Prima o poi si annoieranno, oppure troveranno il mio bunker vuoto. In ogni caso, capiranno presto dove siamo diretti".

"Dove *siamo* diretti?" Chiese Julie.

Reggie le rivolse uno dei suoi tipici sorrisi presuntuosi. "Proprio in mezzo a questo chiosco c'è un ruscello. Il ruscello riprende e si dirige ancora un po' verso ovest, poi un miglio dopo si svuota in un laghetto più grande. Ho un amico che vive lì. Una piccola baita, di solito solo lui e sua moglie".

"Perché andiamo lì?" Chiese Paulinho. Reggie ora era davanti a Ben e si addentrava tra gli alberi dietro la collina. I due seguirono da vicino, nessuno di loro voleva restare troppo indietro nella foresta densa e piena di ombre.

"Possiede un aereo e gestisce una pista di atterraggio che usa per voli regionali. Consegna di rifornimenti, turismo, ricerca e soccorso, questo tipo di cose. Può farci volare fino a Manaus, che dovrebbe essere a poco più di cinque ore. Ci farà dormire un po', e so che ne avrò bisogno".

Camminarono in silenzio fino al ruscello. Ben stava ancora portando gli zaini, ma Paulinho si avvicinò e si offrì di prenderne uno. Se ne legarono uno sulla schiena mentre gli altri aspettavano. Quando finirono e Reggie approvò, si girò e iniziò a seguire il ruscello senza dire una parola.

Ben aveva smesso da tempo di sentire le granate e si chiese se avessero già trovato il bunker o se fossero solo fuori portata. Sperava che fosse la seconda ipotesi e che chiunque stesse cercando di uccidere Amanda - e ora anche loro - avesse deciso di sospendere le ricerche.

Julie si avvicinò a Ben e trovò la sua mano. La afferrò, intrecciando le dita con quelle di lui. Il ruscello che stavano seguendo era affiancato da una stretta passerella, larga quanto bastava per far stare Julie e Ben fianco a fianco. La giungla era silenziosa, probabilmente a causa dei proiettili d'artiglieria che avevano spaventato gli animali selvatici della zona. Ben si godeva la quiete e, con la luce del sole nascente che si faceva strada attraverso le fessure della chioma della foresta, la scena intorno a loro diventava sempre più bella di minuto in minuto.

Le strinse la mano e lei lo guardò. Andrà tutto *bene*, pensò. Non parlarono, optando invece per l'insolito silenzio della giungla.

Raggiunsero una radura e Reggie alzò una mano. Si accovacciò proprio sul bordo, poi si alzò lentamente e fece un passo avanti. Ben poteva vedere lo stagno di fronte a lui, alla loro destra, che raccoglieva l'acqua del ruscello e forniva un lago naturale per gli animali e le piante intorno a loro. La capanna di cui aveva parlato Reggie si trovava proprio davanti a loro, al limite opposto della radura. Una strada sterrata si allontanava dalla capanna e si inoltrava nella foresta vicina, aggirando gli alberi più grandi. Era una scena pittoresca, una versione più verde e più densa della baita di casa sua.

"Cosa c'è che non va?" Chiese Ben, avvicinandosi a Reggie. Reggie si era fermato di nuovo, continuando a esaminare la cabina da lontano. Ben poteva vedere un'auto, un SUV di medie dimensioni simile al veicolo di Reggie, parcheggiata fuori dalla cabina. Pensò che Reggie fosse prudente, non volendo spaventare chi poteva essere all'interno.

"Guarda la finestra", rispose lui, con gli occhi ancora incollati davanti a sé.

Ben strizzò gli occhi, non riuscendo a capire subito a cosa si riferisse Reggie. Poi, quando i suoi occhi si adattarono alla crescente luce del mattino, lo vide.

La finestra era rotta, con un grande buco rotondo spaccato dal vetro. Il vetro inferiore della finestra presentava due fori più piccoli, appena visibili da questa distanza. *Fori di proiettile.* L'idea che chi li seguiva li avesse preceduti qui era più terrificante del pensiero che avessero già ucciso chi si trovava all'interno della cabina.

Ben sperava che marito e moglie, amici di Reggie, non fossero entrati quando erano arrivati.

Ma sapeva che queste persone non avrebbero sprecato proiettili solo per sparare contro le finestre. Qui era successo qualcosa, che senza dubbio si era concluso con uno spargimento di sangue.

Reggie iniziò a camminare verso la cabina, impugnando una pistola. Ben non l'aveva visto estrarre la pistola, ma in qualche modo era apparsa nelle mani dell'uomo. Ben iniziò ad avanzare, ma Reggie si voltò e alzò una mano.

"Rimanete lì. Tutti voi", disse. "Lasciatemi controllare prima".

Ben si fermò e sentì la mano di Julie afferrare l'interno del suo braccio. Voleva seguirla, voleva vedere cosa era successo all'interno e voleva più di ogni altra cosa aiutare. *Se fosse successo qualcosa a Reggie...*

Non si permise di finire il pensiero.

Reggie raggiunse la cabina e si accovacciò sotto la finestra. Sollevò la pistola, tenendola vicino al viso, e scrutò oltre il davanzale per entrare in casa. Il tempo si fermò mentre Ben osservava l'uomo. Reggie non si mosse, restando fermo alla finestra, per capire tutto.

In un attimo, tutto è cambiato.

CAPITOLO 16

LA FINESTRA SI INCRINÒ, frantumandosi in una piccola esplosione, e Ben sentì il rumore degli spari dall'interno della cabina. Reggie urlò qualcosa, si alzò di nuovo in piedi e puntò la pistola contro la cabina a una stanza.

Ben non ce la fece più. Iniziò a correre in avanti. Aveva un'arma, ma ora la sentiva inutile nelle sue mani, nient'altro che un peso morto. Non aveva sparato abbastanza volte in vita sua perché l'azione gli venisse naturale, ma correva lo stesso. L'uomo che aveva salvato loro la vita più volte in meno di un giorno era in pericolo e lui reagì nell'unico modo che conosceva.

Ma prima che potesse raggiungere la finestra davanti alla quale si trovava Reggie, quest'ultimo si rivolse a Ben. "Falso allarme", disse. "È un bambino. Potrebbe aver bisogno di aiuto. Dice di aver sparato a un'ombra, deve avermi visto arrivare".

Ben non era convinto che fossero al sicuro, ma seguì Reggie fino alla porta d'ingresso della baita. Reggie girò il pomello, spalancò la porta e chiamò. "Sei lì dentro?"

Un "sì" soffocato giunse alle orecchie di Ben.

"Ok, ragazzo", rispose Reggie, "stiamo entrando. Non sparate, ok?".

Un'altra risposta ovattata, poi Ben vide una pistola scivolare sul pavimento di legno verso la soglia. Reggie la fermò con il piede e la raccolse. La porse a Ben, che la strinse delicatamente con le dita, come se fosse una prova della polizia che aveva paura di manomettere.

"Mi dispiace..." sentì dire da una voce. "Io... ho dato di matto e ho sparato. Pensavo che fossero tornati".

Reggie entrò e si precipitò sul divano. Ben lo seguì, osservando subito la scena che lo circondava.

La capanna era piccola e dall'ingresso poteva vederla tutta. La cucina e il camino si trovavano da un lato, un letto dall'altro e un piccolo divano si affacciava sulla finestra in fondo alla cabina. Sotto la finestra, su un piedistallo, si trovava un televisore antiquato, con la faccia rotonda.

I mobili all'interno della cabina erano per lo più quelli che Ben si sarebbe aspettato, ma fu il sangue a coglierlo di sorpresa. Sullo schienale del divano, spalmato sul muro e quasi sul pavimento, c'erano strisce di sangue che si stavano rapprendendo. Nessuna superficie sembrava al sicuro. In cucina, Ben poté vedere due mucchi di vestiti sporchi, da cui spuntavano le gambe. *Corpi*. Ben quasi vomitò quando entrò. Le sue scarpe hanno subito tracciato delle impronte macchiate di sangue sotto di lui, ma voleva vedere la persona sul divano.

Il giovane sembrava avere l'età dell'università, con i capelli biondo sabbia che gli ricadevano sulle orecchie e negli occhi spaventati. Era alto, magro e sembrava fuori posto in quell'angolo di mondo come si sentiva Ben. Il ragazzo tremava, tenendosi il lato destro del busto.

"Sei ferito?" Chiese Reggie.

Il ragazzo annuì e Reggie provò a sollevare la mano del ragazzo. Il bambino urlò di dolore, ma Reggie lo confortò. "Dovrò dargli un'occhiata, se vogliamo ricucirti. A proposito, dove hai preso la pistola?".

Reggie ignorò i corpi e Ben si chiese se li avesse visti o meno. *Erano suoi amici? Il marito e la moglie?*

Il ragazzo parlò lentamente, cercando di respirare con un ritmo dolce e costante tra le parole. "Io... l'ho preso dal tavolo proprio qui. Bernard lo teneva lì".

Reggie non sembrò reagire all'affermazione, ma Ben sapeva che l'uomo avrebbe confrontato le parole del ragazzo con ciò che sapeva dell'uomo e della donna che vivevano qui. Questa affermazione deve essere stata verificata, perché Reggie non ha risposto.

Nella mano del ragazzo c'era un rotolo di garza, coperto di sangue. Reggie prese il rotolo e strappò lo strato esterno di tessuto sporco, poi iniziò a medicare la ferita.

"Sembra una ferita da coltello", ha detto Reggie. "Un buco irregolare, sicuramente non tagliato da un proiettile".

Il ragazzo annuì di nuovo, continuando a dimenarsi per il dolore, ma lasciò che Reggie lavorasse sulla ferita.

"La buona notizia è che è relativamente piccolo. Dovrebbe guarire da solo, piuttosto rapidamente. Potrai camminare, ma ti farà un male cane". Il ragazzo sembrò un po' in difficoltà di fronte a questa informazione, ma per sua fortuna strinse la mascella e annuì. Reggie continuò a medicare la ferita.

Finalmente Reggie alzò lo sguardo. Ben riuscì a scorgere qualcosa nei suoi occhi. *Rabbia? La* voce dell'uomo era calma, persino gentile, ma nei suoi occhi c'era una furia che terrorizzava Ben più del sangue, dei cadaveri *e dei* loro aggressori. Reggie non disse nulla a Ben, ma si girò e si rivolse al ragazzo.

"Come ti chiami?"

"Rh - Rhett", balbettò.

"Rhett, cosa è successo qui? Chi ha ucciso l'uomo e la donna?".

"Bernard? E quella è sua moglie, Emelia. Gli hanno sparato, gli stessi che mi hanno accoltellato".

Reggie lanciò un'occhiata a Ben. *Qui ci hanno battuto.* "Ti hanno accoltellato, ma hanno sparato a loro?".

"Loro... loro stavano cercando di entrare in casa in modo silenzioso, credo. Io ero alla porta. L'ho aperta e poi... non abbiamo fatto in tempo a prendere la pistola".

Reggie annuì. "Ok, rilassati. Ti porto dell'acqua".

Ben seguì Reggie in cucina e i due spinsero i corpi di lato, lontano dal lavello. Ben si sforzò di portare a termine il compito, sentendosi ancora a disagio per tutto lo spargimento di sangue, ma la calma determinazione di Reggie lo rafforzò. Quando ebbero finito, Reggie aprì il rubinetto e prese un bicchiere di plastica che si trovava lì vicino. Ben sentì un rumore alla porta e vide gli altri tre - Amanda, Paulinho e Julie - in piedi sulla soglia.

Gli occhi di Ben incontrarono immediatamente quelli di Julie e vide l'orrore sul suo volto. Nessuno parlò, ma il messaggio era stato ricevuto. *Ci hanno battuto qui.*

Reggie tornò sul divano con l'acqua e sollevò la testa di Rhett per aiutarlo a bere. Quando ebbe finito di bere, Reggie lo aiutò a sedersi un po' più in alto sul divano, con la schiena sostenuta da un cuscino. "Rhett, dobbiamo trovare chi ti ha fatto del male e ha ucciso gli Olivar".

Rhett guardò Reggie quando disse il cognome della coppia, ma Reggie continuò prima che il ragazzo potesse fare domande. Julie, il dottor Meron e Paulinho entrarono in casa e chiusero la pesante porta di legno dietro di loro.

"Erano miei amici, e ho la sensazione di avere qualcosa a che fare con il motivo per cui sono stati uccisi; perché siete stati presi di mira. Può dirmi qualcosa sul loro aspetto o su quello che possono aver detto?".

Rhett pensò per un attimo, poi disse ciò che Ben aveva temuto. "Non molto, no. Erano vestiti di nero, come una specie di gruppo di forze speciali militari o qualcosa del genere". Fece un lungo e lento respiro. "Non hanno nemmeno detto nulla. Mi hanno solo accoltellato, mi hanno dato per morto e hanno fatto irruzione in casa".

Ben si guardò intorno. A parte il sangue di Rhett e della coppia ovunque, la cabina sembrava in ordine. Nemmeno un quadro alla parete era appeso in modo improprio.

"Ha fatto irruzione in casa?", chiese.

"Sì, credo che stiano cercando qualcosa. Non so bene cosa, ma sono rimasti qui solo per pochi minuti. Hanno fatto il giro della baita un paio di volte, ma poi se ne sono andati. È successo circa mezz'ora fa.

Cercavano qualcosa? Ben non aveva idea di cosa stessero cercando, a parte il dottor Meron.

"Rhett, perché sei qui?". Reggie fece la domanda nel suo modo schietto e senza fronzoli, ma Ben non percepì alcuna ostilità nei confronti del giovane.

"Ero qui per aiutare gli Olivars con le loro consegne. Ho finito gli studi di legge per la stagione e avevo bisogno di accumulare ore di volo. Ho sempre desiderato visitare la foresta pluviale, così ho pensato che avrei potuto guadagnare un po' di soldi in più. Non sapevo che fossero in rapporti con gente poco raccomandabile, ma credo che...".

"Non lo erano", disse Reggie. "Come ho detto, non è colpa vostra. Quegli uomini ci stanno dando la caccia, voi eravate solo nel posto sbagliato al momento sbagliato". Si girò e guardò il resto del gruppo; quattro volti spaventati e preoccupati lo guardarono. "La buona notizia è che starete bene. Inizierete a guarire e tornerete come nuovi in men che non si dica".

Reggie prese Ben da parte. "Stavano cercando altre vie d'uscita", disse Reggie in modo che solo Ben potesse sentirlo. "Le chiavi dell'auto, eventuali cellulari, questo tipo di cose. Il SUV parcheggiato qui davanti è senza dubbio armato, ma se ci sbrighiamo potremmo ancora raggiungere l'aereo. La pista è tra gli alberi in quella direzione ed è impossibile da vedere dalla strada".

Ben recepì questa informazione. *Sono venuti qui per assicurarsi che non potessimo uscire dalla giungla. Hanno ucciso il pilota, la moglie e il figlio che era con lui. Se hanno già trovato l'aereo...*

Attese l'inevitabile.

"La cattiva notizia è che", ha proseguito Reggie. "Dobbiamo comunque andarcene da qui, perché è molto probabile che stiano attraversando la giungla e che torneranno qui a cercarci. Dovete venire anche voi, o sarete sicuramente morti".

"Ok", disse il ragazzo.

"E", aggiunse Reggie, guardando le gambe del suo amico Bernard Olivar che spuntavano dalla cucina, "abbiamo bisogno di un pilota".

CAPITOLO 17

JULIE SPERAVA che Rhett fosse più abile di quanto si credesse. Dopo che Reggie gli disse che avevano bisogno di un pilota, Rhett discusse per qualche minuto, dicendo a tutti che non era ancora in grado di volare da solo. Reggie ribatté, rassicurandolo sul fatto che lui stesso aveva una limitata esperienza di volo e che sarebbe stato un abile copilota in un piccolo aereo da turismo come quello di Bernard. Julie non era convinta che il ragazzo sarebbe stato abbastanza bravo da decollare su quella che le sembrava una pista terribilmente corta, ma sapeva che non c'erano altre opzioni.

Sperava che le ferite da taglio non rendessero più difficile pilotare gli aerei.

Avevano trovato l'aereo esattamente dove Reggie aveva detto che l'avrebbero trovato: quasi nascosto dagli alti alberi e dalla fitta chioma della foresta, alla fine di uno stretto sentiero a circa mezzo miglio dalla cabina. Secondo Reggie, a Bernard piaceva questo nascondiglio pseudo-segreto, perché lo faceva sentire come un fuorilegge della droga ogni volta che scompariva sotto la tettoia per far atterrare l'aereo. L'aereo stesso non era registrato, un altro fatto di cui Bernard era orgoglioso. Un Cessna P210N Centurion del 1983, il piccolo aereo era in grado di ospitare cinque passeggeri e un pilota, con spazio per i bagagli o l'attrezzatura. Rhett spiegò a tutti che Bernard spesso toglieva i sedili e usava lo spazio extra per trasportare altro equipaggiamento nelle zone di lancio sulle rotte di rifornimento che frequentava. Aveva già volato con Bernard tre volte, di solito prendendo i comandi una volta che Bernard aveva portato l'aereo alla quota di crociera.

"Andrà tutto bene, ragazzo". Julie sentì Reggie incoraggiare Rhett vicino alla parte anteriore dell'aereo, mentre Ben e Paulinho caricavano gli zaini nel deposito. "Come ho detto, ho tenuto i comandi una o due volte, e finché ti occuperai dell'atterraggio, saremo a posto. Che te ne pare del taglio?".

Rhett annuì, senza distogliere lo sguardo dai comandi.

Julie cercò di ignorare la conversazione, ma non ci riuscì. Entrambi gli uomini sembravano considerarsi solo piloti dilettanti. *E io volerò con loro volontariamente?* Guardò Ben.

"Andrà tutto bene", disse lui. Lei sapeva come si sentiva lui riguardo al volo, e si stupì che sembrasse davvero credere a ciò che aveva appena detto.

Reggie parlò di nuovo al gruppo. "Mettetevi tutti vicino alla linea degli alberi. Vado a metterla in moto".

Non spiegò perché voleva che si allontanassero, ma Ben si avvicinò a Julie e le sussurrò all'orecchio. "Ha detto che il SUV davanti alla cabina era molto probabilmente imbottito di esplosivo. Probabilmente pensa che l'aereo...".

"Basta", disse lei. "Non voglio saperlo".

Ben alzò le spalle e Julie si girò e si diresse verso gli alberi mentre Reggie saliva nella cabina di pilotaggio dell'aereo. Sentì sbattere la porta.

Passò un minuto, poi il motore dell'aeroplano riprese vita e il suo basso ronzio le arrivò alle orecchie. Lei aspettò. Ben premette la mano sulla sua e lei lo sentì stringere. *Anche lui è nervoso,* pensò.

Passò un altro minuto e Reggie saltò fuori dal sedile del pilota e fece loro un cenno di saluto. "Se avesse voluto esplodere, l'avrebbe già fatto".

Julie si chiese come potesse quell'uomo sembrare così disinvolto, ma seguì Ben e gli altri verso l'aereo. Ben la aiutò a entrare e tutti allacciarono le cinture di sicurezza mentre Rhett portava l'aereo sulla pista. Aspettò sul bordo, controllando e ricontrollando gli strumenti e i display di fronte a lui. Reggie sorrideva dal sedile del copilota, ma i suoi occhi contraddicevano il resto del viso con il loro sguardo duro e semichiuso. Lei aspettò.

Finalmente sentì la forza di sollevamento quando Rhett spinse l'acceleratore verso il basso e iniziò la sequenza di decollo dell'aereo. Il ragazzo sembrava calmo, raccolto e perfettamente concentrato sul compito da svolgere, mentre l'aereo accelerava e infine si sollevava leggermente quando le forze di portanza tiravano l'aereo verso l'alto. Tirò il muso verso l'alto e Julie sentì la momentanea assenza di peso quando i loro centri di gravità si spostarono e si alzarono in volo. Non aveva mai volato su un aereo così piccolo, e la sensazione di sobbalzo causata dalla pista sconnessa fu immediatamente sostituita dalla sensazione di planare e di volare.

Guardò Ben. Le sue nocche erano bianche, gli occhi fissi davanti a sé, ma lei non lo disturbò. Una volta raggiunta l'altitudine di crociera, si sarebbe calmato un po' e sarebbe riuscito a rilassarsi.

"Cosa pensi che stiamo cercando?". Chiese improvvisamente Paulinho.

Julie e Amanda si voltarono verso di lui e Ben, che continuava a guardare dritto davanti a sé, alzò leggermente le sopracciglia.

"Voglio dire, qual è il problema? La società di Amanda ha fatto ricerche straordinarie da quando ha iniziato. Perché ora cercano te?".

Amanda scrollò le spalle. "Non lo so. Sembra tutto così strano. Una settimana stavamo lavorando per catturare i sogni e ora sono una fuggitiva".

"Cosa pensi che abbia a che fare l'uomo d'oro con tutto questo?". Chiese Julie.

"Ancora una volta, non ne ho idea. Sembra però che questo sia l'inizio di tutto. Quando uno dei nostri dipendenti ha caricato i dati, credo che qualcuno dall'altra parte vi abbia avuto accesso immediatamente. Dopo di che è iniziato tutto questo".

"Uno degli investitori?"

"Probabilmente. Sono sempre stati molto discreti, ma il loro unico requisito per continuare a finanziarci è stato il primo accesso a qualsiasi cosa scoprissimo".

Julie ci pensò. Non sapeva nulla del venture capitalism nel settore dell'alta tecnologia, ma le sembrava strano che un investitore sembrasse abbastanza disinteressato al proprio investimento da non intervenire, ma richiedesse l'accesso immediato a qualsiasi nuova scoperta. La cosa non quadrava affatto, ma Julie non fece pressioni su Amanda per saperne di più.

Pochi minuti dopo l'aereo uscì dalla sua ascesa costante e si livellò. Ben lasciò la presa sul bracciolo e la sua mano trovò immediatamente quella di Julie. Lei lo guardò, cercando di capire come si sentiva senza chiederglielo esplicitamente. I suoi occhi sembravano stanchi, le sopracciglia piegate in un'espressione di preoccupazione. O di stress, non ne era sicura. Lui la fissò di rimando, annuendo leggermente. Lei sorrise, poi si voltò ancora una volta a guardare fuori dalla finestra.

"Siamo in rotta", disse Reggie dalla cabina di pilotaggio. "Voleremo fino a Manaus, poi troveremo una barca che ci porti a monte".

Paulinho diede un colpetto sulla spalla a Reggie. "Dove stiamo andando esattamente? Quelle linee si sono incrociate, ma non ci hanno detto esattamente la destinazione".

Reggie sorrise. "No, immagino di no. Ma quel luogo è abbastanza remoto che potremo restringere il campo molto più facilmente quando ci avvicineremo. Ho annotato le coordinate prima di lasciare casa mia". Reggie mostrò un pezzo di carta su cui aveva scritto alcuni numeri. "È al centro del bacino, tra i fiumi Purus e Jaruá. È una regione ancora piuttosto vasta, ma è un buon punto di partenza".

Julie non era convinta. "Una regione piuttosto grande? Mi sembra un eufemismo".

"Sì, probabilmente è vero. Ma non siamo ancora a Manaus, quindi non possiamo fare molto".

"Cosa c'è a Manaus?". Chiese Paulinho.

"Un professore. Non l'ho mai incontrato di persona, ma ci siamo già scambiati delle e-mail. Ha delle teorie piuttosto interessanti - e convincenti, aggiungerei - su quella particolare regione della giungla, quindi ho pensato subito a lui quando le mappe sono apparse sullo schermo. È anche un sacerdote gesuita, qualcuno che ha accesso ad alcune cose che noi non abbiamo. Come i registri".

"Registrazioni di cosa? E cosa potrà trovare un prete gesuita che noi non possiamo trovare?". Chiese la dottoressa Meron. Non sembrava entusiasta della proposta di Reggie e Julie dovette convenire: quest'uomo, che avevano appena conosciuto, li stava conducendo attraverso un continente alla ricerca di qualcosa per cui valeva la pena uccidere. Non era sicura se Reggie fosse criptico di proposito o se fosse il suo solito stile.

"Sono d'accordo con Amanda", disse, senza riuscire a trattenersi. "Tutto questo mi sembra un po' inverosimile e - senza offesa, Reggie - non sappiamo nemmeno il tuo cognome".

Reggie si voltò di nuovo in avanti, poi sospirò. Si girò di nuovo e guardò ciascuno di loro a turno. "Bene, mi dispiace, avete ragione. Non avete motivo di fidarvi di me. Non ho modo di cambiarlo in questo momento, quindi... dovrete fidarvi di me".

Julie aspettò che lui continuasse. Non aveva dimenticato che lui non aveva *ancora* detto il suo cognome.

"Prima di arruolarmi nell'esercito, ho insegnato storia in un'università pubblica. Sono sempre stato un appassionato di storia e lo sono ancora. Ho contattato padre Quinones per la prima volta quando stavo lavorando a un articolo, poi sono stato schierato in missione per quasi dieci anni. Insegna all'Università Federale di Amazonas, a Manaus. La sua specialità è la storia religiosa di questa regione, con particolare attenzione alle religioni delle tribù native e incontattate. Sarà una grande risorsa, soprattutto per i suoi legami con l'Ordine dei Gesuiti".

"Chi sono?" Chiese Ben.

"Cattolici. La Compagnia di Gesù, in realtà. Un ordine maschile della Chiesa cattolica".

"Una confraternita?"

"Beh, sì e no. Lui può spiegarlo meglio, ma si tratta essenzialmente di una congregazione che fa parte della fede cattolica. L'aspetto importante è che la storia dei conquistatori spagnoli in questo territorio e la chiesa cattolica sono strettamente intrecciate con le mitologie e le storie della zona.

"Quello che mi interessa è la conoscenza di padre Quinones dei gesuiti di Quito, l'ordine nato all'inizio del 1600 in Perù. Penso che ci siano ragioni interessanti per incrociare ciò che sappiamo della regione in cui ci stiamo dirigendo con qualsiasi informazione che possiamo trovare sulla sua storia".

"Può darci una versione sintetica?". Chiese Ben.

"Pezzi e bocconi. Per lo più si tratta di cose tipiche di cui tutti abbiamo già sentito parlare. Sai, El Dorado, la Città d'Oro, tutte quelle cose?".

Il resto del gruppo era in silenzio.

"Stai... stai suggerendo..." La voce di Amanda si interruppe prima che potesse formulare la domanda.

"No, signora", rispose Reggie. "Non sono certo convinto che stiamo *cercando* la città di El Dorado, almeno non ancora. È solo che è di gran lunga il pezzo di storia più importante che questa regione ha da offrire, quindi tanto vale conoscere la sua storia e la sua mitologia.

La città è spesso citata nei testi storici, e noi stiamo per trovarci al centro del mito".

"Perché?"

Reggie li guardò di nuovo tutti, lentamente. "Davvero?" Sospirò. "Beh, pensavo che fossimo tutti sulla stessa lunghezza d'onda. Colpa mia. Quell'"uomo d'oro" che ha perseguitato i vostri sogni? È un riferimento abbastanza ovvio alla nostra città perduta".

La voce di Amanda si alzò. "Se pensi che io ci creda...".

"Dottor Meron", disse Reggie, alzando una mano mentre si girava per affrontarli completamente, "El Dorado significa "l'oro", che in origine significava anche "l'uomo d'oro". Mi dispiace dirvelo, ma nel momento in cui il vostro computer magico ha intravisto quel piccolo uomo d'oro, siete andati a caccia della città più leggendaria di tutti i tempi. Che si tratti di una vera città d'oro o di qualcos'altro, nessuno lo sa, ma stiamo cercando *qualcosa* là fuori, giusto?".

"Non credo...".

"Lo so, e va bene così. Ma se vogliamo essere scrupolosi, dobbiamo controllare tutte le caselle, mettere i puntini sulle "t" e le "i", tutte queste cose", ha detto. "Padre Quinones dovrebbe essere in grado di riempire tutti gli spazi vuoti che abbiamo per quanto riguarda la storia di quest'area, e se noi due ci mettiamo d'accordo, scommetto che possiamo individuare il punto in cui si incrociano quelle linee, almeno fino a un raggio di venti miglia".

Nessuno parlò, tutti fissavano Reggie, scioccati. Rhett era seduto al posto di pilotaggio e non aveva detto una parola da quando erano decollati, ma Julie credette di vedere le sue spalle sollevarsi e le sue orecchie drizzarsi un po' di fronte a quest'ultima informazione.

"Sono scettico come tutti voi", disse Reggie, "ma dobbiamo provarci. Sappiamo che ci stiamo dirigendo nel cuore della foresta pluviale, uno dei luoghi più inospitali del pianeta, e non abbiamo più tempo. Non vi sembra un po' strano che il tizio che ci dice dove andare sia ricoperto *d'oro*?".

Nessuno rispose. I loro destini erano stati segnati non appena erano decollati, e nessuno aveva discusso per cambiare la loro destinazione.

Julie e gli altri usarono il tempo del volo per riposare e cercare di dormire. Nessuno parlava degli eventi accaduti giù alla baita e nel bunker di Reggie, o all'hotel, ma lei sapeva che era nella mente di tutti loro. Stavano volando nel centro della foresta amazzonica, inseguiti da un gruppo di assassini ben addestrati.

Non avevano quasi nessuna attrezzatura, non avevano idea di cosa stessero cercando, e la chiavetta e il portatile di Julie con la batteria scarica che avevano lasciato a casa di Reggie erano inutili qui fuori.

Era un compito impossibile e ancora una volta Julie non aveva idea di come fosse rimasta coinvolta in questo pasticcio. Aveva paura, si sentiva impotente e soprattutto inutile, ma sapeva che non c'era alternativa. Sapeva che avrebbe seguito Ben fino in capo al mondo e sapeva di essere testarda quanto lui quando si trattava di proteggere qualcun altro.

L'avrebbero capito, o sarebbero morti nel tentativo.

CAPITOLO 18

PAULINHO FU SORPRESO quanto gli altri quando Reggie iniziò a parlare del mito della grande città perduta, ma era troppo stanco per discutere. Il ronzio del motore dell'aereo finì per superare l'eccitazione e l'attesa che tutti provavano e il gruppo cadde in un silenzio ristoratore.

Si appoggiò al poggiatesta e si addormentò quasi subito.

Paulinho non era mai stato molto bravo a ricordare i sogni che faceva durante il sonno, ma non appena gli occhi si chiusero si ritrovò nel profondo di un sogno ricorrente che aveva vissuto da ragazzo e poi da uomo e che ogni tanto tornava.

Il sogno era difficile da vedere, come la maggior parte dei sogni che faceva. Davanti a lui lampeggiavano luci vorticose di diversi colori, la maggior parte dei quali era caratterizzata da profonde sfumature di blu scuro e di verde. Aveva visto le immagini dell'Aurora Boreale sopra il Polo Nord e questo effetto era simile. Era un sogno tranquillo, che lo sorprendeva sempre per la sua bellezza.

La fase successiva del sogno fu la stessa di sempre: alcune delle luci danzanti divennero ombre più scure, ancora illuminate a colori ma ora sbiadite, come ombre delle loro forme precedenti. Queste luci più piccole si raggruppavano davanti a quelle più grandi e luminose, diventando un tutt'uno, come il centro di un caleidoscopio che girava e mescolava continuamente i colori e le forme.

Queste forme più scure crescevano insieme, continuando a contorcersi e a muoversi, mentre i colori più chiari turbinavano ancora di più intorno a loro. Paulinho assisteva a tutto questo, sapendo di essere addormentato, ma riuscendo comunque a godersi lo spettacolo.

Questa particolare versione del sogno sembrava più lunga, e anche più vivida, degli altri sogni che aveva fatto, ma non gli importava. Era bellezza allo stato puro, vista dall'interno della testa. Immaginava di osservare il proprio cervello nell'atto di pensare, illuminandosi mentre i pensieri, le emozioni e le preoccupazioni si mescolavano in uno spettacolare spettacolo di luci.

Non poteva muoversi quando guardava il sogno, almeno non nello stesso modo in cui poteva muoversi in altri sogni. Il suo corpo non esisteva in questo sogno, non era il tipo di paesaggio che la sua mente gli avrebbe permesso di attraversare, anche se avesse cercato di forzarlo. Era fermo, con un'unica visione dello spettacolo di luci e nessun'altra, costretto a guardare l'opera d'arte come uno spettatore, anche se era una creazione della sua mente.

L'unico potere che aveva sul sogno era quello di porvi fine, lo sapeva. Era consapevole di stare sognando, ma la sensazione simultanea del sogno e del sonno lo convinse a rimanere addormentato. Lasciò che il sogno si svolgesse nella sua mente per tutto il tempo che volle, o fino a quando qualcun altro non lo svegliò.

CAPITOLO 19

"BUON POMERIGGIO", disse l'uomo più anziano quando il gruppo entrò nell'ampio ufficio. "Mi chiamo Archibald Quinones". Padre Quinones si preoccupò di stringere la mano a tutti, uno alla volta, guardandoli negli occhi mentre si presentavano. Quando raggiunse l'ultima persona, Reggie, sorrise calorosamente.

"È fantastico conoscerti finalmente di persona, Reggie", disse Quinones, stringendo la mano di Reggie con entrambe le sue. "Spero che mi perdonerai per non averti raggiunto e tenuto i contatti".

"No, no, è colpa mia", disse Reggie. "Le cose si fanno impegnative...".

"... e la vita continua". Quinones mantenne il sorriso e li fece entrare. "Sedetevi", disse, indicando loro un grande divano di pelle e due sedie ai suoi lati. Altre due sedie si trovavano di fronte, entrambe incorniciate da un'enorme libreria in legno massiccio, piena di libri. Ben pensava che questo tipo di librerie fosse un po' pretenzioso, ma non poteva fare a meno di pensare che l'uomo di fronte a lui avesse letto ogni singolo libro.

Passò davanti a un lato della libreria e intravide alcuni titoli.

Archibald Quinones, PhD.

Ok, quindi non li ha letti *tutti,* pensò Ben. Era impressionato e si sedette sulla sedia. La stanza, notò Ben, era perfettamente arredata. Le librerie si abbinavano alla pelle color moka delle sedie e il divano, pur essendo di una tonalità più chiara di marrone, era della stessa marca e dello stesso stile. Un enorme tappeto si estendeva da sotto il divano alle sedie, foderato con grandi e sottili strisce marrone e oro. Il tappeto sottostante era di una tonalità simile, ma abbastanza neutro da fornire poco interesse all'occhio che si soffermava.

Ben non amava molto il design degli interni, ma riconosceva il lusso confortevole quando lo vedeva. Sulla parete di fronte a lui erano appesi due quadri, un grande paesaggio rettangolare di una catena montuosa e un quadro più piccolo di una scena della crocifissione di Cristo. La scrivania in fondo alla stanza era grande e in legno massiccio, ma abbastanza semplice da non destare molta attenzione. *Una soluzione pratica e semplice per una postazione di lavoro necessaria.* Ben amava la stanza e pensava che avrebbe potuto essere migliorata solo se ci fosse stato un carrello per il whisky nascosto in un angolo.

Dopo essere atterrati e aver guidato per altri venti minuti, raggiunsero la casa dell'uomo che, come il complesso di Reggie, era relativamente poco appariscente dall'esterno. Padre Quinones viveva da solo, guidava una piccola berlina e possedeva una casa modesta. Ma non appena entrarono nello studio dell'uomo, Ben capì che l'uomo era molto orgoglioso del luogo in cui svolgeva la maggior parte del suo lavoro, e quindi aveva speso dei soldi per garantire che lui e i suoi ospiti si sentissero a proprio agio nell'ampio spazio dell'ufficio.

Quinones offrì a tutti acqua e tè e, quando tutti rifiutarono, prese posto accanto a quello di Ben, all'estremità opposta della libreria, e cominciò a parlare.

"Mi piacerebbe conoscere la vostra avventura fino ad ora", disse, saltando subito all'argomento in questione, "ma ho capito dalla telefonata di Reggie che avete fretta".

"Potremmo essere in pericolo", rispose Reggie. "C'è un... *gruppo* che ci insegue. Non so chi siano o cosa vogliano, ma sembrano piuttosto interessati al dottor Meron".

Gli occhi del dottor Quinones brillarono quando guardò Amanda. "Sì, dottor Meron, che piacere! Ho letto del lavoro della sua azienda nell'ultima mezz'ora. Una ricerca *molto* intrigante".

Amanda si schiarì la gola. "Sono lusingata, grazie. Ma quello che c'è online è davvero solo una scalfittura della superficie".

"Oh, ne sono certo. Ma lei sta facendo dei test sulla tecnologia fMRI, no? Studiando gli effetti degli impulsi elettromagnetici emanati dal cervello durante il sonno REM?".

Amanda sembrava confusa. "Come..."

"Sono tutti indizi contestuali, dottor Meron. E aiuta se si è interessati alle questioni scientifiche, come lo sono io", ha risposto il dottor Quinones. "Non ho avuto il tempo di scorrere tutti gli articoli pubblicati sulla vostra azienda, ma sembra che abbiate in corso delle ricerche *molto* interessanti in patria".

Il dottor Meron annuì.

"E immagino che da quando hai incontrato il mio amico Reggie, ti abbia raccontato ogni sorta di cose su miti e leggende, sperando che tu abbocchi".

Quando Amanda annuì ancora una volta, Ben si sentì sollevato nel sentire che l'uomo più anziano non aveva nulla della spavalderia e dell'arroganza dell'ex militare più giovane. Si sentì rassicurato dal fatto che Archibald Quinones li avrebbe indirizzati nella giusta direzione.

"Ebbene, che tipo di miti e leggende vi ha propinato?". Chiese Quinones.

Lo stesso Reggie prese la parola. "Bene, cominciamo dall'inizio. Hanno registrato dei sogni", ha detto.

"*Registrare i* sogni?"

"Sì, sono in grado di registrare video dalla mente subconscia del soggetto, utilizzando una tecnologia che mappa determinate aree del cervello".

Padre Quinones rimase in silenzio per un momento, pensando. "Capisco. Continui", disse infine.

"Beh..." Amanda riprese la spiegazione. "Sì, credo che sia abbastanza preciso. Ma abbiamo riscontrato anche un'anomalia, solo in alcuni soggetti che condividono un'ascendenza comune".

Archibald Quinones si sedette in avanti sulla sedia, concentrandosi intensamente su Amanda Meron. "Di che tipo di ascendenza comune stiamo parlando?".

"Sono tutti collegati tra loro e riconducono a una tribù locale. Una tribù che crediamo abbia avuto origine nel bacino amazzonico".

Padre Quinones era al limite della sopportazione. "E l'anomalia? Che cos'era?"

La dottoressa Meron spiegò le loro scoperte: l'uomo d'oro, il fatto che fosse sempre a fuoco e che guardasse sempre direttamente il soggetto. Cercò di spiegare alcune delle modellazioni al computer che avevano fatto per confutare le loro teorie, cercando di dimostrare agli altri che l'anomalia non era uno scherzo. Continuò, aggiungendo che la loro destinazione attuale era probabilmente da qualche parte tra due dei maggiori affluenti del Rio delle Amazzoni, il Juruá e il Purus, e Padre Quinones finalmente si alzò e si girò verso la libreria dietro di lui e Ben. Amanda si fermò a metà frase, aspettando che l'uomo tornasse alla sua sedia. Quando lo fece, aprì il libro che aveva preso dallo scaffale e iniziò a sfogliarne le pagine.

"Questo è un libro sulle prime tribù dell'Amazzonia, scritto da un prete gesuita durante l'espansione spagnola nella regione. La maggior parte degli incontri di prima mano che abbiamo sono stati scritti dagli spagnoli, che in genere sono stati i primi occidentali a visitare la zona e a documentare le loro scoperte". Quinones sfogliò altre pagine. "Dobbiamo presumere che i conquistadores spagnoli e i loro esploratori abbiano documentato abbastanza bene le loro scoperte, ma anche se fossero stati un po' imprecisi nelle loro descrizioni specifiche, c'è una caratteristica particolare di questo libro - e di tutti gli altri in cui mi sono imbattuto, spagnoli e non - a cui non posso fare a meno di pensare mentre me lo stai raccontando".

"Che cos'è?" Chiese Paulinho. Era rimasto in silenzio per tutta la riunione, seduto accanto a Rhett mentre il gruppo discuteva dei loro piani.

"Beh, gli spagnoli hanno mappato la regione più vicina al Rio delle Amazzoni - i principali affluenti che alimentavano il fiume più grande che noi chiamiamo 'Amazzonia'. Ma il bacino amazzonico è una distesa di terra molto più ampia. La maggior parte di essa è stata ben documentata e la civiltà moderna ha raggiunto gran parte di essa, come dimostra il numero di piccoli villaggi e città che punteggiano l'area geografica del bacino. Ma c'è ancora una porzione di terra nel bacino amazzonico che non è quasi menzionata nei documenti spagnoli pubblicati, nei manoscritti dei gesuiti e negli scritti moderni".

Il gruppo attese che il professore continuasse.

"L'area tra i fiumi Jaruá e Purus, vicino al confine occidentale del Brasile, è quasi inesistente nei testi".

Gli occhi di Ben si allargarono, ma non disse nulla per interferire con il pensiero dell'uomo.

"Quest'area è particolarmente speciale, a mio parere", ha continuato Quinones. "Mentre gran parte dell'Amazzonia è stata destinata all'agricoltura, alla raccolta e allo studio, quest'area - appena a nord-est dello Stato di Acre - non ha subito interferenze. Ci sono alcune tribù che vivono lì, ma non abbiamo ancora designato quest'area come riserva nazionale".

Amanda e gli altri rimasero in silenzio, ma poi parlò Reggie. "*Molto* interessante". Fece una pausa, guardando intorno alla stanza, poi si ripeté. "Molto interessante, dottor - padre - Quinones".

"Per favore, chiamami Archie", disse Quinones. "Dalla tua inflessione presumo che questa regione sia la stessa su cui stai indagando".

"Beh", disse Reggie, "è piuttosto in alto nella lista".

Quinones ridacchiò.

Reggie continuò. "Sì, è proprio questo: c'è qualcos'altro che non vi abbiamo detto, qualcosa su cui la società di Amanda stava lavorando". Ben apprezzò il fatto che Reggie non avesse fornito a Quinones tutti i dettagli sulle morti alla NARATech. "Pensano di essere riusciti a individuare la posizione di questa tribù. Quella da cui discendono i loro soggetti. Ci sono alcuni dettagli che possiamo approfondire in seguito, ma il succo del discorso è che pensiamo che questa tribù si trovi da qualche parte tra quei due fiumi".

Quinones sollevò un sopracciglio - un folto e cespuglioso ciuffo di capelli sale e pepe sopra l'occhio - chiedendo ulteriori informazioni.

"Noi... io... speravo che lei potesse riempire gli spazi vuoti; aiutarci a capire esattamente dove andare dopo".

Ben fu sorpreso di vedere che il sopracciglio danzante di Quinones si estendeva ancora di più sulla fronte. Quell'uomo ora sembrava completamente incuriosito. Completamente investito.

"Sì, credo di sì", rispose padre Quinones. Si alzò di nuovo in piedi e cominciò a camminare. "C'è un vecchio documento in cui mi sono imbattuto da giovane, qualcosa che ho trovato sepolto negli archivi dei gesuiti. Ha suscitato il mio interesse per quasi tre decenni, anche se non oso scriverne o parlarne pubblicamente, poiché il suo mistero è stato da tempo sfatato come mitologia".

Archie si avvicinò al bordo del tappeto e si girò, cogliendo l'attimo ed estendendo tutti i suoi poteri di professore. I suoi occhi si spalancarono e si illuminarono, poi la sua voce si abbassò fino a diventare un sussurro sommesso.

"La *vera* ubicazione della città perduta di El Dorado", ha detto con un gesto teatrale delle mani.

CAPITOLO 20

BEN RIDACCHIÒ E notò che anche Rhett e Reggie sorridevano.

"Sì", disse Quinones, "questa è la reazione che hanno avuto anche altre persone". Ben smise di sorridere, ma Quinones non sembrò arrabbiato con lui. "Non hanno nemmeno torto a essere scettici", continuò. "L'idea della 'città perduta' è stata a lungo dimostrata falsa".

Ben aspettava che l'uomo dicesse *"ma..."*.

"Ma", ha detto Quinones, "questo documento è presumibilmente precedente a tutto ciò che ho trovato e che fa riferimento alla nostra favolosa città. Innanzitutto, è stato scritto da Gaspar de Carvajal, un missionario domenicano spagnolo che viaggiò con Francisco de Orellana durante il primo viaggio sul Rio delle Amazzoni. Fu lo stesso Francisco Pizarro a ordinare la spedizione e Carvajal fu uno dei pochi membri sopravvissuti. Il suo resoconto e i dettagli del viaggio, e gran parte di ciò che noi storici successivi conosciamo delle prime tribù amazzoniche, si trova direttamente tra le pagine della sua opera, *"Relacion del nuevo descubrimiento del famoso rio Grande que descubrio por muy gran ventura el capitan Francisco de Orellana"*, o *"Resoconto della recente scoperta del famoso fiume Grande che fu scoperto con grande fortuna dal capitano Francisco de Orellana"*. Fece una pausa, notando le espressioni vuote del gruppo. "Sono d'accordo", disse Quinones, "avrebbe dovuto assumere un pubblicitario per aiutarlo con quel titolo.

"In ogni caso, nel documento c'erano molte cose che gli storici hanno a lungo ritenuto inventate, come le menzioni e le descrizioni dettagliate di Carvajal di grandi città abitate con enormi strutture monumentali, complete di aree agricole e strade asfaltate. È stato suggerito che il suolo del bacino della foresta pluviale non è in grado di gestire alcun tipo di agricoltura sostenibile, e allo stesso modo non abbiamo ancora scoperto nessuna di queste "strutture monumentali" o "strade asfaltate". Tuttavia, i resoconti delle interazioni che il gruppo ha avuto con le popolazioni indigene si sono dimostrati per lo più accurati.

Ma nell'opera pubblicata non si parlava di una "città perduta", di un "uomo d'oro" o di qualcosa del genere. Solo quando ho trovato un altro libro negli archivi ho iniziato a sviluppare una teoria. L'opera in questione è stata pubblicata da un sacerdote gesuita che ha raccolto i racconti di prima mano degli esploratori della regione e li ha tradotti. Egli registrò una storia raccontatagli da un uomo peruviano che disse al sacerdote di aver conosciuto Gaspar de Carvajal a Lima, poco prima che morisse nel 1584. La storia è stata raccontata al sacerdote in spagnolo e il sacerdote l'ha poi tradotta in latino. Per la maggior parte si tratta di un resoconto abbreviato di ciò che la *Relacion* già tratta, ma c'era una storia particolare che spiccava. Si tratta della storia di una tribù con un grande capo che si faceva decorare di polvere d'oro e poi saltava in un lago.

"La cosa sorprendente di questa storia è che coincide *quasi perfettamente* con le testimonianze successive della tribù Zipa della Confederazione Muisca, nell'attuale Colombia. Gli Zipa erano noti per offrire oro alla loro divinità ricoprendo il loro capo di polvere d'oro e gettando poi oggetti e gioielli d'oro nell'acqua mentre il capo si lavava in essa".

"L'uomo d'oro", ha detto Reggie.

"O la 'Golden One', in diverse leggende", ha detto Quinones. "Ma non la *Città* d'oro'. Il lago Guatavita è stato esplorato da allora, con grande delusione. Altre città della regione che copre il Brasile, la Colombia e il Perù sono state setacciate alla ricerca di uno di questi 'oggetti d'oro' che potessero indicare agli esploratori la leggendaria città d'oro, ma non è mai stato trovato nulla del genere".

"Allora, come fa questa storia a essere diversa? E perché ci sono così tante leggende sopravvissute se la città non esiste?". Chiese Amanda.

"Beh, prima di tutto", disse Archie, continuando la sua lezione, "ci sono numerosi resoconti storici che fanno riferimento a una 'città perduta dell'oro'. Nel 2001, in effetti, un archeologo italiano ha scoperto una relazione di un missionario negli archivi dei Gesuiti a Roma. L'archeologo, in questo rapporto, descrive "una grande città ricca di oro, argento e gioielli, situata nel mezzo della giungla tropicale, chiamata Paititi dagli indigeni". Ci sono teorie di cospirazione che suggeriscono che il Vaticano stia tenendo segreta l'ubicazione di questa "Paititi", ma io non ci credo. Questo mi porta al punto e alla domanda che lei ha posto.

"A causa di quello che molti altri potrebbero considerare un errore di traduzione, credo che questa storia non faccia affatto riferimento a una *città*. C'era una frase specifica che ha attirato la mia attenzione quando ho letto per la prima volta il racconto".

Il gruppo ha atteso la rivelazione di Quinones.

"Il sacerdote scrisse: 'que estaba cerca de la gran pueblo antigua que vio por primera vez el oro...'".

Amanda parlò, traducendo lo spagnolo. "Conosco solo un po' di spagnolo, ma credo che sia: 'Fu vicino alla grande città vecchia che vide per la prima volta l'oro...'".

Quinones sorrise, con una linea sottile e sorniona sul viso. "*Quasi*. In spagnolo, la parola 'pueblo' significa città. Ma le radici della parola derivano dalla parola *latina* 'populus', che significa 'popolo'".

Rhett aveva ascoltato in silenzio, ma ora annuì. "Questo tizio ha detto al sacerdote che gli era stata raccontata una storia da Carvajal in persona, che parlava di un 'grande *popolo* antico' e di qualcosa che riguardava anche l'oro".

"Esattamente. E tutti, da allora, iniziarono a cercare una *città* - un luogo fisico - fatta di oro puro. Ma la mia ipotesi è semplice: *El Dorado* si riferisce a una *tribù perduta*, non a una *città perduta*. Questo spiega pienamente perché un tale segreto possa rimanere nascosto per quattro secoli".

"Come mai?" Chiese Rhett.

"Beh, non si può nascondere una città per sempre: non si muove", ha detto Quinones. "Ma se *tu* sei il segreto che stai cercando di mantenere - se *sei* la città - tutto ciò che serve è un forte desiderio di rimanere nascosto".

Il gruppo annuisce lentamente e Ben si ritrova a crederci. *Ha senso,* pensò.

"Una tribù? Allora come li troviamo?", chiese.

Quinones sorrise di nuovo con il suo sorriso criptico. "Non capite, amici miei? Non ne abbiamo bisogno: *ci* hanno trovato".

PARTE DUE

"...Ma è invecchiato...
Questo cavaliere così audace...
E sul suo cuore un'ombra
Cadde come trovò
Nessun punto del terreno
Sembrava Eldorado...".
Edgar Allen Poe

VALÈRE SENTÌ il nervosismo salire lungo la schiena. Il suo vecchio amico, il sentimento dell'ansia, era ormai onnipresente nella sua vita, ma continuava ad esplodere in fitte di paura paralizzante ogni volta che si agitava troppo. Dove avrebbe dovuto essere in grado di distinguere tra eccitazione, adrenalina, rabbia e terrore, ora sentiva solo nervosismo. Più precisamente, il cuore cominciò a battere forte e sentì un'ondata di tremori attanagliarlo. A sua volta, si aggrappò al bordo della scrivania e si tenne stretto, aspettando che il peggio passasse.

Questa particolare ondata era senza dubbio causata dalla luce lampeggiante sul suo display a parete e da ciò che quel segnale rappresentava. Anche SARA, la semi-AI a risposta artificiale simulata che controllava il suo ufficio e le sue comunicazioni, un progetto interno che stava per terminare la fase di sperimentazione alfa, notò il segnale e allertò immediatamente Valère. La sua voce era ancora metallica e un po' vuota, come era sempre stata, ma Valère aveva recentemente "aggiornato" la voce femminile computerizzata dandole un accento britannico. "Lei" tendeva a comunicare in francese, la lingua madre di

Valère, ma parlava correntemente anche l'inglese britannico e americano.

"Monsieur Valère, c'è un collegamento in arrivo. Il signor Emilio Vasquez, dalla sua proprietà. Devo collegarmi?".

Valère annuì senza alzare lo sguardo dalla luce lampeggiante. SARA vide la sua reazione da una delle tante telecamere montate all'interno delle pareti dell'ufficio e autorizzò immediatamente la connessione. Il volto arrotondato di Emilio Vasquez apparve sullo schermo di fronte a lui, in risoluzione full HD. Era troppo grande, secondo Valère, e mostrava troppo dettagliatamente i segni, le cicatrici e le macchie della pelle dei suoi partner.

"Signor Vasquez", esordì Valère. Mantenne la presa sul bordo della scrivania e non si sedette.

"Valère, cos'è questa storia della Compagnia che bombarda un hotel in Brasile?".

Valère deglutì, cercando di non mostrare la sua debolezza. Annusò, inclinando leggermente la testa all'indietro. "Non è alle azioni della *Compagnia* che ti riferisci, mio caro amico, ma alle mie. E non si è trattato di un *bombardamento*, ma di un'*estrazione*".

Le sopracciglia di Vasquez si alzarono. "Oh? E cosa avete *estratto* esattamente?"

"Non ha alcuna importanza in questa fase. I -"

"Non è di alcuna importanza?" Disse Vasquez, alzando la voce. "Ascoltati, Valère! Da chi prendi ordini? E cosa ti dà il diritto di tagliarmi fuori da...".

"Non ho fatto nulla del genere", disse Valère. "E sapete che ho la piena autorità di mandare la squadra di Joshua dove voglio. Questa estrazione è stata proprio un atto di questo tipo. Anche se non abbiamo ottenuto la custodia del...".

"Aspetta, vuoi dire che l'estrazione è *fallita?* Gesù, Valère, sei stato fortunato che non abbiano lasciato cadaveri ovunque! Devi pensare di essere superiore...".

Valère alzò una mano, interrompendo Emilio. "Non è *fortuna* quando si tratta della forza di sicurezza meglio addestrata del pianeta. Sapevano che l'hotel era quasi vuoto, e ho detto loro di fare un'entrata "udibile", ma di stare attenti a non lasciare danni collaterali".

"Allora perché hanno fallito?".

"La colpa di questo è mia", disse Valère. "Avevo detto a Joshua che non avrebbe avuto bisogno di più di qualche uomo, dato che l'obiettivo era disarmato, non addestrato e viaggiava con un piccolo gruppo di civili. Tuttavia, c'è stata una variabile sconosciuta durante l'estrazione e Joshua è stato colto di sorpresa. Gli ho detto di seguire l'obiettivo, di riorganizzarsi e di prepararsi a un ingaggio completo. Non sarà più colto di sorpresa, ve lo posso assicurare".

"Non c'è bisogno di rassicurarmi", disse Emilio, "non sapevo nemmeno di questo 'attacco' fino a dieci minuti fa. Le consiglio di informare la Compagnia, per entrambi...".

"La Compagnia è pienamente consapevole della situazione e ha già fornito a Joshua uomini e rifornimenti supplementari per il viaggio".

Anche in questo caso le sopracciglia di Emilio si alzarono, ma non fece la domanda che indubbiamente stava pensando.

"Crediamo che stiano seguendo il gruppo nella foresta amazzonica. La Compagnia mi ha dato piena autorità sulla squadra di Joshua, ma si aspetta dei risultati. Sono sicuro che la squadra di Joshua produrrà, ma ho comunque preso ulteriori precauzioni. Ho dovuto agire in fretta, quindi non vi ho avvisato delle mie azioni".

"E Joshua... gli avete spiegato di suo padre?".

"Ho comunicato con lui come se fossi suo padre".

Anche sullo schermo, Valère poté vedere gli occhi di Emilio sporgersi. "Tu... tu *cosa?* Come fai a farlo? Se Joshua ha saputo che noi...".

"Hackerare un account di posta elettronica non è un'impresa miracolosa, Emilio", ha detto Valère. "Soprattutto quando i server sono di proprietà della Compagnia. Joshua è un professionista:

qualche breve e-mail direttamente da suo padre, con il mio indirizzo e-mail nel campo "cc", ed è partito alla ricerca del nostro obiettivo. Non c'è bisogno di fargli sapere che suo padre è coinvolto nelle nostre ricerche in Antartide".

Emilio annuì, pensando, e Valère attese l'inevitabile domanda.

"Chi è l'obiettivo?"

"Si chiama dottoressa Amanda Meron e dirige il ramo di ricerca della NARATech".

"NARATech? Ma non può..."

"Non sa assolutamente cosa fosse la NARATech e non lo saprà mai. Abbiamo abbandonato la struttura in Brasile e le abbiamo permesso di rivendicarne l'utilità per i suoi interessi. La ricerca della sua azienda si concentra sul recupero di immagini dalla mente utilizzando la risposta magnetica funzionale per immagini, e ha ottenuto grandi successi".

Si fermò un attimo, sentendo finalmente il nervosismo placarsi.

"Tuttavia, abbiamo dati che suggeriscono che la loro ricerca ha preso una piega interessante, che la Compagnia era piuttosto interessata a perseguire. Abbiamo bisogno che collabori finché non potremo verificare le affermazioni della sua azienda, prima che rendano pubbliche le informazioni. Dopodiché..."

"... Non avrai più bisogno di lei".

"Precisamente".

Emilio sorrise. "Valère, vorrei che mi tenessi al corrente di queste cose. Sai che posso essere di grande aiuto a te e alla Compagnia".

"Sì, sì, lo so", disse Valère. "Non dovrebbe preoccuparsi di queste questioni banali. Il suo valore per noi è quello di investitore, consulente e consigliere. La prego di perdonare la mia fretta di andare avanti senza di lei".

"Non è un problema, Valère", disse Emilio Vasquez. "Quindi la sua azienda, la NARATech, è diversa da quella che abbiamo fondato in Brasile qualche anno fa?".

"Ora è così. La SARA ha coordinato il trasferimento dei nostri soggetti in una struttura adeguata che richiederà un'organizzazione logistica e una sicurezza di gran lunga inferiori, ma ci siamo lasciati alle spalle una struttura vuota. NARATech è sempre stata una struttura interna, quindi non c'era bisogno di cambiare il nome e il marchio. La ricerca della dottoressa Meron si adattava perfettamente ai nostri obiettivi a lungo termine, quindi ci siamo offerti di finanziare completamente la sua azienda e di rimanere soci silenziosi. Lei è proprietaria delle azioni e della ricerca, ma il nome appartiene a noi, così come il diritto di accedere per primi a tutte le loro scoperte".

"Capisco". Emilio Vasquez si voltò dallo schermo e Valère poté vedere l'uomo che guardava qualcosa alle sue spalle. "Valère, devo occuparmi di altre questioni, ma apprezzo la sua disponibilità a tenermi al corrente dei cambiamenti e degli sviluppi".

"E lo farò. Grazie, Emilio". SARA non attese la risposta del signor Vasquez, interruppe la connessione e la luce lampeggiante sul monitor si spense. Valère si sedette alla scrivania, rielaborando la conversazione nella sua mente. I giorni successivi si sarebbero rivelati piuttosto impegnativi, e lui doveva mantenere una calma e una preparazione raccolta se voleva che la Compagnia portasse a termine la fase successiva del loro obiettivo.

Ha detto a SARA di fissare un altro appuntamento con il suo medico.

CAPITOLO 22

"PUOI RESTARE QUI STANOTTE. Avete bisogno di riposo".
L'uomo più anziano, Archibald Quinones, guidò il gruppo verso una
camera da letto in fondo al corridoio. "Le signore possono dormire
qui, e tu", fece cenno a Rhett, "resta nella mia camera. C'è un bagno
annesso; sarà meglio nel caso in cui dobbiate medicare le vostre ferite.
Il resto di noi può trovare posto sul pavimento dell'ufficio o nel
soggiorno".

Si fermò davanti alla porta che conduceva alla camera degli ospiti,
dove avrebbero alloggiato Amanda Meron e Juliette. "Mi scuso per la
mia mancanza di alloggi. Di solito non ospito più di una o due
persone alla volta, e anche in quel caso è raro che qualcuno si fermi
qui per la notte".

Amanda sorrise ad Archie e gli afferrò il braccio. "Ti prego,
Archie, non scusarti. Ti siamo più che grati per l'aiuto che ci hai dato
finora".

Archie accarezzò la mano di Amanda e si voltò verso Paulinho,
che aveva allungato la mano verso l'uomo in segno di ringraziamento.
Archie gli afferrò la mano, poi abbassò lo sguardo sul polso. "Un
disegno interessante", disse.

Paulinho aggrottò le sopracciglia, poi capì che l'uomo si riferiva al tatuaggio all'interno del polso. "Giusto, sì", disse. "È il disegno di una collana che aveva mio nonno. Quando è morto me lo sono fatto imprimere addosso per ricordare la sua vita".

"Doveva essere un uomo speciale. Sapete cosa significa?".

"Io no", disse Paulinho. Ha riso. "È solo che mi è sempre piaciuta la collana, e lui la portava sempre sotto la camicia. Da ragazzo la prendevo e la tiravo". Il ricordo sembrò riscaldare Paulinho, che si prese un momento di raccoglimento. Archie attese con rispetto, poi si rivolse al resto del gruppo.

"Domani troverò una guida e una barca, anche se probabilmente dovremo dividerla con i turisti. Mi sono avventurato nella giungla solo una manciata di volte, e ammetto che allora ero molto più giovane. Ma credo che il vostro mito abbia qualcosa di vero e vorrei aiutarvi.

Ben drizzò le orecchie quando l'uomo parlò di "avventurarsi nella giungla", ma Paulinho parlò prima che Ben potesse farlo.

"Non avete intenzione di viaggiare con noi, vero?", chiese.

Quinones sorrise. "È un'impresa folle, no? Un vecchio che viaggia con una banda di giovani esploratori spavaldi?".

Reggie guardò da Paulinho a Quinones, poi a Ben e viceversa. "Ma sul serio, Archie, tu non sei...".

"Verrò con voi, a patto che accettiate il mio desiderio. Credo di potervi essere utile nella giungla, anche se sono il più lento del gruppo".

Fece l'occhiolino a Ben. "Ma non credo che sarei il più lento".

Ben non era sicuro se lo stesse insultando o se stesse solo facendo un ragionamento, ma non gli importava. Parlò, opponendosi ai desideri dell'uomo. "Archie, è un vero piacere conoscerti, ma... non credo che...".

Archie sollevò il mento e inclinò leggermente la testa all'indietro. In qualche modo, a Ben non sembrò offensivo e condiscendente, ma regale e affettuoso. "Ti prego", disse Quinones rivolgendosi direttamente a Ben, "concedi a questo vecchio un'ultima indulgenza. Sarò una risorsa per la vostra squadra e prometto di non ostacolarvi. Inoltre, ho alcune idee su come tracciare la mappa della spedizione, e non sono un dilettante quando si tratta di navigazione nelle terre selvagge".

"Archie, questa non è una *semplice* spedizione. Ci sono degli *assassini* che ci inseguono. Questa non è la tua battaglia", disse Reggie.

"Nemmeno il suo", rispose Quinones. "Mi sembra che vogliano qualcosa dalla dottoressa Meron e quindi credo che abbia bisogno di tutto l'aiuto possibile. Conosco molte delle tribù che potremmo incontrare e dalle quali faremmo bene a stare alla larga". Quinones smise di camminare e si diresse verso il centro della stanza, come una dichiarazione fisica di affermazione. "Vengo con voi, e questo è quanto. Vedo che hai portato degli zaini. So che sei più che capace di tenere in vita un'altra persona, Reggie, e possiamo partire non appena sarete tutti riposati e pronti. Sarà presto, quindi vi consiglio di dormire un po'".

Reggie sorrise a Ben. Ben esitò, poi sorrise a sua volta. La loro squadra era cresciuta di uno.

CAPITOLO 23

IL CANE ERA un mix di labrador retriever, grigio scuro con macchie più chiare che si intonavano alle zampe anteriori bianche. Era giovane, con le zampe ancora sovradimensionate rispetto al corpo. Ma, come ogni cane giovane, era veloce.

Joshua si trovò a fare uno sforzo maggiore di quello che avrebbe voluto per tenere il passo dell'animale, che ora lo stava conducendo attraverso i vicoli, le strade e i grandi pendii della città. Era corso dietro all'animale in fuga subito dopo che il padrone lo aveva perso, ma non aveva previsto di correre dietro al cane per più di un isolato o due.

L'animale continuò, saltando su un mucchio di rifiuti alla fine del vicolo. Joshua si allungò e saltò oltre il mucchio di rifiuti, colmando la distanza tra sé e il bastardino. Il cane si voltò a guardarlo mentre il suo piede schizzava in una pozzanghera, con la lingua che usciva dal lato della bocca.

Joshua avrebbe giurato che il cane gli stesse sorridendo.

"Vieni qui, piccolo bastardo", disse lui, ricambiando il sorriso. Il cane rallentò un po' quando raggiunse la fine del vicolo e cercò di decidere quale direzione prendere. Joshua si lanciò in un tackle in tuffo e si protese in avanti, con le braccia tese.

Aveva calcolato perfettamente la distanza. Il cane stava per correre verso destra, ma Joshua allargò le mani e le portò intorno all'animale proprio mentre atterrava, con il corpo a pochi centimetri da quello del cane. Il cane sbuffò un rapido respiro di sconfitta, poi si lasciò avvolgere dalle braccia di Joshua.

"Pensavi davvero di superarmi?". Disse Joshua. Gli enormi occhi marroni del cane lo fissarono, con lo scintillio gioviale della soddisfazione ancora negli occhi. "Andiamo a casa, amico".

Il cane stava passeggiando con il suo padrone in un parco a tre isolati di distanza, mentre Joshua era fuori per una corsa mattutina. Il padrone aveva provato a liberare il cane dal guinzaglio per scegliere un posto, ma il cane aveva altri piani. Joshua iniziò a rincorrerlo non appena colse lo sguardo terrorizzato del padrone. Aveva sempre avuto un debole per i cani e conosceva la sensazione di perdere un amico così fedele.

Tornò al parco, sempre con il cane in braccio. La proprietaria, una giovane donna sulla trentina, lo vide e iniziò a correre verso di lui. Quando si incontrarono, Joshua permise alla donna di riattaccare il guinzaglio prima di mettere il cane a terra. L'animale ha allungato le zampe, ha mugolato una volta, poi ha fatto il grugno e si è seduto sul marciapiede. La donna cercò di ringraziare Joshua in portoghese, ma lui si limitò a scuotere la testa e a sorridere.

Cercò di ringraziarlo di nuovo, questa volta prendendo il portafoglio.

Tese una mano. "No, per favore, va bene così. Sono felice di aiutarvi".

Il suo telefono vibrò silenziosamente nella tasca, lui lo prese e lo tirò fuori. *Tempismo perfetto.* La donna capì l'antifona, annuì abbondantemente e lo ringraziò mentre lui si allontanava per rispondere alla chiamata.

"Joshua". Pronunciò la parola lentamente, articolandola con cura, come era sua abitudine. La persona all'altro capo avrebbe usato un computer per analizzare la sua performance vocale, confrontandola con la libreria di file di lunghezza d'onda che aveva fornito alla Compagnia. Attese che l'interlocutore verificasse la sua identità, mentre costringeva il respiro e la frequenza cardiaca a un ritmo più lento e costante.

Si guardò intorno al piccolo parco. Non più di un parco giochi arrugginito al centro di una collinetta senza erba, il parco era l'unico elemento di questo tipo in questo lato della città. La nebbia si era alzata da poco e le gocce di rugiada scintillavano ancora sui pochi fili d'erba che avevano a disposizione. Oltre alla donna e al suo cane, non c'era nessun altro all'esterno. Era una scena incontaminata, anche considerando la zona della città stanca e degradata a cui era stata assegnata la sua squadra.

"Molto bene", disse la voce all'altro capo del telefono. "Joshua, abbiamo una SITREP aggiornata e la possibile posizione".

Joshua fece una smorfia. Odiava l'uso del gergo militare e degli acronimi da parte del suo datore di lavoro. Il suo contatto alla Compagnia, come suo padre, non aveva alcuna esperienza o addestramento militare, scegliendo il denaro e l'influenza come armi principali. Il lavoro vero, quello che *contava* davvero, lo lasciavano a persone come Joshua.

"Vai", disse, già spazientito. Il suono della voce dell'uomo gli ricordava solo la missione fallita della sera prima.

"L'aereo è atterrato a Manaus e il gruppo ha visitato una casa della città. Si sono fermati per la notte e ora sono in partenza".

"E dove stanno andando?".

"È impossibile saperlo in questa fase, ma crediamo che stiano viaggiando sul fiume, forse preparandosi a imbarcarsi a monte o a valle".

Joshua recepì le informazioni, confrontandole immediatamente con ciò che sapeva della situazione. Se avessero preso una chiatta o un'imbarcazione pubblica, significava che sarebbero stati in compagnia di altre persone, di turisti, e che avrebbero dovuto entrare in silenzio. I danni collaterali non erano un'opzione in questa missione. L'attacco all'hotel era stato pianificato solo perché la Compagnia voleva un'azione rapida. La ricognizione di Joshua della struttura lo convinse che non ci sarebbero stati morti, a parte alcuni membri del gruppo troppo stupidi per togliersi di mezzo mentre venivano a prendere il dottor Meron.

"E perché avrebbero scelto di viaggiare così lentamente in questo caso?", chiese. "Perché non prendere un aereo o guidare?".

"Crediamo che significhi che si stanno dirigendo verso la foresta pluviale; la loro destinazione è quindi più facilmente raggiungibile attraverso uno dei fiumi di alimentazione, e non ci sono piste di atterraggio nelle vicinanze. È la stagione delle piogge, quindi le acque scorreranno più alte del normale, il che significa che il viaggio in barca è la scelta di trasporto più sensata".

Anche Joshua lo sapeva, ma non interruppe il suo datore di lavoro.

"Inoltre, potrebbero avere un ulteriore membro della squadra. Un professore, il proprietario della casa in cui hanno soggiornato. Non possiamo dirlo con certezza finché non avremo gli occhi addosso, ma dovete essere consapevoli".

Joshua annuì, ancora pensieroso. "I parametri della missione rimangono invariati?".

"No", disse la voce. Le orecchie di Joshua si drizzarono leggermente. "*Se si* dirigono effettivamente nella giungla, non avremo bisogno della furtività che abbiamo richiesto finora. L'obiettivo è lo stesso: ci serve la dottoressa Meron, viva, o ci serve qualsiasi cosa stia cercando, ma nella foresta pluviale non ci saranno autorità locali a chiedersi quali siano le questioni in sospeso da risolvere. Una volta lasciata la città, ci interessa la velocità".

È una buona cosa, pensò Joshua. Prima la missione veniva portata a termine, prima poteva tornare a casa. Di solito era più che felice di essere sul campo, ma questa missione in particolare la disprezzava. Le e-mail di suo padre che spiegavano i parametri e l'obiettivo erano abbastanza strane - di solito riceveva almeno una telefonata con i dettagli della missione - ma anche il suo contatto alla Compagnia si era dimostrato quasi insopportabile da lavorare. Quell'uomo chiamava ogni giorno, aspettandosi un aggiornamento, offrendo i suoi "consigli" a Joshua su come controllare al meglio l'evolversi della situazione e persino suggerendogli come gestire la sua squadra. Finora aveva tenuto a freno la lingua, ma non era sicuro che sarebbe riuscito a trattenersi dai commenti ancora a lungo.

"Sono lieto di sentirlo", ha detto. "La mia squadra sta diventando sempre più inquieta, e visto l'episodio di ieri sera...".

"Per favore, non si preoccupi di ieri sera", disse l'uomo. "Speriamo di includere altri dati per il nostro prossimo briefing di intelligence e...".

"Se aveste permesso alla mia squadra di fare la *nostra* raccolta di informazioni, questo non sarebbe stato un problema... *Signore*." " disse Joshua.

Ci fu un lungo silenzio e Joshua si preparò a ricevere una strigliata. Il primo milione di dollari era già stato versato al sicuro sui suoi conti, ma era molto interessato a ricevere anche l'*altra* metà del denaro, una volta consegnata con successo la dottoressa Amanda Meron alla sede centrale della Compagnia. Sperava di non aver appena discusso per non perdere un lavoro. Attese la risposta dell'uomo.

"Purtroppo non possiamo farlo", ha detto la voce. "Non è un problema di fiducia, ma di *sensibilità dei dati.*"

Joshua stava quasi per chiedere quale fosse la differenza, ma si trattenne.

"Rimarremo al corrente degli sviluppi e vi forniremo supporto a distanza in qualsiasi modo possibile. Voi siete responsabili della squadra di terra e dei vostri *metodi* particolari per recuperare gli interessi della Compagnia, ma noi dobbiamo mantenere il controllo della ricognizione".

Figuriamoci, pensò. *Non importa*. "Qual è il tempo rimanente sul radiofaro?".

Joshua non conosceva i dettagli, ma la Compagnia gli aveva assicurato che stavano rintracciando l'obiettivo utilizzando un radiofaro GPS. Non gli erano stati forniti i dettagli, un altro fatto che lo irritava, ma sapeva che la Compagnia operava in modi che gli sembravano frustranti. Pensò che il radiofaro fosse stato messo in una borsa che uno dei membri del gruppo portava con sé.

"Il dispositivo verrà caricato per un totale di almeno due giorni, ma a partire da questa mattina entrerà in una modalità a basso consumo, ed emetterà un segnale solo ogni ora, poi ogni quattro, finché non morirà".

Joshua scosse la testa. Non avremmo *dovuto iniziare a seguirli finché non avessimo* saputo che sarebbero usciti *dalla rete*, pensò. Ma sapeva che avrebbero fatto molte cose in modo diverso, se lui fosse stato pienamente al comando della missione. Si segnò mentalmente di rinegoziare il suo status di appaltatore con la Compagnia la prossima volta che si sarebbe recato in ufficio.

"Bene", ha detto. "Allora devo mettere in moto la mia squadra. Sarò fuori dal raggio del segnale, anche dai satelliti, una volta raggiunta la copertura della giungla, quindi i miei aggiornamenti saranno sporadici".

"Capito. Grazie, Joshua".

Joshua riattaccò il telefono e iniziò a camminare verso il loro rifugio vicino. Vide la donna e il suo cane girare l'angolo vicino al bordo del parco, tornando nella sua direzione dopo aver fatto il giro della piazza. Sorrise, salutando con la mano mentre attraversava la strada.

Il cane nitrì di nuovo, scodinzolando mentre Joshua li lasciava indietro.

145

IL GRUPPO di Ben partì di buon'ora il mattino seguente da casa di Archie. Il vecchio aveva un equipaggiamento sorprendente e lui e Reggie avevano passato un'ora quella mattina a discutere su cosa prendere e cosa lasciare indietro. Alla fine decisero di aggiungere solo alcuni piccoli strumenti e dispositivi di sopravvivenza ai tre zaini che già avevano. Reggie non era per lo più impressionato dalle offerte, sostenendo che gran parte dell'attrezzatura era "troppo vecchia", "superata" o "solo per l'aspetto". A turno, i due uomini si lanciarono insulti amichevoli mentre il resto del gruppo si occupava di cucinare, mangiare e pulire una colazione abbondante.

Il luogo in cui si trovavano era raggiungibile a piedi dalla casa, a soli due isolati a sud, così iniziarono a camminare lungo la strada in leggera pendenza proprio mentre il sole si avvicinava all'orizzonte alla loro sinistra. Quando raggiunsero una piccola baracca che si trovava a pochi passi dalla strada, Archie si fermò e indicò l'edificio. Ben guardò sopra il piccolo edificio e vide una semplice insegna dipinta a mano scritta in portoghese, con una traduzione in inglese appena sotto: *Boat Tours*. Fu sorpreso di vedere un'altra insegna dipinta a mano che copriva l'unica vetrina del negozio: *"Chiuso"*.

"È aperto", spiega Archie. "Solo che non fanno molto marketing. Serve a tenere lontani i turisti". Si girò e si rivolse al gruppo. "Aspettate qui. Riuscirò a farci avere un'ottima tariffa".

Archie attraversò il camminamento di cemento crepato che conduceva alla porta d'ingresso del negozio e batté sulla finestra. Dall'interno dell'edificio si udirono dei passi e un uomo anziano, pesante e cadente, aprì la porta con uno strattone. Ben guardò i due anziani scambiarsi delle parole, mentre il proprietario del negozio esagerava il discorso con movimenti selvaggi delle braccia e delle mani. Infine, Archie si voltò e sorrise. Tornò verso il gruppo.

"Ottimo", disse. "Dobbiamo solo trovare la barca giù al porto. Chiameranno e diranno al capitano di aspettarci".

Senza attendere una risposta, Archie riprese a camminare verso sud, con il gruppo al seguito.

Ben accelerò per adeguarsi al passo di Archie. "Dimmi di nuovo perché dobbiamo prendere una barca? Non sarebbe più veloce volare?".

Archie scosse la testa. "No, è la fine della stagione delle piogge, quindi gran parte delle zone più basse sono allagate. I fiumi sono più facili da percorrere, ma le piste sono inesistenti o in condizioni sconosciute".

"Che ne dite di volare prima in Perù o in Bolivia e poi dirigerci a nord nella zona che stiamo cercando?".

Archie ridacchiò. "Il posto in cui stiamo andando è remoto come pochi; un ambiente tra i più impervi del pianeta. Non si può semplicemente 'camminare' da quei Paesi: l'unico posto in cui si può volare in Bolivia al momento è La Paz, e poi bisogna attraversare Las Cordilleras e l'Altiplano, e naturalmente navigare tra le scogliere e le cascate per scendere ai livelli del bacino superiore. Se fossimo sopravvissuti, avremmo dovuto capire come scendere a valle per il resto delle poche centinaia di chilometri che avremmo dovuto percorrere, dato che non abbiamo portato una barca. La foresta è così fitta da queste parti che è possibile viaggiare solo sul fiume e, credetemi, ci servirà una barca".

Ben annuì. "Sono d'accordo con l'uso di una barca, ma mi sembra lento".

"Non lo sarà. L'ampiezza del fiume renderà la corrente più lenta nella maggior parte dei punti, quindi non sarà una sfida spingere la barca controcorrente. Inoltre, la barca è grande e ha un motore. Vedete?"

Ben seguì il dito dell'uomo che indicava la strada. Avevano lentamente superato la cima della collina e ora stavano scendendo dall'altra parte. Il tratto di banchina che collegava Manaus al resto del Rio delle Amazzoni era ora in piena vista e la vista colse Ben di sorpresa.

Dietro di lui, Julie e Amanda sussultarono entrambe.

"Woah", disse Rhett.

"Benvenuti a Manaus", disse Paulinho, l'ultimo del gruppo a superare il crinale.

Ben non era sicuro di cosa aspettarsi quando Archie aveva spiegato che avrebbero viaggiato in barca. Supponeva che si trattasse di una barca aperta, a fondo piatto, spinta da lunghe pertiche di qualche tipo. Avrebbero ammassato le provviste al centro del ponte e a turno le avrebbero spinte controcorrente fino a raggiungere la destinazione.

Avrebbe potuto sbagliarsi di più se avesse immaginato che avrebbero viaggiato in canoa. Le banchine di fronte a loro si estendevano per tutto il suo campo visivo: barche di ogni forma e dimensione quasi impilate l'una sull'altra, stipate più vicine delle case e degli edifici su ogni lato della strada in cui si trovavano.

Ma furono le dimensioni delle barche a sorprenderlo maggiormente. La più grande si ergeva per ben tre piani sopra l'acqua, con ponti avvolgenti su ogni livello, come una villa galleggiante dell'epoca della guerra civile ad Atlanta. C'erano tre o quattro di queste barche gigantesche, due delle quali già piene di turisti, appesi alle ringhiere e intenti a guardare i passanti molto in basso. Era abbastanza vicino da poter vedere i singoli volti, e c'erano famiglie, che sorridevano e indicavano mentre tenevano i loro telefoni sopra i cornicioni e scattavano selfie.

Le imbarcazioni più piccole erano ancora grandi per i suoi standard: alte due o tre piani, alcune lunghe il doppio delle imbarcazioni turistiche più grandi. C'erano navi da carico, a punta piatta e alimentate da massicci motori diesel, e altre imbarcazioni dall'aspetto commerciale, che si muovevano accanto alle altre.

Anche tra queste imbarcazioni più grandi Ben poteva vedere decine di piccole imbarcazioni monoposto, che si spingevano l'una contro l'altra per contendersi il posto in banchina. Alcune delle imbarcazioni più piccole trasportavano carichi di banane, pesce e altri sacchi di merci, mentre altre rimanevano vuote, in attesa del ritorno del loro proprietario.

Il rumore era quasi assordante ora, quando raggiunsero il limite della congregazione di lavoratori portuali e turisti che si riunivano per le partenze del mattino. Il rumore era aumentato lentamente di volume, ma solo ora Ben si rese conto di quanto fosse diventato intenso. I venditori gridavano per attirare l'attenzione, i turisti si urlavano l'un l'altro, riunendo i membri della famiglia, e il normale trambusto della vita urbana competeva con tutto il resto.

Il sole di mezza estate era ancora basso all'orizzonte, ma era già quasi soffocante. Ben si asciugò la fronte con un polso e sorrise a Julie.

"Pazzesco, vero?", ha detto.

"Non avevo idea che fosse così... grande".

Annuì, voltandosi di nuovo verso il quadro vivente di fronte a lui. Il caldo, il rumore, il volume delle persone e delle barche reclamavano la sua attenzione, ma nulla poteva essere paragonato al fiume, seduto silenziosamente dietro la scena.

Il fiume era assolutamente meraviglioso. Ben riusciva a malapena a vedere la riva dall'altra parte e il grande ponte che attraversava lo specchio d'acqua era visibile solo per una certa distanza prima di scomparire anch'esso. La luce scintillante del mattino gli conferiva una lucentezza che contrastava nettamente con l'orizzonte e il cielo sovrastanti, e creava uno sfondo perfetto per le migliaia di viaggiatori che si preparavano al viaggio.

"La nostra barca dovrebbe essere una di quelle di medie dimensioni", spiegò Archie. Si fece strada tra un gruppo di persone del posto e deviò a sinistra. "La barca si chiama *Adagio*", disse Archie. "Significa 'lento', ma non lasciatevi ingannare: la velocità non è importante quanto l'integrità. L'*Adagio* ha la capacità di carburante per portarci al bacino superiore e tornare indietro due volte, e il nostro skipper non è contrario a viaggiare di notte come altri capitani. È anche l'unico che non ha programmato un tour, quindi avremo la barca tutta per noi".

"Eccola!" Rhett indicò una grande barca a tre livelli che galleggiava dietro tre barche più piccole sull'acqua. L'*Adagio* era scritto a lettere maiuscole sulla prua. A parte le scie di residui rossastri che si erano insinuate sulla fiancata della barca, l'*Adagio* era di un bianco immacolato. Un uomo tirava le cime e le arricciava sul ponte dell'imbarcazione, mentre un altro, senza dubbio lo skipper, osservava dall'interno di una finestra anteriore chiusa da un vetro. L'imbarcazione era rivolta verso la città, ma dietro la gigantesca macchina galleggiante si era già formata una leggera scia, con i motori già riscaldati e pronti per la partenza.

Ben e gli altri accelerarono il passo mentre scendevano il resto della leggera collina e si avvicinavano al porto. Il caos delle masse di persone che si agitavano intorno al porto improvvisato era accentuato dalla loro prospettiva più ravvicinata e Ben era sempre più ansioso ogni secondo che passava.

"Stai bene?" Chiese Julie, afferrando la sua mano. Lui le permise di portare la mano intorno alla sua vita, avvicinando il suo corpo mentre camminavano fianco a fianco.

"Sì", rispose. Sapeva che lei stava solo cercando di aiutare, ma la sua domanda gli ricordava solo le sue tendenze solitarie e il suo disagio per la folla e i luoghi affollati. "Sì, sto bene", ripeté. "Devo solo salire su quella barca e trovare un angolo tranquillo".

"Presto", rispose lei. Juliette si avvicinò e sussurrò all'orecchio di Ben. "E forse riusciremo a trovare un angolo abbastanza grande per *entrambi*".

Sorrise, iniziando a sentirsi già più rilassato. Un po' di tempo tranquillo con Julie sarebbe stato più che benvenuto, considerando quanto erano stati folli gli ultimi giorni. Cominciò a sognare un po' a occhi aperti, sperando che il viaggio in barca fosse per lo più tranquillo e desse a tutti loro la possibilità di rilassarsi.

Rhett stava camminando qualche passo avanti a loro, ma all'improvviso si voltò e tornò indietro al sicuro del gruppo. I suoi occhi erano selvaggi, spalancati, ed era chiaro che era angosciato.

"Quel tipo, laggiù", sussurrò. "Indossa una maglietta nera, jeans e occhiali da sole. È uno di quelli che ci hanno aggredito alla baita".

CAPITOLO 25

BEN VIDE SUBITO l'uomo che Rhett stava descrivendo. Era in piedi a lato del molo, tra due barche più piccole, e guardava direttamente il loro gruppo.

"Tutti resteranno uniti", sussurrò Reggie. "Se ci dividiamo, siamo fritti. Ce ne saranno sicuramente altri di pattuglia".

Continuarono a camminare, ascoltando ulteriori istruzioni da Reggie. Archibald, Amanda e Paulinho formarono un gruppo più piccolo in fondo, mentre Ben, Julie e Rhett camminavano direttamente dietro Reggie.

"Si farà sentire via radio e dirà loro verso quale barca ci stiamo dirigendo, quindi dobbiamo pianificare un diversivo. Ben, hai quello zaino?".

Ben annuì, facendo oscillare lo zaino che indossava verso la parte anteriore del corpo.

"Tasca sinistra, seconda dall'alto", disse Reggie. Non diede altre spiegazioni. Ben cercò la cerniera, poi afferrò il piccolo dispositivo cilindrico. Lo tenne stretto in mano, inizialmente sorpreso di trovare un oggetto del genere nella loro attrezzatura, ma poi si ricordò del tipo di survivalista paranoico con cui Reggie aveva a che fare. "Tenetelo nascosto e non gettatelo finché non ve lo dico io".

Reggie fece un giro completo, poi si voltò in avanti e continuò a camminare. "Hanno altri due grugnitori appostati sotto alcune bancarelle su ogni lato della strada. Occhiali da sole, jeans e magliette. Stessa uniforme. Non stanno cercando di nascondersi, sanno che sappiamo che sono lì".

Non mi fa comunque sentire bene, pensò Ben.

"Ascoltate tutti", disse Reggie. "Guardate la barca e il percorso per raggiungerla. È un tiro dritto. Ci sono tre barche della stessa dimensione attraccate vicino e cinque più piccole stipate in mezzo. Memorizzate la posizione della nostra barca e non dimenticatela. La visibilità sta per diventare molto limitata".

Il gruppo si tese visibilmente, ma nessuno si fermò.

"Archie, ci pensi tu?"

Archie annuì, il suo contegno liscio e controllato rimase immutato. "Starò benissimo, Reggie. Andiamo alla nostra barca".

Reggie sorrise e si rivolse al gruppo un'ultima volta. "Quando mi sentite urlare, partite verso la barca. Non preoccupatevi di restare uniti, ma di raggiungere la barca. Capito? Salite, scendete e non aspettate nessun altro".

Ben vide dei cenni intorno a sé e Reggie gli diede una gomitata sul fianco. "Pronti? Tre secondi".

Ben annuì, stringendo la bombola in una mano e la Sig Sauer nell'altra. Sentì l'adrenalina che iniziava a scorrere nel suo sistema, ricordando l'ultima volta che era stato così sotto pressione.

Supererai questo momento, proprio come l'ultima volta. Sei tu l'autista, si disse, *sei tu che comandi.*

"Ora!" urlò Reggie. Ben reagì d'istinto, lanciando la granata davanti al gruppo per una quindicina di metri, a metà della distanza dal loro molo.

La granata scoppiò all'impatto, ma non esplose. Al contrario, densi flussi di fumo si riversarono sulla strada asfaltata, schermando l'intera area in pochi secondi. Corsero in avanti, nella parte più densa di fumo. Ben si guardò i piedi, sperando che ogni passo progressivo trovasse l'asfalto o la banchina di legno e non l'acqua aperta.

Sentì Julie che rimbalzava al suo fianco, il suo corpo più piccolo che premeva sul suo mentre correvano in tandem. Voleva allungare la mano e afferrarla, per aiutarla, ma sapeva che lei era capace quanto lui e che aveva uno zaino e una pistola da controllare.

Ben ascoltò qualsiasi rumore di spari o qualsiasi indicazione di inseguimento, ma non ne sentì nessuno. Alcune persone lanciarono grida di sorpresa quando la granata fumogena esplose, ma chiunque si trovasse tra il suo gruppo e la barca si disperse abbastanza rapidamente. Non incontrarono nessun passante o turista mentre raggiungevano la loro destinazione.

L'*Adagio* si trovò improvvisamente di fronte a lui ed egli ne seguì lo scafo fino a trovare la passerella. Sperava che gli altri fossero stati altrettanto fortunati, ma seguì le istruzioni di Reggie e si preoccupò solo di se stesso mentre lanciava il suo corpo sulla passerella e sulla barca. Il rumore del motore della barca era ora accompagnato da un leggero ronzio mentre i suoi piedi cadevano sul ponte inferiore della barca. Si tolse lo zaino dalla schiena e lo gettò verso la parte anteriore della nave, poi si girò per aspettare Archie, Rhett, Paulinho e il dottor Meron.

Ognuno di loro salì sull'asse senza problemi e Ben li aiutò a salire a bordo. I quattro si diressero verso la parte anteriore della barca, poi si voltarono e seguirono Archie su una serie di scale che Reggie stava indicando loro.

Reggie tornò al posto di Ben dalla parte anteriore della barca. "Calcia fuori la tavola!", urlò. "Stanno perquisendo la barca dietro di noi e dobbiamo *muoverci*!".

Ben fece come gli era stato detto e, senza pause, sentì l'intera imbarcazione allontanarsi dal molo. Il comandante stava già sbarcando mentre la passerella cadeva nelle acque brune del Rio delle Amazzoni di Manaus. Ben mosse l'arma nella mano sinistra, la fece oscillare verso l'alto e verso la parte anteriore del corpo, portando la mano destra lungo l'altro lato. Cambiò la presa, infilando la mano sinistra sotto e intorno al dito destro del grilletto, sentendo naturalmente la presa giusta. Aspettò, osservando la densa nuvola di fumo che riempiva la nuova cavità lasciata dalla grande barca.

Ben mantenne la sua postura tesa, strizzando gli occhi nel fumo, ma non si sentirono spari attraverso di esso. Non riusciva a sentire altro che il normale rumore dell'attività quotidiana sulla riva, sapendo che la loro fuga alimentata dal fumo era solo un'attrazione minore nella follia generale dei moli e del mercato affollati.

Finora la loro distrazione aveva funzionato, ma Ben non aveva intenzione di abbassare la guardia. Reggie si mise accanto a lui, scrutando anche lui la nuvola alla ricerca di qualcosa di insolito.

"Pensi che ci cascheranno?". Chiese Ben.

"L'hanno già fatto, visto che siamo ancora vivi", ha detto Reggie. "Ma questo non significa che se ne andranno via così. Probabilmente..."

Interruppe le parole a metà frase e Ben si voltò verso di lui. Oltre Reggie, Ben vide in lontananza un turbinio di attività nella cortina di fumo. I ciuffi si agitavano nell'aria, poi si separavano. Una piccola imbarcazione, spinta da un unico minuscolo motore azionato da uno dei due uomini a bordo, superò la barriera di visibilità e si lanciò in avanti verso l'*Adagio*. Il sibilo acuto del piccolo motore sovrastava il resto del rumore del mercato di Manaus, ma era tutto ciò che Ben riusciva a sentire.

Indicò, ma Reggie continuava a concentrarsi davanti a sé. L'*Adagio* si trovava ora in acque aperte, ma continuava a guadagnare velocità. La bolla di fumo si gonfiava verso l'alto e si ritirava man mano che perdeva forza, perforata dalle numerose correnti di vento e d'aria che le si opponevano. Gli occhi di Reggie erano fissi sul molo che avevano appena lasciato e Ben guardò in quella direzione, ignorando per un attimo il monomotore.

Un uomo stava in piedi all'estremità del molo, con i caratteristici occhiali da sole e la maglietta, e fissava l'*Adagio* mentre entrava nel canale principale del Rio delle Amazzoni. Sembrava sorridere verso di loro, ma Ben stava già puntando gli occhi sull'uomo che si trovava *accanto* al loro nemico sorridente.

Quest'uomo era più grande, *molto* più grande, se il primo uomo era un essere umano di dimensioni normali. Il secondo uomo era tutto muscoli, con la testa calva e scintillante e le braccia increspate che spuntavano da una maglietta sfortunata che non era assolutamente destinata ad appendici così grandi. Tuttavia, a Ben importava poco dell'aspetto di quell'uomo: era ciò che *portava con sé* ad attirare l'attenzione sua e di Reggie.

L'uomo aveva un lungo tubo in mano e lo stava lentamente sollevando e portando sulla spalla. Rimase lì per un attimo e il tempo sembrò fermarsi. Ben aveva la pistola, ma non era sprovveduto. Sapeva che la sua arma non era all'altezza di ciò che l'uomo stava per fare.

"A terra!" Reggie urlò. Ben lo ignorò e invece alzò la 9 mm e si mise in posizione di tiro. Sorprendentemente, Reggie fece lo stesso, ignorando anche le sue stesse istruzioni. Entrambi iniziarono a sparare, ma era troppo tardi.

Il colosso premette il grilletto e l'RPG lasciò la canna del lanciatore e volò dritto verso di loro.

Ben rimase immobile, guardando il suo destino svolgersi davanti ai suoi occhi. Una parte della sua mente gli urlava contro, cercando di annullare l'istinto animale di combattere. La respinse, dando invece ascolto al suo istinto. *Se solo riuscissimo ad avvicinarci...*

I loro colpi, volando più veloci del razzo dell'uomo, atterrarono nell'acqua davanti al molo e ai due uomini. Uno dei proiettili di Ben colpì la barca dietro gli uomini, conficcandosi nello scafo dell'imbarcazione. Sentì l'impatto, anche dalla loro distanza dall'acqua.

Il razzo atterrò, colpendo un oggetto sommerso davanti alla barca. L'esplosione fu per lo più contenuta sotto l'acqua, ma gli effetti dello scoppio non furono meno dannosi. Ben sentì i piedi cedere sotto di sé e la terrificante consapevolezza di essere in volo gli colpì lo stomaco e la mente allo stesso tempo. Con la mano libera cercò qualsiasi cosa che potesse ostacolare la sua traiettoria, ma non trovò nulla. La barca, fortunatamente, era abbastanza grande da sopravvivere all'enorme ondata d'acqua che la stava raggiungendo e alla forza dell'onda dell'esplosione che la spingeva contro. Il movimento reattivo della barca fermò Ben a metà del volo, aiutato dalla superficie dura e spietata della parete che separava la passerella del ponte dall'interno dell'imbarcazione. Ben colpì la parete con la spalla, accartocciandosi sul ponte mentre il lato di dritta della barca si sollevava completamente dall'acqua e dall'aria. Notò di nuovo una sgradevole sensazione di vertigine mentre il suo corpo si sollevava in aria.

La sensazione non durò a lungo, tuttavia, ed egli colpì violentemente la ringhiera, atterrando in un mucchio accanto a Reggie.

"Stai bene?" Reggie urlò mentre la barca si posava di nuovo sul fiume. Reggie era già in piedi e stava ricaricando la sua pistola da una tasca sul lato dei pantaloni. Ben si tirò su, scacciando la nausea e il dolore pulsante alla spalla, e sollevò di nuovo l'arma per sparare agli uomini sul molo.

Solo in quel momento Ben si ricordò della barca monomotore. Il motore era strombazzante, ma ancora vivo, essendo stato abbassato l'acceleratore mentre il conducente si accostava alla barca da turismo e si allontanava di una ventina di metri. Sbirciò tra le ringhiere i loro aggressori. Uno dei due nemici in camicia nera stava comunicando via walkie-talkie con l'uomo più lontano sul molo, ma l'altro, dopo aver lasciato il piantone del motore, brandiva un piccolo fucile automatico e lo puntava contro Ben.

Si accasciò, aspettando che l'uomo cominciasse a sparare. Invece, sentì il rapido scoppio di tre colpi dalla pistola di Reggie e vide l'uomo con il fucile rovesciarsi all'indietro mentre inciampava sul bordo della barca. Il secondo uomo lasciò cadere il walkie-talkie, annaspando mentre afferrava la propria arma. Reggie si occupò rapidamente dell'uomo, sparandogli altri due colpi, colpendolo una volta alla gamba e una al petto. Scomparve sul fondo della barca, mostrando solo il sedere mentre giaceva morente.

Reggie guardò Ben. "È molto più facile quando sono vicini", disse scrollando le spalle.

Reggie non aspettò che Ben rispondesse. Sparò altri colpi ai due uomini sul molo e Ben li seguì silenziosamente. Erano molto lontani dalla portata di un buon colpo, ma il loro stratagemma funzionò abbastanza bene da distrarre l'uomo più grande dal caricare ancora una volta l'RPG. Alla fine i due uomini persero interesse e corsero su per il molo, salendo al livello della strada e in mezzo alla folla.

Ben finalmente ricominciò a respirare normalmente, con il corpo ancora scosso dallo shock e dall'adrenalina. Sbatté le palpebre un paio di volte, inspirando ed espirando lentamente per calmare i nervi.

"Torneranno", disse Reggie, afferrando l'avambraccio di Ben e allontanandolo dalla ringhiera. "È ora di entrare e conoscere il nostro equipaggio".

Ben annuì, non sapendo come fossero finiti con quest'uomo, capace di rimanere completamente calmo in questo genere di situazioni.

"A proposito, bel lavoro", disse Reggie. Aveva lo stesso sorriso di sempre, un leggero ghigno che non tradiva alcun segno di angoscia o di riconoscimento di ciò che avevano appena passato. "Ti faremo rigare dritto prima che questo viaggio finisca", aggiunse.

La barca si stava muovendo rapidamente, risalendo il fiume. Ben non era sicuro che sarebbero stati seguiti da altre imbarcazioni, ma si costrinse a continuare a guardare avanti. Seguì Reggie verso la prua della barca, dove una piccola scala saliva ripidamente al livello successivo. Reggie aprì una porta alla fine delle scale e Ben vide il ponte e la piccola sala di controllo di fronte a loro.

Scrutò la stanza alla ricerca di Julie e la trovò in piedi sul lato opposto della stanza, affiancata da Amanda e da un altro uomo. Rhett, Archie e qualcun altro erano inginocchiati sul pavimento. Julie, vedendo Ben entrare, corse verso di lui.

"Mi... mi dispiace di non essere venuta prima", disse lei, ansimando. "È Paulinho, è ferito".

CAPITOLO 26

JULIE SI ALLONTANÒ da Ben e tornò al gruppo in piedi davanti a Paulinho. "È successo quando la barca ha oscillato. Siamo venuti qui per incontrare il capitano e l'equipaggio, ma poi abbiamo sentito l'esplosione. Poi tutto è andato di traverso.

"Era un RPG", disse Reggie, camminando per qualche passo verso il centro della stanza dove Paulinho giaceva sulla schiena. "Quanto è grave?"

Archie Quinones si rivolse a loro. "Difficile dirlo. Ha colpito soprattutto il fianco, ma potrebbe essersi rotto l'appendice. Non può camminare, almeno non ancora".

Julie si guardò intorno. Il capitano, Juan Esquivel Garcia, era tornato al timone, dirigendo l'imbarcazione verso il fiume e concentrando la sua attenzione fuori dalla lunga e bassa finestra. Il suo unico membro dell'equipaggio, un brasiliano anziano e tarchiato che si era presentato come Carlo, si era lentamente allontanato dalla scena al centro della stanza e ora stava in piedi da un lato, continuando a fissare Paulinho con occhi spalancati. Reggie e Archie tenevano Paulinho dietro le spalle, mentre Amanda gli teneva i piedi e tutti e tre cercavano di sollevare l'uomo dal pavimento. Ben si avvicinò per aiutare. Rhett, ancora dolorante per la sua stessa ferita, stava goffamente vicino.

Non era sicura di cosa fare. Erano inseguiti dai mercenari, la loro nave era quasi esplosa e affondata, e ora i membri della loro squadra venivano feriti a destra e a manca. Voleva portare Ben in disparte, lontano dalle orecchie del resto del gruppo, e discutere di ciò in cui si stavano cacciando. Aveva paura, ma sapeva che Ben provava la stessa cosa, come tutti.

Sapeva anche cosa le avrebbe detto lui. Dovevano mantenere la rotta; dovevano capire come risolvere l'enigma e dovevano farlo prima che gli altri li raggiungessero. Non capiva perché o come ci sarebbero riusciti, ma sapeva che era la risposta giusta.

All'improvviso le venne un'idea. "Non c'è una piccola struttura medica da qualche parte qui vicino? Sul fiume?".

Reggie e Archie la guardarono.

"Una persona con cui lavoravo al CDC ha soggiornato lì per un po' di tempo durante la sua residenza. Era una specie di struttura ibrida, condivisa dal governo brasiliano e dalle tribù regionali. Credo che l'abbiano affittata per la ricerca".

Guardò Reggie e Archie mentre riflettevano per un attimo.

Archie parlò. "Sì, c'è. È accessibile dal fiume principale, ma è difficile da individuare dall'acqua, ed è sulla strada. Sarebbe un buon modo -".

"Non possiamo perdere tempo", disse Reggie, interrompendolo. "Ci vorranno già tre giorni a tutta velocità, senza fermarsi, solo per arrivare al nostro affluente. Da lì, è una mezza giornata di cammino, come minimo".

"Ma Paulinho ha bisogno di aiuto", disse Julie. "E qui non abbiamo nulla che possa aiutarlo".

"Forse non hanno niente neanche lì", disse Reggie. "Conosco il posto: in pratica è un ospedale da campo, ma in realtà è destinato a essere un punto di controllo per i ricercatori che viaggiano su e giù per il fiume. Qualche letto, un po' di medicina di base e un chirurgo di cui non mi fiderei nemmeno a far scoppiare un brufolo. Un tipo simpatico, però. L'ho incontrato in città anni fa; mi ha detto che stava prendendo il posto di questa stazione molto fuori mano, bloccata proprio ai margini di un'enorme area aperta a circa un miglio dal fiume".

"È la nostra unica speranza".

"Non lo è. Lo è stare davanti a chi sta cercando di ucciderci e fare in modo di rimanere in carreggiata. Paulinho starà bene, ha solo bisogno di riposo".

Julie lanciò un'occhiata a Ben. *Non mi aiuti*?

Ben si limitò a scrollare le spalle. Si rese conto che i quattro stavano ancora tenendo Paulinho in aria. Si allontanò di lato, facendo cenno a loro di portare l'uomo al piano di sotto.

"Dove lo metterete?".

"C'è una minuscola camera da letto verso la parte posteriore della barca; lo skipper di solito la rivendica per uso personale, ma ha accettato di lasciarlo lì per un po'".

Julie guardò il capitano Garcia, che ricambiò con un cenno del capo.

"Sapremo subito se c'è o meno un'emorragia interna", disse Reggie. I quattro, con Paulinho in braccio, le passarono accanto e si fermarono poco prima delle scale. "Non è la risposta migliore, ma è tutto ciò che abbiamo".

Julie non lo accettò. "No, basta. Ha bisogno di *aiuto*. Non staremo ad aspettare per vedere se migliora o peggiora".

Ben e Amanda, tenendo i piedi di Paulinho, iniziarono a scendere i ripidi gradini. Reggie e Archie lo sollevarono all'altezza delle spalle e avanzarono lentamente. Paulinho gemeva mentre lo spingevano.

"Sono con te". Rhett era improvvisamente al suo fianco e lei quasi sobbalzò quando il giovane parlò. "Ha bisogno di aiuto. È una buona idea fermarsi lì".

Julie attese una risposta che non arrivò finché l'intero gruppo non fu riuscito a scendere le scale. Si fermarono un attimo per riaggiustare la presa, poi continuarono a camminare sul ponte verso il retro della barca. Julie e Rhett li seguirono da vicino.

"Julie", disse Reggie, "è un buon sentimento. In circostanze normali, dovremmo fermarci. Ma ora? Non c'è aiuto. Siamo noi. Dopo che avremo lasciato la città, gli unici altri organismi viventi qui fuori vorranno ucciderti o mangiarti, o entrambe le cose".

Julie si sentiva sempre più frustrata. Nessun altro offriva un contributo. Sapeva di essere testarda, ma sapeva anche di avere ragione. "Qualcun altro vuole dire la sua?".

Amanda guardò verso di lei. "Julie, è troppo...".

"Risparmiatelo", disse Julie. "Ben?"

Ben scrollò le spalle, si guardò intorno e poi di nuovo verso Julie. "Mi va bene qualsiasi cosa tu voglia fare".

La rabbia balenò dentro Julie. Non è possibile che *tu stia scherzando*. "Davvero? Ti va *bene* qualsiasi cosa io voglia fare?". Il gruppo era arrivato fino alla minuscola stanza e Reggie e Archie erano concentrati a configurare la testa e la parte superiore del corpo di Paulinho per farlo passare attraverso la porta. Julie osservava incredula. *Poteva morire.*

Era come se tutti gli eventi che avevano portato a questo punto fossero stati registrati solo ora nella sua mente. L'omicidio dell'impiegato di Amanda, la distruzione del suo edificio, l'albergo, l'incidente a casa di Reggie e ora tutto questo: era troppo da sopportare, ma non c'era altra scelta. Per quanto odiasse ammetterlo, Reggie aveva ragione. Erano soli qui fuori, solo il loro gruppo, il capitano e il suo unico membro dell'equipaggio. Non ci si poteva fermare, non si poteva tornare indietro.

Si voltò e tornò verso la parte anteriore della barca. Esplorò brevemente il resto della barca. Una serie di scale centralizzate si snodava verso il ponte superiore e quello inferiore e lei scelse di scendere di un livello. Un altro ponte correva intorno alla barca su questo livello, ma la caratteristica principale di questo livello erano le due grandi stanze al centro. Spinse la porta che conduceva alla prima di queste stanze e si trovò in una cucina e sala da pranzo di dimensioni ragionevoli. C'erano due tavoli pieghevoli fissati al pavimento ai lati della stanza e due serie di sedie pieghevoli tenute insieme e fissate alle pareti. Dietro la mezza parete che separava la cucina dal resto della stanza erano accatastati alcuni bidoni impermeabili, su ognuno dei quali erano presenti etichette diverse che indicavano i tipi di alimenti e gli utensili da cucina.

Anche considerando la situazione, Julie non poté fare a meno di sentirsi impressionata. In fondo alla sua mente, stava già cominciando a preparare un itinerario di viaggio per la prossima volta che avrebbero avuto l'opportunità di visitare il Rio delle Amazzoni.

La prossima volta, pensò. *Se ci sarà una prossima volta.*

Appena lo pensò, allontanò i sentimenti. Ben era semplicemente Ben: testardo, cafone e solitario. Era nel mezzo della stessa situazione in cui si trovava lei, stava combattendo la stessa battaglia e la stava affrontando nell'unico modo che conosceva. Si costrinse a tenerlo a mente, anche se il suo atteggiamento peggiorava.

Si era innamorata di quell'uomo, nonostante i suoi difetti. Era testardo ma forte, solitario fino all'inverosimile, ma fedele ai pochi di cui si fidava e a cui permetteva di entrare nella sua vita. Poteva anche essere sconsiderato quando il suo lato testardo prendeva il sopravvento e lo spingeva a realizzare qualcosa, ma in qualche modo era ancora abbastanza presente da avere il controllo. Julie aveva avuto altre storie, alcune più serie di altre. Uno dei fidanzati con cui era uscita al college le aveva persino chiesto di sposarlo, ma lei aveva riso e pensato che stesse scherzando. Lui si mise a piangere e il giorno dopo si lasciarono.

Anche durante la sua carriera professionale Julie non si vedeva attraente o desiderabile. Aveva un grande senso dell'umorismo ed era per lo più affabile con chiunque incontrasse, ma non aveva nessuno dei tratti e delle caratteristiche di ciò che pensava gli uomini volessero in una donna. Alta e magra, con i capelli castani che teneva "semplificati" invece che "acconciati", come le piaceva dire, era una persona comune come tutte le altre, e non aiutava il fatto che avesse scelto una carriera che di solito era occupata da tipi più "cerebrali".

Perciò fu una sorpresa per lei che lei e Ben fossero finiti insieme, anche se avevano le loro frustrazioni reciproche. Dopo Yellowstone, avevano semplicemente continuato a stare insieme, senza che nessuno dei due mettesse in discussione la loro relazione. Lei si era trasferita nella baita di lui per necessità, visto che si trattava di un viaggio lunghissimo, e aveva lasciato il suo lavoro al CDC in Minnesota per una posizione più tranquilla che si adattasse comunque ai suoi interessi.

Julie finì di attraversare la cucina e la sala da pranzo ed entrò nella stanza accanto. Quattro gruppi di letti a castello erano avvitati alle pareti su entrambi i lati della stanza e due amache erano tese in fondo. Inizialmente rimase scioccata nel rendersi conto che avrebbero dormito tutti nella stessa stanza, poi si ricordò dove si trovavano. C'era un armadio che occupava un po' di spazio nell'angolo più lontano della stanza e la porta si era aperta. All'interno vide un semplice gabinetto e un lavandino, e nient'altro.

Per quanto tempo dovremo vivere così?

La porta in fondo alla stanza si aprì. Il capitano Garcia entrò. Sorrise e sollevò una mano.

Lei fece lo stesso. "Chi guida la barca?"

Garcia sorrise di nuovo e salutò. Julie scosse la testa di lato. "Parla inglese?". Si rese conto di averlo sentito solo presentarsi: tutte le discussioni dell'uomo con il suo unico membro dell'equipaggio erano state in spagnolo o in portoghese.

L'uomo salutò di nuovo. "Piccolo".

"Giusto", disse Julie. "Capito."

Rimase nella stanza, ancora intenta a esaminare i loro alloggi per i giorni successivi, e osservò il capitano che si gettava sulla prima amaca e cominciava a russare quasi subito.

CAPITOLO 27

QUELLA NOTTE PAULINHO DORMÌ A FATICA. Non era sicuro se fosse il letto o le vecchie lenzuola inamidate, o l'enorme livido sul fianco, o il semplice fatto di trovarsi su una barca nel mezzo del Rio delle Amazzoni in fuga da pericolosi mercenari.

Il gruppo lo spostò negli alloggi principali, accanto alla cucina e alla sala da pranzo. Archie e Reggie avevano ritenuto sicuro il suo trasferimento, ma nessuno sapeva se la sua ferita sarebbe stata più problematica se l'avessero lasciata stare o se sarebbe guarita abbastanza bene. Per lo più riusciva a camminare da solo, aiutato da una semplice stampella ricavata da un bastone che qualcuno aveva trovato, ma scelse di rimanere prono per la maggior parte del pomeriggio e della sera.

Era d'accordo con Juliette sul fatto che avrebbe dovuto farsi visitare da un medico, ma capiva anche l'opinione di Reggie al riguardo. Erano molto lontani da casa, in missione, e il tempo non era certo dalla loro parte. Non discuteva in un modo o nell'altro: il gruppo poteva stabilire ciò che era meglio per il gruppo, e se doveva morire qui per una ferita incancrenita al fianco, così fosse.

La cena era stata servita nella sala, ma Paulinho non era rimasto impressionato come gli altri. Aveva visto il capitano Garcia aprire uno dei bidoni accatastati in cucina, prendere una pagnotta di pane e aprire una scatoletta di tonno. L'uomo recuperò una fetta di pane e iniziò a preparare il suo pasto. Rovesciò il tonno sul pane, lasciando che metà del pesce succoso e del suo liquido finissero sulla fetta di pane di grano, poi tenne la scatoletta in alto per il suo unico membro dell'equipaggio e lo guardò mentre ripeteva il processo. Il comandante aveva già finito di mangiare quando il suo primo ufficiale aveva finito di preparare il suo panino a una fetta.

Paulinho inizialmente era disgustato - non amava il tonno, soprattutto quello in scatola - ma quando si avvicinò al cestino fu contento di trovare altre opzioni per i panini. Tirò fuori un barattolo di burro d'arachidi e un po' di marmellata d'uva e preparò un pasto veloce. Alcuni del gruppo si unirono a lui, ma la conversazione si ridusse a semplici affermazioni e risposte di una sola parola, dimostrando a Paulinho che tutti gli altri avevano fame quanto lui.

Quando ebbe finito, Amanda e Rhett lo aiutarono a tornare alla sua branda. La ferita di Rhett andava molto meglio e il ragazzo camminava senza quasi zoppicare. Era silenzioso, aveva scelto di sedersi da solo piuttosto che con il resto del gruppo a cena, ma Paulinho non ne era infastidito. Pensava che il ragazzo si stesse ancora rimettendo in sesto e intendeva lasciargli spazio.

Aveva medicato di nuovo la ferita non appena erano saliti a bordo e Reggie aveva riferito che sembrava essere in via di guarigione. Paulinho ripensò a quando avevano iniziato questa tappa del viaggio. Sembrava passato un anno da quando si erano imbarcati per la prima volta, e Paulinho era sorpreso di ammettere che avevano fatto grandi progressi durante il giorno, finora non ostacolati dagli uomini che avevano sparato contro di loro. Si mise a fatica sul letto, ma si sentì subito sollevato nel distendere le gambe e cominciare ad addormentarsi.

Prima ancora di chiudere gli occhi, sapeva che avrebbe sognato di nuovo. C'era qualcosa dentro di lui, qualcosa che lo spingeva verso il sonno, che glielo diceva. Sarebbe stato lo stesso sogno, i vortici e la dolce danza delle ombre davanti ai suoi occhi, parte della ricreazione della sua mente di un evento che non ricordava e che tuttavia stava accadendo davanti a lui, non faceva parte di lui.

Aveva ragione, e non appena gli occhi si chiusero il sogno iniziò. Questa volta era più forte, in qualche modo più vivido di tutti gli altri sogni che aveva fatto. Il soggetto era lo stesso, le stesse immagini, la stessa scena, ma era diverso. Non era più di fronte a lui, ne faceva parte. Le forme si muovevano intorno a lui come se anche lui si muovesse. Giocava con le ombre, allungando le braccia e le mani e facendo roteare i loro corpi intorno a sé. Era un sogno gioviale, accattivante e positivo, ma anche nostalgico. Non c'erano altro che colori e forme, quindi era impossibile dire dove si stesse svolgendo questa particolare scena, ma la mente di Paulinho sembrava pensare che fosse già stata lì.

Il sogno durò appena cinque minuti, ma per Paulinho il sogno stesso fu una ricreazione di ore di un evento a cui aveva assistito prima, solo nella sua mente. La parte cosciente del suo cervello cercò di dare un senso alle immagini; cercò di collocare le forme, i colori e gli eventi in ordine cronologico, in qualche modo che avesse un senso. Naturalmente, era inutile, perché la mente di Paulinho non aveva alcuna concezione dell'altra metà, era solo prigioniera della sua immaginazione.

Il sogno finì e Paulinho entrò in un'altra fase del sonno, quella inquieta. Gli faceva male il fianco e si svegliò in preda a un sudore freddo. La scomodità della posizione in cui dormiva cominciava a provocargli più dolore e si alzò a sedere nel letto. Scese lentamente le gambe oltre il bordo e le appoggiò sulla superficie fredda del ponte di legno della barca. Cercando nel buio il suo bastone, si riscosse e salì sul ponte superiore.

L'aria pulita della giungla era un gradito cambiamento rispetto alla soffocante atmosfera della cabina, ed egli inspirò profondamente mentre si sporgeva dal bordo del battello. Il capitano e l'equipaggio si alternavano durante la notte e Paulinho non era sicuro di chi dei due fosse al momento al timone, ma la barca continuava a risalire il fiume. Rispetto al leggero ronzio del motore e dell'acqua che spostava, non riusciva a sentire molto dei rumori della giungla che li circondava. Si sforzò di ascoltare, cercando di sentire qualcosa che ricordasse il suono della giungla di notte. Sembrava apprensivo, come tutti loro. La barca gigante entrò nella sua casa e si ritirò in silenzio al loro passaggio.

"Hai bisogno di un po' d'aria fresca?"

Paulinho si girò di scatto, ma trasalì per il forte dolore provocato dal movimento. Amanda gli sorrideva dalla cima delle scale.

"Mi dispiace", disse lei. "Non volevo allarmarti".

"No", disse. "Non sei tu, è questo...", indicò il fianco.

"Almeno sei in piedi e cammini", rispose lei. "Io starei col sedere per terra per una settimana anche solo per un taglio sul dito".

Lui sorrise quando lei lo raggiunse sul ponte superiore. Nell'oscurità, guardarono le ombre profonde degli alberi e la loro vita nascosta fluttuare davanti a loro.

"Cosa pensi che ci sia là fuori?". Chiese.

"Tutto", disse. "Tutto, e ci sta guardando".

Lui si mise a ridere. "Beh, questo è drammatico".

"Sfortunatamente non sono mai stato nella giungla, quindi devo mantenere l'illusione che questo posto sia uno dei più pericolosi della terra, pieno di mostri e di creature inquietanti di cui nessuno ha mai sentito parlare".

Paulinho si girò verso di lei e sorrise. "Hai una fervida immaginazione, ma non è troppo lontano dalla verità. Questo posto *è* pieno di mostri e di creature raccapriccianti, ma la maggior parte di essi è documentata e ne abbiamo sentito parlare". Paulinho sospirò. "Ehi, visto che sei qui, volevo chiederti...".

"Ha avuto degli incubi?"

Paulinho rimase in silenzio per un momento. "Come lo sai?"

Amanda ha riso. "Mi dispiace, è solo un'ipotesi. Nel mio lavoro, di solito amici e conoscenti vengono sempre da me quando fanno sogni strani. Lei è qui fuori sul ponte, di notte, e ha bisogno di chiedermi qualcosa. Sto solo cercando di collegare i punti".

"Sì, beh, non li chiamerei esattamente incubi. È... è più un sogno ricorrente molto bello e piacevole. Uno di quelli che ho fatto poche volte in tutta la mia vita".

"Non sono in grado di interpretare i sogni. Nessuno può, a dire il vero. Almeno non con una certa affidabilità".

"No, non è questo", ha detto Paulinho. "Non sono sicuro che questo possa essere interpretato. Voglio solo sapere perché sta diventando sempre più vivido".

"Sei sicuro che non sia solo perché stavi dormendo solo pochi istanti fa? Lo ricorda in modo più dettagliato?".

"Sono abbastanza sicuro", ha detto. "Non è esattamente un sogno *vivido*. Sono vortici, colori e ombre danzanti. Non so cosa sia esattamente, e non lo saprò mai. Ma tutto - i colori, i vortici, tutto - è come se stesse accadendo intorno a me, è più... in faccia. Ha senso?".

Amanda pensò per un momento, concentrandosi sulle piccole onde increspate molto in basso, mentre la barca tagliava l'acqua. Alzò lo sguardo negli occhi di Paulinho. "Per niente".

Entrambi risero, poi Amanda continuò. "Ma, seriamente, non è così. Nella mia professione, i sogni non sono mai artistici. Sono imprese scientifiche. Sono il risultato di uno strano assortimento di sostanze chimiche e reazioni nel cervello, tutte fuse insieme in un'immagine o in un video che sembra avere un senso per la persona che lo sta vivendo. Ma il fatto è che quando si inizia a studiarlo più da vicino, ci si rende conto che non ha senso. La scienza comincia a non avere più senso e non è possibile ricreare le reazioni chimiche in laboratorio. Diamine, l'unico modo in cui siamo riusciti a studiare i sogni *veri* è stato quello di trovare un modo per *registrare i* sogni veri".

"È quello che hai fatto alla NARATech", ha detto Paulinho.

"Esattamente", ha detto Amanda. "Non è un gioco di parole, ma il mio sogno è sempre stato quello di trovare un modo per studiare meglio i sogni. Voglio capire perché le persone sognano, cosa sognano e cosa significa tutto questo".

"Non è sufficiente chiedere alle persone dei loro sogni?".

"Come sicuramente saprete, spesso le persone non ricordano i loro sogni la mattina dopo. Hanno difficoltà a rimettere insieme i pezzi perché il cervello umano cerca gli schemi. Il modulo di riconoscimento degli schemi di cui siamo dotati nella nostra testa è estremamente forte e ben sviluppato. Ciò che ha senso per il nostro subconscio quando dormiamo è quasi inconcepibilmente ridicolo quando ci svegliamo".

Paulinho ci pensò un attimo. Doveva essere d'accordo: cercare di ricordare i propri sogni era di solito un'impresa infruttuosa. Il più delle volte riusciva a ricordare gli eventi principali, le persone e i luoghi, ma i dettagli erano un disastro.

"Ecco perché in un sogno si possono avere tre madri e un padre con sette gambe, e tutto ha perfettamente senso mentre si sogna. Poi, quando ci si sveglia, la mente cosciente, allenata da anni di vita e innumerevoli millenni di evoluzione, cerca di mettere insieme le cose in modo più semplice. Rimuove i dettagli minori - più di una madre e più di due gambe - e vi fa credere di aver sognato vostra madre e vostro padre. Naturalmente, questo non è affatto interessante, quindi nel giro di qualche ora o di qualche giorno ci dimenticheremo completamente di quel sogno.

"Dico ai miei pazienti di scrivere i loro sogni, non appena riescono a ricordarli. Alcuni di loro sono molto diligenti in questo senso e tengono persino un piccolo taccuino e una matita a letto con loro e scrivono i loro sogni non appena si svegliano".

"A cosa serve?" Chiese Paulinho.

Amanda scrollò le spalle. "Sa, non siamo del tutto sicuri che ci sia qualche beneficio nel poter ricordare più chiaramente i nostri sogni e nel poterli dettare. Alcuni dei nostri pazienti ci dicono che scrivendo i loro sogni sono più inclini a cadere in quello che viene chiamato 'sogno lucido', una situazione in cui il sognatore ha la sensazione di avere il pieno controllo sulla trama del sogno".

"Ne ho già avuto uno in passato, credo", ha detto Paulinho.

"La maggior parte delle persone lo ha fatto", ha detto Amanda, "e la maggior parte delle persone giura che questo permette loro di risolvere i problemi con cui hanno a che fare nella vita di veglia, o di avere relazioni migliori, o di avere più successo in generale".

"Mi sembra una forzatura".

"È così, ma sareste sorpresi da ciò che il cervello umano ci nasconde". Amanda fece un'altra pausa, guardando l'acqua. "Prendiamo ad esempio questo 'uomo d'oro' che stiamo inseguendo. I nostri computer non sono stati violati, il nostro software non ha avuto problemi e nessuno ci ha fatto uno scherzo. Lo scienziato che è in me continua a ripetere che non è possibile che si verifichi un'anomalia del genere, soprattutto in persone con un'ascendenza affine. È più di una coincidenza".

"È un po' strano".

"È più che strano", ha detto Amanda. "È davvero *inquietante*. Non abbiamo nemmeno la tecnologia per registrare i sogni nei minimi dettagli. Il massimo che possiamo fare sono delle immagini appiccicose che si fondono nel corso di un singolo stato onirico. Ma questo omino che continua a comparire in tutti questi sogni è perfettamente a fuoco, ogni volta. Non riesco a capire come sia possibile, se non ricordando che il cervello umano è un puzzle che non è stato risolto".

"E non aiuta il fatto che anche qualcun altro là fuori sembra voler sapere qual è la risposta".

Amanda si scosse visibilmente. "La nostra tecnologia è brevettata, ma non è difficile richiedere l'uso delle nostre strutture. In realtà, all'inizio non erano mie; i miei investitori mi hanno concesso l'uso esclusivo dello spazio dopo pochi mesi". Lei annusò, ma Paulinho non riuscì a capire se stesse piangendo o meno. "Non c'è motivo di morire per questo, qualunque cosa sia. Questo viaggio che stiamo facendo speriamo ci dia delle risposte, ma non riesco a immaginare che porti a qualcosa per cui valga la pena uccidere delle persone".

Paulinho annuì, guardando dritto in avanti. La barca virò dolcemente, cambiando rotta come il fiume, serpeggiando lentamente verso ovest e verso nord sull'enorme distesa di giungla che tagliava il bacino amazzonico.

"Beh, credo che mi concederò ancora qualche minuto e poi entrerò", disse Amanda. Si avvicinò e strinse la mano di Paulinho. "Dovresti farlo anche tu. Hai bisogno di riposare. Abbi cura di te, per favore, ok?".

Paulinho annuì di nuovo, senza rispondere all'inizio. "Sì, certo. Credo che ora andrò a dormire, in realtà. Buonanotte". Si girò lentamente, appoggiandosi pesantemente alla stampella e iniziando a camminare verso le scale.

CAPITOLO 28

"NON POSSO CREDERE che tu non mi abbia appoggiato", disse Julie.

"Jules..."

Julie interruppe Ben prima che potesse rispondere completamente. "No, non cominciare nemmeno. Ieri mi hai completamente ignorato e ora vuoi provare a discutere con me?".

"No", disse Ben. "Non voglio discutere con te. Non lo faccio mai. E non ti stavo ignorando ieri".

Julie lanciò a Ben quello sguardo che diceva: "Sarà una *cosa buona*".

Ben sospirò. "Non ti stavo *ignorando*. Semplicemente *non ero d'accordo* con te".

Il viso di Julie si aprì, la bocca e gli occhi si allargarono all'unisono. Ben poteva quasi sentire l'imminente assalto verbale che stava per scatenarsi. "No, aspetta. Non è quello che intendevo".

"*Non eri d'accordo* con me? Su cosa? Sul fatto di essere venuto qui a cercare la tua misteriosa compagnia che insegui da mesi? Sul fatto di aver saltato una vacanza per poter entrare nella giungla e cercare di farci uccidere entrambi? Non eri d'accordo su queste cose?".

Ben sapeva di dover fermare l'assalto delle domande prima che degenerassero in un vortice acuto di furia carica di estrogeni. Disse rapidamente la prima cosa che gli venne in mente. "Beh, sì, non ero d'accordo con te su queste cose, ed è per questo che siamo qui. Ma no, in realtà stavo parlando di... in particolare...".

"Sei *stupido*? Ma almeno ti ascolti quando parli? Non posso credere di esserci cascata. Non posso credere di essermi innamorata di *te*".

Ben faticava a trovare le parole. Fissava Julie con aria assente, sentendosi sempre più come un orso in trappola. Aveva visto più di qualche orso catturato nelle trappole: a volte i cacciatori idioti pensavano che fossero ancora un modo ragionevole per catturare una grossa preda. All'inizio gli orsi si dimenavano, reagendo e indietreggiando contro l'immenso dolore e lo shock di essere intrappolati in una trappola per orsi. Dopo un attimo di lotta, si acquietavano, come se stessero contemplando la loro prossima mossa. Poi, dopo una certa riflessione, l'orso reagisce inevitabilmente in modo esplosivo, cercando invano di liberarsi.

Come guardiaparco, aveva visto un video dell'intero processo, registrato da alcuni cameraman malati che per qualche motivo si erano rifiutati di aiutare la povera creatura.

"Ben? Mi stai ascoltando?"

Merda. "Ah, sì. Scusa".

Julie scosse la testa. "Non so nemmeno perché continuo a provarci con te".

"Aspetta, cosa? Cosa vuoi dire?"

"Non te lo spiegherò, Ben. Se non riesci a capire di cosa stiamo parlando, questo dimostra la mia tesi". Julie si girò e uscì dalla stanza.

Ben rimase un attimo a guardare la porta che si chiudeva dietro di lei. Ovviamente aveva fatto qualcosa di sbagliato, ma non riusciva a capire cosa. Lei era arrabbiata con lui per... *cosa?* Aveva detto qualcosa che l'aveva fatta arrabbiare? Scrollò le spalle, ignorando il fatto che era l'unica persona nella stanza.

Questo era uno dei motivi per cui aveva concentrato tanta attenzione ed energia nell'ignorare completamente il sesso opposto per la maggior parte della sua vita. La sua ultima ragazza, se così si può dire, era stata in terza elementare. Mentre la maggior parte dei suoi amici era cresciuta come un'inguaribile romantica, lui era cresciuto semplicemente come un disperato. I suoi amici al parco cercavano spesso di ricordargli che Julie era molto al di fuori della sua portata, ma tutte le confutazioni che riusciva a fare erano deboli: persino lui sapeva che era vero.

Questa donna era piombata nella sua vita quasi all'improvviso, come lo erano state le esplosioni e la conseguente azione a Yellowstone, solo pochi mesi prima. Il loro era un rapporto di necessità: erano stati costretti a stare insieme.

Allora perché gli importava così tanto? Perché stava lottando con le parole per dire semplicemente alla ragazza quello che provava? Ben sapeva di amare Julie, solo che non riusciva a mettere insieme le tre parole nell'ordine corretto ad alta voce, e certamente non davanti a lei.

Uscì dalla stanza e salì la scala a chiocciola che portava al ponte superiore. *Un po' d'aria fresca sarebbe stata gradita,* pensò. A casa, l'aria fresca era sempre di stagione ed era sempre utile per combattere qualsiasi cosa stesse passando.

Il ponte superiore si aprì a lui con una folata di aria calda e umida. *Non è la stessa cosa di casa, ma può bastare.* Ben respirò a fondo e si avvicinò al bordo della barca. Stavano risalendo il fiume senza sosta da quasi due giorni e si chiese quanto ancora avrebbero dovuto viaggiare prima di raggiungere la loro destinazione.

O quanto ancora dovremo viaggiare prima che ci trovino...

Aveva il vago sospetto che "loro" sapessero esattamente dove si trovavano. Rhett, Archie, Paulinho, tutti gli altri sembravano percepirlo. *Perché ci avrebbero lasciato soli per qualche giorno, dopo aver cercato di impedirci di lasciare Manaus?*

Non voleva pensarci, ma conosceva la risposta.

Devono sapere dove stiamo andando.

Aspirò un'altra boccata d'aria dalla giungla. *Sì, questo mi fa bene.* Chiuse gli occhi e cercò di lasciare che l'aria lavasse via dal suo sistema gli strani pensieri e sentimenti. Riaprì gli occhi, si girò verso la parte posteriore della barca e vide Amanda in piedi sul ponte.

O meglio, vide il *fondoschiena* di Amanda in piedi vicino alla poppa della barca.

Le sue gambe, lunghe per la sua bassa statura e decisamente pallide contro il profondo marrone-verde dello sfondo della giungla, furono la prima cosa che notò. Seguì le forme della donna fino alla schiena, nascosta dietro la canottiera che indossava da quando avevano lasciato la città. La maglietta faceva del suo meglio per nascondere la schiena, ma Ben notò subito le sue morbide scapole, perfettamente ombreggiate dal sole in alto. I suoi capelli soffiavano dolcemente nel vento, sollevandosi ogni volta dalla loro posizione e fluttuando, per poi tornare a posarsi proprio dove dovevano essere.

Si diresse verso di lei.

Si avvicinò a lei all'estremità del ponte e si appoggiò alla ringhiera. La scia della barca tagliava una perfetta "V" nell'acqua, ricordando a Ben quanto velocemente stessero risalendo la corrente.

"Ehi Ben", disse Amanda.

"Il dottor Meron", rispose.

"Per favore, chiamami Amanda.

"Giusto, scusa". Ben non era sicuro di cosa dire, così fece quello che gli riusciva meglio: rimase lì impacciato, fingendo di interessarsi a un piccolo stormo di uccelli che starnazzavano l'uno contro l'altro dalle sponde opposte del fiume. Ebbe l'improvviso impulso di saltare un sasso, o almeno di lanciarne uno il più lontano possibile. La sua mente tornò indietro nel tempo, a quando era molto più giovane, quando suo padre lo portava al lago appena scongelato dopo l'inverno per insegnargli a saltare i sassi.

Tutto inizia con la roccia migliore", gli diceva suo padre. Vale la pena di passare mezza giornata a cercare la roccia perfetta, anche se ne ricaverai un solo tiro". Ben si è sempre chiesto se ci fosse un significato più profondo in quelle affermazioni. Sembrava che ci fossero molteplici strati di significato in tutto ciò che suo padre gli aveva detto crescendo.

Dopo la morte del padre, Ben si è imposto di smettere di cercare di decifrare tutto ciò che gli veniva detto e di prendere le cose al loro valore nominale. Dava per scontato che le persone intendessero ciò che dicevano e che dicessero ciò che intendevano, e lui faceva del suo meglio per fare lo stesso. In ogni caso, non era mai stato bravo con le persone, quindi usava questa filosofia come scusa per diventare sempre più solitario man mano che invecchiava. Ancora trentenne, Ben era in forma e ben costruito e poteva affrontare la maggior parte dei ragazzi di dieci anni più giovani. Il suo lavoro di ranger lo aiutava a mantenersi in forma, ma di tanto in tanto sentiva gli effetti striscianti del tempo che lo logorava lentamente.

"Allora", disse Amanda, rompendo il ghiaccio. Ben si staccò dal passato e la guardò. "Come va?"

"Bene, credo. È da un po' che non mi sparano".

"Sì, ho letto di tutta quella storia di Yellowstone. Sei praticamente un eroe nazionale".

"Non in questa nazione", disse Ben. Non era sicuro se fosse presuntuoso o umile. "Inoltre, hanno sbagliato la storia. I giornalisti, sapete?".

"Beh, Paulinho mi ha fornito alcuni dettagli, ma mi piacerebbe sentire la storia qualche volta". Ben non poteva esserne sicuro, ma pensò che Amanda si fosse avvicinata un po' di più a lui.

"Sì, decisamente". Muoveva la testa avanti e indietro, ancora apparentemente alla ricerca di una roccia che sapeva non esistere. "Come stai?"

"Con cosa? La mia intera attività che crolla o i miei dipendenti che vengono uccisi?".

"Mi dispiace, io..."

"No, va bene", disse Amanda. "Non sto cercando di essere dura. È solo... fresco di mente".

Ben si sentì in imbarazzo per qualche motivo, ma Amanda continuò, risparmiandogli il silenzio imbarazzante.

"Sai, sono sempre stato piuttosto indipendente. Questo è uno dei motivi per cui mi sono trasferita qui. Ho sempre voluto avviare qualcosa di mio, ma la gente pensava che fossi un'ingenua".

"Quali persone?"

"I genitori, per lo più. Mio padre e mia madre hanno avuto un ristorante per un po', a casa. Non l'hanno mai detto apertamente, ma ho sempre saputo che pensavano che non fossi tagliato per l'imprenditoria. A dire il vero, non lo sono. Volevo solo fare ricerca alle mie condizioni. NARATech era perfetta: investitori che volevano lasciare l'onere della gestione a qualcun altro, una struttura dedicata che era pronta a partire e in un luogo che ho sempre voluto visitare".

"Beh, da quello che ho visto, stai facendo un ottimo lavoro".

"Da quello che *ho* visto, siamo tutti a un piccolo errore dalla morte. Ed è tutta colpa mia".

"Non lo è affatto", ha detto Ben. "Nessuno avrebbe potuto prevederlo e nessuno avrebbe potuto evitarlo. Questo 'investitore' che avete è la stessa società che sto cercando di rintracciare da mesi. Sono estremamente potenti, molto ben finanziati e sono in grado di non farsi notare quando vogliono".

Ben sentì Amanda schiarirsi la gola, poi si asciugò gli occhi. "E se questo non portasse da nessuna parte? Se stessimo inseguendo qualcosa che non esiste e finissimo nel bel mezzo del nulla senza poter chiedere aiuto?".

Ben sapeva che le domande erano retoriche, ma rispose lo stesso. "Beh, Reggie è qui. Sembra che abbia molta esperienza con questo tipo di cose". Fece una pausa. "E, sai, siamo tutti qui, per quanto possa valere. Archie, Rhett, Paulinho. E io". Le lanciò un'altra occhiata e lei lo stava fissando. Lui distolse rapidamente lo sguardo.

"E Julie", disse. Era più una domanda che un'affermazione.

"Sì, Julie".

"È fantastica, sai".

Ben annuì. "Lo so".

"Vorrei..." Amanda non riuscì a finire la frase, qualunque essa fosse. Singhiozzò, coprendosi il viso con le mani. Ben si sentì subito sporgere verso di lei, senza sapere perché stesse reagendo in questo modo.

Lui esitò un attimo, poi allungò la mano e le mise un braccio intorno alle spalle. Amanda si chinò più forte, premendo il suo corpo sul fianco di Ben prima che lui potesse reagire. I suoi singhiozzi divennero stentati e quasi lo costrinse a tenerla. Era più piccola di quanto pensasse e dovette abbassarsi un po' per far entrare la testa di lei nell'angolo sotto il mento. Non era sicuro di cosa fare e si ritrovò stordito dall'inazione.

Sentì un rumore, uno scricchiolio di scale, e alzò la testa per vedere Julie in piedi in cima alla scala. Lei girò leggermente la testa di lato, come se cercasse di decifrare ciò che stava vedendo. La fissò per un momento, senza che nessuno dei due parlasse.

Poi, lentamente e deliberatamente, si voltò e tornò a scendere le scale.

CAPITOLO 29

JULIE IGNORÒ BEN per il resto della giornata, scegliendo persino di mangiare fuori sul ponte da sola. Ben tentò di avvicinarsi a lei un paio di volte, ma ogni volta che lo vedeva arrivare si allontanava nella direzione opposta. La barca era grande, ma troppo piccola per nascondersi da lui per sempre, e Ben si impose di continuare a seguirla ogni volta che poteva, nella speranza di parlare. La maggior parte della giornata la trascorreva fuori sul ponte, aspettando che Julie passasse per poterla seguire fino a quando non si fosse incamminata nella direzione opposta.

Quella sera, la barca girò di nuovo e si diresse verso un'altra propaggine del fiume, un fiume affluente ancora più piccolo. Le chiome degli alberi si unirono sopra le loro teste e chiusero il sole, facendo calare la notte molto prima di quanto ci si aspettasse. Erano ormai lontani dalle città che punteggiavano i principali affluenti del Rio delle Amazzoni e la giungla si era svegliata.

Su entrambe le sponde del fiume c'erano forme di vita che Ben aveva solo sognato. Le scimmie chiacchieravano e si sgolavano l'una con l'altra e uccelli di ogni colore strillavano sopra le loro teste in cerca di cibo. Scorse un serpente, più grande di tutti quelli che aveva mai visto, che si avvolgeva intorno all'intero tronco di un albero mentre scivolava su un ramo. Anche la flora e la fauna gli sembravano ultraterrene. Verdi, gialli e blu brillanti, con accenni di rosso di tanto in tanto, potevano essere visti spuntare su un ampio sfondo di nero e marrone. La visibilità non era più di qualche metro nella giungla, anche se Archie e Reggie erano usciti prima e avevano fatto i loro turni per cercare di individuare le vie d'acqua utilizzate dagli animali.

A un certo punto il capitano in persona si affacciò sul ponte e indicò un cumulo di bastoni e viti, ammucchiati sopra l'acqua al bordo del fiume. Sussurrò qualcosa e gli occhi di Archie si spalancarono.

"Anaconda", disse. "Vivono all'interno di quelle fortezze di bastoni, scivolando direttamente in acqua per rimanere nascosti. Quello è un grande nido. Potrebbe esserci un esemplare di 15 piedi lì dentro".

Ben rabbrividì. Odiava i serpenti e li affrontava solo se era assolutamente necessario. Non riusciva a immaginare come potessero piacere a qualcuno quelle creature squamose e striscianti, soprattutto se erano larghe come lui.

"Sono per lo più innocui", disse Reggie, come se questo facesse sembrare le anaconde dei caldi e teneri orsacchiotti. "Si nutrono di mammiferi, ma se si sta lontani dalla loro strada si concentrano sulla selvaggina più piccola. Ci sono molti altri mostri qui intorno di cui preoccuparsi, ma onestamente sono le cose piccole che mi spaventano a morte".

"Tipo?" Ben quasi si prese a calci per aver fatto quella domanda. Sapeva di non voler conoscere la risposta. A casa le uniche cose di cui preoccuparsi davvero erano gli orsi, i lupi, i cacciatori sbadati e il freddo.

Reggie si girò verso Ben e sorrise. "Insetti, per lo più. Quelli che combattono in branco, che lavorano insieme per abbattere animali mille volte più grandi di loro. Specie di formiche che si possono solo sognare e insetti specializzati progettati dal diavolo in persona".

"Non ascoltatelo troppo da vicino", disse Archie. "Ha sempre avuto un'attitudine al dramma. Non ha torto, ma la maggior parte della vita nella giungla è innocua per gli esseri umani, purché si stia attenti e si badi a come ci si muove. La foresta pluviale non ha bisogno di essere più mistica e magica di qualsiasi altro luogo. Certo, qui c'è più vita per metro quadro che in qualsiasi altro luogo del pianeta, ma è solo questo: vita. Vuole sopravvivere e prosperare, proprio come voi e me. Non tutto vuole uccidervi, e anche le forme di vita che possono farlo lo fanno solo se sentono che la loro è minacciata".

Ben ascoltava mentre tutti fissavano la linea degli alberi. Entrambi gli altri uomini sembravano avere un profondo rispetto per il mondo naturale, un fatto che trovava ammirevole. Molte persone che conosceva non apprezzavano, anzi non avevano la minima *idea*, che il mondo in cui vivevano esisteva da molto più tempo di loro e che aveva prosperato senza la loro ingerenza e il loro aiuto. La foresta amazzonica non era diversa, e per molti versi era più intensa e più autosufficiente di qualsiasi altro luogo in cui fosse stato.

Gli uomini si scambiarono storie per qualche altro minuto, finché i rumori della giungla presero il sopravvento. Ben si allontanò per fare un'altra passeggiata intorno al ponte, sperando che Julie spuntasse da qualche parte. Aveva fatto un intero giro e si era ritrovato nello stesso punto, solo che Reggie e Archie erano scesi di sotto. Era solo sul ponte e fissò in silenzio gli alberi per un minuto. Sembrava che la giungla li stesse raggiungendo, avvicinandosi sempre di più ai bordi della barca. Non riusciva a credere che una barca di quelle dimensioni potesse risalire così tanto il fiume che si restringeva, ma si ricordò che Archie aveva spiegato che stavano viaggiando durante la stagione delle piene, il che significava che il fiume sarebbe stato più largo e più profondo del normale.

Tuttavia, sarebbe arrivato il momento in cui la barca non sarebbe più passata attraverso il tunnel scavato dalla chioma della giungla. Non voleva sapere quale fosse il piano a quel punto, e non lo aveva chiesto. Presumeva però che, non essendoci a bordo canoe più piccole o barche di alcun tipo, avrebbero camminato per il resto del percorso. Nessuno conosceva la loro destinazione finale, il che rendeva il viaggio ancora più folle.

Ben sperava solo che avrebbero trovato delle risposte, ovunque gli indizi portassero. Voleva, aveva bisogno di sapere cosa fosse la Drache Global, e se questo significava dover risalire completamente il Rio delle Amazzoni in un'area del mondo che nessuno aveva mai visto da migliaia di anni, così fosse.

L'oscurità della giungla lo spaventava, e non aiutava il fatto che gli animali e le creature fossero diventati silenziosi. Ora poteva sentire lo sciabordio delle onde contro lo scafo della barca, ma l'aria notturna, per quanto densa, non portava altri suoni.

Si accigliò. Conosceva abbastanza la fauna selvatica da sapere che gli animali diventano stranamente silenziosi quando percepiscono un pericolo. La giungla, negli ultimi giorni, sembrava essersi abituata agli spostamenti della barca, quindi sapeva che non era stata la loro presenza a metterla in allarme.

Guardò a destra e a sinistra, esaminando il ponte superiore per vedere se fosse entrato qualcun altro. Non vedendo nessuno, decise di fare un ultimo giro sul ponte superiore prima di rientrare in casa per la notte.

Raggiunse il secondo livello e stava per proseguire fino al fondo, quando sentì un piccolo rumore. Si trattava di un leggero scricchiolio, il cui suono era amplificato dall'interno cavo della barca. Scese al secondo livello e cominciò a camminare verso il rumore a poppa.

La notte aveva raggiunto completamente questa zona del mondo e la giungla, per quanto silenziosa, si trovava in un'oscurità quasi completa. Ben pensò di tornare giù per vedere se c'era una torcia nel suo zaino, ma decise di non farlo. *Non è niente.* Voleva credere che il rumore fosse qualcosa di casuale, uno scoiattolo o qualcosa del genere che atterrava sul ponte e si infilava in un buco da qualche parte.

Ma il suo istinto era in stato di massima allerta e cominciava a sentire l'adrenalina salire. Il suono del raschio, per quanto silenzioso, era intenzionale. Questo lo sapeva.

Raggiunse la poppa e si girò a destra. Il suono del raschio tornò, questa volta ancora più debole. Ma sembrava vicino.

Proprio sotto di lui.

Sporse il busto oltre il bordo del parapetto, cercando di dare un'occhiata decente al ponte più basso della barca. *Forse qualcuno stava facendo una passeggiata notturna prima di andare a dormire.*

Ben sapeva che non era la verità, in qualche modo. Il rumore era causato dall'uomo, ma qualcuno che camminava non sarebbe rimasto nello stesso punto per così tanto tempo. Qualcuno si aggirava furtivamente e lui intendeva catturarlo.

Si chiese se avrebbe potuto saltare verso il ponte inferiore da qui, o se avrebbe mancato l'obiettivo e sarebbe semplicemente atterrato in acqua, avvisando chiunque fosse stato catturato e dandogli il tempo di scappare.

Si allungò ancora di più oltre la ringhiera e vide uno stivale nero. Riuscì a vedere solo la suola della scarpa, spessa e profondamente rigata. Passò un altro istante e lo stivale scomparve.

Un attimo dopo, sentì il tonfo.

Chiunque avesse visto si era appena lanciato oltre il bordo della barca e nella scia dietro di essa.

"Ehi!", urlò Ben, voltandosi e avviandosi verso le scale. Mancavano una cinquantina di metri alla scala, ma la percorse in un paio di secondi. Scese le scale, salì sul ponte più basso e corse subito verso la parte posteriore della barca. Socchiuse gli occhi per cercare di vedere nell'oscurità, ma fu inutile. La notte era calata, togliendogli ogni speranza di vedere chi fosse la persona o dove si trovasse. Gli sembrò di sentire il rumore del nuoto, ma ormai era lontano.

Rimase a guardare per qualche secondo, poi sentì dei passi sopra di lui. Tornò verso le scale, pronto a spiegare ciò che aveva visto al resto del gruppo.

Prima di raggiungerli, una forte esplosione lo scaraventò in avanti contro il muro.

CAPITOLO 30

LA BARCA gemette sotto di lui, mentre tavole e sostegni si piegavano e crollavano, e l'aria si riempì immediatamente di fumo denso e acre.

Tossì, ma la barca continuava a spostarsi drammaticamente, impedendogli di alzarsi in ginocchio. Girò la testa quel tanto che bastava per vedere la parte posteriore del ponte inferiore cadere sotto le acque nere.

Merda.

Reggie era in cima alle scale e si reggeva con una stretta di mano. "Ben! Sei tu?"

Ben si tirò su usando la ringhiera della scala. Sapeva che la barca stava imbarcando acqua, e in fretta. "Sì, sono io. C'era qualcun altro qui sotto, ha piazzato degli esplosivi nel vano motore".

Reggie pronunciò una serie di imprecazioni soffocate, poi si voltò di nuovo verso Ben e fece qualche passo verso le scale. "Ecco, dammi la mano", disse. "Dobbiamo portare tutti sul ponte superiore prima di scendere".

Ben allungò la mano e permise a Reggie di aiutarlo a salire le scale che, a quell'angolazione, sembravano più i pioli di una scala. Raggiunse il livello successivo e si appoggiò al muro per riprendere fiato. Reggie stava già rovistando in un armadio a pochi passi da lui, buttando via tutti i dispositivi di galleggiamento che riusciva a trovare. Non ce n'erano abbastanza per tutti, ma Ben portò alcuni salvagenti fino alle scale e si preparò a salire.

Quando si voltò per vedere i progressi di Reggie, rimase sbalordito nel vedere che l'armadio stava già imbarcando acqua e Reggie era immerso fino alle caviglie in quel torbido liquido marrone.

"Portate su tutto quello che potete", disse Reggie. "Devo cercare di recuperare i nostri zaini dalla stanza".

Ben sapeva che a quel punto la stanza sarebbe stata per lo più sott'acqua, ma fece come gli era stato ordinato e portò su i dispositivi di galleggiamento e la bobina di corda che Reggie gli aveva lanciato.

Il resto del gruppo, a parte Reggie e Rhett, lo stava aspettando. Notò anche che il capitano Garcia era assente.

"Dov'è Rhett?" Chiese.

Amanda e Paulinho, che gli teneva il fianco, scossero entrambi la testa.

Archie Quinones si avvicinò a Ben e lo aiutò con i salvagenti. "Deve essere ancora giù", disse Archie. "Dov'è Reggie?"

"È ancora laggiù", disse Ben. "Sta cercando di trovare gli zaini. Se c'è ancora qualcuno laggiù, Reggie lo prenderà". Ben pronunciò quelle parole, ma non era sicuro di crederci. Qualcuno aveva sabotato la loro barca e poi aveva nuotato fino a riva. Ben li aveva visti farlo. Se, per qualche strano scherzo del destino, fossero stati Rhett o il capitano, Ben sapeva che non sarebbero stati ancora ad aspettare sottocoperta.

Il pensiero lo agghiacciò e per il momento lo eliminò dalla mente. Si sarebbero occupati del sabotatore a tempo debito, ma al momento avevano questioni più urgenti di cui occuparsi.

Archie iniziò a distribuire i salvagenti, ma Ben lo tirò indietro. "Aspettate", disse. "Usiamoli per tenere a galla gli zaini. Presumo che tutti sappiamo nuotare, giusto? Questi ci rallenteranno soltanto".

Archie fece un cenno di assenso e lui e Ben iniziarono a legare insieme i dispositivi di galleggiamento usando la corda. "È rozza, ma farà il suo lavoro. Uno di noi può legarlo alla gamba e tirarlo dietro di sé".

"Dove stiamo andando?" Chiese Julie.

Ben alzò lo sguardo e la guardò negli occhi. La sua rabbia si era dissolta in paura e sembrava che avesse completamente dimenticato la precedente faida tra lei e Ben. Ma lui la conosceva bene. Non appena fossero tornati al sicuro sulla terraferma, Julie avrebbe continuato con la sua freddezza e il suo silenzio.

"Dobbiamo raggiungere la terraferma, ovviamente", disse Ben. "Ma non c'è modo di entrare nella foresta senza tagliare gli alberi su entrambi i lati. Dovremo iniziare a nuotare controcorrente e sperare di trovare un'apertura".

"Nuotare?"

Ben guardò Paulinho e si rese conto che l'uomo era ancora ferito e probabilmente soffriva ancora molto. "Starai bene?"

"Dovrei esserlo", disse Paulinho. "Non sono preoccupato per le mie ferite, è che..." guardò Archie e poi di nuovo Ben. Ben era confuso, non capiva cosa stesse succedendo. Alzò le sopracciglia, aspettando una spiegazione.

Archie si avvicinò a Ben, abbassando la voce in modo che solo lui potesse sentirla. "Non siamo più sul fiume principale, dove c'è quasi sempre il traffico di barche", disse Archie. "Paulinho ha ragione ad essere preoccupato. In acqua ci sono quasi tanti predatori quanti ce ne sono sulla terraferma".

Quasi altrettanti predatori in acqua? Ben cercò di leggere l'espressione sofferente dell'uomo. *Ora è preoccupato? Dopo aver cercato di convincermi che la giungla era pericolosa solo se si era imprudenti?*

"Che altra scelta abbiamo?" Chiese Ben, adeguandosi al tono e al livello della voce di Archie. Julie e Amanda si avvicinarono a loro e si occuparono di fissare i carri mentre Ben e Archie discutevano della situazione.

"Nessuna, in realtà", disse Archie. Guardò il gruppo e poi di nuovo Ben. "Ma non siamo addestrati per questo; nessuno di noi è un subacqueo e nemmeno un nuotatore molto competente, ne sono certo. Se ci mettiamo nei guai...".

"Siamo già nei guai", disse Ben. "Guardatevi intorno. Siamo su una barca che sta affondando nel mezzo di una propaggine del Rio delle Amazzoni. Nessuno verrà a salvarci; nessuno saprà nemmeno come trovarci". *Tranne il gruppo di mercenari che ci sta già alle calcagna.* "Dobbiamo sbrigarci, qualunque cosa facciamo".

Archie annuì rapidamente, poi si voltò e aiutò frettolosamente le donne a finire di legare insieme i carri. Ben vide la testa di Reggie apparire sulle scale e si avvicinò per aiutarlo con due degli zaini. Uno era bagnato fradicio, uno era asciutto e uno mancava del tutto.

"Non credo che l'acqua abbia danneggiato nulla", disse Reggie. "Ma il fiume si è mangiato uno degli zaini, quello con la mappa e il mio fucile. Abbiamo ancora le amache e tre tende, ma tieni stretta quella pistola, Ben, è tutto ciò che abbiamo ora. Siete pronti a partire?".

"Penso di sì", disse Ben. Si caricò i due zaini sulle spalle e tornò verso la zattera di fortuna che era stata costruita sul ponte. Il livello superiore era ormai sulla linea di galleggiamento, mentre l'estremità posteriore affondava rapidamente nel fiume.

"Allora andiamo avanti", disse Reggie. "Credo che questo tratto di fiume sia abbastanza profondo da inghiottire due di queste barche impilate l'una sull'altra, quindi non avremo fortuna ad aspettare quassù".

Ben gettò gli zaini sui materiali di galleggiamento, e lui e gli altri trascinarono l'isola galleggiante verso il bordo della barca e la sollevarono sopra la fiancata. L'isola fece un leggero schizzo quando toccò l'acqua e Ben tenne la corda per evitare che andasse alla deriva.

Il capitano Garcia apparve sulle scale, con gli occhi spalancati e frenetici. Si avvicinò di corsa a Ben e Reggie e iniziò a farfugliare in spagnolo. Le uniche parole che Ben riuscì a capire furono *agua* e *depredadores*. *Acqua* e *predatori*.

"Ehi, capitano", disse Reggie. "Rallenta, fai un bel respiro".

Il capitano scosse la testa, poi si avvicinò ad Archie e continuò a ripetere frasi in spagnolo che Ben non riusciva a capire. Archie si concentrò sulle parole del capitano, mentre l'acqua si avvicinava ancora di più ai loro piedi.

Archie ascoltò, poi si fermò per un momento, come se stesse ascoltando i suoni della foresta invece di quelli di Garcia. Si portò un dito alle labbra, facendo sommessamente cenno agli altri di unirsi a lui.

"Quinones", disse Reggie. "Non abbiamo tempo per il birdwatching. Dobbiamo..."

"Shh", disse Archie, mettendo a tacere Reggie. "Ascolta e basta".

Non avendo altra scelta, Ben si concentrò sui suoni della foresta pluviale che lo circondava. *Cosa stiamo ascoltando?* Tutto ciò che riuscì a sentire furono il cinguettio degli uccelli, il ronzio degli insetti e, di tanto in tanto, il grido di una scimmia nel profondo della sicurezza degli alberi. *Gli stessi suoni che sentiamo da giorni.* A parte lo strano tratto di silenzio prima che il motore esplodesse, il suono della giungla era stato quasi assordante. Per Ben, i suoni erano diventati una macchia omogenea, incapace di essere separata nei suoi singoli componenti.

E poi, da qualche parte in lontananza, lo sentì.

Un ruggito basso e ringhioso.

CAPITOLO 31

IL RUGGITO SEMBRAVA quello di qualcuno che cercava di avviare un tosaerba, solo che il suono era più discontinuo e distanziato.

Il suono cessò e i rumori della giungla tornarono a riempire lo spazio vuoto. Un attimo dopo si udì un altro rumore, identico al primo, ma proveniente da una direzione diversa, a monte del fiume.

"Qualcuno vuole spiegare cos'è questo rumore?". Disse Amanda.

Dovevi chiederlo, pensò Ben.

"Melanosuchus niger", sussurrò Archie. Ben guardò l'uomo e vide che il signore anziano aveva gli occhi chiusi e ascoltava di nuovo i suoni.

"Caimano nero", disse Reggie, interpretando la spiegazione in latino o aggiungendo la propria. "È l'apice dei predatori da queste parti, e quelli più grandi possono abbattere qualsiasi cosa nel bacino".

"*Caimano?* Come un *coccodrillo?*" disse Julie.

"È la stessa cosa, signora", disse Reggie. "Più vicino nella struttura a un alligatore, però".

Julie sospirò e incrociò le braccia. "Non mi interessa davvero *com'è*", disse. "Non ho intenzione di entrare in acqua con quelle cose là fuori".

Reggie lanciò un'occhiata a Ben, che si limitò a scrollare le spalle. "Mi dispiace dirtelo, ma dobbiamo raggiungere la terraferma. E l'unico modo per arrivare a terra è entrare in acqua".

"Sono d'accordo con lei", disse Amanda. "A meno che tu non mi dica che hai un modo per tenerli a bada".

Reggie tirò fuori la sua pistola dallo zaino e la tenne in mano. "Non ce l'ho, ma è un inizio. Probabilmente non servirà a molto, ma preferisco averla con me piuttosto che non averla".

L'acqua era ormai arrivata alle caviglie di Ben e la barca stava affondando ancora più rapidamente. Sentì l'acqua salire fino ai polpacci e capì che non avevano molto tempo per decidere la loro linea d'azione. Avanzò, mettendosi fisicamente tra Reggie e le ragazze.

"È uno schifo", ha detto. "Sarò il primo ad ammetterlo. Ma non abbiamo letteralmente altra scelta. Stiamo affondando e tra 10 minuti questa barca sarà sul fondo del Rio delle Amazzoni. Se partiamo ora, possiamo restare vicini alla riva e raggiungere la terraferma la prima volta che qualcuno individua un'apertura su quel lato. Jules, sarò accanto a te".

Julie stava fissando Ben, ma a lui sembrava che lo stesse guardando attraverso di lui. Non stava piangendo, ma i suoi occhi brillavano di umidità e lui poteva vedere il suo respiro aumentare di velocità mentre recepiva tutte le nuove informazioni. Se si sentiva come si sentiva Ben in quel momento, sapeva che era terrorizzata.

Sapeva anche che lei era d'accordo con lui: non avevano altra scelta.

"E Rhett?" Chiese Paulinho. "Qualcuno l'ha visto laggiù?".

Reggie scosse la testa. "No, ma se vuoi puoi restare qui ad aspettarlo".

Ben lanciò un'occhiata a Reggie, ma Reggie scosse di nuovo la testa, questa volta assicurandosi che solo Ben potesse vedere il movimento.

Anche lui sospetta del ragazzo, pensò Ben.

"Non possiamo lasciarlo laggiù", disse Archie. "E se..."

"E se *cosa*?" Disse Reggie. "Ascoltate tutti. Qui non c'è una politica del "nessun uomo lasciato indietro". Non può esserci, anche se vorrei che ci fosse. I due ponti inferiori sono completamente sommersi, quindi è impossibile che sia ancora lì sotto, vivo". Reggie fece una pausa, poi si guardò intorno. "Per quanto sia difficile ammetterlo, sapete tutti la verità: o non è affatto lì sotto, o gli è successo qualcosa quando la barca è esplosa. Inoltre, ho controllato tutte le stanze quando sono sceso a prendere i pacchi".

"E il ponte?"

"Se fosse stato nel ponte, avrebbe usato le scale per venire qui", disse Reggie.

Amanda fece un passo avanti, arrivando dritta in faccia a Reggie. "E se fosse ferito? Si è ferito di nuovo? Lui..."

"Non è più sulla barca", disse Ben.

Tutti gli occhi si rivolsero a Ben. Reggie sembrava supplicarlo in silenzio, chiedendogli di non rivelare ciò che sapeva. Ben pensò di aspettare, ma prima o poi tutti avrebbero dovuto scoprirlo.

"Penso che sia stato Rhett", ha detto. "Abbiamo sbagliato a portarlo con noi, ma non è stata colpa di nessuno. Ci ha ingannati".

Ben attese che gli sguardi di shock e stupore si registrassero, si esaurissero e tornassero alla normalità. Mentre ognuno rifletteva su ciò che aveva detto, continuò. "Non possiamo preoccuparci di questo ora, anche se mi sbaglio. So solo che ho visto qualcuno saltare dalla barca e nuotare verso la riva, proprio prima che il motore esplodesse. Dobbiamo raggiungere un luogo più sicuro il prima possibile, poi potremo discutere cosa fare di Rhett".

E se non è stato Rhett a sabotarli, per lui sarà troppo tardi. Ben scacciò il pensiero dalla sua mente. Non poteva fare nulla per il ragazzo ora.

"Sta dicendo che la nostra barca è stata sabotata?", chiese Archie.

Si girò verso il capitano e gli riferì il messaggio in spagnolo e portoghese stentato.

"Senza dubbio", disse Reggie. "Quel motore è stato fatto esplodere con degli esplosivi. Non so di che tipo o come, ma è per questo che siamo qui ora. Scopriremo chi è stato più tardi, ma per ora dobbiamo scendere da questa barca".

"Prendo io il comando", disse Reggie. Senza aspettare che qualcuno discutesse, Reggie si tuffò dalla ringhiera angolata del ponte e si tuffò in acqua. Dopo tre secondi, riemerse in una perfetta nuotata a stile libero.

Carlo si tuffò dopo Reggie e, sebbene fosse molto più fuori forma del soldato, Ben dovette ammettere che era un abile nuotatore.

Amanda afferrò il braccio di Paulinho mentre il capitano scuoteva la testa, si faceva il segno della croce sulla fronte, sulle spalle e sul petto e si buttava in acqua, a piedi uniti. Ben poté vedere la stretta di Amanda sul braccio di Paulinho, ma l'uomo e la donna camminarono con fermezza fino al bordo, si sedettero sul parapetto e vi appoggiarono i piedi, poi si gettarono nel fiume.

Ben si inginocchiò per legarsi la corda alla caviglia e Archie si assicurò che la loro zattera di fortuna galleggiasse ancora intatta. Julie scese all'altezza di Ben e si avvicinò al suo viso.

"Non lo faremo davvero, vero?". Chiese Julie. Ben non rispose. Era una domanda retorica e, inoltre, cosa avrebbe potuto dire?

Aspettò che Ben finisse, poi lo seguì fino al bordo della barca. "Ben, aspetta".

Ben si voltò e la guardò. Fu colpito da quanto fosse bella, la luce della luna le illuminava perfettamente il viso e i capelli, lasciando che le ombre cadessero e ammorbidissero ancora di più il suo aspetto. Era spaventata, ma Ben vedeva solo la donna di cui si era innamorato mesi prima.

"Andrà tutto bene, vero?".

Ben non era sicuro di cosa rispondere. Sapeva che lei gli stava chiedendo della loro situazione attuale, di buttarsi nel Rio delle Amazzoni nel cuore della notte, ma non poteva fare a meno di pensare alla loro discussione. Inoltre non voleva mentirle.

Lui annuì, poi allungò la mano e la afferrò.

Lei si strinse a lui e lo baciò forte sulle labbra; lui la strinse a sé mentre si chinava in avanti e li tirava entrambi giù dalla ringhiera e nell'acqua.

CAPITOLO 32

IL RUMORE dei caimani in lontananza non aiuta il terrore di Julie.

Ora, però, stava letteralmente nuotando verso di loro, in un fiume nero come la pece e pieno di ogni genere di cose a cui non voleva pensare, cercando di stare davanti a un gruppo di persone che volevano ucciderli tutti.

Si concentrò sul suo respiro e sulla grande forma di Ben che nuotava accanto a lei nel fiume. Non era mai stata una nuotatrice agonistica, anche se aveva frequentato dei corsi da bambina e aveva nuotato regolarmente al liceo. Era passato un po' di tempo dall'ultima volta che era entrata in una piscina e, a parte qualche escursione in una casa al lago con gli amici, non aveva mai nuotato in uno specchio d'acqua naturale.

C'era qualcosa di decisamente snervante nel nuotare in un'acqua attraverso la quale non si poteva vedere, un fatto che non lasciava indifferente Julie. Si chiese se avrebbe sentito l'attacco dal basso o se l'avrebbe colta di sorpresa. Si chiese se un caimano fosse abbastanza grande da inghiottirla tutta, per non dover pensare all'alternativa.

Pensò anche ai loro aggressori: sembravano così decisi a spargli o a farli saltare in aria a Manaus. Perché li lasciavano fuggire più a monte? Lavoravano con Rhett? E se così fosse, perché non li avevano attaccati stanotte e avevano invece deciso di sabotare la loro barca e forzare la mano?

Questo è quanto.

Aveva capito le loro manovre. Ora sapeva cosa avevano intenzione di fare.

Hanno ancora bisogno che li guidiamo, pensò. *Hanno bisogno che mostriamo loro la strada. Gli attacchi di Manaus e di questa sera avevano lo scopo di farci concentrare sulla ricerca della risposta, di spingerci in avanti.*

Sapeva anche che i danni collaterali sarebbero stati perfettamente accettabili qui. Avevano bisogno della dottoressa Meron, non del resto del gruppo. Amanda era fondamentale, ma non avrebbe viaggiato da sola, non qui. Amanda aveva bisogno degli altri e i loro aggressori avevano bisogno di Amanda.

Ma eliminarli uno per uno era una strategia formidabile, che li avrebbe tenuti concentrati, in corsa nella giusta direzione e abbastanza spaventati da non deviare dal piano. Una volta usciti dal canale principale del fiume, per immettersi in un fiume di raccordo molto più piccolo e stretto, i loro aggressori non potevano più seguirli in barca senza essere visti. I mercenari avevano sabotato la loro barca per costringere il gruppo a proseguire sulla terraferma. Chiunque fosse rimasto ferito o ucciso nell'esplosione sarebbe stato considerato la ciliegina sulla torta.

Ma cosa c'è dopo? Cosa succede dopo aver raggiunto la terraferma?

L'acqua era calda, ma Julie rabbrividì. Poteva sentire le correnti sottomarine e i colpi lasciati da quelli che nuotavano davanti a lei, e ogni minimo movimento del fiume le dava la sensazione di essere attaccata da qualche mostro orribile e mortale.

Ma l'attacco non arrivò mai. Nuotarono in silenzio per quindici minuti, fermandosi anche per riposare a metà percorso. Rimasero uniti come un gruppo, Reggie fece un ottimo lavoro mantenendo il ritmo abbastanza lento per gli altri. Quando si fermò per la seconda volta, Julie si avvicinò al gruppo, formando un cerchio stretto di persone nell'acqua.

"C'è un sentiero tra gli alberi proprio laggiù", disse Reggie, indicando il buio della foresta. Julie non aveva idea di cosa avesse visto quell'uomo, ma si fidava della sua autorità. "Raggiungiamo il sentiero, ma continuiamo a muoverci una volta sulla terraferma. Non vogliamo essere d'intralcio a un giaguaro che scende per bere un sorso d'acqua a notte fonda".

Perché deve continuare a tirare fuori nuove creature che vogliono ucciderci? Il pensiero di un giaguaro non spaventava Julie più di tanto, ma più ci pensava e più si rendeva conto che per loro era una minaccia ancora più grave di altri animali che erano stati menzionati.

Annuendo, Reggie proseguì verso la riva. Si sollevò da terra, uscì dall'acqua e si lasciò sgocciolare ai margini della foresta per qualche secondo. Avanzò nella giungla mentre gli altri lo seguivano da vicino, poi si voltò per aspettarli. Julie sentì che il morbido letto del fiume sotto l'acqua si alzava per incontrare i suoi piedi, così si precipitò in avanti, fin troppo eccitata di uscire dall'acqua. Lottò contro un ramo sommerso che sembrava intenzionato a farla inciampare, poi sentì l'altro piede schiacciarsi sotto la superficie in una buca piena di fango.

Disgustoso.

Non aveva mai preso in considerazione l'idea di poter viaggiare un giorno sul Rio delle Amazzoni, e soprattutto non aveva considerato quanto potesse essere difficile camminarci *dentro*. Il fango, i bastoni e i detriti che galleggiavano e si depositavano sotto la linea di galleggiamento erano come un esercito invisibile che lavorava duramente per impedirle di avanzare.

Mi tiene qui, cercando di intrappolarmi.

I pensieri si affollavano nel suo cervello, facendo sì che l'ansia di essere attaccata da qualche predatore sconosciuto e invisibile crescesse a ogni secondo che passava. Alzò lo sguardo, cercando di trovare qualcuno che la aiutasse.

Dov'è Ben?

Si rese conto di quanto fosse buio. La notte era scesa sulla foresta e sembrava farsi più fitta quaggiù, più vicina all'acqua e circondata da una giungla fitta e spietata. Cercò di controllare la respirazione: non andava in iperventilazione da quando aveva avuto l'asma da bambina, ma le sembrò di sentire l'ondata di pressione costrittiva che cominciava a impadronirsi dei suoi polmoni.

Ben!

Non era sicura di averlo gridato o solo pensato, ma Ben era al suo fianco, in qualche modo arrivato silenziosamente e all'improvviso.

"Jules, stai bene?", chiese.

Lei annuì, guardando in alto. La luce della luna si era posata tra due rami molto al di sopra di loro, proiettando gentilmente un profondo bagliore biancastro su tutto, fornendo alla loro comitiva la luce tanto necessaria. Ben le afferrò il gomito e le permise di appoggiarsi ad esso mentre liberava i piedi dal bastone e dalla buca di fango.

Mentre si alzava e sollevava il busto dall'acqua, osservò il capitano Garcia che avanzava a fatica nell'acqua, una quindicina di metri davanti a lei. Lui e Carlo avevano raggiunto la piccola spiaggia più o meno nello stesso momento, ma Carlo stava già raggiungendo Reggie a riva, mentre il capitano rimaneva indietro per aiutare gli altri a uscire dall'acqua.

Il capitano Garcia si voltò e aiutò Archie ad uscire dal fiume, poi Amanda.

"Andiamo", disse Ben, sussurrando. "Siamo quasi al limite. Usciamo e...".

Julie si stava concentrando sulla battigia, con lo sguardo fisso davanti a sé, così non si accorse dell'attacco che avvenne appena fuori dalla sua visione periferica.

Tuttavia, non si trattò di un vero e proprio attacco. Sentì un piccolo spruzzo, come il suono di un sasso che viene lasciato cadere in uno stagno, poi un tonfo più grande e infine Reggie che urlava qualcosa di incoerente. I suoi occhi si spostarono involontariamente a sinistra, attratti dal rumore. La luce della luna rendeva la scena difficile da interpretare, così si limitò a fissarla per un momento.

Dove solo pochi istanti prima si trovava il capitano Garcia, un'ombra sinuosa e rotolante danzava a metà strada dall'acqua. Costrinse gli occhi a mettere a fuoco, sbattendo due volte le palpebre. L'ombra si trasformò in due ombre, un uomo - il capitano Garcia - e un...

Un mostro.

Vide lo sventolio di una coda massiccia, piedi artigliati che si arrampicavano sull'uomo che stava attaccando e un muso allungato e sconnesso. La creatura aveva lottato con Garcia fino all'acqua e ora stava rotolando più e più volte, tornando lentamente e metodicamente verso acque più profonde.

"Ben! I pacchi!" sentì gridare Reggie. "Prendi la mia pistola!"

Ben era già dietro di lei, afferrando i due zaini che galleggiavano dietro di lui. Aprì la parte superiore del primo zaino e cominciò a rovistarvi dentro.

Julie riprese la voce e urlò. Non era più forte di quello di Garcia, ma il suo non era scandito da un'alternanza di secondi in cui si trovava sott'acqua e in superficie. Con la coda dell'occhio, vide Reggie lanciarsi in avanti e nell'acqua, ma non aveva idea di cosa avesse intenzione di fare quell'uomo.

Ben era di nuovo al suo fianco, ma non smise di muoversi. Corse in avanti, avanzando lentamente nell'acqua, e lanciò la pistola verso Reggie.

Ben, incredibilmente, si stava ancora muovendo verso Reggie e l'incontro di wrestling che si stava svolgendo a pochi metri da lei. *Che cosa ha intenzione di fare?* Si chiese Julie.

Guardò Reggie che lavorava con la pistola, ma rimase scioccata quando vide cos'*altro* Ben aveva recuperato dallo zaino.

Sollevò il machete sopra la testa e attese un momento per colpire verso il basso.

"Ben - non farlo!" Julie urlò. Era troppo tardi.

L'acqua era silenziosa in modo inquietante. Le minuscole increspature lasciate sulla superficie erano gli unici segni rivelatori dell'assalto e il caimano non riemergeva.

Nemmeno il capitano.

Il gruppo rimase a guardare, senza osare muoversi, per quasi un minuto intero. Julie iniziò a singhiozzare, sia per l'adrenalina che per l'impatto emotivo di ciò che aveva appena visto, ma non le importava cosa pensassero gli altri. Ben era di nuovo accanto a lei, con un braccio intorno a lei, e la stava tirando dolcemente per il resto della distanza fino alla riva, dove gli altri stavano aspettando.

Provò un momento di sollievo quando i suoi piedi caddero sul fango morbido e umido più vicino al fiume, e permise a Ben di sollevarla completamente dall'acqua e di portarla sulla terraferma.

Il suo sollievo, tuttavia, fu di breve durata, poiché si rese conto che avrebbero trascorso il resto del viaggio attraversando la foresta a piedi.

CAPITOLO 33

VALÈRE SI FRUGÒ in tasca e afferrò il cellulare. Non aveva ancora attraversato il parcheggio per raggiungere la sua auto prima che il telefono cominciasse a vibrare. La visita era andata bene: non era cambiato nulla, ma non era nemmeno peggiorato. Il medico gli aveva prescritto le stesse pillole di sempre e gli aveva detto di riposare e rilassarsi il più spesso possibile.

Il pensiero di prendersi del tempo per riposare o rilassarsi sembrava uno scherzo a Valère.

Aveva un lavoro da fare, un lavoro che nessun altro al mondo era in grado di fare. Aveva le capacità, i contatti e le risorse necessarie per realizzare la più grande impresa di ingegneria di cui si fosse mai sentito parlare, e la Compagnia era molto vicina a raggiungere il suo obiettivo, grazie a lui.

Anche se mi uccide, ne varrà la pena.

Portò il cellulare all'orecchio e accettò la chiamata. "Sì?"

Ci fu un ritardo di due secondi prima che la voce all'altro capo, che gracchiava attraverso una connessione misera e difficile da capire, rispondesse. "Valère. - Sono stati - finora. Nessun aggiornamento su - ma mi terrò aggiornato".

Valère ha aspettato che la connessione migliorasse.

"- dietro la ragazza e il suo gruppo, avanzando come previsto".

Questa è una buona notizia.

"I parametri della missione rimangono invariati, anche se il - si è dimostrato più resistente di quanto inizialmente ipotizzato. - supporto aggiuntivo?".

Valère si accigliò. "Avevo l'impressione che vi sarebbero bastati pochi uomini per portare a termine questo compito. Abbiamo già raddoppiato il vostro supporto".

"Capito, tranne che - più velocemente con un ulteriore -".

Valère quasi imprecò ad alta voce per l'orribile connessione. "Negativo, le nostre risorse si stanno esaurendo per questo progetto". Era una bugia, ma era molto più veloce che spiegare la verità. Le sue "risorse" erano più che sufficienti per fornire un supporto aggiuntivo, ma non ci sarebbe stato modo di mettere gli uomini in posizione a questo punto della partita. Anche se fosse stato possibile, Valère stava già lavorando alla fase successiva del progetto.

La fase finale di questo progetto.

Valère poteva quasi assaporare il successo. I suoi piani in Antartide erano andati bene, sia per le parti di cui la Compagnia era a conoscenza, sia per quelle che erano note solo a lui. Il piccolo intoppo in Brasile era solo questo: una piccola battuta d'arresto che, con o senza le ricerche del dottor Meron, non avrebbe interferito con il suo piano finale.

Il telefono crepitò e la connessione si interruppe. Non era sicuro che il suo contatto in Brasile avesse detto qualcos'altro, ma gli sembrava che la loro conversazione fosse finita prima ancora di cominciare. Non c'erano altri uomini che poteva inviare in Brasile e non c'erano altre risorse che avrebbe destinato alla loro causa.

Rimise il telefono in tasca e prese il flacone di pillole dall'altra tasca. Leggendo l'etichetta, tolse il tappo. *Non superare una pillola ogni sei ore*. Ne aveva appena presa una prima di uscire dall'ufficio e ora ne mise un'altra sulla lingua e deglutì.

Anche se mi uccide, ne varrà la pena.

CAPITOLO 34

IL SENTIERO che conduceva fuori dall'acqua e nella giungla era lungo solo pochi passi, un'apertura naturale tra due grandi cespugli, probabilmente resa più evidente dagli animali che la utilizzavano come punto di accesso al fiume.

Ben cercò di rallentare il respiro, sperando che il battito cardiaco lo seguisse. Non sarebbe stato utile a Julie, o a chiunque altro, se fosse stato ancora nervoso e pronto a scattare. Il caimano, un grosso esemplare adolescente, era sbucato dal nulla e aveva portato il capitano Garcia, scalciando e urlando, nella sua tomba acquatica. Era irreale, innaturale e follemente terrificante per Ben, ma non disse nulla.

Nessuno parlò, in realtà, finché non camminarono per cinque minuti nella foresta più fitta che Ben avesse mai visto. Nessuna immagine, film o libro poteva renderle giustizia. Era completamente fuori dal suo elemento, circondato da un mondo alieno che nascondeva insieme pericolo e bellezza dietro ogni roccia e albero.

"Ok, facciamo una pausa", disse Reggie. Si girò e si rivolse al gruppo. "Dobbiamo continuare a muoverci, almeno per ora, ma volevo fare una breve pausa. Ci prenderemo un po' di tempo più tardi per recuperare il sonno, ma dobbiamo allontanarci dal fiume il più possibile". Reggie armeggiò con uno degli zaini e tirò fuori una bussola. Aprì la chiusura del dispositivo e lo tenne in alto, aspettando che si bilanciasse. Si prese qualche secondo per controllare la direzione e farla coincidere con la destinazione che avevano deciso. Soddisfatto di averli guidati nella giusta direzione, richiuse il dispositivo e lo rimise nello zaino.

Nessuno parlò. Ben si guardò intorno al resto del gruppo. Archie e Paulinho avevano un'espressione vuota, mentre Amanda sembrava sconvolta, persino arrabbiata. Julie sembrava terrorizzata come Ben e Carlo sembrava disinteressato all'intera vicenda.

"Qualcuno vuole dire qualcosa?" Chiese Reggie.

"Cosa dovremmo dire?" Amanda ribatté.

Reggie scrollò le spalle. "Era un brav'uomo, grandi cose, cose del genere?".

"Stai scherzando?" Julie stava quasi urlando. "È *morto*, proprio davanti ai nostri occhi. Non ti *interessa* nemmeno?".

Reggie fece una pausa, guardò il terreno - un tappeto di muschi verde brillante - e poi tornò a guardare Julie. Si avvicinò a lei e abbassò la voce.

"Certo che mi interessa", ha detto. "Era uno di noi, solo per il fatto di essere qui con noi. Ora non c'è più. Io non lo conoscevo, e nemmeno tu. Non significa che non possiamo inventarci qualcosa, o chiedere a Carlo".

Era un'idea che Ben non aveva preso in considerazione, e Paulinho stava già zoppicando verso Carlo e sussurrava. Carlo annuì, lentamente, poi alzò lo sguardo su tutti.

"Buon capitano", disse in inglese. Ha detto di più in portoghese, Paulinho ha tradotto ad alta voce. "Buon padre, buon marito, lavoro amato".

Sembrava che Carlo avesse finito, ma Reggie aspettò ancora qualche secondo per esserne sicuro. "Bene, credo che sia tutto. C'è altro prima di andare?".

"Sì", disse Paulinho. "Dove stiamo andando?"

"L'ospedale da campo non dista più di qualche miglio, credo", rispose. "Come ho detto prima, è un po' fuori dal fiume, ma considerando che non viaggiamo più per via fluviale, direi che è diventata una meta degna per questa prossima tappa".

Ben annuì. "Avranno dei rifornimenti lì?".

"Non proprio, a parte qualche attrezzo per sistemarlo". Reggie fece un cenno a Paulinho. "Ma sarà un posto abbastanza buono per riposare, ammesso che abbiano lo spazio necessario".

Si voltò e cominciò a marciare nella giungla, usando il machete che Ben aveva preso per farsi strada tra la vegetazione più fitta. "Forza, vediamo se riusciamo ad andare verso l'interno, più lontano dal fiume. Non vogliamo trovarci qui intorno all'ora di colazione. Cammineremo per un po', poi dormiremo un paio d'ore. Vorrei arrivare all'ospedale e alla stazione di ricerca prima dell'alba".

Ben non riusciva a credere a quanto quell'uomo sembrasse distaccato, soprattutto in un momento come questo, ma era contento che Reggie avesse avuto il coraggio di farsi avanti e ammetterlo, il tutto tenendoli concentrati sul prossimo obiettivo. Ben stesso aveva cercato di capire quale dovesse essere il loro piano, ma sapeva che Reggie aveva ragione a scegliere l'ospedale come prossima destinazione. Avrebbero avuto bisogno di tempo per riorganizzarsi, per pianificare la tappa successiva del loro viaggio, e non aveva senso concentrarsi su tutto questo se non avevano un posto sicuro dove farlo.

Lasciò che Julie camminasse davanti a lui, prendendo la posizione posteriore mentre seguivano il sentiero ritagliato da Reggie attraverso gli alberi e la boscaglia.

Spero solo che sia un posto sicuro, pensò.

CAPITOLO 35

JULIE ERA STUPITA dal livello di umidità e di calore che ancora affliggevano la giungla, anche nel cuore della notte. Ogni grande foglia che incrociava sembrava un asciugamano bagnato, riscaldato dalla luce del giorno e che ora rilasciava nell'aria ogni goccia di umidità che aveva raccolto. L'umidità era intrappolata dalle chiome molto al di sopra delle loro teste, mentre l'aria più pesante si depositava più vicino alla terra, provocando un effetto non dissimile da quello di un bagno turco.

Camminavano da due ore, trascinati dall'incessante avanzata di Reggie. Sembrava che non si stancasse mai, tagliando continuamente i fitti filari di viti e sterpaglie che ostruivano il suo percorso. Non era sicura di come facesse a sapere dove stava andando, navigando solo con una minuscola bussola che aveva attaccato ai pantaloni. Sperava che non fosse un atto di spavalderia e che, in realtà, non li stesse solo portando lontano dal fiume, la loro unica speranza di essere salvati.

Accelerò il passo e cercò di camminare a fianco di Reggie. Era difficile, perché il più delle volte il sentiero che stava tagliando era abbastanza largo per una sola persona, ma c'erano tratti di terreno tra gli alberi affioranti che permettevano loro di camminare fianco a fianco.

"Allora, qual è il tuo problema?". Non voleva che le parole suonassero così dure, ma sapeva che ormai non poteva fare nulla per ritrattarle. Si stizzì, aspettando la risposta di Reggie.

Reggie sorrise semplicemente e la guardò. "Immagino che tu sia ancora arrabbiato con me", chiese.

"Perché dovrei essere incazzato?".

"Il tuo tono, per esempio", rispose, sorridendo ancora. "Ma prima non sembravi molto entusiasta della nostra decisione di non andare in ospedale per Paulinho".

"Non ha più molta importanza, credo", disse. "È lì che siamo diretti ora, giusto?".

"Lo è, e non dovrebbe esserlo ancora per molto".

Julie annuì, anche se sapeva che Reggie non poteva vederlo. "Mi dispiace, ma non è quello che intendevo". Fece una pausa, cercando di articolare le parole. "Voglio dire, tu... qual è la tua storia?".

Reggie si mise a ridere in modo sonoro, ridacchiando mentre tagliava via un'altra sezione di fitti rampicanti. "La mia *storia*? Davvero?"

"Beh, sì. Lei è un ex militare, giusto?".

"Cecchino, sì. Ho fatto il mio tempo, ma sembra che non lo lasci mai davvero".

"La fai sembrare una condanna alla prigione".

"Non mi dispiaceva essere schierato", ha detto. "Mi piaceva la maggior parte del tempo, in realtà. Credo che si possa dire che sia stata la 'politica d'ufficio' a farmi cambiare idea".

Reggie iniziò a lottare con una sezione di erbacce e rami, e Ben apparve improvvisamente dall'altra parte e gli afferrò il machete dalle mani.

"Fai una pausa", disse Ben. "Ci penso io per un'oretta".

Reggie non ha discusso e si è messo dietro Ben, accanto a Julie.

"Non andava molto d'accordo con le persone con cui lavorava?". Chiese.

"Persone per cui ho lavorato, soprattutto".

Julie sapeva che lui era volutamente vago, il che non faceva altro che farle desiderare maggiori informazioni. Era sempre stata testarda, ma non era pettegola. Era interessata al passato di quell'uomo, ma non sentiva un bisogno irrefrenabile di curiosare, quindi lasciò perdere. Reggie sembrava un uomo di poche parole, tranne quando faceva una battuta. Il silenzio sul suo passato non preoccupava Julie; fino a quel momento Reggie era abbastanza affidabile e sembrava essere il tipo di uomo che non era interessato a condividere il proprio passato con gli estranei.

Reggie non aspettò che lei facesse un'altra domanda. Si avvicinò a Ben e attese al suo fianco mentre questi terminava il lavoro con il machete. Ben tagliò via un'altra manciata di rami, rivelando una piccola apertura tra gli alberi. Reggie tese il braccio, fermando Ben prima che potesse proseguire. Entrambi gli uomini si voltarono e guardarono il gruppo dietro di loro.

"Fermiamoci qui per qualche ora e cerchiamo di dormire", disse Reggie. "Controllerò che siamo ancora nella direzione giusta, ma in ogni caso credo che ora siamo abbastanza lontani dal fiume. Ben, vuoi aiutarmi con gli zaini?".

Ben fece scivolare lo zaino che portava in spalla e lo fece cadere a terra. Reggie aprì il suo zaino e recuperò due grandi sacchi verdi con la cerniera. Ne aprì uno e ne scaricò il contenuto. Girò il grosso rotolo di nylon tra le mani un paio di volte, alla ricerca di un angolo. Soddisfatto, afferrò un angolo del materiale nel pugno e gettò il fagotto davanti a sé.

Julie osservò la forma appiattita di una tenda triangolare che si dispiegava dal fagotto. Ben e Archie cercarono di srotolare la tenda dallo zaino di Ben in modo altrettanto esperto, ma senza la stessa abilità del lancio di Reggie. Alla fine, tutte e tre le tende furono stese a terra nella piccola radura. I sacchi avevano ciascuno due piccoli pali all'interno e Julie aiutò a montarne uno per Ben. Reggie era impegnato a legare un tratto di corda da arrampicata a un albero che aveva trovato ai margini della radura.

"Sono nuovissime", ha detto. "Sono tende sospese, una sorta di combinazione tra amache e tende. Sono un po' più pesanti di quelle che preferisco e un po' grandi, ma all'interno sono abbastanza spaziose, tanto da poterci stipare quattro adulti se necessario. Sono anche costose, quindi mi aspetto che ve ne prendiate cura".

Ben e Archie guardarono Reggie increduli. Julie stessa fu un po' sorpresa dalla dichiarazione e si ritrovò a guardare le tende con sospetto. Carlo, che non aveva detto una parola da quando il suo capitano era stato mangiato, non sembrava turbato dalla dichiarazione di Reggie, ma d'altra parte Julie non era nemmeno sicura che avesse capito quello che aveva detto.

"Si chiamano Stingray", disse Reggie, completamente ignaro degli sguardi che il gruppo gli rivolgeva. "Li produce la Tentsile. Un'ottima azienda e un ottimo prodotto. Li vendo a casa, hanno un grande successo".

"Non ho mai dormito su un'amaca", disse Ben.

"Beh, vi state perdendo qualcosa", disse Reggie. "E non si tratta di semplici amache, sia chiaro: sono come un piccolo pezzo di utopia isolata. Proteggono dagli insetti e dalle cimici, per non parlare delle condizioni atmosferiche".

"E pensi che ci terranno tutti?".

"So che lo faranno", rispose Reggie. "Ecco, aiutami con questo". Tese un angolo della tenda a tre angoli e lo portò a un albero dall'altra parte della radura, poi legò l'estremità a un altro tratto di corda. Ben afferrò il terzo angolo e si diresse verso un altro albero sul lato opposto. "Ognuna di queste tende può contenere il peso di un uomo, più l'attrezzatura. Ne ho impilate cinque, una sopra l'altra, in passato.

Quindici persone che dormono in una piccola torre di tende in mezzo alla giungla".

Julie ascoltò Reggie e lo osservò mentre faceva i nodi per fissare gli angoli della tenda all'albero. L'uomo si illuminava quando parlava della sua attrezzatura; era chiaramente nel suo elemento. Sfoggiava lo stesso sorriso caratteristico mentre legava e fissava tutti e tre gli angoli, mostrando a Ben come usare le chiusure. Quando tutti e tre gli angoli furono fissati, strinse le corde della tenda e la prima tenda si sollevò da terra.

Julie era impressionata. Il pavimento verde mela della tenda era a circa un metro e mezzo dal suolo della giungla, al sicuro dalla portata di qualsiasi visitatore indesiderato che lei immaginava potesse far loro visita di notte. Sembrava molto sicura, e le corde serrate a cricchetto sembravano più che robuste per tenerli tutti. Guardò Reggie che saltava su una delle corde, tenendosi al tronco dell'albero a cui era fissata, e lanciava la corda di una seconda tenda intorno ad essa, circa cinque piedi più in alto. Continuò la procedura per gli altri due angoli e la seconda tenda si alzò, sospesa a mezz'aria sopra la prima.

"È molto bello e tutto quanto", ha detto Julie, "ma come facciamo a entrare?".

Reggie attraversò una fune e si tuffò nella tenda superiore. È riapparso un attimo dopo e ha gettato a terra una scala di nylon. Soddisfatto, uscì dalla tenda a piedi uniti e scese la scala.

"Ci sono altre domande?" Chiese.

Julie scosse la testa. Non poté fare a meno di sorridere. È *stata una vera fortuna averti trovato,* pensò. Guardò Ben, che era appoggiato a uno degli alberi e guardava Julie. Per chiunque altro, il suo volto era illeggibile. Per Julie era un giudizio. Immaginò cosa stesse pensando in quel momento.

Sembri impressionato da Reggie.
Ti piace Reggie più di quanto ti piaccia io?
Posso tenerci in vita tanto quanto Reggie.

Sorrise a Ben, poi si girò e si diresse verso Amanda.

"Come te la cavi?" Chiese.

Amanda si accigliò. "Tutti continuano a chiedermelo", disse. "Come pensate che stia andando?".

Julie cercò di nascondere la sorpresa per lo sfogo, ma non ci riuscì. "Mi... mi dispiace".

Iniziò ad allontanarsi, ma poi Amanda parlò da dietro di lei. "No", disse Amanda, "mi dispiace. Tutto questo viaggio, questo ridicolo viaggio, sembra così...", e faticò a trovare le parole.

"Irreale?"

"Sì, esattamente. Voglio dire, solo una settimana fa stavamo ultimando lo studio che avrei presentato ad alcuni programmi di ricerca universitari, e poi...".

Julie tornò da Amanda e le afferrò il polso. Fino a quel momento non si era resa conto di quanto la donna sembrasse piccola e fragile. "Ascolta, qualsiasi cosa accada qui fuori, sappi che siamo con te in questa situazione. So che non è una grande consolazione, ma io e Ben abbiamo vissuto una situazione simile".

"No, in realtà è utile. Niente di tutto questo mi sembra reale, credo. La barca, quella cosa del coccodrillo e Reggie che si comporta come se non fosse successo nulla. E io sono il motivo per cui siamo tutti qui fuori a fare questo".

"Non puoi pensare così", disse Julie. "Per quanto tu pensi che sia vero, non lo è. La società che ci sta cercando, se è chi pensiamo che sia, non si fermerà finché uno di noi non troverà la soluzione a questo enigma. E anche allora...". Julie esitò, non volendo mettersi in un angolo.

Amanda sorrise. "Va bene", disse. "Ho capito. Forse sono ingenua, ma vedo le scritte sul muro. Siamo tutti qui a dare la caccia a qualche strana anomalia, sperando che si riveli qualcosa di vero per non sprecare tempo ed energie a morire nel bel mezzo della giungla.

Anche in quel caso, anche se troviamo qualcosa, non ci lasceranno andare via da questa situazione".

Julie annuì. Non c'era altro da dire. Amanda aveva ragione: nessuna di loro aveva idea di come sarebbe uscita viva da questa situazione. Osservò gli occhi di Amanda per qualche altro secondo, notando quanto improvvisamente sembrassero più vecchi. La donna era incredibilmente intelligente, ma sapeva quanto si sentisse impotente e senza speranza.

"Sappi che non sei sola", disse Julie. "Sei in buone mani qui, con Reggie intendo". Iniziò ad allontanarsi, ma Amanda la fermò.

"Ehi", disse la donna. Julie si voltò verso di lei. "Siamo tutti in buone mani anche con Ben. Voglio dire, è un ragazzo fantastico". Gli occhi di Amanda si muovevano avanti e indietro e Julie capì che stava lottando per trovare le parole giuste. "Non che... voglio dire, sulla barca...".

"Non preoccuparti", disse Julie. "Non è colpa tua". Julie lo disse, ma non era del tutto sicura di crederci. La donna che le stava di fronte, per quanto piccola e fragile sembrasse ora, era straordinariamente bella. I suoi capelli cadevano in tutti i punti giusti, fornendo una cornice perfetta per un viso che era un misto tra il giovanile e il rispettabilmente bello. Julie provò una rapida vampata di gelosia, ma la respinse.

"Siete pronte a dormire un po', o preferite restare accanto a quell'albero tutta la notte?".

Il suono della voce di Reggie grattugiò le orecchie di Julie. Si sentì in imbarazzo, ma si girò e guardò l'uomo. "No, mi scusi, siamo pronti".

Reggie sorrise. "Ottimo affare. Andiamo avanti. Voi due potete dividere una tenda, poi Carlo e Paulinho, poi Ben e Archie possono avere questa in fondo". Fece un cenno a ciascuna tenda mentre spiegava chi l'avrebbe occupata.

"E tu?" Chiese Julie.

"Io me la faccio su un'amaca", rispose, indicando una lunga amaca nera che aveva legato proprio sotto la tenda di fondo. "Per me è una sistemazione migliore per dormire".

Amanda si stava già arrampicando per i tre o quattro metri fino alla tenda superiore e Julie aspettò che fosse completamente dentro prima di iniziare a salire la scala. Una volta dentro, fu di nuovo sorpresa da quanto fosse spazioso l'interno del piccolo rifugio. Il soffitto era qualche metro sopra la sua testa, non abbastanza per stare in piedi, ma forniva un'altezza sufficiente a far sembrare la dimora più grande di quanto non fosse. Julie trovò una coperta sul suo lato della tenda e non perse tempo a mettersi comoda.

Non si era nemmeno tolta le scarpe prima di addormentarsi in un sonno profondo.

CAPITOLO 36

"BEN, SVEGLIATI".

Ben sobbalzò in piedi nella minuscola tenda Stingray, facendo sì che l'intera struttura di nylon si agitasse e si contorcesse sotto il suo peso mutevole. Si strofinò gli occhi e guardò Archie. L'uomo più anziano sbuffò una volta, ma sembrava ancora addormentato. Ben si girò e guardò la piccola apertura nella porta della tenda che era stata parzialmente aperta.

"Sbrigatevi", disse Reggie. "Dobbiamo continuare a muoverci. Fai alzare anche lui, ti dispiace?".

Ben si strofinò di nuovo gli occhi, diede un colpetto ad Archie e indicò Reggie, poi iniziò a dirigersi verso la porta della tenda. Scivolò fuori a piedi uniti, cercando i pioli della scala di nylon. Trovandoli, scese la scala e toccò terra. Poteva sentire Archie che eseguiva la stessa procedura intontita, allenando i muscoli stanchi e un corpo affaticato, senza dubbio ancora più in difficoltà a causa dei suoi decenni di usura.

Reggie aveva già montato e imballato due tende Stingray e stava aspettando vicino a quella di Ben e Archie per finire la terza.

Ben si stiracchiò, cercando di forzare il suo corpo a svegliarsi. "Reggie, andiamo", disse. "È... che ora è?".

Reggie sorrise. "Non preoccuparti dell'ora. Qui fuori, il giorno è notte e la notte è giorno".

"A parte gli scherzi", disse Ben, "sono troppo stanco per gli indovinelli. Che cosa significa?".

"Significa che hai dormito solo per un paio d'ore", disse Reggie, ancora sorridendo. "Seguitemi".

Ben vide che gli altri - Julie e Amanda, Paulinho e Carlo - stavano già aspettando lui e Archie, l'ultimo a svegliarsi. Ben scosse la testa incredulo, ancora sorpreso da quanto si sentisse stanco, ma sapeva per esperienza che una volta che si fosse mosso e riscaldato si sarebbe sentito molto meglio.

Archie uscì finalmente dalla Stingray e raggiunse il gruppo in attesa. "Qualcuno ha fatto il caffè?" chiese.

Paulinho e Amanda sorrisero, ma Ben era ancora troppo stanco per essere divertito. Julie sembrava essere stordita e Ben non ebbe il coraggio di vedere se era ancora arrabbiata con lui per la sua interazione con Amanda sulla barca. La lasciò sola e aspettò di vedere quale fosse il piano di Reggie.

"In realtà", disse Reggie, cercando qualcosa in uno degli zaini, "mangiate questi. Aiuta la vigilanza, la stanchezza, la fame, praticamente tutto. Siate delicati: tendono ad agitarmi un po' se ne mangio una quantità eccessiva". Lanciò il sacchettino di plastica ad Archie, che prese una fogliolina verde dal sacchetto e la mise in bocca. Quando ebbe finito, passò il sacchetto intorno al gruppo. Ben prese due foglie e ne intascò una.

"Cosa sono?" Chiese Ben, masticando la pianta.

"Foglia di coca", disse Reggie.

Ben smise di masticare.

Reggie rise. "Perfettamente sicura, in piccole dosi. 1% di alcaloidi della cocaina, in genere. Il che significa che è sufficiente per far perdere la testa al governo americano quando si tratta di importarla, quindi è praticamente impossibile da trovare... negli Stati Uniti. Ma non diventate dipendenti, è un'abitudine costosa".

Reggie aveva abbattuto l'ultimo Stingray e Ben e gli altri fecero il possibile per aiutarlo ad arrotolarlo e a metterlo in uno degli zaini, ancora bagnato dal fiume. Ben si mise lo zaino in spalla e chiuse gli occhi, desiderando in silenzio che la droga della fogliolina facesse effetto.

Ascoltò la giungla del primo mattino. Era ancora buio, ma gli animali intorno a lui stavano già iniziando la giornata. Riusciva a distinguere alcuni richiami degli uccelli tra loro, ma la maggior parte dei rumori più distanti sembrava essere solo un mix di suoni surround della vita della giungla. Era pacifico, ma c'era un sottofondo inquietante in quella sinfonia acuta: sapeva che alcuni dei richiami degli uccelli, per quanto belli, non erano le melodie cantilenanti del corteggiamento, ma piuttosto i clacson di un pericolo imminente.

Ben sapeva che parte di questa paranoia si basava sulla sua stessa paura per la situazione in cui si trovavano e sul suo crescente livello di disagio man mano che si allontanavano dalla civiltà. Si rimproverò per questa sensazione, sapendo che per la maggior parte della sua vita era stato consumato dalla natura, sentendosi più a suo agio in presenza di alberi alti e boschi profondi e silenziosi, ma capì anche che c'era un'altra ragione per sentirsi inquieti: erano braccati.

Finora, il gruppo di mercenari dietro di loro era rimasto alle loro spalle, permettendo loro di superare indisturbati le prime tappe del viaggio. Ma Ben sapeva che si trattava solo di una strategia per sfiancarli; aveva lo scopo di terrorizzare il gruppo e di fargli indovinare quando - e da dove - sarebbe arrivato il prossimo attacco.

E funzionava.

Ben non poteva fare a meno di sentire la pressione schiacciante che aumentava. Si sentiva come se il suo sangue spingesse attraverso vene sempre più strette, e l'intensità di ogni momento stava diventando troppo grande da sopportare. Si chiese come si sentissero gli altri. Paulinho, un bravo ragazzo, ma comunque non abituato a stare così all'aperto. Amanda e Julie sembravano solo leggermente più a loro agio. Archie faceva del suo meglio per tenere gli altri - e probabilmente anche se stesso - su di giri, ma Ben vedeva oltre il velo, sapendo che era solo una tattica temporanea.

Gli unici due membri del gruppo che sembravano tranquilli, o almeno non scossi, dalla loro situazione erano Reggie e Carlo, l'unico membro superstite del loro equipaggio. Sapeva che Reggie era un caso disperato, addestrato da anni di combattimento e da esercizi appositamente studiati per dominare le sue emozioni, ma non era sicuro che Carlo capisse cosa stava succedendo. Archie aveva passato qualche minuto a discutere della loro situazione con l'uomo, ma lui sembrava davvero disinteressato all'intera faccenda.

Il gruppo iniziò a camminare, seguendo Reggie attraverso il lato della radura e raggiungendo rapidamente la giungla fitta e densa ancora una volta. Reggie non usava il machete che teneva appeso al fianco, ma spingeva delicatamente rami e cespugli, come se cercasse di muoversi silenziosamente.

Ben capì il suggerimento e cercò di camminare dolcemente. Era un uomo grande, grosso e muscoloso per via dei molti anni vissuti all'aperto, ma aveva affinato l'abilità di muoversi silenziosamente nelle aree boschive. Aveva sviluppato questa abilità imparando a seguire le tracce di orsi, conigli e tutto ciò che si trovava nel mezzo. In un'occasione aveva persino dovuto trovare un umano, un ragazzino che era scappato dai genitori e si era perso nel bosco.

Qui nella foresta pluviale, tuttavia, era decisamente fuori dal suo elemento. Questa foresta non rispettava i suoi tentativi di furtività come i boschi di casa. Per ogni ramoscello che spezzava accidentalmente sotto un piede, la foresta faceva eco al rumore e lo riverberava in tutta l'area circostante. Poteva sentire il tubare delle scimmie più piccole, in alto sopra di lui, che lo osservavano attraverso l'oscurità, e il ticchettio di milioni di insetti in cerca di uno spuntino notturno. Ogni passo che faceva nella giungla sembrava accendere un coro di rumori, che lo osservavano tutti, aspettando e calcolando la sua prossima mossa.

Questo accresceva la sua paranoia. Si chiedeva quali altre creature, più grandi, ci fossero qui fuori e quali fossero abbastanza affamate da colpire. Non sapeva se Reggie sarebbe stato d'aiuto in una situazione del genere, o se l'avrebbe visto arrivare. Ricordava l'attacco del caimano e quanto fosse stato... *indifeso*.

"Cosa stiamo cercando?" Chiese Ben.

Reggie si fermò, si girò e guardò Ben dall'alto in basso. "Questo", disse, scostando un altro ramo, come se avesse tolto il sipario di un grandioso palcoscenico. Fece un passo avanti e si affacciò su un ripiano leggermente più alto del terreno di fronte a loro, offrendo un trespolo sopra l'intera area.

Julie sussultò.

La radura di fronte a Ben era lunga e stretta, interrotta solo da una manciata di arbusti e cespugli, e si estendeva per mezzo miglio dalla loro posizione fino all'altro lato, dove gli alberi si riunivano di nuovo e formavano un muro stretto e impenetrabile.

Gli alberi amazzonici più alti ai margini della radura si collegavano tra loro nella maggior parte dei punti, molto al di sopra delle loro teste, creando una gigantesca bolla di spazio vuoto circondata dalla foresta. Era uno spettacolo incredibile, più grande di qualsiasi atrio che avesse mai visto. Anche nell'oscurità del primo mattino, con la sola luce della luna che filtrava attraverso le fessure tra i rami e proiettava lunghe ombre su tutto lo spazio, era una scena bellissima.

"È meraviglioso", disse Amanda. "Come una cartolina".

In effetti, sembrava uscito da una rivista o da un calendario da parete. La messa in scena era così perfetta, la loro vista era incorniciata in modo più naturale di quanto qualsiasi fotografo professionista potesse fare artificialmente.

Ma c'era ancora qualcosa di strano in quella scena, di cui Ben non si rese conto per qualche secondo.

"È fumo?" Chiese Amanda.

Ben strizzò gli occhi, cercando di vedere ciò che l'oscurità aveva fatto così bene a nascondere.

"Penso di sì", disse Paulinho. "Dovremmo scendere?", disse.

Reggie stava già avanzando, saltando giù per la leggera salita che portava al pavimento dell'incredibile atrio della giungla. Ben e gli altri lo seguirono ancora una volta, con il passo accelerato dal desiderio di conoscere ciò che si trovava al margine opposto della grande radura.

"Ha idea di cosa sia?" Chiese Julie.

Ben si sforzava di dare un senso al fumo che saliva dolcemente, più scuro delle ombre scure degli alberi alle sue spalle, che si levava dalla base di un affioramento roccioso più grande.

No.

Non era un affioramento di roccia quello che stavano guardando. La base della scia di fumo proveniva da una struttura, i resti di un edificio che era stato ridotto in cenere. I suoi sensi si misero subito in allerta e non ebbe bisogno di sentire la risposta di Reggie per sapere cosa lo aspettava.

"È l'ospedale", disse Reggie.

CAPITOLO 37

ENTRAMBI GLI EDIFICI più grandi - l'ospedale principale e la stazione di ricerca, nonché la caserma del personale più piccola - erano stati rasi al suolo, e in altri due punti c'erano sezioni quadrate di macerie fumanti.

"Capannoni di stoccaggio, direi", disse Reggie, scalciando via il legno annerito e i detriti carbonizzati. "Sembra napalm, o qualcosa di simile. Non è rimasto quasi nulla. Devono averlo fatto ieri sera, verso l'ora in cui la barca è affondata. Molto efficiente, inoltre. Nessuna esplosione".

Ben camminava lentamente tra l'edificio principale dell'ospedale e la baracca più piccola, osservando il tutto. Non poteva fare a meno di immaginare come fossero il medico e i ricercatori qui, e se fossero riusciti o meno a scappare. In fondo allo stomaco c'era un vuoto che si faceva sempre più pesante ogni minuto che passava. Come se rispondesse alla sua stessa domanda, i suoi occhi furono attratti da una stanza rettangolare all'interno dell'edificio più piccolo, che ora non era altro che una sagoma nera, come un progetto a grandezza naturale disegnato sul terreno. All'interno della "stanza", poté vedere uno schedario metallico, con la maggior parte dei lati fusi, che in qualche modo stava ancora in piedi.

Accanto ad esso, un corpo. Si ritrasse, ma non distolse lo sguardo. La persona che si trovava all'interno della stanza aveva lottato, ma non era uscita dalla stanza quando l'edificio era crollato. Si chiese se fosse rimasta chiusa dentro, senza poter fuggire.

Sentì un lampo di rabbia bianca.

"Ma perché fare questo?" Chiese Amanda da dietro di lui. Stava seguendo Reggie lungo il perimetro delle strutture rase al suolo. "Perché avrebbero dovuto bruciare tutto? Se avessero voluto venire a prenderci, lo avrebbero fatto".

"No", disse, "non lo farebbero. Stanno giocando con noi, cercando di costringerci in una trappola".

"Che tipo di *trappola?*", chiese Paulinho. Lui, Archie e Carlo si trovavano nelle vicinanze.

"Vogliono farci rinunciare ad Amanda. Farci credere che non vale la pena di continuare".

Potrebbe non *valere la pena di continuare.* Ben non poté fare a meno del monologo interiore, ma accantonò il pensiero.

Il dottor Meron si avvicinò a Reggie. "È così? Dovremmo chiamarlo? Non lo faranno...".

"*Non si* fermeranno", disse Reggie, interrompendola per finire la frase. "È questo il punto. Cercano *te,* ma in realtà cercano ciò che tu *rappresenti.* Quello che tu sai e che loro non sanno. Voi - *noi* - abbiamo in mente qualcosa, e loro lo sanno. Lo percepiscono. Stanno cercando di estrometterci, di logorarci, di consegnarci il premio finale. Non si fermeranno se verrete catturati, vi tortureranno finché non gli darete tutto ciò di cui hanno bisogno. *Poi* vi uccideranno". Fece una pausa, poi guardò il resto del gruppo riunito ai margini della foresta. "È ovvio che uccideranno anche il resto di noi".

"Allora come la finiamo?" Chiese Paulinho.

"Finiamo il lavoro", ha detto Reggie. "Scopriamo cosa si nasconde alla fine di questo viaggio".

"E poi?"

Reggie all'inizio non rispose. "Sto ancora lavorando su quella parte".

Amanda era visibilmente esasperata. "Ci stai ancora *lavorando*? Reggie, qual è il *piano*? Trovare questo tesoro segreto e sperare che ci sia anche un elicottero?".

"Sarebbe comodo", ha detto.

"Perché sei qui?", chiese.

Ben la guardò. Aveva finalmente fatto la domanda a cui tutti volevano una risposta, e l'aveva fatta in modo rapido e senza fronzoli. Perché quest'uomo, sconosciuto a tutti loro, si era fatto avanti e si era buttato sulla loro nave che stava affondando?

Annuì una volta, poi sorrise, ma il suo volto tornò rapidamente a un'illeggibile espressione di impassibilità. "Ho capito", disse. "Lo capisco davvero. Perché mai dovrei voler venire qui? Cosa ci guadagno?".

Il gruppo ha annuito.

"Sentite", continuò. "Sono in giro da un po' di tempo e mi guadagno da vivere portando i turisti e alcuni survivalisti incalliti quel tanto che basta nella giungla per fargli vivere un'esperienza e per fargli guadagnare i loro soldi. Ma non sono una guida turistica. Non mi interessano i trekking nella giungla a metà".

Fece una pausa, sospirando. "Quando mia moglie mi ha lasciato, la mia vita si è praticamente fermata. Era l'unica persona che conoscevo in grado di tenere il passo, e un giorno... ha perso interesse. È andata a vivere in una città da qualche parte negli Stati Uniti. Ho iniziato a sminuire i miei programmi di formazione, ad accettare più clienti aziendali e a perdere tempo nel mio bunker. Ma poi tu..." guardò Paulinho. "Mi hai chiamato. Mi hai detto che avevi bisogno di aiuto e che qualcuno stava cercando il tuo amico. Chiamami pazzo, ma non avevo bisogno di conoscere i dettagli; volevo solo intervenire e *fare* qualcosa per una volta".

Ben rimase a guardare, immobile, mentre l'uomo raccontava la sua storia.

"Ma poi *ho* sentito i dettagli e il nerd che c'è in me si è risvegliato. Ero affascinato da ciò che pensate di scoprire qui fuori e mi sono detto: 'Diamine, moriranno là fuori. Tanto vale venire e offrire un po' di aiuto'".

"Questo è rassicurante", ha detto Paulinho.

Reggie gli lanciò un'occhiata. "È vero, amico, e lo sai. Lo sappiamo tutti. Cazzo, io lo so, e sono quello che è stato addestrato per *stare* qui fuori".

Ben ascoltò, cercando di trovare le falle nella logica dell'uomo. Non ci riusciva, ma questo non significava che Ben credesse all'intera storia. Non riusciva a capire perché qualcuno potesse essere interessato a tutto questo solo per la pura *eccitazione*. Ben stesso non era uno che si eccitava per molto, e quando lo faceva era di solito per qualcosa di semplice, come una pentola di chili perfettamente cotta o qualche altro cibo delizioso. "Volevi solo un'ultima avventura? Una missione suicida?".

"Sono un realista, Ben", ha detto. "Cerco di vedere il mondo per quello che è. È un gioco piuttosto lungo, ma c'è speranza. Noi sappiamo dove stiamo andando, loro no. È così semplice. Finché riusciremo a mantenere quella cosa che penzola appena fuori dalla loro portata, andremo bene. Non so come, quindi non ho un piano per mantenerlo, ma so che è così".

Guardò a turno il resto del gruppo e infine si fermò di nuovo su Ben. Ben sentì il peso dello sguardo dell'uomo e riuscì quasi a sentire i suoi pensieri bruciare nella sua stessa mente. *E ho scelto te come leader de facto se mi succede qualcosa, Ben.*

Ben lo considerò per un momento. Era vero che Reggie sembrava avere un'improbabile affinità con lui e si chiedeva cosa ci trovasse in lui. Forse era solo l'opzione migliore del resto del gruppo, l'unica persona che aveva trascorso una vera quantità di tempo in un ambiente naturale.

"Forza", disse Reggie, "usciamo dall'aperto e torniamo al sicuro tra gli alberi. Dobbiamo..."

Si fermò a metà frase.

Ben si sentì gelare il sangue mentre si girava per vedere cosa stesse fissando Reggie.

CAPITOLO 38

OLTRE IL LATO opposto dei resti fumanti dell'ospedale, Ben vide gli alberi muoversi. All'inizio pensò che fosse il fumo, finché altri alberi cominciarono a scuotersi e a vacillare leggermente. Un grande cespuglio frondoso, con fronde appuntite e spinose di un colore verde brillante, fu spinto di lato e un uomo entrò in vista e poi uscì sul pavimento aperto e coperto di muschio dell'atrio.

Era nudo, tranne che per una striscia di cuoio avvolta intorno alla vita e tra le gambe, e la sua pelle sembrava essere uguale a quella del cuoio. Era ruvida e dura, bronzea e priva di peli, ad eccezione di una folta chioma nera sulla testa e di folte sopracciglia. Era ricoperto di gioielli, tra cui braccialetti su ogni polso, cavigliere di perline e piercing in quasi ogni pezzo di cartilagine a sua disposizione. Il volto dell'indiano, rugoso e segnato dal sole, era dipinto di nero, con una striscia rossa che si estendeva da un orecchio all'altro e attraversava gli occhi.

Ben fissò il vecchio che strisciava lentamente verso di loro, ma non si concentrò sui dettagli dell'abito e dei gioielli del nativo. L'uomo impugnava una lunga lancia, che si estendeva in egual misura davanti e dietro di lui e che portava senza lasciarne cadere la punta. Puntava dritta verso il gruppo, incrollabile mentre avanzava nella presa del suo proprietario.

"Ben", sussurrò Julie. Si avvicinò di soppiatto a Ben e gli cinse il braccio. Lui annuì, riconoscendo in silenzio che stava vedendo la stessa cosa di lei, ma senza voler rispondere ad alta voce o distogliere la testa dall'estraneo che si avvicinava.

Reggie era in piedi a pochi metri davanti a loro e Ben lo vide abbassarsi per afferrare il machete che pendeva dalla sua cintura. Non era sicuro se fosse una buona o una pessima idea, ma non cercò di fermarlo. La mano di Reggie si posò intorno al manico del machete e Ben lo osservò sollevarlo lentamente, con il busto che ancora lo bloccava parzialmente dalla linea di vista dell'uomo in arrivo.

"Conterò fino a tre", disse Reggie, abbassando la voce ma parlando abbastanza forte perché il gruppo lo sentisse chiaramente. "Poi correremo. Non dividetevi, ma cercate di correre a pochi metri di distanza l'uno dall'altro".

Julie strinse la presa sulla mano di Ben.

"Non preoccuparti di guardare indietro", ha detto. "Lancerà quella cosa e colpirà il bersaglio. Se ti giri, farai meglio a credere di essere *il* suo bersaglio".

Ben deglutì.

Reggie contò. "Uno".

L'uomo avanzava strisciando, senza aumentare o diminuire la sua velocità. I suoi occhi sembravano bloccati su quelli di Ben. Il suo volto era illeggibile, indifferente al mondo esterno. Era concentrato su questo singolare momento nel tempo, solo su questo luogo.

Concentrati sulla caccia.

"Due".

L'uomo continuò, ora a soli sei metri di distanza. Sembravano pochi centimetri. Ben osservò gli occhi dell'uomo, cercando di vedere se avrebbe distolto lo sguardo dal gruppo, ma non lo fece. I suoi occhi non davano alcun segno di essere vivi, tanto meno di muoversi verso di loro.

"Tre!" Reggie urlò l'ultimo numero e Ben e Julie si misero a volteggiare contemporaneamente.

E Ben si trovò a fissare l'estremità di una lunga lama di lancia affilata.

Julie urlò, ma Ben quasi non riuscì a sentirla. Il suo corpo era in stato di massima allerta, gli allarmi risuonavano nella sua testa, attirando la sua attenzione sull'oggetto a tre centimetri dal suo viso.

Poteva vedere il lavoro grezzo, ma accurato, della lama. L'artigiano l'aveva ricavata da una roccia, levigando i lati e affilando la punta in modo perfetto. Il colore peltro opaco della pietra non rifletteva la luce, ma Ben poteva vedere la sottile striscia affilata che correva lungo il bordo estremo della lama.

Guardò Julie, rendendosi conto solo ora che c'erano punte di lancia uguali davanti a ciascuno degli altri membri del gruppo. Archie, Paulinho, Carlo e Amanda erano davanti a Ben, più vicini al limitare della foresta, e ognuno di loro era stato fermato poco prima della fuga da altri indigeni che maneggiavano la lancia.

Ben girò di nuovo la testa e guardò ancora una volta dietro di sé, sperando di avere almeno una possibilità di aggirare il primo indigeno. Ma a quell'uomo si erano aggiunti altri membri della tribù, alcuni maschi adolescenti più giovani e altri più anziani, dall'aspetto molto capace. Ognuno dei cacciatori indossava la stessa pittura facciale del proprio capo tribù, ma solo il primo uomo che avevano visto, il più anziano del gruppo, era decorato con gioielli.

Il vecchio interruppe lo sguardo fisso e abbaiò alcune parole nella loro direzione. Ben si guardò intorno, ma Reggie e gli altri sembravano altrettanto confusi.

L'uomo guardò Ben, poi ripeté la frase. Ben scrollò le spalle, non sapendo cos'altro fare.

"Noi... non siamo qui per farti del male", disse infine.

Nel profondo della sua mente, il suo critico interiore rise. *Non siamo qui per farti del male?*

L'uomo si avvicinò a Ben, che ora si trovava a pochi metri di distanza. La lancia si piegò all'indietro e Ben chiuse gli occhi.

Ha aspettato.

Gli sembrava che l'intero gruppo respirasse all'unisono. Poteva sentire i respiri che entravano e uscivano. *Sono io?* pensò.

Passò un attimo e riaprì gli occhi. Il vecchio lo stava fissando, appoggiato al manico della lancia, a pochi centimetri dal viso di Ben.

Il polso di Ben si accelerò. Temeva che il cuore gli uscisse dal petto, ma si costrinse a rimanere fermo.

Il vecchio emise un suono di scherno, poi si allontanò e si diresse verso Reggie. Ripeté il processo, alzandosi in punta di piedi per vedere negli occhi di Reggie. Un minuto dopo si mosse di nuovo, questa volta fermandosi davanti a Paulinho.

Quando fece lo stesso rumore dopo l'ispezione di Paulinho, si girò verso il gruppo di indiani che li circondava, poi parlò alla sua gente. I cacciatori si spinsero verso l'interno, avvicinandosi per ascoltare la piccola voce tremolante del loro capo. Il gruppo di Ben si girò lentamente, tutti a guardare e ad ascoltare l'uomo più anziano che parlava alla sua gente in una lingua che nessuno di loro capiva.

Ben osservò le reazioni degli uomini. Urlavano sporadicamente suoni monovocalici, alcuni battevano le mani e battevano i piedi. La voce del capo tribù aumentò di volume e di intensità, e le urla e i passi salirono simultaneamente.

Infine, quando il discorso dell'uomo sembrò terminato, il capo prese la mano di Paulinho e la tenne sollevata, urlando più forte che poteva un ultimo ordine. Ben guardò, inorridito, mentre i cacciatori di fronte a lui sollevavano tutti le lance all'altezza delle spalle e le riportavano indietro.

Ben incrociò lo sguardo di un giovane, di non più di dodici o tredici anni, e il ragazzo gli mostrò i denti. La sua lancia era più corta delle altre, ma anche da questa distanza si capiva che era altrettanto affilata.

Ed era puntata direttamente su di lui.

La mano di Julie era sudata, ma Ben la strinse, stringendola quasi al massimo.

Ci siamo, pensò. Voleva guardarla, dirle che sarebbe andato tutto bene, ma non riusciva a distogliere lo sguardo dal ragazzo che stava per ucciderlo.

Desiderava scusarsi con lei, dirle che gli dispiaceva per il modo in cui l'aveva trattata e che...

...e che la amava.

Invece, ha chiuso gli occhi.

Il vecchio urlò un'ultima volta e Ben riaprì gli occhi, incapace di distogliere lo sguardo mentre iniziava l'attacco.

Tutti i cacciatori lasciarono cadere a terra la lancia.

Era quasi in iperventilazione, incapace di controllare il respiro. Guardò il vecchio e si accigliò.

Il capo teneva ancora il braccio di Paulinho, ma ora lo stava fissando con attenzione. Avvicinò il polso di Paulinho al suo viso, studiandolo. Ben poteva vedere il piccolo disegno, delineato in nero, da qui.

Il tatuaggio.

L'uomo iniziò a canticchiare, incorporando lentamente delle vere e proprie parole nella melodia. Il resto dei cacciatori osservava in silenzio, anch'essi incerti su ciò che stava accadendo.

L'uomo spinse via la mano di Paulinho, che inciampò all'indietro, sorpreso dal rapido movimento dell'anziano cacciatore. Amanda e Carlo lo afferrarono per le spalle, sostenendolo.

Infine, il vecchio parlò. Un'unica parola carica di consonanti. Sul gruppo calò un silenzio ancora più profondo di prima. Gli indigeni sembrarono trattenere il fiato contemporaneamente, storditi da quella parola.

Ben vide il professore nel loro gruppo, sopra la spalla del vecchio. Gli occhi di Archie si allargarono.

"Conosco questa parola", sussurrò. "È una parola Yanomami".

Ben sollevò le sopracciglia mentre il nativo ripeteva la parola al suo gruppo di cacciatori.

"Maledizione".

CAPITOLO 39

JULIE NON ERA sicura di quando avesse iniziato a trattenere il respiro, ma inspirò una boccata di aria calda e umida della giungla. Lasciò la mano di Ben e si pulì il palmo umido sul lato dei pantaloni. I cacciatori indigeni fecero un passo indietro, apparentemente scioccati e, in qualche modo, terrorizzati. Alcuni puntarono il dito contro Paulinho e gli altri, ma tutti avevano un'aria confusa.

Il capo del gruppo di cacciatori si allontanò da Paulinho, come se stesse all'erta e si preparasse a un attacco. Paulinho, naturalmente, rimase immobile, con le narici che si aprivano e si chiudevano mentre cercava di calmarsi. Aveva gli occhi spalancati e l'enorme sorriso che aveva sfoggiato la prima volta che l'aveva incontrato era sparito da tempo.

Il gruppo di cacciatori si fece strada con cautela intorno a Julie e agli altri, fino a quando non furono raccolti in un gruppo condensato di indigeni. Fissarono direttamente Paulinho, ma nessuno di loro tentò di attaccare.

"Che cosa è appena successo?", chiese, con la voce tremante e ancora appena un sussurro.

"Credo che il tatuaggio di Paulinho ci abbia appena salvato il sedere", disse Reggie. Per una volta, notò Julie, Reggie sembrava essere spaventato quanto gli altri.

"Che cos'è quel tatuaggio?" Chiese Amanda.

"Non ne sono sicuro", disse Paulinho. "Era su una collana indossata da mio nonno da parte di madre, come ho detto prima. Mi è sembrato un disegno molto curato".

"Forse lo è", disse Archie. "Ma temo che sia anche molto di più".

Tutti si voltarono a guardare il professore.

"Hai *paura*?" Chiese Reggie. "Quella cosa ci ha appena impedito di diventare degli shish kabob nativi".

"Abbassa la voce", disse Amanda. "Sono ancora qui e non sembrano felici".

Ben vide che la donna aveva ragione. I cacciatori, preceduti dall'uomo anziano più basso, erano ancora raggruppati al centro della radura, appena dopo le fondamenta dell'edificio dell'ospedale. Il fumo si spandeva ancora nell'aria a causa dell'incendio precedente, ma non era certo la situazione che preoccupava Ben in quel momento.

"Che cosa dobbiamo fare? Qualcuno ha qualche idea?". Chiese Amanda.

"Vai", disse Carlo. L'uomo corpulento se ne stava in disparte rispetto al gruppo, chiaramente disturbato e pronto a lasciarsi alle spalle i cacciatori.

"Sì, sono d'accordo con lui", disse Reggie.

"Ci seguiranno?" Chiese Julie.

"Chi lo sa? Forse dovremo far stare Paulinho dietro, a mostrare il suo tatuaggio una o due volte se si avvicinano".

Julie non pensava che il piano fosse un granché, ma doveva ammettere che qualsiasi cosa era meglio che restare a vedere se i cacciatori sarebbero riusciti a superare la loro paura.

"Bene", disse rivolgendosi a Ben. "Non otterremo nulla da questo ospedale, ovviamente. E comunque Paulinho sta meglio. Prima torniamo in pista, prima...".

La sua voce fu interrotta dal *rumore* acuto di un colpo di pistola.

"Scendi!", sentì urlare Reggie.

Julie stava già cadendo, colpendo bruscamente il suolo e quasi perdendo il fiato. Alzò la testa e guardò verso il gruppo di tribù per trovare la fonte dello sparo.

Un altro sparo la fece sobbalzare.

Il capo dei cacciatori cadde in avanti, con gli occhi fiammeggianti nei suoi mentre le ginocchia toccavano terra. Vacillò per un attimo, sputando un po' di sangue dalla bocca.

Julie non sapeva bene cosa pensare, ma non ebbe il tempo di formulare un pensiero coerente. Il vecchio cadde a terra di faccia, i suoi gioielli tintinnarono sul duro pavimento della foresta. Un braccialetto si staccò dal polso e rotolò nella sua direzione.

Altri due colpi la colpirono sopra la testa e il resto dei guerrieri iniziò a urlare grida di battaglia e a rivolgere le punte delle loro lance verso la foresta oscurata. Nessuno di loro aveva idea da dove provenissero gli spari, ma stavano comunque in piedi, pronti a combattere.

Altri tre colpi d'arma da fuoco provenivano da tre direzioni diverse e solo allora si rese conto che erano circondati.

"Sono i mercenari!", urlò.

Rispose Ben, ancora al suo fianco. "Sono nella giungla, nascosti! Dobbiamo uscire dal centro dell'atrio".

Julie annuì, ma non si mosse. Non aveva intenzione di mettere a rischio la sua vita più di quanto non lo fosse già e di attirare l'attenzione su di sé. Sperava che Ben cambiasse idea e che potessero rimanere qui finché non fosse finita.

Ha ragione, pensò. *Devi muoverti.*

Sentì uno strattone al braccio e alzò lo sguardo per vedere Ben in piedi sopra di lei.

"Julie", gridò. "Vieni!"

Con riluttanza si allontanò dal suolo coperto di muschio della foresta e si mise a correre. Gli altri stavano facendo lo stesso, Reggie si stava avvicinando al limitare degli alberi con Archie e Amanda alle sue spalle. Carlo e Paulinho erano già scomparsi tra gli alberi e lei poteva vedere le piante muoversi e spostarsi davanti a lei, segnando la loro posizione mentre incespicavano tra di loro, lottando contro il fitto fascio di rami e foglie.

Vennero lanciate delle lance e due di esse atterrarono vicino a Julie mentre si precipitavano nella relativa protezione della giungla. Sperava che fossero dirette ai mercenari invece che al loro gruppo, ma non aveva intenzione di fermarsi per scoprirlo. Il cuore le batteva quasi fuori dal petto, i muscoli delle gambe e delle cosce facevano gli straordinari per portarla avanti e sfuggire all'attacco.

Le urla dei guerrieri, sia in preparazione di un attacco che in reazione a un attacco, quasi annegavano il volume della foresta pluviale, ma riusciva ancora a sentire il verso delle scimmie che, in alto, osservavano lo scambio tra i tre diversi gruppi di umani e gridavano il loro appello. Gli spari provenivano apparentemente da ogni direzione e Julie si chiese quanti mercenari si nascondessero nella foresta e, soprattutto, se stessero correndo direttamente verso di loro.

Poco prima che Reggie si mettesse al riparo della boscaglia, questa tremò di nuovo e Julie si aspettò di vedere Carlo o Paulinho spuntare da dietro di essa. Invece apparve un uomo, vestito come il resto del gruppo di indigeni.

Un altro uomo della tribù. Si è avvicinato alle nostre spalle.

L'uomo sollevò una mazza di legno e la fece roteare sul viso di Reggie.

Julie ansimò quando Reggie andò a fondo.

Non ebbe il tempo di guardare, sentendo Ben che le tirava la manica. Lui la tirò a sinistra, evitando la scena che aveva davanti. Mentre saltavano su un albero caduto che spuntava ai margini della radura e si addentravano nella giungla, Julie cercò di guardare alla sua destra per vedere se l'uomo che aveva colpito Reggie li avesse visti.

Ora c'era qualcun altro davanti a loro.

Rhett.

Ben si slanciò in avanti e Julie lo osservò mentre concentrava tutta la sua forza nell'attacco. Rhett sembrò a malapena accorgersi delle due persone che correvano verso di lui prima che Ben lo colpisse. I due caddero, rotolando sul pavimento della giungla. Si fermarono con la schiena di Rhett contro una grossa roccia e le ginocchia di Ben che spingevano sul suo petto.

"Ben", urlò Julie. "Cosa hai intenzione di..."

Ben iniziò a prendere a pugni l'uomo più giovane. Non l'aveva mai visto reagire con tanta violenza, ma rimase a guardare. Alternando le mani, ogni colpo arrivava da qualche parte sul viso di Rhett. Julie poteva sentire i grugniti e il respiro pesante di Ben, oltre ai piccoli gemiti del ragazzo sotto di lui.

"Te la farò pagare per tutto quello che hai fatto", disse Ben tra un respiro e l'altro. Non si concesse più di un momento di riposo, riprendendo rapidamente l'assalto alla testa del giovane.

Rhett, che cercava di respirare attraverso una bocca piena di sangue, non riusciva a rispondere.

CAPITOLO 40

"CI HAI INGANNATO", disse Ben. "Ci hai fatto credere che eri...". Ben si fermò, incapace di continuare senza prendere fiato. Voleva uccidere il ragazzo, piantargli una pallottola in testa e porre fine alla sua vita. Era più difficile astenersi da quell'azione che portarla a termine, ma Ben era disarmato.

Voleva anche delle risposte.

Ignorando i rumori della battaglia tra gli indigeni e i mercenari, tirò Rhett in piedi e verso di lui e parlò di nuovo, con la voce che gli tremava dietro la mascella serrata. "Perché? Cosa ci guadagni?".

Il labbro rovesciato e le narici dilatate di Rhett dissero a Ben che non avrebbe ottenuto facilmente una risposta.

"Parlerai, piccolo sacco di...".

"La risposta la conosci già". La voce di Rhett era sforzata, gorgogliante per la bocca piena di sangue e saliva. Sputò di lato, trasalendo.

Ben scosse la testa di lato. "Cosa? Di che cosa stai parlando?".

"Te l'ho appena detto", disse Rhett. "Vuoi sapere chi ti sta cercando, vero?".

Ben teneva ancora il collare di Rhett, ma allentò leggermente la presa.

"Ti ho riconosciuto alla baita. Mi hanno detto di aspettarti lì, per essere sicuro che fossi tu".

Torniamo alla baita. Ci stava aspettando. Per me. Ben voleva ricominciare a colpirlo, più forte, finché non fosse stato troppo esausto per muoversi, ma aveva anche bisogno di sentire cosa aveva da dire il ragazzo. "Come hai fatto a riconoscermi? Perché mi conosci?".

"La Compagnia", disse Rhett. Sputò di nuovo, questa volta facendo uscire la miscela solo parzialmente dalla bocca. "Hanno mandato la foto di te e Julie. È lei che vogliono eliminare, dopo aver preso la dottoressa". Fece una pausa. "Non hanno bisogno degli altri, ma visto che sono con te...".

Ben non sapeva cosa dire. Non c'era alcuna possibilità che Rhett mentisse, ma Ben ancora non capiva chi fosse. Aveva molte domande per il ragazzo, ma sapeva che non avrebbe avuto la possibilità di fargliele.

"Hai rovinato tutto per loro a Yellowstone. Era uno spettacolo secondario, quindi non aveva molta importanza. Ma non vedono di buon occhio chi cerca di far deragliare i loro piani".

"Sì?" Disse Ben. "E quali sono questi piani?".

Rhett si sforzò di ridere, ma la risata uscì come un colpo di tosse sforzato. "Giusto. Se pensi che te lo direi anche se lo sapessi...".

"Cosa ci guadagna, allora?".

"E *tu* cosa ci guadagni?". Rhett ribatté con uno sputo.

Ben gettò la testa di Rhett all'indietro, facendola sbattere contro la roccia su cui era ancora in bilico, e il rapido colpo stordì il giovane. Sbatté le palpebre un paio di volte, sputò di nuovo e tornò a guardare Ben.

"Non vincerai", ha detto. "Hai resistenza, te lo concedo. Ma non vincerai".

Ben tentò una nuova tattica. "Cosa stiamo cercando di vincere?"

"Di nuovo, se lo sapessi, non te lo direi. Devi saperlo, vero?".

Ben si guardò intorno in cerca di una leva, trovandola in una pietra grande come un pugno. La strappò da terra e la portò dove Rhett giaceva, sanguinante, sul pavimento ricoperto di muschio. Sollevandola sopra la testa, mirò al ponte del naso di Rhett.

"Vuoi spaccarmi la testa con un sasso?". Chiese Rhett.

"Hai un'idea migliore?" Disse Ben. "Dammi un motivo per non farlo".

Di nuovo Rhett sogghigna verso Ben.

"È quello che ho pensato. Non ho intenzione di farlo soffrire molto - non mi piacciono queste stronzate. Ma sarà una cosa definitiva. Hai qualcosa da dirmi prima...".

Ben sentì che qualcuno gli tirava il polso e si girò di scatto, alzando la mano libera per proteggersi.

"Ben, Ben!" Disse Archie. "Fermati, sono io".

Ben si rilassò leggermente, ma scosse il polso dalla presa di Archie.

"Mi dispiace", disse Archie. "Non volevo spaventarti". Fece cenno a Rhett dietro Ben. "Abbiamo bisogno di lui. Vivo".

Ben sollevò un sopracciglio. "Per cosa?"

Archie spostò lo sguardo a sinistra e poi a destra. Paulinho era improvvisamente in vista, in piedi dietro un altro albero. Teneva in braccio Reggie, che si stava riprendendo solo ora, lottando contro il peso del soldato e la sua stessa ferita. Carlo era dietro Archie, in qualche modo mimetizzato nelle ombre della giungla. Ben si rese conto di essere stato completamente ignaro di ciò che lo circondava negli ultimi minuti. I combattimenti e gli spari erano cessati, sostituiti ancora una volta dai suoni della giungla.

Quando si guardò intorno e vide il suo gruppo a brandelli e malconcio, il panico si fece strada.

"Dove sono le ragazze?"

CAPITOLO 41

REGGIE APRÌ gli occhi e tutto il dolore tornò a farsi sentire.

In tutti i suoi anni, Reggie non si era mai sentito così fuori dal suo elemento. Aveva accompagnato centinaia di sopravvissuti, esploratori dilettanti e dirigenti d'azienda in spedizioni nella natura selvaggia e aveva riportato a casa ognuno di loro, sano e salvo. Prima che la sua vita diventasse un flusso ininterrotto di avventurieri hipster, aveva fatto carriera nell'esercito, facendosi un nome come cecchino. Durante le missioni, era circondato e supportato da un gruppo di soldati ben addestrati, come lui, e nella maggior parte delle missioni non aveva nulla da temere se non di non riuscire a tornare alla base in tempo per un pasto caldo.

Ma qui, in questo particolare momento, le cose erano diverse. Reggie era a capo di un gruppo di persone che stavano cercando di trovare qualcosa che forse non esisteva nemmeno. Li aveva convinti a farlo e per questo si sentiva in parte responsabile. Ma era stata una loro scelta quella di venire qui, di unirsi a questa missione e di affrontarla.

Erano inseguiti da un gruppo di assassini addestrati che volevano portare Amanda Meron con loro e sterminare il resto del suo gruppo, e ora erano attaccati anche da un gruppo di guerrieri tribali.

Reggie si strofinò la testa per cercare di schiarirsi ancora una volta le idee. Era in piedi, ma non sui suoi piedi, almeno al momento non li sentiva. Sbatté le palpebre un altro paio di volte e il ricordo di ciò che era successo tornò a galla.

Era caduto a terra dopo essere stato colpito da una mazza, sferrata da un indigeno che si era nascosto dietro un cespuglio. Aveva comunque rischiato di inciampare in una fitta rete di viti secche e non si era concentrato sulla posizione dell'uomo quando era caduto nell'imboscata.

Si strofinò il punto in cui era caduta la mazza dell'uomo, appena sopra la tempia sul lato sinistro della testa. *Avrebbe potuto essere molto peggio*. Non sentendo sangue, valutò rapidamente l'area intorno al livido e diagnosticò che si era trattato di un incidente ravvicinato.

Dopo l'incontro iniziale, Reggie aveva pensato che fossero usciti sani e salvi, spaventando in qualche modo il gruppo con lo strano tatuaggio di Paulinho. Ma poi le armi hanno iniziato a sparare e la rissa è iniziata. Aveva visto il capo del gruppo, un uomo più giovane, vicino all'età di Ben, con occhi scuri e profondi, che lo fissava dal riparo di un albero dall'altra parte della radura e si erano guardati negli occhi per un momento. Quegli occhi gli erano familiari: gli occhi di qualcuno addestrato a uccidere. Erano fissi e immobili, ma non erano semplicemente *malvagi*. Avevano un'oscurità sinistra, ma erano incorniciati da un'espressione leggermente accigliata, che Reggie riconobbe immediatamente come l'espressione di un uomo che stava calcolando le probabilità, scegliendo una linea d'azione e cercando di raggiungere il suo obiettivo con la minima perdita per la sua squadra.

Reggie vide l'uomo solo per un attimo, ma fu sufficiente. Aveva anche alzato la pistola e preso la mira, ma non aveva avuto un colpo abbastanza chiaro. Non voleva colpire nessuno degli indigeni, perché non era sicuro che fossero osservati da altri che potevano spiare nelle vicinanze. Anche se ci fosse stata un'altra tribù, in conflitto con quella in cui si erano imbattuti, le tribù avrebbero probabilmente comunicato ciò che avevano trovato qui.

E nella giungla le voci viaggiavano sorprendentemente veloci. Gli indigeni, agli occhi di un osservatore esterno, erano generalmente considerati piuttosto primitivi, ma Reggie sapeva che esisteva un sottile equilibrio di potere tra la giungla stessa e i suoi abitanti, e molte delle tribù più antiche sparse per l'immensa area terrestre erano finemente sintonizzate sui suoi sussurri. Le società che esistevano da migliaia di anni potevano non essere cambiate molto dal punto di vista tecnologico, ma non era saggio pensare che fossero primitive anche per quanto riguardava la comunicazione.

Reggie aveva letto di una tribù che inviava due corridori ogni volta che doveva consegnare messaggi ai suoi elettori, nel caso in cui uno o l'altro fosse rimasto bloccato. Facevano percorsi opposti, arrivando a destinazione generalmente alla stessa ora, poi consegnavano le notizie e tornavano indietro.

Se il suo gruppo aveva in qualche modo messo a disagio la tribù indigena che stava per ucciderli, voleva mantenere questa impressione il più a lungo possibile, per evitare che altre tribù o bande di cacciatori vaganti interferissero con i loro piani. Non voleva iniziare una guerra con le popolazioni indigene dell'Amazzonia, così come non voleva combattere i mercenari.

Così scelse l'altra opzione: correre. Si era girato e aveva corso dritto contro la mazza di un guerriero nativo, perdendo i sensi. Probabilmente spaventato dall'uomo, il nativo non era rimasto nei paraggi abbastanza a lungo da ucciderlo, e di questo era grato.

Spinse giù con i piedi, felice di scoprire che funzionavano bene e che ora poteva stare in piedi da solo. Accarezzò la spalla di Paulinho, che senza dubbio sentiva ancora un po' di dolore, e guardò Ben e Archie.

"Che cosa è successo?" Vide il volto insanguinato del ragazzo, Rhett, e quasi non lo riconobbe.

"L'abbiamo trovato nel bosco", ha detto Ben.

"Beh, è ovvio che lo avete interrogato", disse Reggie. "Spero che tu abbia scoperto qualcosa". Si avvicinò a Ben. "Cristo, Ben, sembra che anche tu abbia avuto giorni migliori".

La mascella di Ben si strinse e si socchiuse, e Reggie non ebbe bisogno di guardare in basso per vedere che i pugni di Ben stavano facendo lo stesso movimento. Archie guardava a terra.

"Cosa succede?"

"Le ragazze", disse Ben. "Le hanno prese".

CAPITOLO 42

"POSSIAMO ANDARE AVANTI SENZA DI LORO?" Chiese Archie.

Ben sentì un altro lampo di rabbia, ma si trattenne.

"Mi dispiace", disse Archie, notando il fuoco negli occhi di Ben. "Non volevo dire questo, ho solo pensato che con meno persone avremmo potuto arrivare al capolinea, e poi...".

"Non andremo avanti senza di loro", ha detto Ben.

"Sono d'accordo", ha aggiunto Paulinho.

Archie guardò da Ben e Paulinho a Reggie. Reggie era appoggiato al ramo sottile di un albero che spuntava dal terreno, apparentemente non attaccato ad alcun tipo di tronco. Si era attorcigliato un paio di volte, come un serpente, poi era ricaduto a terra a una ventina di metri di distanza, dove era finito in una massa di foglie e rampicanti. Gli altri membri del gruppo si stavano passando una bottiglia d'acqua, ognuno ne beveva un sorso veloce prima di passarla.

"Hanno ragione", disse Reggie. "Non ha senso arrivare prima di loro se hanno ancora Amanda e Julie. È questo l'obiettivo ora: riportarle indietro".

Ben annuì a Reggie.

"Ma", ha proseguito Reggie, "sanno che li cercheremo e sanno che più stiamo qui fuori a girare in tondo, più possibilità abbiamo di morire per cause naturali".

"Cosa stai dicendo?" Ben non era sicuro di dove Reggie volesse arrivare con questo ragionamento.

"Sto dicendo che, anche se la nostra priorità assoluta è *ovviamente* quella di prendere le ragazze, potrebbe comunque essere nel nostro interesse trovare qualsiasi cosa stiamo cercando".

"Come fai a dirlo?" Chiese Archie.

Ben guardò Reggie per spiegarglielo. Reggie annuì, prese un respiro e un sorso d'acqua e si mise al centro del gruppo di uomini. "Calma", disse. "Hanno Amanda e Julie, ora devono solo trovare il premio finale che cercano e poi ucciderci. Seguiranno la stessa linea che abbiamo percorso noi, perché ormai hanno capito la direzione generale seguendoci. Amanda e Julie non vorranno aiutarli, ma alla fine lo faranno se saranno costrette".

Ben strinse i pugni. "Ed è proprio per questo che dobbiamo trovarli *prima che vengano* "costretti"".

Reggie scosse la testa. "No. Se riusciamo ad arrivare per primi al capolinea, possiamo ottenere una merce di scambio".

"Qualcosa che loro vogliono per qualcosa che noi vogliamo", disse Archie.

"Giusto. E Ben, non sei qui per esplorare e scavare alla ricerca di manufatti. Vuoi trovare la società che sta dietro a tutto questo".

Ben annuì, lentamente. *Ha ragione, ma lo odio.* Voleva *agire*, non continuare ad andare avanti e sperare di incontrare l'altro gruppo alla fine. *Ma è la cosa più sensata.*

"Ben", disse Reggie. Ben alzò lo sguardo e vide che Reggie e gli altri lo stavano fissando. Reggie aveva l'inizio di un sorrisetto sul viso, ma dietro c'era una dolcezza nei suoi occhi. "Li troveremo, Ben, ma dobbiamo andare avanti".

Ben respirò profondamente l'aria calda e umida della giungla.

Poteva sentire il sapore della foresta pluviale e stava rapidamente iniziando a odiarla. "Lo so."

"Ottimo accordo", disse Reggie. Si voltò verso gli altri. "Dobbiamo muoverci rapidamente. Amanda era l'unica di noi di cui avevano bisogno, perché è quella che ha le informazioni per collegare i puntini tra ciò che sa e ciò che tutti noi stavamo cercando. Avranno le nostre stesse informazioni, per la maggior parte, quindi è solo questione di tempo prima che mettano insieme i pezzi da soli. La nostra migliore possibilità è quella di arrivare per primi, per poi trovare il prossimo pezzo del puzzle".

Reggie sorrise, tornando a sfoggiare il suo caratteristico sorriso, si avvicinò a Rhett e lo tirò in piedi. Prese uno degli zaini, estrasse un tratto di corda e iniziò a legare le mani del ragazzo dietro la schiena. "Spero che tu sia pronto per una passeggiata, ragazzo".

Ben non era in grado di eguagliare esteriormente l'atteggiamento apparentemente disinvolto dell'uomo, ma ora capiva che quell'espressione non era un riflesso di ciò che si agitava all'interno, ma una contraddizione. Era un'apparenza forzata, per mettere a proprio agio la sua squadra e per garantire che rimanesse freddo e raccolto di fronte alle crescenti probabilità contro di loro.

Ben aveva imparato ad apprezzare, rispettare e persino ammirare quell'uomo. Reggie era come nessun altro che avesse mai incontrato, con la possibile eccezione di suo padre. Il padre di Ben era sempre stato bonario, cordiale, eppure sempre pronto all'azione, teso per l'attesa. Era l'uomo più forte che Ben avesse mai conosciuto e il ricordo improvviso di lui provocò una sensazione che Ben non provava da tempo.

PARTE TRE

"...E, come la sua forza
Lo ha deluso a lungo,
Ha incontrato un'ombra pellegrina.
Ombra", disse,
Dove può essere...
Questa terra di Eldorado?"...".
Edgar Allen Poe

CAPITOLO 43

LE CORDE che legavano i polsi di Julie cominciavano a tagliarla. Aveva lottato contro di esse per un'ora mentre camminavano, ma le spesse corde da arrampicata non si erano mosse. Amanda camminava al suo fianco, anche lei con le mani legate. Sembrava spettinata, con la coda di cavallo sciolta da tempo e le corte ciocche bionde impregnate di sudore che le si appiccicavano sulla fronte e intorno alle orecchie. Stava singhiozzando dolcemente, solo il suo lieve annusare la rivelava.

Julie voleva avvicinarsi e metterle un braccio intorno alle spalle, ma sapeva che non sarebbe stata in grado di darle alcuna consolazione. Si sentiva male quanto Amanda e solo per il terrore riusciva a trattenersi dal piangere anche lei.

I mercenari avevano preso Amanda per prima, nella radura durante il combattimento. Julie aveva seguito Ben nella giungla e aveva aspettato, scioccata, che Ben sfogasse la sua rabbia su Rhett. Il ragazzo era stato un subdolo traditore, ma Julie era ancora sorpresa dalla reazione di Ben. Aveva intenzione di fermarlo, di avvicinarsi e di afferrare la sua mano tesa prima che potesse colpire di nuovo, ma il mercenario l'aveva afferrata e le aveva tappato la bocca con la sua mano grande e sudata.

Non poteva urlare. Non riuscì nemmeno a mordere l'uomo. Lui aveva fatto passare l'altro braccio dietro i gomiti di lei, bloccandola di fatto davanti a sé, mentre faceva silenziosamente un passo indietro e si addentrava nella parte più fitta della giungla. In pochi secondi erano completamente nascosti alla vista.

Julie ricordava bene quella sensazione: era un'emozione di disperazione assoluta, che non aveva mai provato così forte in vita sua. Guardò Ben che scompariva, continuando a picchiare Rhett. Riusciva a malapena a respirare, sia per la mano dell'uomo che le bloccava la bocca e il naso, sia per la sua stessa iperventilazione.

Quando il mercenario si sentì soddisfatto della loro distanza da Ben, la sollevò completamente da terra, la fece roteare, poi la mise a terra e la spinse attraverso la boscaglia rimanente fino all'atrio aperto. Le rovine del piccolo complesso ospedaliero fumavano ancora alla sua sinistra, ma non si fermarono lì. L'uomo dietro di lei la spinse fino in fondo alla radura, sollevandola ancora una volta da terra mentre si affrettava verso il lato opposto dell'atrio. Quando raggiunsero gli alberi, la spinse per altri dieci passi, fino a raggiungere una radura più piccola.

Si trovò in mezzo a un gruppo di uomini, tutti vestiti con camicie e pantaloni neri simili e che brandivano fucili d'assalto.

Le legarono i polsi, senza dirle nulla, e le bloccarono la bocca con una bandana spessa e umida. Lei si imbavagliò, cercando di respirare attraverso il pezzo di stoffa, ma si arrese e decisero di forzarla a respirare attraverso il naso. Dopo che ebbero finito con lei, un'altra corda fu arrotolata intorno ai suoi polsi legati e legata a un moschettone che l'uomo che l'aveva presa aveva agganciato alla sua cintura.

Sono al guinzaglio, pensò.

Solo allora vide Amanda, che la fissava con occhi enormi e terrorizzati, anch'essa legata e imbavagliata. Era legata a un altro soldato e, senza dire una parola a nessuno dei due, i soldati iniziarono a camminare.

Camminavano da più di un'ora, con la luce del mattino che filtrava tra le chiome della giungla, quando finalmente si fermarono.

Julie era esausta, ma non si sedette. L'uomo alla testa della fila di soldati si voltò e parlò ai due uomini direttamente dietro di loro, che si staccarono di scatto e corsero avanti. Il resto degli uomini si sparpagliò intorno alle ragazze, formando un muro di mercenari intorno a Julie e Amanda. Julie contò dieci uomini, senza contare il capo e i due che erano scappati.

Tredici in tutto, pensò. *Sono* molto *più numerosi del nostro gruppo.*

A un certo punto Julie aveva accettato la realtà che Ben avrebbe cercato, in qualche modo, di venire a salvarla.

Sapeva che lui la amava e che avrebbe fatto quasi tutto per lei, ma sapeva anche che non avrebbe lasciato che quegli uomini se ne andassero senza rispondere dei loro crimini. Ben non si sarebbe fermato davanti a nulla per riaverla, ma lo avrebbe fatto anche solo per principio.

Era il motivo per cui lo amava, ed era il motivo per cui pensava che un giorno lo avrebbe ucciso.

A Yellowstone, solo pochi mesi prima, Ben aveva dimostrato un'incredibile determinazione che l'aveva lasciata sbalordita e senza parole. Dopo la fine, non sapeva se avrebbe dovuto lodare il suo coraggio o rimproverare la sua stupidità. Lui aveva fatto spallucce e non ne avevano più parlato. Giornalisti e giornaliste persero interesse quando capirono che non avrebbero trovato in Ben la prossima star dei reality.

L'uomo in testa alla fila, il loro capo, venne e si mise di fronte ad Amanda.

"È un piacere conoscerla finalmente", disse. La sua voce era calma, bassa e non conteneva alcuna emozione esteriore. Julie ascoltò, cercando di memorizzare ogni aspetto del suo discorso. Le sembrava stranamente familiare, anche se sapeva di non averlo mai incontrato prima.

Amanda tremava visibilmente e i suoi occhi stavano di nuovo lacrimando.

"Va tutto bene, dottor Meron", disse l'uomo. Sorrise, i suoi lineamenti netti si addolcirono. Julie quasi gli credette.

Si avvicinò delicatamente dietro la testa di Amanda e le tolse il bavaglio dalla bocca. "Se senti il bisogno di urlare, va bene. Siamo abbastanza lontani che il tuo gruppo non potrà sentirti".

Aspettò, come se la mettesse alla prova. Amanda si scosse, poi abbassò la testa. Non rispose.

"È perfetto. Questo atteggiamento la terrà in vita, dottor Meron".

L'uomo gettò a terra la bandana, poi si avvicinò a Julie. Lei strinse la mascella, ingoiando la paura che le era salita in gola, ma fissò direttamente gli occhi dell'uomo. Era giovane, forse della sua stessa età, e sembrava completamente a suo agio nella giungla. I suoi capelli sembravano fluttuare, pettinati e appoggiati perfettamente sulla testa, ed era ben rasato.

L'aspetto non corrispondeva a quello dei soldati. Quello che l'aveva strappata da dietro le spalle di Ben era barbuto, coperto di sporcizia e macchie di sudore e aveva uno sguardo selvaggio. Gli altri uomini avevano caratteristiche comuni, ma poteva vedere che c'era un asiatico, tre uomini di colore e altri che non riusciva a collocare esattamente. L'uomo di fronte a lei la studiò.

"Tu e il tuo ragazzo avete causato un sacco di problemi alla mia squadra", disse l'uomo. Julie continuò a respirare dal naso, aspettando che l'uomo le togliesse il bavaglio. "Mi chiamo Joshua Jefferson. Sono qui su ordine di mio padre e della sua compagnia per recuperare il dottor Meron, acquisire qualsiasi cosa stiate cercando e neutralizzare qualsiasi *variabile estranea*"."

Aspettò, come se aspettasse una sua risposta, ma lei era ancora imbavagliata. Alla fine, dopo quasi un minuto di osservazione, le raggiunse la testa e le sciolse la bandana. Julie la sputò e tornò a guardarlo. La mano di lui indugiava appena sopra il collo e lei cercò di allontanarsi.

Invece, la tirò più vicino a sé. Lei poteva sentire il suo respiro, in qualche modo più fresco dell'aria della foresta pluviale circostante. "Juliette", disse lui, quasi sussurrando, "questo significa che dovrò uccidere i tuoi amici. Lo sai, quindi non ha senso girare intorno all'argomento".

Sentì la sua stretta, la sua mano che la stringeva appena sotto le orecchie. Voleva urlare, ma l'aria non le usciva dai polmoni.

"Sono un uomo molto ragionevole", ha continuato. "Ma sono *scrupoloso*. Ho un impegno nei confronti dei miei uomini, che stanno diventando sempre più irrequieti. Possiamo accelerare parecchio questo piccolo progetto se lei e il dottor Meron collaborate".

Voleva rispondere, urlare e sputargli in faccia, ma si sentiva debole. Lui la ipnotizzava, togliendole in qualche modo la possibilità di muoversi o reagire.

"Juliette, dove si trova la città?".

Respirò, inspirando una boccata d'aria.

"La città di El Dorado. Dove si trova?"

Lui strinse la presa sul suo collo. "Io... non lo so", disse lei. "Sinceramente. Noi..."

"Sappiamo che non lo sapete *esattamente*", ha detto. "Questo è abbondantemente chiaro. Mi lasci chiarire: qual è la sua destinazione? Il punto finale che state cercando di raggiungere?".

Julie rimase in silenzio.

"Juliette", disse. "Capisci cosa sta per accadere se non rispondi alla mia domanda, vero?".

Aspettò che lei rispondesse. Lei annuì.

"Bene. Il dottor Meron sembra molto interessato a lavorare con me e con la mia squadra". Rivolse uno sguardo ad Amanda e Julie poté notare che la testa di Amanda era ancora china, immobile.

"Faccia un favore a se stessa e decida di contribuire a questa missione. Sappiamo entrambi che abbiamo bisogno della dottoressa Meron, quindi per ora è al sicuro".

Julie non poté fare a meno di considerare ciò che aveva detto. *Perché sono ancora viva?* Si chiese. Per *cosa mi userà?* Avrebbe bisogno di Amanda per spiegare quello che troveranno in città, se lo troveranno. Ma lei? A cosa potrebbe servire Julie?

"Juliette", disse l'uomo. Lei si accorse che stava guardando in lontananza e lo sguardo le tornò verso Joshua. "Ho un'altra domanda da farti; forse prima puoi rispondere a questa".

Aspettò, sentendo le dita dell'uomo giocare con i capelli della sua nuca. La cosa la fece rabbrividire.

"Il tuo ragazzo, Harvey? Cosa *sta* cercando?"

Julie aggrottò le sopracciglia, poi vide Amanda girare la testa e fissarle entrambe.

Joshua Jefferson rise. "Non penserete che io creda che sia qui fuori, nel mezzo della foresta pluviale, a cercare un'antica città d'oro, vero?".

Julie mosse gli occhi avanti e indietro, non sapendo dove lui volesse arrivare con questa linea di interrogazione. Esitò, aspettando che lui parlasse di nuovo.

"È una domanda semplice, Juliette", disse. "Che cosa sta cercando?".

Julie cercò di trovare una via d'uscita, un modo per schivare la domanda. Ma si sentiva legata, come i polsi. Legata a quest'uomo nel centro della giungla, costretta a dargli ciò che voleva.

Improvvisamente capì la risposta all'indovinello precedente. *Perché sono ancora viva? Perché la squadra di mercenari non mi ha ucciso nell'atrio?* Mentre annaspava nella sua mente per trovare una buona risposta all'ultima domanda dell'uomo, la risposta alle domande precedenti uscì da qualche spazio subconscio nel profondo di lei.

Vuole Ben. Sono la *sua merce di scambio.*

Capì subito che quell'uomo non l'avrebbe uccisa. Almeno non prima di avere Ben.

"Drache Global", disse, con la voce che vacillava leggermente. Le parole le uscirono prima ancora di rendersi conto che stava per dirglielo. Ma il momento di lucidità le fornì un'altra risposta: quell'uomo sapeva già cosa Ben stava cercando nella giungla e sapeva che non si trattava di una città perduta. Ben non era interessato a miti e misteri antichi più di quanto lo fossero questi uomini. Tutti loro volevano qualcos'altro, qualcosa di più. La squadra di Joshua stava cercando di assicurarsi qualsiasi cosa la ricerca di Amanda stesse indicando loro; il fatto che potesse esistere all'interno di un'antica città perduta da tempo era solo un bonus.

A Ben non importava cosa ci fosse in quella città, né dove fosse situata, né cosa avrebbero potuto trovare una volta arrivati. Era interessato solo perché Julie era interessata, ma la città era un semplice punto di sosta lungo il suo viaggio più ampio: voleva trovare la compagnia.

Joshua sorrise. "È da un po' di tempo che non lo sento chiamare così", disse.

Julie si acciglò.

"Sì, questo è uno dei suoi nomi", disse Joshua. "La Drache Global è un'azienda farmaceutica e opera come ramo principale di ricerca e sviluppo per il resto dell'organizzazione".

"Dragonstone? O Drage Medisinsk?"

Joshua fece un passo indietro. Alzò lo sguardo su Julie e lei poté vedere che la stava studiando. Analizzarla. "Anche in questo caso, si tratta di rami del tronco principale dell'organizzazione. Ma vedo che hai fatto le tue ricerche. Come hai saputo quei nomi?".

Julie sapeva che non doveva sottovalutare quell'uomo, ma voleva farlo parlare il più a lungo possibile, per guadagnare tempo. "Ben li ha sentiti, qualche mese fa, quando la vostra organizzazione ha cercato di avvelenare l'intero Paese".

Joshua inarcò un po' la testa di lato, ma Julie non riuscì a capire se stesse aggrottando le sopracciglia o se la stesse ancora studiando. All'inizio non reagì e lei si chiese se l'avesse sentita.

"Perché l'hanno fatto, Giosuè? Perché fare tutto quel casino? Per dare una lezione a tutti noi?".

Alla fine Joshua scosse la testa. "Li avevo sconsigliati di agire in quel modo", disse. "Ma loro continuavano a dire che non si trattava del virus e delle bombe. Tutti sono sempre così concentrati su ciò che hanno davanti che non riescono a vedere ciò che c'è dietro di loro. O cosa c'è accanto a loro".

"Di cosa stai parlando?"

"Sto parlando di depistaggio, Juliette. Quando una mano tiene in mano qualcosa che sta catturando l'attenzione dell'intera nazione, l'altra mano sta facendo qualcosa alle sue spalle".

"Ho già sentito questa scusa", disse Julie. "Anche se avesse senso, non è la verità. Qual è la verità?".

Qualcosa nel modo in cui Julie pronunciò quelle parole fece scattare Joshua. Si precipitò in avanti, con il viso di nuovo a pochi centimetri da quello di lei. Le sembrò di vedere la leggera dissolvenza del rosso che scompariva appena sotto la sua pelle. La rabbia che aveva provato in quel momento era sparita un secondo dopo.

"La verità è esattamente ciò che sto cercando di capire", ha detto Joshua. "Anche loro mi hanno nascosto delle cose. Il mio stesso padre mi ha nascosto delle cose. È così che operano, come hanno sempre fatto affari. Paghi quello che ti serve alle persone che ti servono, ma dai loro solo le informazioni necessarie per portare a termine il lavoro. Ho visto tanti miei uomini scartati e messi da parte dalla Compagnia".

Lui distolse lo sguardo e Julie fu improvvisamente colpita dalla consapevolezza di aver condiviso più di quanto avesse voluto. Le emozioni dovevano aver preso il sopravvento su di lui, e aveva riversato più informazioni di quante ne avesse volute. Si schiarì la gola, poi sembrò sciogliersi visibilmente, scuotendo i muscoli e la postura tesa e sostituendoli con qualcosa che sembrava un bodybuilder nervoso che cercava di apparire rilassato.

Julie si guardò intorno e osservò il resto degli uomini in piedi vicino agli alberi, che circondavano lei e Amanda. Stavano dritti, ognuno di loro in piena sintonia con la foresta e i suoi rumori, in attesa di qualsiasi segno di attacco imminente, da parte di uomini o bestie. Erano tutti vestiti allo stesso modo di Joshua, ma lui era il più giovane del gruppo e l'unico che le aveva parlato finora. Non capiva la loro gerarchia, né come Joshua avesse assunto il comando di questo contingente, ma non importava. Era con lui che doveva parlare, era lui che doveva convincere.

"Joshua, cosa vuoi da me e da Amanda?".

Ci pensò un attimo, poi rispose. "Sai già cosa voglio da te. È quello che la Compagnia vuole che io faccia con te. Trovare quello che stavi cercando, assicurarti la collaborazione del dottor Meron ed eliminare ogni possibilità che qualcuno possa parlare".

Julie tirò fuori tutto il coraggio che le era rimasto e fissò l'uomo che le stava di fronte. "Allora cosa stai aspettando?"

La voce di Joshua si abbassò a un sussurro e lei dovette sforzarsi per sentire. "Avevo bisogno di saperlo di persona, ma credo che quello che sospettavo sia vero". Fece una pausa, guardandosi intorno per assicurarsi che i suoi uomini fossero ancora ai loro posti, senza concentrarsi sulla sua conversazione. Stava parlando a voce così bassa che nessuno di loro, né Amanda, poteva sentire. "Juliette, Ben e io stiamo cercando la stessa cosa".

CAPITOLO 44

"TE LO CHIEDO UN'ALTRA VOLTA", disse Reggie. "Cosa ci fai qui fuori? Perché non ci hai ucciso tutti quando ne avevi la possibilità?".

Reggie camminava dietro a Rhett, spingendolo quando il ragazzo rimaneva indietro o deviava dal percorso. Il ragazzo non aveva detto una parola da quando Reggie era tornato, ma Reggie sapeva di poterlo superare. Le mani di Rhett erano legate dietro la schiena, la corda si stringeva poi intorno alla vita per formare una sorta di cintura che bloccava ulteriormente le mani. Ben camminava davanti con Archie e Paulinho, e il piccolo barcaiolo brasiliano, Carlo, seguiva direttamente dietro Reggie. Viaggiavano nella direzione che Reggie aveva indicato loro, aiutati da una mappa disegnata a mano. Dopo aver perso le mappe nel fiume, Archie Quinones e Reggie si erano presi qualche minuto per ricreare su alcuni ritagli di carta - al meglio delle loro possibilità - le mappe e le linee di intersezione che avevano scoperto. Grazie alla conoscenza della zona da parte di Archie e alle proprie capacità di navigazione, Reggie pensava che avrebbero potuto continuare a puntare verso la loro destinazione.

Sperava.

Non si era mai avventurato fino a questo punto dell'Amazzonia, e non erano molti i forestieri che lo avevano fatto. Quelli che lo avevano fatto erano in genere in missione esplorativa, di solito finanziata da una grande organizzazione o da un governo, e avevano le risorse per sostenerli. Tuttavia, ogni anno nel bacino amazzonico scomparivano grandi gruppi di persone, a causa di forti inondazioni, predatori o indigeni ostili. Altri si sono semplicemente persi.

Reggie voleva assicurarsi che lui e il suo gruppo uscissero sani e salvi dalla giungla, ma anche con le sue capacità sapeva che era un compito arduo. Presto avrebbero dovuto combattere non solo contro i predatori umani e animali, ma anche contro gli elementi. La disidratazione avrebbe potuto insorgere più rapidamente senza un rifornimento costante di acqua potabile fresca e pura, e il cibo si sarebbe rivelato sempre più difficile da ottenere man mano che le razioni di MRE e foglie di coca che portavano negli zaini si sarebbero esaurite.

Inoltre, Julie e Amanda erano sparite, prese dai mercenari. Avrebbe voluto urlare quando l'aveva scoperto, ma si era imposto di respingere l'emozione e di lasciare che il lato logico della sua persona prendesse di nuovo il sopravvento. Aveva deciso che dovevano andare avanti e portare a termine la missione, lasciando che i mercenari li raggiungessero più tardi. Era una decisione difficile da prendere, considerando che ora non aveva più alcun controllo sulla sopravvivenza di Amanda e Julie.

Era impressionato anche dalla capacità di Ben di capire il suo punto di vista. Ben, a differenza di Reggie, era coinvolto in questo gioco. Lui e Julie erano arrivati qui insieme e Ben avrebbe fatto tutto ciò che era in suo potere per assicurarsi che se ne andassero così. Concordare con Reggie sul fatto che la migliore linea d'azione possibile fosse quella di andare avanti e cercare di trovare la città perduta non sarebbe stata una decisione facile da prendere.

Si avvicinò a Rhett e gli premette il pugno tra le scapole. "Adesso mi ignori?"

"Cosa vuoi sapere?" Rhett si girò e affrontò Reggie, fermandosi di colpo. "Stai solo cercando di farmi parlare, in realtà non ti serve nessuna informazione da me".

Reggie sorrise. "Bene. Hai ragione. Ma credo che dopo l'incidente della barca, ce ne devi almeno uno".

"Spara".

"La stessa cosa che ho chiesto un minuto fa", disse Reggie. "Perché non ci hai ucciso tutti quando ne avevi la possibilità? Alla baita o sulla barca? Diavolo, perché non far precipitare l'aereo? In questo modo non ci sono sicuramente sopravvissuti".

"Non era la mia missione", ha detto Rhett.

Reggie si lasciò sfuggire una risata a una sillaba. "La tua *missione*? Quanti anni hai, ragazzo? 25?".

Il volto di Rhett si arrossò, ma a suo merito non si lasciò condizionare più di tanto dalla rabbia. "Ho 27 anni, ho appena finito la scuola di legge. E sì, questa è la mia *missione*. La compagnia mi ha mandato qui per assicurarsi che gli altri portino a termine il lavoro. Mi hai già sottovalutato tre volte in questo viaggio; cosa ti fa pensare che io non sia qualificato?".

Reggie masticò un pezzo di tabacco immaginario mentre guardava il giovane su e giù. Poi, con un movimento fluido, girò il piede destro dietro il ginocchio sinistro di Rhett. Portò a termine il movimento, sollevando Rhett completamente da terra per un secondo, mentre le sue gambe cadevano sotto di lui. Rhett cadde a terra con forza sulla schiena, con le mani e la parte posteriore che accusavano il colpo. Gridò di dolore e rotolò di lato, in attesa di un ulteriore attacco.

Reggie rimise il piede destro a terra e continuò a masticare per finta. Si mise a ridere, poi si avvicinò, afferrò Rhett per il colletto della camicia e lo tirò in piedi. Sul viso di Rhett c'era uno spesso strato di sporcizia e il giovane aveva un ghigno che fece quasi fermare Reggie.

"*Ecco* perché penso che lei non sia qualificato. E poi per che tipo di azienda lavora? *Ti* hanno mandato loro?".

Rhett respirò pesanti boccate d'aria per cercare di calmarsi. Il ghigno non ha mai abbandonato il suo volto.

Reggie alzò la testa di lato e notò Ben e Archie, Paulinho subito dopo, che si avvicinavano per ascoltare.

"Il loro capo si chiama Joshua", ha detto Rhett. "E non si fermerà. Niente di tutto questo ha importanza ora. Non lasceranno andare nessuno di noi, compreso me. Anche se, in qualche modo, non dovesse funzionare, manderanno un altro gruppo. E un altro ancora. *Non si* fermeranno. Dovresti uccidermi adesso".

"Sei resistente, ragazzo", disse Reggie. Fece un cenno a Ben. "Sono davvero sorpreso che Ben non l'abbia già fatto. E poi, che divertimento c'è?".

Ben si avvicinò e tirò Rhett con forza in modo che fossero faccia a faccia. "Sei fortunato che non ti uccida subito".

Reggie alzò una mano. "Calma, Ben. Prima assicuriamoci che dica la verità".

"Perché dovrei mentirti su questo? Non capisci cosa sta succedendo? *Non c'è più niente* per te qui. Hanno la ragazza, sanno dove andare, non si fermeranno finché non sarà tutto finito".

"Allora perché mandare te?" Chiese Ben.

"L'azienda è scrupolosa. Non si fermano finché il lavoro non è finito e, quando ha più senso, optano per la ridondanza piuttosto che per il risparmio di risorse".

"E il loro capo? Joshua?" Chiese Reggie. "È *qualificato* quanto te?".

Rhett si limita a sorridere, ma i suoi occhi rimangono freddi e fissi su Ben.

Reggie spinse via Rhett, facendolo inciampare prima di recuperare l'equilibrio e avanzare tra gli alberi. Paulinho e Archie erano ancora davanti, ma Ben si tenne indietro accanto a Reggie. Carlo, da sempre sentinella vigile, iniziò silenziosamente a camminare in fondo alla fila quando il gruppo proseguì.

Tenendo la voce bassa, Reggie si rivolse a Ben. "A cosa stai pensando?"

"Avrei dovuto ucciderlo quando ne avevo la possibilità", disse Ben.

Reggie scosse la testa. "Lascia perdere per ora, Ben. La posta in gioco è più alta. Questa 'società', chiunque sia, e qualunque cosa stia cercando, è ovviamente disposta a spendere un sacco di soldi per raggiungere il suo obiettivo. E sembra che ci sia una sorta di sfiducia nell'organizzazione. Altrimenti perché avrebbero mandato due squadre?".

"Questa non è una *squadra*, Reggie", disse Ben. "Questo è un *ragazzo*".

"E questo ragazzo ci ha già fregato un bel po' di volte. Non voglio che accada di nuovo, e so che non lo vuoi nemmeno tu. Ecco perché dobbiamo trovare una soluzione. Perché mandarli entrambi?".

Reggie attese una risposta, ma Ben rimase in silenzio.

"Se questi ragazzi lavorano davvero per la stessa azienda", ha continuato Reggie, "non mi sorprenderebbe se dicesse la verità: questa organizzazione potrebbe inviarne di più. Questo significa che la logistica è più difficile, la comunicazione è più difficile...".

"Possiamo usarlo a nostro vantaggio?".

"Mi piace molto il tuo modo di pensare, Ben", disse Reggie. "Ma no, non proprio. Non qui fuori, almeno. Dobbiamo arrivare al capolinea, trovare la città, o qualsiasi cosa ci sia là fuori, e recuperare le ragazze. Poi affronteremo il problema di chi c'è dietro a tutto questo".

Ben annuì. "Mi sembra un buon piano".

Camminarono in silenzio per un paio di minuti, senza parlare mentre seguivano Rhett. Attraversarono alcuni piccoli corsi d'acqua e si inoltrarono in alcune paludi basse, raggiungendo infine una piattaforma più alta di alberi e cespugli.

Reggie si chiese se Ben stesse ancora pensando allo scambio che avevano avuto con Rhett pochi minuti prima, ma fu Ben a rompere il silenzio per primo.

"E Reggie?" Chiese Ben.

Reggie guardò Ben, in attesa.

"Basta che tu lo dica. Fammi sapere quando potrò uccidere questo piccolo nanerottolo".

Reggie fece un sorriso vero e genuino, annuì una volta, poi continuò a spingersi attraverso la foresta pluviale, verso qualsiasi cosa ci fosse davanti.

CAPITOLO 45

"COME SAREBBE A DIRE che è tuo fratello?". Chiese Julie. Aveva appena raccontato a Joshua Jefferson di Rhett e del suo presunto sabotaggio.

"Abbassa la voce", disse Joshua. "Non è un'informazione che vorrei che i miei uomini ascoltassero".

Julie sospirò. "Ci avete legato, con le armi puntate addosso, nel bel mezzo della foresta amazzonica. Il minimo che possiate fare è spiegare cosa diavolo sta succedendo".

Joshua si guardò intorno, assicurandosi, per la centesima volta, che nessuno degli uomini che camminavano intorno e davanti a loro potesse sentirli. "Ve l'ho già detto", disse. "La compagnia mi ha mentito. Sta succedendo qualcosa e coinvolge mio padre. *Non è possibile che* mandi mio fratello qui fuori, e di certo non per affari aziendali".

"Ma tu? Lui manderebbe te?".

"Guardati intorno, Julie", disse Joshua, il suo sussurro salì a un livello eccitato. "Sono *addestrato* per questo. Ho condotto uomini negli angoli più oscuri della terra e li ho riportati quasi tutti vivi. Questo è il mio mestiere".

"Rubare donne innocenti e legarle per usarle poi come merce di scambio?".

Joshua distolse lo sguardo, poi lo abbassò sul terreno mentre camminavano. "Julie, andiamo. Ti ho detto la verità. Credevo che questo fosse... che fosse qualcosa di diverso".

"Avete pensato che fossimo assassini e che l'unico modo per proteggere la vostra azienda fosse quello di ucciderci?".

"Fermatevi. Sii ragionevole per un attimo. So che è difficile da chiedere, ma fidati di me. Mi sono stati dati degli ordini, come sempre. Eseguo sempre gli ordini e poi vengo pagato. Sono bravo in quello che faccio e non faccio domande".

Julie si limitò a fissarlo.

"Comincio a farmi delle domande, Julie". Guardò Amanda. Julie seguì il suo sguardo e il suo cuore cadde immediatamente. Nessuno l'aveva toccata da quando le avevano legato i polsi, ma sembrava sconfitta. Nessuno le aveva rivolto una parola, ma sembrava sconvolta. Julie voleva chiamarla, dirle qualcosa che le risollevasse il morale, ma non c'era speranza. Non c'era nulla che potesse dire o fare per far sentire Amanda diversa dalla situazione. Voleva quasi chiedere a Joshua di parlare un po' più forte in modo che Amanda potesse ascoltare la loro conversazione, per qualsiasi cosa potesse servire.

Invece, aspettò che Joshua continuasse.

"Mio padre lavora per questa azienda da quando ho memoria. Dopo aver lasciato il mio lavoro presso una società di sicurezza privata, l'azienda mi ha reclutato. Non c'è voluto molto: sono sempre stato incuriosito da ciò che faceva mio padre, anche se a casa ne parlava raramente.

"Sono stato addestrato, mi è stata data una breve panoramica delle aspettative, poi sono stato sottoposto a una raffica di esami psicologici. Dopodiché ho iniziato a condurre le missioni per loro. Da allora ho guidato un gruppo di uomini, tutti scelti dalla compagnia, e mai lo stesso gruppo".

Julie fu leggermente sorpresa da questa affermazione. Sembrava onesta, genuina. Allo stesso tempo, non sembrava una struttura militare di cui avesse mai sentito parlare.

"Sono tutti riservati. Da quando ho iniziato a lavorare lì sono stato contattato solo da tre o quattro membri dell'organizzazione, compreso mio padre. Ma non sento la sua voce da mesi".

"Perché mi stai raccontando tutto questo?", chiese Julie.

Di nuovo, Joshua si guardò intorno. "Stanno lavorando a qualcosa e mio padre ne fa parte. Ma io sono una pedina, qualcuno che possono mandare a fare il lavoro sporco per loro. E quel 'lavoro sporco' è diventato molto più sporco ultimamente".

"Sembra che sia arrivato il momento di presentare la tua lettera di dimissioni", disse Julie.

Joshua si schernì. "Se solo fosse così facile", disse. "Questa non è il tipo di azienda che si *lascia* e basta. Una volta che sei dentro...".

"Ok, allora cosa vuoi da me?".

Joshua la guardò in modo strano. "Bisogno? Cosa vuoi dire?"

"C'è un motivo per cui mi stai dicendo tutto questo", disse Julie. "E credo che abbia a che fare con il fatto che non ti fidi del tuo datore di lavoro, e che io sia qui fuori perché voglio *trovare* il tuo datore di lavoro".

Joshua non parlava ancora.

"Allora, come posso aiutarvi?".

"È questo il punto", disse Joshua. "Se mi stai chiedendo come puoi trovare il mio datore di lavoro, mi dispiace. Non credo che si possa fare qualcosa per trovarli; sono bravi a non farsi notare. Ma se mi stai chiedendo come puoi aiutarmi ad allontanarmi da questi tizi e a tornare al tuo gruppo...".

Julie fece una pausa. Rifletté su ciò che aveva detto. Riportare Joshua nel loro gruppo poteva essere disastroso. Non voleva aumentare la tensione portando il capo dei loro nemici direttamente nelle mani di Ben e Reggie. D'altra parte, avrebbe significato per lei e Amanda avere maggiori possibilità di sopravvivenza.

"Come faccio a sapere che questa non è solo una trappola? Come faccio a sapere che non mi stai usando per tornare al mio gruppo?".

"Julie, ascoltati. Sappiamo entrambi che non sei altro che una merce di scambio. Amanda è il motivo per cui siamo qui e, una volta che la mia squadra avrà acquisito ciò che stiamo cercando, non avremo più bisogno di te e forse nemmeno di lei. Ti sto offrendo una possibilità".

Il gruppo di mercenari, che circondava ancora Joshua, Amanda e Julie, stava attraversando una zona del bacino con un'altitudine inferiore a quella da cui erano venuti. Il terreno cominciava a diventare molliccio e ben presto Julie si trovò a calpestare tratti di pavimento della foresta che lasciavano spazio all'acqua. In pochi minuti si trovò a guadare una palude. Le sue scarpe, le stesse ballerine che indossava da quando erano sbarcati dall'aereo, cominciavano a consumarsi. Reggie aveva offerto paia di stivali solo agli uomini, poiché non possedeva taglie da donna. Sapeva che era solo questione di ore prima di stare meglio a piedi nudi.

Non era preparata a questo, nessuno di loro lo era. Guardò a lungo e con attenzione gli uomini che la circondavano. Joshua era per lo più a suo agio, a parte uno sguardo indurito negli occhi che parlava molto delle sue esperienze. Il resto dei suoi uomini si alternava a scacciare insetti e a puntare le armi verso l'esterno mentre marciavano nella palude della foresta pluviale. Erano uomini che avevano visto il combattimento, ma non erano del tutto preparati per una spedizione in uno dei climi più estenuanti della terra.

Si chiese come stesse reggendo il suo gruppo. Amanda, ovviamente, era in difficoltà. Julie non era un medico, ma sapeva che Amanda si sarebbe ripresa, purché avesse la forza di continuare. Paulinho sembrava essersi ripreso bene dalla ferita e, a parte eventuali nuove ferite o infezioni, sarebbe guarito bene. Il professore, Archie, era più forte di quanto sembrasse e probabilmente aveva accumulato più ore nella foresta pluviale di tutti loro. Non aveva idea se Carlo si sentisse più a suo agio su una barca, a casa - ovunque fosse - o nella giungla.

Era preoccupata soprattutto per Reggie e Ben. Reggie sembrava essere l'incarnazione di un leader, qualcuno di cui tutti potevano fidarsi per la sfida che avevano davanti. Pensava che fosse in grado di portarli avanti in qualsiasi situazione, grazie al modo in cui si comportava e al suo sorriso odioso. Ma tutti i leader possono crollare; dopo una certa quantità di pressioni esercitate su di loro e di scenari diversi, ogni leader è in grado di cadere.

Non aveva mai considerato Ben un leader fino a quel momento. Era assolutamente un uomo forte. Capace di cose che non avrebbe mai pensato possibili per un semplice mortale, ma ammise a se stessa di avere un leggero pregiudizio nei suoi confronti. Tuttavia, aveva dimostrato di essere degno del suo affetto e questo non valeva niente. Sapeva che non si sarebbe fermato finché non fosse morto o non avesse raggiunto il suo obiettivo.

"Ok", disse lei all'improvviso, fermando Joshua sulle sue tracce. "A cosa stai pensando?".

CAPITOLO 46

ERA da molto tempo che Joshua non si sentiva così confuso. Di solito, i suoi ordini erano chiari. Raggiungere questo obiettivo, portare a termine questo compito, acquisire questo bersaglio.

L'azienda non era mai arbitraria, mai vaga e raramente poco chiara. Ogni volta che aveva sperimentato quest'ultimo aspetto era stato per sua colpa, e aveva rimediato rapidamente con una o due e-mail di chiarimento.

Appena trentenne, Joshua era abbastanza umile da sapere che aveva molto da imparare. Suo padre aveva insegnato a lui e al fratello minore il potere di una buona etica del lavoro e le abilità necessarie per avere successo nei circoli sociali. Joshua era giovane, ma mostrava già i segni di una grande leadership. Tutte le missioni che gli erano state assegnate erano andate a buon fine, con poche vittime. I suoi uomini, abituati a un elevato ricambio e a una rapida sostituzione dei loro leader, erano piacevolmente sorpresi dalla longevità di Joshua, anche per la sua età. Nessuno di loro aveva manifestato all'esterno alcuna contestazione del rapporto padre-figlio che esisteva nella compagnia, ammesso che ne fossero a conoscenza. Rispettavano

Joshua e lui li rispettava a sua volta, a patto che portassero a termine i loro obiettivi e si dimostrassero una risorsa preziosa per il team.

Adorava, anzi idolatrava, suo padre, un uomo volitivo e altruista. Ufficiale della Marina, era andato in pensione e si era trasferito alla Compagnia quando Joshua aveva solo pochi anni. Rhett, il suo unico fratello, nacque poco dopo. Crescendo, lui e Rhett erano stati considerati alla pari dal padre, un uomo che cercava il meglio per i suoi unici figli. Joshua, senza dubbio a causa dell'età, eccelleva prima di Rhett in quasi tutto. Rhett era irascibile e si arrabbiava costantemente perché il fratello maggiore sembrava ottenere le maggiori lodi dal padre. Man mano che crescevano, Rhett iniziò ad allontanarsi sia dal fratello che dal padre, scegliendo alla fine la carriera di avvocato invece di quella militare.

Fu un colpo devastante per la famiglia, una famiglia con un solo padre e senza parenti diretti. Joshua e suo padre erano più uniti che mai quando raggiunse l'età adulta, e Rhett divenne rapidamente "l'altro figlio". Nessuno dei due lo trattava intenzionalmente in quel modo, ma nelle cene e nelle riunioni di famiglia era evidente che Rhett era il cigno nero del gruppo. Si allontanò sempre di più dalla sua famiglia e ben presto ne uscì quasi del tutto.

Poco dopo l'assunzione di Joshua, la Società aveva chiesto informazioni su suo fratello. Era adatto alla Compagnia? Aveva il potenziale, come Joshua, per guidare gli uomini in battaglia e raggiungere obiettivi alquanto ambigui?

Joshua ricordava bene la sua risposta. *No, non è come me. Penso che sia un bravo ragazzo, ma è sempre un ragazzo. È un hobbista, uno che un giorno vuole imparare a volare e il giorno dopo vuole imparare a manipolare le emozioni della giuria in un'aula di tribunale. È un tipo che si fa prendere la mano; non è il tipo di persona che si concentra sulla padronanza di una cosa prima di passare a quella successiva".*

Joshua sapeva che la sua valutazione era ancora vera, anche se non aveva notizie del fratello da oltre un anno. Circa un anno e mezzo fa

Rhett gli aveva detto di essere interessato a prendere il brevetto di pilota, ma non era riuscito a chiarire esattamente cosa sperava di ottenere facendo ciò. Joshua lo aveva incalzato, ma Rhett era diventato freddo, volubile e disimpegnato.

Non era un bel ricordo e Joshua avrebbe voluto che fosse andata diversamente. Ma la famiglia non era qualcosa che si poteva cambiare: quello con cui eri nato, ti rimaneva. Aveva anche provato a contattare il padre, ma non aveva ricevuto risposta. Aveva archiviato la conversazione come una questione di gioventù; Rhett era un giovane pistolero che cercava di essere all'altezza delle aspettative di suo fratello e di suo padre. Ma nel profondo, Joshua Jefferson conosceva la verità.

Rhett Jefferson era una mina vagante. Era inaffidabile, inadatto al servizio militare e non era una persona con cui Joshua volesse associarsi professionalmente. Fu una decisione difficile, ma disse alla Compagnia che Rhett era il tipo di uomo che li avrebbe portati ad avere molti più problemi che soluzioni, e che avrebbe dovuto essere utilizzato - se avessero deciso di assumerlo - solo in circostanze attenuanti.

Così, quando Julie gli chiese come avrebbe potuto aiutarlo e quale sarebbe stata la loro prossima mossa, lui le rispose nell'unico modo che conosceva.

"Dobbiamo avere il controllo della situazione", ha detto.

Camminavano fianco a fianco da un'ora e lui non era sicuro che lei si ricordasse di avergli fatto quella domanda.

"E come suggerisce di farlo?".

"Due dei miei uomini mi sono fedeli, mentre gli altri sono fedeli alla compagnia o lo sono solo per i soldi", disse Joshua. Fece un cenno a due uomini che camminavano alla loro sinistra. "Riggs e Alan sono bravi, ma per gli altri non posso ancora garantire. Dovremo muoverci in fretta, quindi ho bisogno che tu prenda Amanda e cerchi di precederci. Io parlerò con quei due e vedrò di organizzare un diversivo".

Joshua guardò Julie per valutare la sua reazione. Lei guardava dritto davanti a sé mentre attraversavano la foresta, con un'espressione ferma e decisa.

Bene, pensò. Starà *bene*.

"Inoltre, ho bisogno che tu mi colpisca".

Julie alzò di scatto la testa e guardò Joshua. "Penso di potercela fare".

Joshua sorrise, poi rallentò leggermente e si mise dietro Julie per un momento. Fece scorrere la lama del coltello contro le corde che legavano le mani di Julie e il freddo acciaio le tagliò facilmente. Julie tenne le mani unite dietro la schiena, anche se le corde si allentarono e caddero. Joshua continuò ad avanzare, questa volta al passo dei due uomini che aveva individuato in precedenza.

"Cambio di programma", disse, con voce appena udibile. I due uomini annuirono una volta, rapidamente. "Ho bisogno che voi due ci facciate guadagnare tempo. Non lasciate che gli altri ci seguano finché non saremo al sicuro fuori portata, capito?".

Di nuovo, annuisce.

Dopo aver sistemato Riggs e Alan, Joshua si voltò ancora una volta verso Julie e incrociò il suo sguardo. Le disse *"Pronto?"* e attese la sua risposta. Lei lanciò un'occhiata ad Amanda, poi diede la sua approvazione.

Soddisfatto, Joshua tornò al suo fianco e le spiegò il resto del piano. Quando ebbe finito, camminarono in silenzio ancora per qualche minuto. Proprio quando Joshua stava per chiedere se Julie era d'accordo con il loro piano, lei colpì.

La forza del colpo fu più forte di quanto Joshua si aspettasse. Il pugno di lei gli schiacciò il lato della testa e lo fece quasi svenire. Gli rimase poco da fingere, mentre inciampava di lato e cadeva in ginocchio. Lei attaccò di nuovo, questa volta trovando la parte inferiore del mento con il ginocchio.

Gemette e cadde sulla faccia. Joshua sentì due degli uomini in fondo gridare e iniziare a correre in avanti.

"Vai", sussurrò, riuscendo a malapena a parlare.

Il mondo intorno a lui girava a vuoto, ma riuscì a vedere Julie che afferrava il braccio di Amanda e la tirava con sé, scomparendo nel bosco mentre il resto dei suoi uomini cercava di dare un senso all'attacco.

Alan e Riggs erano al suo fianco. Lo sollevarono e aspettarono che riprendesse l'equilibrio. Tre degli altri si erano già allontanati per andare a cercare le ragazze e Joshua diede l'ordine ad Alan di farli richiamare. Alan corse a svolgere il compito e Riggs guardò Joshua, in attesa. Il suo corpo gigantesco ondeggiava leggermente di fronte al suo capo.

"Radunateli", disse Joshua. "Raggruppateli e fateli proseguire. Il nostro obiettivo è trovare la città. Lasciate andare le donne".

Riggs non rispose, ma i suoi occhi si restrinsero leggermente.

"Riggs, mi senti?"

"Capo, la nostra missione..."

"*Io* stabilisco la nostra missione, Riggs. È chiaro?"

Riggs lo fissò, poi finalmente rispose, con voce bassa e minacciosa. "Sì, signore".

Senza un'altra parola, Riggs si voltò e corse via nella giungla.

CAPITOLO 47

BEN VIDE il cancello tra gli alberi proprio mentre Archie e Paulinho lo raggiungevano. Entrambi si fermarono e rimasero alla luce, aspettando che gli altri li raggiungessero.

Il cancello, nient'altro che due enormi alberi attorcigliati l'uno all'altro e collegati tra loro, era come la fine di un tunnel che non si erano resi conto di attraversare. Il sole brillante, normalmente smorzato dalla fitta copertura di alberi a baldacchino sopra le loro teste, aveva ora trovato un ingresso nella densità della foresta. Si insinuava all'interno, avvolgendo di luce tutto ciò che si trovava di fronte a Ben.

Le sagome di Paulinho e Archie erano come fari e Ben si trovò a correre per raggiungere la loro posizione. Faceva già caldo, moltiplicato dall'umidità della giungla. Aveva sudato abbondantemente da quando avevano messo piede nella foresta pluviale, ma la luce diretta del sole era ancora calda e vivificante quando Ben uscì sulla piattaforma con Archie e Paulinho. Carlo e Reggie, che spingevano Rhett davanti a lui, li raggiunsero subito dopo e i sei uomini rimasero in silenzio per un momento a fissare la valle.

Ben sapeva dalle descrizioni di Archie della zona che il bacino amazzonico era per lo più pianeggiante, per definizione. Il deflusso e i fiumi di montagna delle Ande si univano in una miriade di affluenti chiamati Rio delle Amazzoni. Nel corso di millenni di inondazioni, erosione e del ciclo naturale della vita geologica, l'intero bacino era stato appiattito e schiacciato verso il basso.

Tutti, tranne il terreno che si trovava di fronte a loro. Un enorme altopiano incombente si estendeva dal terreno, sollevandosi in aria e sovrastando gli alberi che lo circondavano. Quello che forse era solo un centinaio di metri di altezza verticale sembrava enorme rispetto all'altezza del resto della foresta. I dirupi erano solide pareti rocciose, ricoperte da una lussureggiante coltre verde di muschi, piccoli alberi e arbusti della giungla. Intorno all'altopiano, a formare il fondo - e la base - della valle in cui erano incappati, si snodava un ampio fiume affluente dal lento movimento. L'acqua era di un marrone intenso, con macchie di blu e verde che scintillavano quando la luce la colpiva. Rocce e altre forme di terreno sporgevano al di fuori di esso, dando l'impressione di essere un corpo d'acqua relativamente poco profondo.

Archie spiegò che questo tipo di fiumi "sconosciuti" erano piuttosto comuni nel bacino. L'intera area era soggetta a inondazioni per metà dell'anno, durante e subito dopo la stagione delle piogge. La maggior parte degli affluenti più grandi, compreso lo stesso Rio delle Amazzoni, si gonfiavano e coprivano un'area molto più ampia di terreno, ma spesso c'erano sezioni di giungla a bassa quota che diventavano fiumi per alcuni mesi all'anno.

Era difficile dire se il fiume davanti al quale Ben si trovava ora fosse sconosciuto o meno a causa della sua inesistenza per una parte dell'anno o per la sua lontananza. C'era una forte possibilità che fosse un elemento permanente dell'Amazzonia, solo che non era noto al mondo esterno. Avevano raggiunto un'area del mondo in gran parte inesplorata e non documentata, una sezione completamente remota del globo.

"Non sapevo che ci fossero montagne nella giungla", ha detto Paulinho.

"Tecnicamente non è una montagna", rispose Archie. "È roccia, ma non è altro che una grande formazione. Sembra un altopiano, almeno da questa angolazione".

Ben si avvicinò alla conversazione per ascoltare.

"Poiché il terreno che circonda le scogliere è più basso rispetto al resto del bacino, la mappatura satellitare della regione non sarebbe in grado di rappresentare con precisione la forma dell'area rialzata qui. È probabile che questa piccola collina sia passata completamente inosservata negli ultimi mille anni".

"Se siamo fortunati", disse Ben, "è vero". Rabbrividì al pensiero di imbattersi in altri indigeni.

Reggie interruppe la lezione di geografia. "Scendiamo almeno nella valle. Possiamo decidere se attraversare il fiume qui o risalire la corrente, ma prima dobbiamo avvicinarci".

"Attraversare il fiume?" Chiese Paulinho. Ben notò che l'uomo si teneva il fianco. Non aveva detto una parola di lamentela da quando avevano lasciato la barca, ma erano passati solo un paio di giorni da quando era stato ferito. Ben sperava che si sentisse davvero meglio e che non stesse solo facendo il coraggioso.

"Sì", disse Reggie. "Le linee si intersecano a meno di un miglio da qui, secondo i tabulati e la mappa che ho messo insieme". Aveva già la mappa in mano e gli altri si avvicinarono per esaminarla. Ben notò che Reggie aveva scarabocchiato degli appunti lungo il percorso, nel tentativo di tenere traccia dei loro progressi. "Supponendo che la mappa sia corretta e che siamo stati abbastanza diligenti da essere vicini", continuò, "la destinazione finale della città è in realtà dritta davanti a noi".

Ben si accigliò, guardando dalla mappa nelle mani di Reggie alle alte scogliere sull'altra sponda del fiume. Notò che davanti alle scogliere c'erano tratti d'acqua, separati dal fiume più grande, che si raccoglievano intorno alle basi di alberi e rocce. Le piante spuntavano dalle profondità torbide, con le radici che a volte spuntavano anche dalla superficie.

Una palude.

Dovrebbero attraversare non solo un fiume, ma anche una palude.

Lo disse agli altri.

"Sembra di sì", disse Reggie. "Ma una volta attraversato, potremo capire come salire sull'altopiano".

Ben non era sicuro di cosa fare della dichiarazione di Reggie. "Aspetta, *sull'*altopiano?".

Reggie e gli altri guardarono Ben come se stesse delirando. "Ben", disse Archie, con voce calma, come se stesse spiegando la situazione a un bambino. "*Dobbiamo* raggiungere la cima dell'altopiano. Lo capisci, vero?".

Ben guardò ogni uomo, aspettando che uno di loro scoppiasse a ridere. *È uno scherzo,* pensò. "Non potete essere seri", disse. "Non possiamo *scalare* le scogliere. Ci deve essere una via d'uscita e...".

"Ben", ha detto Paulinho. "Ce la faremo. So che ce la faremo".

"Non c'è altro modo, Ben", disse Reggie. "La destinazione è in cima a quell'altopiano, e l'unico modo per arrivarci...".

Ben guardò Carlo. Non aveva rivolto una parola a quell'uomo, nemmeno quando erano sulla barca. Era rimasto con loro dopo che il capitano era stato mangiato e aveva aiutato il gruppo ogni volta che era necessario. Per quanto silenzioso fosse quell'uomo, Ben sperava che avesse ancora un'opinione ragionevole sull'opportunità o meno di scalare scogliere di duecento metri.

Carlo alzò le spalle.

Ben sospirò. *Forse in brasiliano si dice "hai ragione, Ben, ed è una cattiva idea".*

"Sembra che il verdetto sia stato raggiunto", disse Reggie. "Scendiamo al fiume, lo attraversiamo e poi la palude, quindi cerchiamo di capire come risalire le scogliere".

Ben scosse la testa. *All'inizio era impossibile. Non posso credere che diventi sempre più impossibile ogni minuto che passa.* Si frugò in tasca, prese la seconda foglia di coca che aveva preso da Reggie e la mise in bocca. *Speriamo che queste cose aiutino a superare la fame e la stanchezza.*

CAPITOLO 48

BEN ERA dolorante ed esausto per la discesa dalla collina, e anche lui era frustrato. Erano scesi dalla piattaforma che dominava l'ampia vallata e l'altopiano rialzato e ora il gruppo si trovava vicino al fiume largo e poco profondo. Non era entusiasta di attraversare un altro specchio d'acqua, ma come avevano spiegato Reggie e gli altri, non c'era altra scelta.

Gli sembrava che le scarpe e i calzini si fossero appena asciugati dopo la prima escursione sul fiume. L'umidità dell'aria della giungla era soffocante e rendeva l'asciugatura da bagnato fradicio un'impresa rara. Pensò di togliersi le scarpe e di tenerle sopra la testa, per avere qualcosa di asciutto da indossare sulla riva opposta, ma decise subito di non farlo. Le scarpe asciutte erano un lusso che non poteva permettersi a costo di sottoporre i piedi a qualsiasi tortura potesse esserci sul fondo del fiume.

Rabbrividì mentre considerava le sue opzioni. *C'è qualche possibilità di aspettare qui?* si chiese. Le ragazze sarebbero state con i mercenari e, se Reggie aveva ragione, anche loro sarebbero state scaricate nella valle, poco dopo il suo gruppo. Potrebbe rimanere indietro, nascosto, e sfruttare l'elemento sorpresa per attaccare...

Con cosa? Non aveva altro che la pistola Sig Sauer di Reggie, e non era all'altezza dei fucili d'assalto che aveva visto prima. Forse sarebbe riuscito a sparare qualche colpo prima che il nemico lo individuasse, ma non era un bersaglio facile. Era un tiro lungo, letteralmente.

Forse potevano rimanere tutti indietro, tranne uno o due di loro. Sembrava che Carlo si trovasse a suo agio nella giungla e che il viaggio non gli sarebbe dispiaciuto. Anche Archie, che ovviamente era esperto di storia delle tribù della regione, sarebbe una buona risorsa da mandare avanti.

Ben scosse la testa, scacciando quei pensieri assurdi. Dovevano rimanere uniti: nessuno degli altri avrebbe accettato un piano che avrebbe diviso ulteriormente il gruppo. Erano già in inferiorità numerica e, con le ragazze scomparse, dividersi in due gruppi più piccoli era una ricetta per il disastro.

Il fiume, ampio e di un profondo colore smeraldo, incombeva davanti a lui. Sospirò. Reggie, che stava ancora trascinando Rhett, e Paulinho entrarono tutti insieme, entrambi sembravano imperterriti dal compito che avevano davanti. Le loro gambe scomparvero nell'acqua torbida, ma solo fino alle ginocchia. Ben li osservò, aspettando che uno di loro cadesse da un ripiano nell'acqua più profonda.

I due uomini nel fiume continuarono ad avanzare, arrancando senza problemi, con le ginocchia a malapena coperte. La corrente, se c'era, era debole e non concentrata, e nessuno dei due aveva problemi a navigare tra le rocce o i detriti sottomarini.

Carlo entrò in acqua per primo e Archie lo seguì da vicino. Ben vide che le possibilità di tirarsi indietro si allontanavano ogni secondo che passava, e alla fine decise.

Uscì ed entrò in acqua. Si guardò i piedi mentre i primi e i secondi passi affondavano nel fango. All'inizio l'acqua gli sembrò fresca, ma, man mano che il suo corpo si acclimatava alla temperatura, rivalutò la situazione e stabilì che il fiume aveva la stessa sensazione di un vecchio bagno stantio.

Ha rabbrividito. *Sto attraversando un tratto del Rio delle Amazzoni, per la seconda volta in pochi giorni. Cosa c'è di sbagliato in me?*

Pensò a Julie e a come avrebbe voluto che fosse al suo fianco al posto di Carlo e Archibald Quinones. Erano bravi uomini e li apprezzava entrambi, sia per il loro atteggiamento positivo e ottimista, sia per le loro capacità ed esperienza. Non poteva condividere il loro entusiasmo per il viaggio, ma Ben sapeva anche che era stata la sua testardaggine a portarli in Brasile.

Quel ricordo gli ricordò il motivo per cui era qui. Il calore pulsante di una rabbia che aveva da tempo ricacciato dentro di sé tornò a galla e Ben strinse i denti mentre ricordava.

Tutte le persone che hanno ucciso. Tutti i rifiuti. La distruzione.

Ricordava le persone che si era lasciato alle spalle a Yellowstone, gli amici e i colleghi del parco. Julie aveva rinunciato a tutto per seguirlo, permettendogli di dettare il corso delle loro vite che si erano intrecciate, sempre più strette, negli ultimi mesi.

Lei tirava fuori il meglio di lui e lui l'amava per questo, ma ciò non cambiava il fatto che ora stavano insieme perché un tempo condividevano un nemico comune. Quel nemico era il motivo per cui le loro vite si erano intrecciate l'una con l'altra, e quel motivo ora lo stava inseguendo nella giungla più remota della Terra.

Si lanciò in avanti, raggiungendo rapidamente Archie, poi Carlo, che lo precedeva di pochi passi. Un vigore focoso lo spingeva ad andare avanti e fu sorpreso dal rapido cambiamento d'animo che improvvisamente provò. Si sentiva pieno di energia, come se negli ultimi giorni si fosse riposato e coccolato lussuosamente, e non avesse camminato nella foresta pluviale. Si diresse verso la riva opposta del fiume, desiderando la terraferma quasi quanto desiderava la vendetta. Avrebbe trovato gli assassini, la compagnia che stava dietro a tutto, e avrebbe cominciato dai mercenari che stavano dietro di loro.

Ben aveva ripetuto silenziosamente la sua missione a se stesso un paio di volte, e la riva opposta era ormai più vicina di quella da cui erano partiti, quando sentì il morso.

Fu rapido, piccolo e si attenuò con la stessa rapidità con cui arrivò. Scosse la gamba, pensando che la caviglia fosse stata afferrata da un ramo o da un bastone appuntito.

Il secondo morso lo fermò in mezzo al fiume. Guardò il fiume, con le gambe a un metro e mezzo dalla superficie. L'increspatura nelle vicinanze era innaturale, non abbastanza ripetitiva o ritmica da essere causata dalla corrente che scorreva su qualche ostacolo permanente.

L'increspatura si fece più intensa e alzò lo sguardo per vedere Archie e Carlo nelle vicinanze, entrambi con gli occhi spalancati e il respiro accelerato. Si accigliò, cercando di capire il trambusto. Paulinho e Reggie, trascinandosi dietro Rhett, si stavano già avvicinando alla riva del fiume, ma Ben si era fermato e stava aspettando che qualcuno gli spiegasse -.

"Piranha!" Archie gridò. "Esci dall'acqua!"

Ben provò un'ondata di puro terrore che lo lanciò in avanti con un vigore che nemmeno la rabbia di prima poteva eguagliare. Si diresse a metà strada verso Reggie, Rhett e Paulinho, pregando silenziosamente di fare progressi, ma sentendosi come se stesse correndo sul posto. Si sentiva bloccato, impantanato nel fondo morbido e fangoso del fiume, aspettando con orrore l'inevitabile colpo del pesce carnivoro. Era come un sogno che faceva da bambino, in cui cercava con tutte le sue forze di correre in avanti, ma si accorgeva che le sue gambe e il suo corpo non rispondevano e si dimenava sul posto finché non si svegliava.

Questa volta non si è svegliato scoprendo che era solo un brutto sogno. L'incubo era reale e lui era ben vivo e sveglio. Non sentì altri morsi, ma sentì Carlo urlare da qualche parte dietro di lui e alla sua destra. Voleva continuare, raggiungere il bordo del fiume e sfuggire ai pesci mangiatori di uomini, ma qualcosa dentro di lui lo fece voltare. Istintivamente allungò la mano verso Carlo, ma Carlo non gli prestò attenzione.

In effetti, Carlo non stava nemmeno guardando nella sua direzione. L'uomo era caduto fino alla vita e il colore scuro dell'acqua intorno a lui era ora macchiato di un cremisi ancora più intenso. Carlo batteva con i palmi delle mani sulla superficie dell'acqua, cercando di allontanare i predatori che lo attaccavano, ma invano. La sua bocca era aperta in un urlo silenzioso e, prima che Ben potesse reagire, si tuffò in avanti con la faccia nell'acqua e scomparve dalla vista.

L'acqua bianca si agitava e si agitava per i mille piccoli spruzzi. I pesci non mollano, anche se il corpo di Carlo affonda. I pesci continuarono il loro assalto, spingendo il corpo di Carlo ancora più in profondità nel fango. Ben aveva percorso quasi lo stesso sentiero di Carlo, quindi sapeva che l'acqua dove giaceva Carlo era alla stessa profondità: non abbastanza profonda da essere completamente sommersa.

Ben sapeva cosa significava. L'unico modo per far affondare un corpo in acque poco profonde era rimpicciolirlo, ed era esattamente quello a cui aveva appena assistito. In meno di un minuto, i pesci si dispersero e Carlo era completamente scomparso, la macchia di olio sulla superficie era l'unica prova rimasta del brutale attacco.

CAPITOLO 49

JOSHUA AVEVA bisogno di un piano, e in fretta. Amanda e Julie erano scappate come sperava, ma doveva trovarle prima dei suoi uomini. Sapeva che era in atto un ammutinamento, ma non era sicuro che tutti i suoi uomini fossero coinvolti o solo alcuni.

Riggs era un buon soldato, qualcuno su cui Joshua poteva contare per portare a termine il lavoro a qualunque costo. Aveva pensato che questa integrità fosse un segno di lealtà, ma aveva pensato male. Riggs stava chiaramente pianificando di spodestare Joshua dalla sua posizione di guida degli uomini. Se avrebbe assunto o meno quel ruolo non era un problema per Joshua. Se Riggs avesse fatto a modo suo, Joshua sarebbe morto per allora.

Ora stava correndo dietro a Riggs. L'uomo era partito nella direzione in cui avevano visto correre le donne, sperando di intercettarle, sottometterle e probabilmente fargliela pagare per la loro insubordinazione. Joshua sperava che Julie riuscisse a stare davanti a Riggs abbastanza a lungo.

Joshua non era un esperto segugio, ma Riggs - e le ragazze prima di lui - avevano fatto un lavoro fantastico lasciando una traccia dietro di loro. Mentre avanzava, vide i bastoni spezzati, le foglie e le erbe schiacciate e le impronte nel terreno sotto i suoi piedi. Mentre correva, cercò di ascoltare qualsiasi segno di scaramuccia, ma la giungla intorno a lui era febbrilmente eccitata dagli intrusi che si rincorrevano. Sentiva gli urli e gli ululati delle scimmie, il ronzio incessante di milioni di insetti e mille altri rumori non identificabili che creavano il rumore di fondo della foresta pluviale.

Girò a sinistra e per poco non inciampò in Riggs. Davanti a lui c'era un fiume, ampio e in lento movimento. Riggs era in piedi sulla riva, proprio sul bordo, e si preparava ad attraversarlo.

"Riggs", disse Joshua.

Riggs si voltò e in quell'istante Joshua seppe la verità. *Uno di noi morirà qui oggi.*

"Riggs, dove sono le ragazze? Hanno già attraversato?".

"Ero quasi sopra di loro. L'altro lato del fiume è in salita, quindi andranno più lentamente. Visto che ora sei qui, però, credo che possiamo occuparci delle altre faccende".

"Non deve essere così, Riggs. La Compagnia..."

"La *Compagnia* ti ha dato tutto. Ti hanno messo con noi perché gliel'ha detto tuo padre. Non te lo sei guadagnato. Sei solo un ragazzo ricco che ha parlato e...".

Joshua si tuffò in avanti e colpì Riggs con un pugno. Lo colpì di netto, facendo cadere la testa di Riggs di lato. Prima che Riggs potesse riprendersi, Joshua lo avvolse e lo spinse di nuovo in acqua. Era più profonda di quanto Joshua si aspettasse ed entrambi gli uomini scomparvero per un attimo sotto la superficie.

Quando risalirono, Riggs aveva la meglio. Joshua sentì le mani dell'uomo intorno al collo, che cercavano di tenerlo sotto l'acqua. Il fiume, tuttavia, era abbastanza basso da poterci stare in piedi e, quando Joshua mise i piedi sul fondo, fece un affondo verso l'alto. La presa di Riggs scivolò e Joshua cercò di riportare il rapporto di forza a suo favore. Si aggrappò per un momento alle braccia di Riggs, cercando di sottometterlo, ma Riggs era un uomo molto più grande e forte.

Riggs si liberò di un gomito e lo sbatté sul viso di Joshua. Il dolore esplose sotto la pelle di Joshua, ma per il momento lo ignorò. Trovò un'apertura e cercò di gambizzare Riggs, ma erano ancora in acqua e l'azione era abbastanza rallentata da essere annullata.

Joshua abbassò la testa proprio mentre Riggs lo colpiva con un gancio sinistro e lo spinse all'indietro sulla battigia. Il corpo di Riggs sbatté contro il terreno morbido e fangoso e affondò quel tanto che bastava per tenerlo fermo per un momento. Joshua approfittò della piccola finestra di opportunità e sferrò un doppio pugno all'uomo.

I pugni erano netti, solidi e forti, ma Riggs non sembrò quasi accorgersene. Grugnì e sputò una boccata di sangue, portando nel frattempo il piede e la gamba intorno a quella di Joshua. Il calcio fece inciampare Joshua, che però riuscì a cadere con il ginocchio verso il basso, colpendo Riggs all'inguine.

L'attacco suscitò una reazione da parte di Riggs, che rovesciò gli occhi all'indietro per un secondo in attesa che il dolore si attenuasse. Joshua cercò di liberarsi, ma Riggs lo aveva stretto in una morsa, bloccandolo sopra di sé.

Per un attimo entrambi gli uomini rimasero immobili. I muscoli di Joshua doloravano per lo sforzo, erano solidi come una roccia mentre lottavano contro la forza opposta che Riggs stava fornendo. Joshua sapeva che Riggs avrebbe vinto qualsiasi combattimento corpo a corpo, ma non c'era nulla che potesse usare come arma. Cercò di ricordare il suo addestramento, cercando invano qualcosa da usare contro il suo secondo in comando.

Rotolò sulla spalla, cercando di concentrare tutto il peso e la forza in un'unica direzione. La mossa funzionò, ed egli fece una capriola su Riggs e si sottrasse alla presa dell'uomo. Joshua si alzò e si girò.

Riggs era già in piedi e brandiva un enorme coltello nella mano destra. Riggs sputò di nuovo, poi sorrise. "Questa storia finisce qui, *capo*". Sibilò l'ultima parola, enunciando il suo odio per Joshua con una sola sillaba.

"Perché, Riggs? Cosa ci guadagni?"

"Non è così difficile da capire, Jefferson. C'è di mezzo un sacco di soldi, come sempre. La Compagnia non è fedele a te, né a me, né a nessun altro. Vogliono solo risultati".

"Avremmo ottenuto dei risultati. Sai che non mi sarei fermato finché...".

"Quella donna, la dottoressa, *è* il risultato. Qualunque cosa pensino di scoprire qui può essere sbloccata solo da lei".

Joshua sapeva che Riggs aveva ragione. Gli erano stati dati gli stessi ordini. *Trovare la dottoressa Meron, trovare la città perduta e riportare indietro tutto ciò che poteva essere utile alla loro ricerca*. Qualcosa che la Compagnia aveva trovato nelle ricerche di Amanda era legato a quest'area della Foresta Amazzonica, e loro avrebbero fatto tutto il necessario per trovarlo.

Riggs aveva ragione anche sulla loro lealtà. La Compagnia avrebbe fatto il doppio gioco e tradito chiunque avesse assunto per assicurarsi di ottenere ciò che voleva. Era un'organizzazione contorta e complessa, disposta a fare qualsiasi cosa e a spingersi fino a qualsiasi punto per raggiungere i propri obiettivi. Joshua iniziò a sospettare della sua stessa missione quando iniziò a parlare con Julie. Quando lei gli aveva accennato che suo fratello era stato con loro - qualcuno che lei non avrebbe potuto conoscere altrimenti - aveva cercato di analizzare tutti gli eventi che avevano portato alla sua missione qui.

La maggior parte delle interazioni che aveva avuto con la Compagnia, come sempre, erano avvenute tramite suo padre, Jeremiah Jefferson. L'uomo era più in alto nell'organizzazione, anche se Joshua non aveva idea di quanto fosse estesa la rete gerarchica. Di solito, Joshua si sentiva regolarmente al telefono con suo padre per discutere delle missioni e degli impieghi imminenti. La Compagnia scelse di comunicare con Joshua attraverso Jeremiah, consentendo a entrambi gli uomini una certa autonomia decisionale quando si trattava dei dettagli di ogni missione.

Anche questo era strano in questa particolare missione. Joshua non parlava con suo padre da mesi. Ultimamente comunicava via e-mail. Le e-mail, ora che ci pensava, erano brevi e scritte con un tono che non corrispondeva a quello di suo padre.

Ora sospettava che l'e-mail di suo padre fosse stata violata, o da qualcuno all'interno della Compagnia che operava come una canaglia, o dalla Compagnia stessa, in uno degli infiniti colpi di scena che definivano la struttura di potere dell'organizzazione.

Il segno più evidente del fatto che fosse stato preso in giro, tuttavia, era il fatto che anche suo fratello, Rhett Jefferson, fosse qui fuori. Il padre non avrebbe mai mandato Rhett e, dalle conversazioni che avevano avuto mesi prima e prima ancora, Joshua era convinto che il padre pensasse del figlio minore meno di quanto Joshua si aspettasse.

Ricordò una delle ultime conversazioni avute con suo padre. L'argomento del fratello minore di Joshua era stato sollevato e Jeremiah Jefferson era diventato freddo, con il suo spesso accento del sud che rallentava per enunciare il suo punto di vista. "Rhett è pericoloso, non per la sua esperienza e il suo addestramento, ma nonostante questo. Non sa dove dovrebbe essere la sua lealtà e la sua unica autorità sono i soldi e il potere".

Senza dirlo apertamente, Jeremiah Jefferson aveva chiesto al figlio maggiore di diffidare del fratello minore.

"Che cosa sarà, Jefferson?". chiese Riggs, riportando Joshua al presente. "Vuoi combattere fino alla sua inevitabile conclusione o possiamo farlo in modo semplice?".

Joshua pensava che la "via più facile" si sarebbe risolta con la sua morte, in quanto Riggs non avrebbe sicuramente voluto permettere a Joshua di riunirsi al loro gruppo. La Compagnia l'avrebbe considerata una spesa imprevista, ma niente di più.

Joshua sospirò. Lanciò un'occhiata a un grande mucchio di bastoni e rami che erano galleggiati in un angolo del fiume. Con il passare del tempo la massa si era compressa, formando un muro quasi impenetrabile che si innalzava sopra la superficie dell'acqua. Mentre fissava il mucchio di bastoni spezzati, ebbe un'idea.

Riggs non avrebbe reso le cose facili, indipendentemente dalla scelta di Joshua. Non aveva dubbi che avrebbe perso in qualsiasi tipo di combattimento uno contro uno, per quanto si fosse impegnato. Non poteva usare una distrazione per ottenere un qualche effetto e Riggs non sarebbe caduto in nessun tipo di espediente. Era un soldato esperto, uno che aveva visto più combattimenti di chiunque altro nella loro squadra, un veterano che aveva ucciso più persone di quante ne avessero mai conosciute alcuni dei suoi uomini.

Joshua si mise di traverso, avvicinandosi all'acqua. Riggs si adeguò ai suoi movimenti, spostandosi anch'egli alla sua destra per tenere Joshua direttamente di fronte a sé. Ben presto entrambi gli uomini si trovarono in piedi sul bordo dell'acqua, immersi in un fango profondo pochi centimetri, e si guardarono l'un l'altro in attesa della battaglia finale.

Joshua aspettò che l'uomo più grande fosse in piedi di fronte a lui, proprio davanti al cumulo di detriti.

Il nido.

Ricordava di aver letto di alcuni dei predatori più noti che potevano aspettarsi di trovare nella giungla. L'elenco delle cose che potevano ucciderli qui era quasi infinito, ma ce n'erano alcune che erano in cima alla classifica nella mente di Joshua e che lui chiamava *"modi orribili di morire nella foresta pluviale"*.

Ha ricordato uno di questi predatori in particolare e il loro habitat tipico. Preferivano fiumi a lento scorrimento, quasi paludosi, acque più torbide che consentivano loro di avvicinarsi di soppiatto alle prede, e nidificavano nei grandi cumuli di bastoni e detriti che erano comuni lungo gli affluenti e i fiumi del Rio delle Amazzoni.

Era un tentativo azzardato, ma era tutto ciò che Joshua aveva. Si buttò in avanti, sperando che Riggs abboccasse all'amo.

Lo fece, facendo un passo indietro e salendo sulla collinetta. Fu una reazione quasi involontaria, una risposta all'improvviso assalto frontale.

Joshua si fermò e aspettò. Riggs era in piedi sul monte di lancio e guardava con diffidenza il suo avversario.

Poi accadde. Riggs era troppo pesante per il cumulo di bastoni e uno dei suoi piedi sfondò il soffitto della cupola. L'interno del tumulo era vuoto e Joshua vide e sentì lo schizzo d'acqua quando il piede di Riggs colpì la superficie del fiume.

Riggs fu sorpreso, ma non si scompose. Imprecò, cercando di liberare il piede.

Andiamo, pensò Joshua. *È meglio che ci sia qualcuno in casa.*

Riggs spinse verso il basso con il piede libero e tirò fuori la gamba dal buco. Proprio quando la suola dello stivale si liberò dalla cima della cupola, il tumulo crollò. Bastoni, fango, acqua e Riggs si sparpagliarono nel fiume mentre Joshua li guardava.

Riggs stava per alzarsi quando qualcosa lo tirò indietro. La parte superiore del corpo cadde in avanti, mentre la parte inferiore fu trascinata all'indietro nell'acqua bassa. Si acciglìò mentre sollevava di nuovo la testa dalla superficie e Joshua lo vide fare uno sforzo per tirarsi su e avanzare di nuovo.

Il suo movimento fu tradito ancora una volta, mentre la forza invisibile sotto la superficie tirava l'uomo.

Gli occhi di Riggs si allargarono quando capì contro chi stava combattendo. Joshua fissò con calma il nido rotto e l'uomo che lottava contro il suo destino.

L'anaconda era ovviamente arrabbiata per il fatto che la sua casa fosse stata rovinata, e per il grosso serpente non faceva alcuna differenza che si trattasse di un intruso umano.

Riggs si tirò a riva, scavando con le dita nel fango e spingendo il busto sulla riva. Solo allora Joshua riuscì a vedere bene il serpente che si era avvolto intorno alla gamba e alla parte inferiore del corpo di Riggs. Il rettile era assolutamente massiccio, largo più di un metro nel punto più spesso.

Il serpente marrone-verdastro reagì a ogni movimento di Riggs con uno opposto, usando ogni grammo della forza dell'uomo contro di lui. Ogni volta che Riggs espirava, il serpente si arrampicava sul suo corpo e stringeva la presa sulla preda.

Joshua aveva letto che l'anaconda era un membro della famiglia dei boa costrittori, giustamente chiamata così per la sua capacità di "costringere" la preda avvolgendosi intorno al cibo per soffocarla. A volte raggiungevano il peso di 500 chili, ma di solito attaccavano solo mammiferi di piccole e medie dimensioni, e solo raramente colpivano esseri umani adulti.

Joshua sperava che questo particolare serpente facesse un'eccezione, e così fu. Anche se il serpente non aveva intenzione di consumare Riggs, l'uomo sarebbe stato schiacciato sotto il peso del mostro in meno di un minuto.

Riggs si dimenò ancora per qualche secondo, poi guardò Joshua. Aveva gli occhi iniettati di sangue, la bocca aperta e un silenzio inquietante. Sembrava che stesse chiamando Joshua, chiedendo aiuto. Joshua lo ignorò, continuando a fissare l'orrenda scena che si svolgeva davanti a lui. Una piccola parte di lui provò rimorso, ma riuscì a guardare oltre e a ricordare a se stesso la verità.

Mentre il serpente terminava il lavoro, Joshua sentì lo schiocco di un ramo e il fruscio delle foglie alla sua sinistra. Uno degli uomini del suo gruppo apparve nella giungla. L'uomo guardò Joshua, poi abbassò lo sguardo su Riggs avvolto dal serpente. Quando i suoi occhi tornarono a incontrare quelli di Joshua, quest'ultimo gli stava puntando la pistola direttamente addosso.

Sparò rapidamente due colpi, ma l'uomo si stava già muovendo. Si abbassò e cadde a terra, schivando perfettamente l'attacco.

Joshua non aspettò oltre. Non c'era modo di rimanere a combattere il resto dei suoi uomini, ormai rivoltati contro di lui. Si tuffò a capofitto nel fiume, pensando brevemente che il serpente gigante potesse avere degli amici in agguato nelle vicinanze. Nuotò a stile libero attraverso l'acqua e verso l'altra sponda, non rallentando fino a quando non si fu tirato fuori dal fiume e non si trovò tra gli alberi. Joshua corse su per la collina in pendenza nella stessa direzione in cui Riggs aveva detto che erano dirette le ragazze.

Non ci volle molto perché il gruppo si riunisse, spiegasse cosa era successo e capisse che Joshua non era più dalla loro parte. Da quel momento in poi, sarebbe stato il nemico non solo del gruppo del dottor Meron e di Julie, ma anche del suo.

Mezz'ora dopo trovò Julie e Amanda. Stavano camminando davanti a lui, muovendosi lentamente, Julie portava Amanda per metà mentre avanzavano nella giungla. Aveva bisogno di un piano, e in fretta. Le ragazze stavano cercando di incontrarsi con il loro gruppo e Joshua doveva aiutarle a farlo, senza farsi uccidere nel frattempo.

"Juliette", gridò, correndo in avanti per intercettarli.

CAPITOLO 50

NON SI ERA ACCORTO di avere la bocca aperta finché Reggie non lo chiamò. "Ben, stai bene?"

Ben non riuscì a spostare lo sguardo dall'acqua, ma annuì. "Sto bene. Carlo..."

"Abbiamo visto, Ben. Non possiamo fare nulla".

Ben voleva urlare. Voleva imprecare, litigare con Reggie. *Avremmo potuto fermarlo.*

Ma conosceva l'orribile verità. *Non avrebbero potuto fare nulla.* L'attacco è stato rapido, furtivo e non c'era modo di impedirlo. Anche mentre stava accadendo, avrebbe solo messo in pericolo altre vite se avessero cercato di fermarlo.

Paulinho e Rhett erano rivolti nella direzione opposta, guardando verso il folto della giungla che ora era l'unica barriera tra loro e la parete rocciosa. Sentì una mano sulla spalla che lo allontanava delicatamente dal bordo del fiume. Si voltò per vedere Archie accanto a lui e Reggie che si avvicinava. "Mi dispiace, Ben". Ben non era sicuro del perché quell'uomo dovesse essere dispiaciuto. Carlo non era un suo dipendente, né un amico, e nemmeno un conoscente. Ben non lo conosceva meglio di chiunque altro durante il viaggio, e avrebbe dovuto essere in grado di scrollarsi di dosso il sentimento con poca preoccupazione.

Ma qualcosa lo tormentava. L'intero viaggio aveva ricordato a Ben qualcosa, qualcosa che non riusciva a collocare. Non aveva cercato di capire quella sensazione, anzi l'aveva attivamente rifiutata, ma sapeva che era lì. Lo strattonava, riportandolo a un tempo e a un luogo che da tempo aveva cercato di dimenticare.

C'erano suo padre e suo fratello. Una battuta di caccia. Un cucciolo d'orso si era aggirato nel loro campo e il fratello di Ben si era messo tra il cucciolo e la madre. Il padre di Ben morì per salvarlo. Sua madre non si riprese mai veramente.

È stato quasi quattordici anni fa e poco dopo è diventato guarda-parco. Voleva un lavoro solitario, lontano dalle persone e dagli impegni. Quando arrivò al parco e iniziò a lavorare, capì subito che lo aveva fatto per le ragioni sbagliate.

Amava il lavoro al parco e vi aveva dedicato i dieci anni successivi, ma era stata Juliette Richardson a costringerlo a rendersi conto della verità. Non odiava le persone, odiava solo il dolore che causavano. Voleva aiutare ed era ostinatamente dedito alle persone che amava e con cui lavorava, e avrebbe fatto di tutto per proteggerle. Era solitario perché aveva paura, non perché era arrabbiato. Lei glielo aveva fatto capire.

Reggie si unì presto ad Archie. "Ben, conosceva i rischi. Lo sappiamo tutti".

"Non ha niente a che fare con...".

"Nessuno di noi lo sa, Ben. Non è una battaglia di nessuno, ed è proprio per questo che io e te la stiamo combattendo".

Ben guardò Reggie con sospetto.

"Ti ho scoperto, Bennett", disse Reggie. "Julie mi ha spiegato un po' di cose, ma il resto l'ho capito abbastanza in fretta".

"Di cosa stai parlando?" Chiese Ben.

"Io e te siamo uguali in questo senso, Ben. Ci preoccupiamo delle persone in un modo che a volte ci rende stupidi".

Ben si accigliò.

"Non è sempre una cosa negativa, amico. Tu sei qui, e questo è un bene. Nessun altro sul pianeta si getterebbe volentieri in questa situazione. Sei *arrivato* qui *in aereo. Con un aereo. Due* aerei, in realtà". Reggie sorrise.

"Te ne ha parlato?"

"Sì, scusa". Reggie gli diede un colpetto sulla schiena. "Tutti hanno qualcosa, sai?".

Ben rise.

"Non ci sono molti ragazzi che ho conosciuto come te. Sei testardo da morire, ma lo usi in modo intelligente. Sotto pressione".

Ben iniziò ad allontanarsi, cercando di prendere le distanze dal fiume e di non pensare al fatto che quando tutto questo fosse finito, quando avessero finalmente trovato quello che stavano cercando e fossero in qualche modo rimasti vivi, avrebbero dovuto attraversarlo ancora una volta.

"Carlo era un brav'uomo, ne sono certo", ha detto Reggie. "Ci assicureremo di trovare la sua famiglia. In questo momento, però, abbiamo bisogno di voi. Di tutti voi. Capito?"

Ben annuì.

"Bene. Julie è là fuori da qualche parte e ha bisogno che tu la riporti indietro".

Ben si tese al pronunciare il suo nome, ma sapeva che Reggie aveva ragione. Quell'uomo non lo stava assecondando o manipolando le sue emozioni. Parlava con verità ed esponeva i fatti. Era una delle cose che gli piacevano di Reggie.

Archie aveva raggiunto Paulinho ed entrambi stavano controllando i lividi rimasti sul torso di Paulinho. Era di un terribile colore nero-bluastro, ma Paulinho sembrava stare bene. Sembrava che l'area coperta dai lividi si stesse già riducendo. Archie la punzecchiò in alcuni punti e presto entrambi ritennero che fosse abbastanza sana per proseguire.

"Sei pronto?" Chiese Reggie.

Ben pensò per un attimo, il suo subconscio stava ancora elaborando scenari che gli avrebbero permesso di non doversi arrampicare su una parete di roccia. Non trovando uno scenario adatto, annuì. "Pronto come non mai".

Reggie sorrise. "Ci pensi tu".

Reggie fece qualche passo verso Archie, Rhett e Paulinho e fece la stessa domanda, ma prima che Ben potesse ascoltare le loro risposte, sentì l'inconfondibile rumore di spari che squarciavano l'aria. Socchiuse gli occhi, cercando di vedere oltre il fiume la fonte del trambusto.

Gli spari continuarono, con raffiche costanti che riecheggiavano sulla superficie del fiume e raggiungevano Ben, per poi rimbalzare sulla parete rocciosa alle sue spalle e tornare sull'acqua. L'effetto è quello di un barattolo di latta, che aggiunge confusione e caos minaccioso al mix di emozioni che Ben sta provando.

Julie inciampò improvvisamente sulla stessa sporgenza da cui erano scesi meno di un'ora prima, mentre gli spari continuavano a squarciare la giungla.

CAPITOLO 51

"JULIE!", gridò. Agitò le braccia sopra la testa, sperando di attirare la sua attenzione.

Julie non ricambiò il saluto. Invece, saltò in avanti e scese dalla piattaforma rocciosa, trovando alla fine i suoi piedi sul pavimento instabile della giungla che degradava sotto la sporgenza. Scivolò fino a terra, fermandosi a malapena per riprendere fiato.

La stessa camminata che aveva richiesto al gruppo di Ben circa quindici minuti, aveva richiesto a Julie meno di trenta secondi.

Anche Ben sapeva cosa significava. *È a lei che stanno sparando. Sta scappando da* loro.

La gioia per la sua apparizione fu presto sostituita, ancora una volta, dalla paura, dalla rabbia e dal lento, fumante sentimento di vendetta. Le gridò di nuovo, ma lei era intenta ad attraversare il fiume.

"Julie! Aspetta! Ci sono..."

Sapeva che lei poteva sentirlo, ma mentre cercava di gridarle il suo avvertimento sui predatori mortali in agguato appena sotto la super-ficie dell'acqua, sentì Reggie tirargli la spalla.

"Ben, fermati. Guarda".

Reggie indicò la sporgenza e gli occhi di Ben lo seguirono. La sporgenza, si rese conto, era probabilmente l'unico ingresso alla valle in cui si trovavano. La forma naturale del paesaggio, unita alla densità della giungla in cui si trovavano, non consentiva di accedere a questo luogo se non attraverso gli stessi pilastri degli alberi che avevano trovato. La porta della loro piccola valle.

E quella porta non era vuota.

Ben poteva vedere il mercenario più giovane - quello che aveva riconosciuto dal video della NARATech - che guardava verso la valle. Aveva il fucile a tracolla, ma teneva una pistola nella mano destra. Ben poteva quasi sentire i suoi occhi su di lui, che lo fissavano. Ben strinse la mascella e si avviò in avanti.

Ancora una volta, Reggie lo trattenne.

"Quei colpi provenivano da fucili d'assalto", ha detto Reggie. "E lui non ne sta usando uno".

Ben ascoltò per un momento e sentì il rumore schioccante degli spari che risuonava ancora in lontananza. Gli alberi smorzavano un po' il suono, ma il rumore era abbastanza nitido da arrivare facilmente a valle.

"Cosa stai dicendo?" Chiese Ben.

"Non è lui a sparare a Julie e non credo che stia cercando di catturarla. Credo che stiano *tutti* scappando dai mercenari".

Ben si acciglò quando Reggie menzionò "tutti", ma continuò a guardare la piattaforma e capì cosa intendeva dire Reggie. Dietro l'uomo in piedi sul cornicione, vide una spruzzata di capelli biondi. *Amanda*.

"Il dottor Meron è lassù con lui", disse Reggie.

L'uomo non aspettò che Amanda riprendesse fiato. Saltò in avanti proprio come aveva fatto Julie, scivolando giù per la rampa di flora della giungla contorta e marcescente e uscendo sull'ampia riva del fiume. Amanda lo seguì. Non riuscì ad atterrare, ma l'uomo si abbassò e la aiutò a rimettersi in piedi.

"La sta aiutando", disse Ben. Si sentiva sciocco per non essere in grado di fare nulla dalla loro posizione, offrendo solo commenti da lontano.

Quando Amanda si fu ripresa, l'uomo entrò nel fiume e iniziò ad attraversarlo. Ben sollevò la pistola e la controllò, poi la tenne davanti a sé. Puntò verso l'uomo, ma sapeva che sarebbe passato almeno un altro minuto prima che fosse a portata di tiro.

Julie si avvicinò al centro del fiume e Ben lasciò cadere la pistola. Voleva dirle di tornare indietro, di aspettare sull'altra sponda del fiume. Ma l'uomo la stava seguendo, a pochi passi di distanza, e c'era ancora qualcuno che sparava contro di loro dall'altra parte del fiume.

Si costrinse a ignorare la consapevolezza di ciò che poteva esserci nel fiume, in attesa di un'altra vittima, e sollevò di nuovo la pistola. Si voltò, aspettandosi di vedere Reggie che rispecchiava la sua azione. Invece, Reggie guardava tranquillamente verso il fiume, come se nulla fosse.

"Cosa stai facendo?" Chiese Ben.

"C'è qualcosa che non quadra", ha detto. "Sto aspettando".

"Per cosa?"

All'inizio Reggie non rispose, ma poi, con un rapido gesto del collo, fece di nuovo cenno al cornicione. Ben, di nuovo, alzò lo sguardo per vedere. Non sentiva gli spari da circa un minuto e il motivo era in piedi sulla porta della valle.

I mercenari.

Riuscì a vedere completamente solo i due uomini in piedi uno accanto all'altro, ma riuscì a distinguere le sagome di almeno altri sei uomini in fila dietro di loro. I due uomini davanti stavano fissando la valle, proprio come avevano fatto Julie e l'altro uomo, valutando le loro opzioni.

Ben cercò di immaginare i loro pensieri.

Sparare da qui o spostarsi verso il fiume?

Avanzò, avvicinandosi al bordo dell'acqua. *Scendi qui,* pensò. *Facciamo in modo che sia una lotta leale.*

Julie era dall'altra parte del fiume e Ben era così concentrato sui mercenari che quasi non si accorse che lei lo stava chiamando.

"Ben!", gridò di nuovo. Lui si girò, sorpreso, e quasi cadde all'indietro quando lei gli saltò in braccio, abbracciandolo.

Lei piangeva, ma sorrideva. Lui la tirò a sé e le fece appoggiare la testa sulla sua spalla mentre la stringeva. "Stai bene?"

"Sì, tu?"

"Sono vivo, ma sono pronto a lasciare questa giungla. Quella crociera mi sembra un'ottima idea in questo momento".

Julie rise, ma Reggie era lì per interrompere il loro incontro. "È ora di andare, piccioncini. Abbiamo compagnia".

Ben si voltò per vedere che l'uomo dietro Julie era riuscito ad attraversare il fiume. Amanda era dietro di lui e Archie e Paulinho si stavano già preparando a guadare il fiume per aiutarla. Reggie e Ben alzarono le pistole e puntarono sull'uomo.

"Non sparare, Ben", disse Julie. "È qui per aiutare".

Ben fu visibilmente colto di sorpresa, ma non abbassò la pistola.

"Va tutto bene", disse l'uomo. "Julie ha ragione.

Reggie fece qualche passo in avanti, mirando ancora al petto dell'uomo. Per sua fortuna, l'uomo nel fiume aveva le braccia in aria, il fucile ancora a tracolla e la pistola nella fondina. Ben capì allora qual era la strategia dell'uomo. Guadando il fiume con Julie davanti a sé, il gruppo di Ben non gli avrebbe sparato. Con Amanda alle spalle, nemmeno i mercenari avrebbero sparato. Finché la situazione rimaneva così, nessuno dei due plotoni d'esecuzione avrebbe potuto colpire l'uomo.

Sembrava che i mercenari avessero deciso di prendere la strada più sicura, visto che erano scomparsi dalla piattaforma per tornare nel bosco. Ben sapeva che mancavano solo pochi minuti per riemergere sull'altra sponda del fiume e per allora sarebbero stati a distanza di tiro. Socchiuse gli occhi alla luce del sole, osservando i tre corpi che avanzavano sul fiume.

Il capo dei mercenari stava per entrare nel loro campo e Ben non era sicuro di cosa avrebbero fatto quando l'avrebbe fatto.

CAPITOLO 52

GLI UOMINI del gruppo di Julie e Amanda lo stavano aspettando sull'altra sponda del fiume. Julie aveva già raggiunto Bennett e Joshua li vide abbracciarsi per un momento sulla riva. Mentre li guardava, provò una rapida fitta di rimpianto, un sentimento con cui non era del tutto a suo agio. Alzò lentamente le braccia in aria per mostrare la sua resa.

"Non sta mentendo", disse ancora Joshua. "Ma non abbiamo molto tempo. Stanno venendo qui e non hanno intenzione di...".

"Li hai *condotti* qui", disse Ben.

"Forse, ma ti avrebbero trovato comunque. Non sono un segugio, ma lasci una traccia piuttosto evidente".

Joshua era arrivato quasi al bordo del fiume e ora sentiva che il terreno sotto di lui era in pendenza. Il pendio continuava oltre la linea di galleggiamento e si inoltrava nella fitta giungla retrostante, dirigendosi verso la base di una scogliera affilata poco oltre. Osservò la singolare caratteristica. Una scogliera era fuori contesto qui, in un bacino generalmente piatto come quello amazzonico. Non c'erano montagne, né affioramenti rocciosi, e certamente non c'erano scogliere.

In generale.

Come in molti altri luoghi del mondo, le sorprese si nascondevano ovunque. Avrebbe dovuto aspettarsi di trovare qualcosa di simile qui, nella parte più remota del pianeta. La scogliera non era nemmeno particolarmente alta, il che la faceva sembrare quasi giustificabile: non sarebbe stata facilmente individuata dalla ricognizione satellitare, e l'intera struttura della scogliera era incassata in una valle più ampia, simile a un catino, in cui si trovavano tutti.

Il gruppo lo fissava mentre risaliva gli ultimi metri dell'argine naturale. Due degli altri uomini del gruppo erano scesi in acqua per recuperare la dottoressa Meron, che a malapena riusciva a stare in piedi da sola. Erano tornati in fretta con Amanda e tutti e tre stavano uscendo dal fiume a circa tre metri a monte di lui. Guardò da una persona all'altra e alla fine si soffermò su quella che stava qualche passo dietro gli altri, a testa bassa.

Rhett.

Joshua provò tutta la rabbia che aveva sempre provato nei confronti dell'uomo traditore e bugiardo che conosceva vergognosamente come suo fratello minore. Concentrò i sentimenti nei suoi occhi, aspettando che alzasse lo sguardo. Quando non lo fece, Joshua caricò in avanti.

"Bugiardo pezzo di..."

Un altro uomo apparve improvvisamente davanti a lui, bloccandogli la strada. Joshua riconobbe l'uomo che si era unito al gruppo all'hotel, quello con un sorriso permanente sul volto.

"Piacere di conoscerla", disse l'uomo, completamente ignaro dell'atteggiamento irato di Joshua. "Mi chiamo Reggie e questo...".

"A dopo, Reggie", disse Joshua, cercando di superare l'uomo.

Reggie non si mosse. "Ascolta. Abbiamo alcune domande da farle, prima che...".

"È mio fratello".

Tutti gli occhi, compresi quelli di Rhett, si alzarono di scatto verso Joshua. Reggie fece un passo indietro, chiaramente confuso. Ben era accigliato. Joshua aspettò, cercando di far calare un po' la tensione della situazione, ma la consapevolezza che i soldati, i *suoi* soldati, erano da qualche parte direttamente dietro di loro gli diede un senso di urgenza.

"Non abbiamo tempo, come ho detto. Dobbiamo muoverci, raggiungere la città".

"Perché sei qui?" Chiese Reggie.

Joshua annuì. "Giusto, mi scuso. Ero - ovviamente - con l'altro gruppo. Vi abbiamo seguito per cercare di individuare e acquisire la dottoressa Meron e le sue ricerche. Tutto ciò che poteva condurci alla città di El Dorado".

Reggie rimase a guardare, con il volto inespressivo, mentre Joshua continuava.

"Lavoro per una società interessata ad acquisire qualsiasi cosa sia nascosta in città". Lanciò un'occhiata ad Harvey Bennett, per assicurarsi che stesse prestando attenzione. "Pensano che la ricerca del dottor Meron e la città possano essere collegate in qualche modo, considerando la velocità e la segretezza con cui siete partiti".

Ben si avvicinò a Joshua. "Cosa puoi dirci di questa azienda? E cosa ti ha spinto a cambiare idea e a volerci improvvisamente aiutare?".

Joshua colse il sarcasmo nella domanda dell'uomo, ma lo ignorò. "Ti sto dicendo la verità, Ben. La società per cui lavoro farebbe *di tutto* per raggiungere i propri obiettivi, compreso uccidere chiunque - *chiunque* - si metta sulla loro strada".

"L'abbiamo capito".

"Giusto. Beh, credo di essere diventato una di quelle persone".

Il volto di Reggie non era cambiato, ma finalmente parlò. "E questo ragazzo qui è tuo fratello?".

Joshua annuì. "Mio padre lavora per la compagnia e a quanto

pare mi ha mandato qui a cercarvi. Stavo solo seguendo i suoi ordini, ma ora comincio a dubitare che provengano da lui".

"Perché?"

"Perché non *gli* avrebbe mai permesso di uscire qui. Non è addestrato, non è stato testato e non ci si può fidare...".

Rhett, con le mani ancora legate, improvvisamente corse in avanti e si tuffò di testa su Reggie. Reggie inciampò ma non cadde, ma mentre si girava per respingere l'aggressore, Rhett lo spinse via e tornò su un terreno più alto.

Joshua prese la sua arma, ma Ben stava avanzando verso di lui. Considerò le sue opzioni, ma il fratello minore era già in movimento.

Rhett aveva l'aria di essere in preda a un forte dolore fisico e, a giudicare dai lividi e dai tagli sul suo viso, Joshua suppose che fosse vero. Aveva le braccia tese, le mani erano l'unica parte del corpo che non tremava.

Da uno dei suoi pugni usciva la pistola di Reggie, puntata direttamente alla testa di Reggie, a pochi metri da lui.

"Ok", disse Rhett. "È ora di tornare dagli altri".

Joshua era furioso, ma non poteva muoversi. Sapeva che Rhett avrebbe senza dubbio sparato all'uomo che stava minacciando. Qualsiasi movimento o parola sbagliata lo avrebbe fatto scattare.

"Rhett..." Joshua parlò con calma, sperando di placare la rabbia del fratello e di farlo parlare.

"Risparmiatelo", disse Rhett, con sangue e sputo che gli uscivano dalla bocca. "Avete sentito quello che ho detto. Ora muoviti!".

Ben era in piedi accanto a Joshua, con le spalle quasi a contatto. Joshua mantenne il viso dritto in avanti, ma spostò gli occhi per vedere meglio l'uomo che gli stava accanto. Notò che Ben non aveva l'arma alzata.

Sarebbe solo un mezzo secondo, ma potrebbe essere sufficiente...

"Te lo chiederò solo un'altra volta", disse Rhett, "e poi il tuo amico...".

Joshua, con un unico movimento fluido, tirò la propria pistola verso l'alto e verso Rhett. Dovette portare il braccio ancora più in alto del normale, poiché Rhett si trovava su una parte del terreno qualche metro più in alto di tutti loro, prendendo letteralmente il terreno più alto come un vantaggio.

Sentì, più che vedere, Ben alzare l'arma in reazione al suo movimento, ma era troppo tardi.

Sparò due volte, mirando al petto di Rhett.

CAPITOLO 53

AVEVA INIZIATO A CORRERE NON appena aveva visto la pistola di Joshua alzarsi. Mirando ad Amanda, si rese conto che la sua traiettoria si sarebbe incrociata con un'altra: quella dei proiettili che Joshua stava iniziando a sparare.

Dopo i primi due spari, si trovò a correre verso Ben. Era in piedi, al sicuro, fuori dalla linea di tiro, ma anche lui aveva alzato la pistola, preparandosi a sparare.

"Ben! No!" urlò, quasi placcandolo mentre si scontrava con lui vicino alla linea di galleggiamento.

Ben si girò, mentre veniva spinto di lato, con un'espressione sorpresa sul volto. "Julie?"

"Non sparategli", disse ancora, senza fiato. "È dalla nostra parte".

Ben guardò da Joshua a Julie, poi verso Rhett. "Come fai a saperlo?"

Rhett grugnì, il sangue gli si stava già accumulando sul petto anche se si trovava, tremante, sul terreno più alto sopra tutti loro. Cercò di fare un solo passo indietro, ma il suo piede non atterrò mai correttamente. Cadde di lato e si accasciò a terra. Tossì due volte, il sangue gli schizzò dalla bocca e sporcò le rocce bianche e piatte che giacevano lì vicino.

Julie fissava le gocce di sangue, con gli occhi sbarrati. *Che cosa sta succedendo?* Si sentiva fuori controllo, cercava di tenere a freno Ben e di convincere lui e gli altri dell'innocenza di Joshua, ma poi, per qualche motivo, lui aveva sparato al suo stesso fratello.

"Julie?"

Alzò lo sguardo. Ben la stava fissando, ma non era solo. Tutto il gruppo, oltre a Rhett morente, la stava guardando. *In attesa.* Ben e Reggie stavano entrambi puntando le pistole alla testa di Joshua. Joshua aveva gettato le sue armi, compreso il fucile, sulla spiaggia e ora stava in piedi con le braccia alte sopra la testa. Sembrava completamente calmo, persino sollevato, come se la sua missione fosse finalmente finita.

"No... io..." non sapeva bene cosa dire. "Non ucciderlo. Io gli credo".

Nessuno parlò. Gli occhi di Joshua caddero su Julie e le fece un leggero cenno.

"Julie, cosa ti ha detto?". Chiese Reggie.

"L'ha già spiegato. I suoi uomini sono più fedeli alla società per cui lavorano che a lui. Sono qui per lo stipendio, ma lui pensa che l'azienda abbia fatto il doppio gioco".

"Quale azienda?" Chiese Ben.

"L'azienda che stavate cercando", ha detto. "Drache Global. O Dragonstone, o Drage Medisinsk. Sono tutti la stessa cosa".

"O le Industrie Draconis", disse Joshua. Tutti lo guardarono. "È il *vero* nome della società per cui lavoro. Tutte le altre sono filiali. Sono collegate, ma non necessariamente uguali. Alcune sono farmaceutiche, altre di ricerca, altre ancora di computer ed elettronica. Ma la mia azienda ha interessi in tutte, tanto da averle acquisite completamente".

"Sono tutte lingue diverse per dire 'drago'", ha detto Archie.

Joshua annuì. "È una cosa che si nasconde in bella vista", disse. "Pensano che nessuno sospetterà di loro, dato che la maggior parte dei loro affari sono R&S del tutto legittimi".

"Ma sono un'organizzazione terroristica".

"No, tutt'altro", ha detto. "Non hanno paura di distruggere tutto ciò che li ostacola. Hanno un potere incredibile e una riserva di risorse praticamente illimitata. Ciò che li tiene fuori dai controlli è che tengono le cose in una mano nascoste dall'altra. E molti dei Paesi in cui operano mangiano comunque da una di queste mani".

"Che cosa ci guadagna?". Chiese Reggie. "Perché dirci tutto questo? Un giorno fa ci stavate sparando addosso".

Joshua guardò Amanda. Era appoggiata a Paulinho, che aveva una mano sulla testa e si massaggiava le tempie. "La mia squadra aveva ricevuto l'ordine di riportare indietro il dottor Meron, dopo aver trovato la città perduta di El Dorado e aver eliminato il resto di voi. Ma ho iniziato a sospettare che mio padre - quello da cui pensavo di ricevere comunicazioni - non fosse più in gioco e che la Compagnia mi stesse usando. Non avrebbe mai mandato mio fratello qui".

Julie scosse la testa. "Ma è questo che non ha senso per me", disse. "Perché ucciderlo? È tuo *fratello*".

Joshua strinse i denti. "Doveva essere fatto. Non c'era modo di evitarlo, ed era solo questione di tempo. È stato una spina nel fianco per anni, e non c'è dubbio che sia stato il motivo principale per cui la compagnia è riuscita a fornirci informazioni sulla vostra posizione".

"Aspetta, cosa?" Chiese Ben. Teneva ancora la pistola in mano, ma la sua presa vacillava un po'. Julie vide la pistola abbassarsi leggermente. "Come facevano a sapere dove eravamo? E per quanto tempo?".

Joshua fece un passo avanti e Ben alzò la pistola, stringendola ancora una volta. "Come si è procurato quella ferita?" Chiese Joshua. Indicò il fianco del fratello.

"La ferita da coltello?" Disse Archie. "Ha detto che siete stati voi.

La vostra squadra, almeno. Lo abbiamo trovato in una casa e poi ci ha fatto volare a Manaus".

Joshua si accigliò. "No, non avevamo idea che fosse qui fuori finché Julie non ce ne ha parlato. Sono stato in grado di controllare la Compagnia fino a quando non siamo entrati nella giungla fuori Manaus, e mi hanno solo informato sulla vostra posizione generale".

"Allora come..."

"Dammi un secondo", disse Joshua, interrompendolo. Si chinò verso il fratello minore morto, gli aprì la camicia e osservò la ferita da coltello. Aveva cominciato a guarire, ma c'era ancora un'area nero-violacea intorno alla ferita stessa.

Joshua prese il suo coltello da combattimento e lo estrasse dal fodero sulla gamba. Lo tenne sopra la ferita e Julie distolse lo sguardo, disgustata. Cercò di ignorare il rumore della carne tagliata.

"Ecco", disse, e Julie abbassò di nuovo lo sguardo. La mano di Joshua era coperta di sangue, ma tra le sue dita teneva un piccolo dispositivo cilindrico.

"È un dispositivo di localizzazione?" Chiese Ben.

Joshua annuì.

"Malato", ha detto Reggie. "Masochista".

"Non ne sai nemmeno la metà", disse Joshua. "La buona notizia è che ora siamo fuori dalla rete". Con la lama del suo coltello aprì il dispositivo, ne estrasse le interiora elettroniche, lo gettò a terra e lo calpestò con il tacco dello stivale. "La Compagnia non può trovarci qui fuori", disse.

"Forse no", disse Archie, "ma possono farlo". Julie si voltò per vedere cosa stesse indicando.

I mercenari erano in piedi dall'altra parte del fiume, pronti ad attraversarlo. Si chiese perché non avessero sparato, poi capì dove si trovavano.

Ci tengono inchiodati. Non c'è bisogno di sprecare munizioni.

Possono avvicinarsi, prendere il dottor Meron e poi eliminarci uno per uno.

"Ragazzi, dobbiamo muoverci", disse. "Siamo davanti a un precipizio. Non c'è modo di salire e superarlo prima che arrivino".

Ma Julie sentì un senso di terrore quando capì quanto si era sbagliata. I mercenari aprirono il fuoco e i primi colpi colpirono l'acqua a pochi metri da loro. *Non hanno paura di sprecare munizioni*, pensò. *Ci vogliono tutti morti.*

Il prima possibile.

CAPITOLO 54

"CORRI!" Reggie urlò, ma il comando cadde nel vuoto. Tutti gli altri, compresa Amanda, si stavano già tuffando tra gli alberi ai margini del fiume.

Erano a meno di cento metri dalla parete rocciosa e Reggie sapeva che, una volta raggiunta, c'erano solo tre opzioni per avanzare: a sinistra, seguendo la parete rocciosa che girava a ritroso nella valle, a destra, sempre seguendo la parete rocciosa, o dritto.

La destinazione, secondo le loro mappe, prevedeva che scalassero la scogliera e proseguissero nella stessa direzione in cui stavano viaggiando. Ma Reggie sapeva che non c'era modo di arrampicarsi - senza equipaggiamento, ovviamente - direttamente sulla scogliera e sulla sua cima senza che il gruppo di soldati dietro li raggiungesse e li prendesse mentre salivano.

Rimanevano due opzioni: sinistra o destra. Nessuna delle due li avvicinava all'obiettivo, ma entrambe erano scelte ugualmente sbagliate. Nella mente di Reggie, questo significava che erano entrambe scelte ugualmente buone. Finché *restiamo insieme*, pensò.

I mercenari continuavano a sparare contro di loro, anche se il suo gruppo era ben al riparo degli alberi e nella zona paludosa del terreno che li circondava. Pensò che le loro scorte di munizioni fossero molto più alte di quanto avesse previsto all'inizio e che sperassero in uno o due colpi fortunati che attraversassero la foresta e colpissero uno di loro.

Joshua corse proprio davanti a Reggie, ricordandogli visibilmente l'altro argomento su cui stava ancora riflettendo. Joshua aveva sparato a suo fratello, a bruciapelo, senza battere ciglio. Era un gesto eroico, se Reggie considerava che Joshua poteva averlo fatto per salvare gli altri, ma Reggie sapeva che ogni storia aveva sempre almeno due facce. In questa storia in particolare, Joshua sembrava aver sempre nutrito qualche rancore nei confronti del fratello, e sapeva che Joshua diceva la verità quando si trattava della sua diffidenza nei confronti del fratello minore. Tuttavia, Joshua non esitò nemmeno quando Rhett scattò all'attacco. Alzò la pistola e sparò due volte nel petto del suo stesso familiare.

Reggie pensò che se Joshua fosse stato chiunque altro, avrebbe potuto giustificare l'azione supponendo che la reazione fosse involontaria, solo un naturale desiderio di proteggersi e sopravvivere. Tuttavia, Joshua sembrava essere ben addestrato come Reggie stesso, il che significa che la sua capacità di pensare in piedi e di prendere decisioni in una frazione di secondo era una delle caratteristiche che lo avevano tenuto in vita nel suo lavoro fino a quel momento.

A parte questo, Reggie non riusciva a trovare una spiegazione plausibile al fatto che Joshua si fosse unito al loro gruppo con la scusa di volerli "aiutare". I suoi soldati erano più forti, meglio addestrati e con molta più esperienza del gruppo di Reggie, in media. Reggie era l'unico di loro con esperienza militare, e certamente l'unico con un vero addestramento sul campo di battaglia. Joshua sarebbe stato stupido a pensare di doverli convincere che era meglio combattere dalla loro parte piuttosto che dalla sua.

Rimaneva un'ultima spiegazione per le azioni di Joshua al fiume. Reggie ci pensò un po' su, considerando le diverse parti e i diversi motivi coinvolti, e alla fine arrivò alla verità. Considerò il Rasoio di Occam, un principio che usava per definire una situazione in base al numero di ipotesi che si potevano fare su di essa. Qualunque soluzione sembrasse la più semplice - in altre parole, con il minor numero di ipotesi possibili - era probabilmente la soluzione corretta.

La soluzione, secondo questo principio, era che Joshua stesse dicendo la verità. Si era imbattuto nella giungla con Amanda e Julie perché aveva aiutato a liberarle dopo aver deciso che la sua società non era più allineata con i suoi interessi. Aveva bisogno dell'aiuto del gruppo di Reggie e sapeva che le sue possibilità di sopravvivenza erano maggiori combattendo contro gli uomini che aveva condotto fin lì.

Non si trattava nemmeno di una mossa altruistica. Reggie sapeva che quell'uomo era interessato soprattutto alla propria sopravvivenza, proprio come chiunque altro al mondo. Si dava il caso che condividesse un nemico comune con il gruppo di Reggie e che avesse un obiettivo comune: scoprire chi tirava davvero i fili della sua organizzazione. Per farlo, avrebbe dovuto aiutare Reggie e gli altri a trovare la soluzione al loro problema e a uscire vivi dalla foresta pluviale.

Reggie capì che erano arrivati alla scogliera quando per poco non si scontrò con Joshua. Paulinho, Archie e Amanda erano leggermente in ritardo rispetto agli altri, ma Ben e Julie li aspettavano già davanti a una grande roccia ricoperta di muschio. Proprio dietro di essa, la scogliera si ergeva oltre la chioma degli alberi, verso il cielo.

"E adesso?" Chiese Ben.

Reggie aspettò che Paulinho, Archie e Amanda arrivassero e riprendessero fiato. "Non lo so, a dire la verità", disse. "Non c'è modo di salire su quel dirupo senza attrezzatura, e soprattutto non prima dell'arrivo del resto dei vostri ragazzi". Rivolse l'ultima frase a Joshua, sperando che l'uomo avesse un suggerimento. Sorrise e alzò un sopracciglio, aspettando.

Joshua scosse la testa. "Purtroppo, credo di essere giunto alla stessa conclusione".

Gli spari erano diminuiti per il momento, ma Reggie calcolò che avevano solo un minuto, forse due, prima che ricominciassero. E se non avessero trovato il modo di sparire, sarebbe stato un bagno di sangue.

"Qualcuno ha qualche idea brillante? In pratica: destra o sinistra?".

Reggie si guardò intorno al suo gruppo malconcio e distrutto. Paulinho si teneva ancora la testa, come se cercasse di respingere una forte emicrania. Amanda si teneva il fianco, respirando pesanti boccate d'aria. Archie, considerando la sua età, se la cavava straordinariamente bene, ma stava ancora lottando. Ben e Julie si tenevano per mano, ma lui poteva quasi sentire la tensione che c'era tra loro. Era una tensione che sentiva anche lui; era una tensione che conosceva fin troppo bene.

La sua mente tornò in un altro tempo, in un altro luogo. Stava correndo nel deserto, cercando di trovare l'obiettivo che gli era stato ordinato di portare qui. La sua squadra era sparpagliata sulle dune ai suoi lati, e tutti correvano in avanti. La tensione che sentiva in quel momento era quasi pari al calore del giorno, che batteva su tutti loro, facendo arrossare i loro corpi e le loro attrezzature. Correvano da quello che sembrava un giorno intero, ma dal rifiuto del sole di avanzare anche solo di un centimetro capì che non stavano viaggiando da più di qualche minuto. Ricordava di essersi chiesto perché alla sua squadra non fossero state date istruzioni specifiche oltre ai pochi parametri della missione. *Trovare l'obiettivo, acquisirlo, tornare alla base.*

Non riuscirono mai a tornare alla base. Reggie tornò, da solo, tre giorni dopo.

"Reggie, stai bene?". Reggie alzò di scatto la testa e vide che gli altri lo stavano fissando. Ben fece un passo avanti e gli afferrò la spalla. "Andiamo a sinistra, a meno che...".

Reggie sorrise. "A sinistra va benissimo. Cosa stiamo aspettando?".

Ben sorrise e tornò al fianco di Julie.

Reggie si girò nella direzione opposta e vide che Paulinho gli teneva ancora la testa, ma questa volta con entrambe le mani.

"Mi... mi dispiace, non posso continuare ancora a lungo". Le parole di Paulinho erano balbettate, espresse con una rapida boccata d'aria.

"Che succede?" Chiese Reggie.

"La mia testa", ha detto Paulinho. "Non so cosa sia, ma è peggio di quanto abbia mai provato".

"Un mal di testa?" Chiese Amanda. Si avvicinò e gli mise una mano sulla tempia, massaggiandola lentamente. Paulinho sembrò apprezzare il gesto, lasciando cadere una mano sul fianco, ma emise un gemito di dolore.

Annuì. "Sì, peggio di qualsiasi altra emicrania. È iniziata sulla nave, ma pensavo fosse legata alla mia ferita". Gli occhi erano chiusi, serrati dal dolore. "Non volevo dire nulla, ma...".

"Sciocchezze", disse Amanda. "Potrebbe esserci un'emorragia interna. Qualcosa che ti ha colto di sorpresa; forse sei stato colpito più forte di quanto...".

"No", disse Paulinho scuotendo la testa. "Non è questo. Non è un dolore fisico. Non so come descriverlo, a parte questo".

Reggie si avvicinò ed esaminò rapidamente Paulinho. "Non c'è molto che possiamo fare qui fuori, amico. Ma dobbiamo muoverci".

"No, è che... capisco", disse Paulinho. "Volevo solo accennarlo, in modo che tu sappia perché devo fermarmi...".

"Andrà tutto bene", disse Reggie. Non gli piacevano le dichiarazioni sentimentali, e di certo non quelle che non poteva sostenere. Odiava dare false speranze alle persone, ma non c'era altra scelta. Si rifiutava di lasciare qualcuno indietro. "Riesci a camminare?"

Paulinho annuì lentamente. "Sopravviverò. Vi farò sapere se la situazione peggiora".

Reggie sapeva che non avevano più tempo da perdere. Senza dire altro, iniziò a camminare in testa al gruppo e proseguì nella foresta, tenendo la scogliera alla sua destra.

"Ormai hanno attraversato il fiume", disse a Joshua e Ben, sapendo che i due uomini erano direttamente dietro di lui. "Non dovrebbe mancare molto prima che...".

"Scendi!" Ben urlò da qualche parte dietro di lui. Senza fermarsi a valutare la situazione, Reggie cadde a pancia in giù in posizione prona. Immediatamente gli spari ripresero, molto più vicini di quanto avesse immaginato.

Ogni colpo veniva raddoppiato, il suono si riverberava sulla parete rocciosa e tornava alle sue orecchie una seconda volta. Sentì anche delle urla, non dal suo gruppo ma dagli uomini che li seguivano nella giungla. Si stavano segnalando l'un l'altro la posizione delle loro prede, il che significava solo che avevano trovato la posizione del gruppo di Reggie.

Si sentiva al sicuro a terra, sdraiato e mantenendo un profilo basso, ma sapeva che era solo una sicurezza relativa. Era temporanea. Dovevano avanzare, anche a rischio di essere colpiti da uno dei mercenari. Avevano pochi secondi prima che i mercenari li circondassero completamente. Pochi secondi prima che i mercenari potessero mirare a bersagli reali e non a semplici voci che rimbalzavano sulla scogliera.

Per quanto difficile, si spinse dal duro terreno della giungla e si mise in posizione eretta, sperando che gli altri seguissero il suo esempio. Continuò ad avanzare, controllando che la sua pistola avesse il caricatore pieno, infilando la mano nella tasca più grande dei pantaloni cargo. Riconosceva inconsciamente che era rimasto un solo caricatore e si chiedeva se ne avesse messo altri nelle due sacche di salvataggio che stavano ancora trasportando.

Prima di poter stabilire se avessero o meno abbastanza munizioni per resistere a un altro scontro a fuoco, Reggie si ricordò che erano, in ogni caso, completamente in inferiorità numerica e in inferiorità numerica. Avevano due pistole da dividere tra lui e Ben, il fucile e la pistola di Joshua, e forse abbastanza munizioni per qualche minuto di fuoco prolungato. Tutto questo contro una decina di fucili d'assalto, impugnati da professionisti ben addestrati a quell'arma.

Le probabilità erano molte e la luce del giorno si stava esaurendo. Ripercorreva nella sua mente gli scenari plausibili, cercando di arrivare a uno che non si concludesse con la loro morte.

Insoddisfatto del risultato, Reggie avanzò nella giungla dopo essersi assicurato che Ben, Joshua e gli altri lo seguissero.

CAPITOLO 55

REGGIE ERA SOLO qualche metro davanti a lui, a una velocità che doveva ritenere abbastanza ragionevole per i membri più lenti del gruppo, Archie, Paulinho e Amanda. Joshua correva accanto a Ben e Julie era dietro di lui, tenendo il passo.

Ben si chiese a cosa stessero sparando i mercenari, visto che nessuno del suo gruppo era ancora stato colpito da un proiettile vagante. Continuavano a sparare raffiche di tre colpi, spingendo Ben e il suo gruppo in avanti a ogni pressione del grilletto. O avevano una scorta illimitata di munizioni che usavano per spaventare le loro prede, o stavano sparando alle ombre.

Improvvisamente Ben considerò che poteva esserci una terza opzione. *Forse stanno davvero sparando alle persone*, pensò. *Ma non a noi.*

Non appena provò il sollievo che la realizzazione implicava, il terrore tornò a farsi sentire. *Se stanno sparando ad altre persone, a chi?*

La risposta lo trovò a pochi passi di distanza. Lo scarpone destro di Ben colpì il suolo della foresta con un *tonfo* attutito, mentre il muschio e le rocce incolte ne consumavano il suono. Prima che lo stivale sinistro colpisse, il suo corpo fu spinto lateralmente, con forza, *contro* il dirupo.

Si tese, aspettando di sbattere contro la dura superficie rocciosa del precipizio. Il momento non arrivò mai, e fu invece trascinato attraverso una serie tortuosa di fitte liane, i cui germogli frondosi oscurarono completamente l'apertura.

Era un buco nella scogliera, come una grotta, solo una fessura che correva dal suolo verso l'alto. Abbastanza ampia da permettere a un uomo di passarci attraverso, ma completamente mascherata dal fogliame che pendeva verso il basso. Per poco non cadde inciampando di lato, ma le mani forti che gli tenevano il braccio e la spalla lo raddrizzarono mentre riprendeva l'equilibrio. Il movimento fu troppo rapido perché potesse gridare, ma prese la pistola.

Un'altra mano era improvvisamente presente, premendo la sua sul fianco e impedendogli di recuperare l'arma. Voleva urlare, spinto all'indietro nell'oscurità. Sentì l'umidità della grotta, in qualche modo ancora superiore a quella della foresta esterna, e le mani sudate dei suoi aggressori che aumentavano di numero ogni secondo. Ben presto una mano gli fu posta sulla bocca e sugli occhi e sentì le gambe sollevate in aria. L'unico legame che aveva con il mondo esterno - il terreno che questo luogo condivideva con esso - gli fu presto tolto, mentre sentiva il suo corpo levitare nell'aria, sostenuto da innumerevoli mani che lo trasportavano.

Julie. Quella sola parola lo fece contorcere e dimenare in segno di diniego, ma non servì a nulla. Ora era completamente in balia dell'attacco a mille mani che lo stava trascinando sempre più in profondità nella grotta.

Approfondimento.

La grotta sembrava non finire mai. Ben continuava ad aspettare di sentire le mani che lo stringevano, un'anaconda umana che lo spremeva lentamente di vita, ma non arrivava mai. Lo portarono semplicemente, in modo costante e furtivo, negli oscuri recessi della caverna.

La sua mente andò alla deriva, incapace di lottare contro la sensazione di rilassamento provocata da tante mani e dita che facevano pressione sul suo corpo mentre lo tenevano fermo. Pensò di nuovo a Julie.

Una luce apparve, manifestandosi attraverso un tremolio di ombre sopra la sua testa. Era supino, con le mani per lo più sotto di sé e sui fianchi, e le ombre danzavano e giocavano ai bordi della sua visuale, alcune di quelle più lunghe si estendevano su e sopra la sua testa. Chiamò Julie, ma non ricevette risposta. L'intera prova era stranamente silenziosa e l'apparizione delle ombre sopra e intorno a lui era l'unico indicatore che non stava sognando.

La luce divenne un groviglio di grigi sulle rocce, poi sfumature di colori tenui. Le mani erano reali ora, poteva vederle, ognuna parte di una coppia che apparteneva alle persone che lo trasportavano.

Persone. Ora sentiva la loro presenza, ora che le loro sagome erano immerse nella luce. Non avevano parlato e non aveva sentito nessuno di loro fare il minimo rumore, ma ora erano reali per lui. Ben poteva vedere i loro occhi, scuri e vuoti, illuminati dalla luce lontana che proveniva da qualche parte alle sue spalle. Camminavano in questa luce e a ogni passo diventavano sempre più umani.

Erano nativi amazzonici, simili per statura al gruppo di guerrieri che avevano visto nell'atrio, ma lui sapeva che erano di una tribù completamente diversa. Gli uomini che lo trasportavano erano ricoperti da un manto grigio di cenere, ognuno di loro sembrava essere cresciuto dalle pareti della grotta, fantasmi viventi della scogliera. Indossavano fasce fatte di una corda intrecciata, sottili e avvolte una volta intorno alla fronte e legate dietro. Sulla coda di queste fasce erano legate perline e pietre colorate, che pendevano a diverse lunghezze sulla testa di ciascun uomo. Molti degli uomini erano più bassi di Ben, ma tutti avevano la muscolatura sinuosa dei guerrieri magri e in forma. Nessuno portava la camicia, ma notò che alcuni di loro indossavano pantaloncini o pantaloni lunghi.

Uno degli uomini più vicini alla testa di Ben si avvicinò a lui e gli parlò qualcosa. Non riuscì a distinguere nessuna parola e la voce stessa gli sembrò estranea. Ghiaiosa, con un tono profondo e maturo, la frase non era né ostile né gentile, ma si trovava a metà strada. Alzò lo sguardo verso il nativo, sperando che non gli venisse fatta una domanda.

L'uomo ripeté le parole.

Ben cercò di scrollare le spalle, ma era ancora tenuto in posizione dalle mani degli uomini. Lo portarono ancora per qualche passo e fu fuori dalla caverna e di nuovo alla luce del sole.

Sbatté le palpebre, poi si sentì posare delicatamente sull'erba. Gli portarono via le armi e lo zaino e le mani li portarono da qualche parte fuori dalla vista. Ben girò la testa mentre era sdraiato, senza sapere cosa si aspettassero da lui, ma volendo comunque dare un'occhiata al nuovo ambiente.

La luce del sole era libera, la chioma di alberi che era abituato a vedere sopra le sue teste era scomparsa da tempo. Nessuna delle fitte chiome del resto della foresta era arrivata fin qui e Ben fu scioccato nello scoprire che "qui" era un'area circolare e aperta, circondata su tutti i lati dalla scogliera. Non c'era nessuna "cima" dell'altopiano che avevano visto, ma solo una parete naturale che circondava una splendida e rigogliosa valle. Ben vide che c'era anche un ruscello che serpeggiava al centro della valle, alimentato da una cascata alta e sottile all'estremità del cerchio. Scomparve in un piccolo lago, poi continuò oltre Ben e uscì da una fessura nascosta sotto una delle pareti della scogliera.

Intorno al lago, a punteggiare la collina in leggera pendenza su cui sorgeva l'intera area, c'erano edifici fatti di sterpaglie e alberi. Alcuni incorporavano interi tronchi o rocce nelle loro strutture o nei muri, ma tutti sembravano fatti di materiali naturali. Alcune strutture più grandi si ergevano e sovrastavano gli edifici più piccoli, il più grande dei quali era quello più vicino al lago. Le persone si aggiravano dentro e fuori questi edifici, ognuno dei quali sembrava avere uno scopo e una destinazione tutta sua. Alcuni lavoravano, costruendo altre strutture o cucinando attorno a grandi fuochi fumosi, altri erano seduti a terra in gruppo e parlavano.

Mentre lo esaminava, notò una caratteristica particolarmente interessante del paesaggio. C'erano solo una manciata di alberi in tutta l'area, e tutti della stessa varietà. Non li riconobbe, ma questo non fu sorprendente per Ben, che si era sentito fuori dal suo elemento da quando erano arrivati nella giungla. Ognuno degli alberi aveva grandi frutti gialli che sbocciavano su di esso e che si inchinavano sui suoi rami, alcuni dei più grandi arrivavano quasi a terra. I bambini correvano tra questi rami e gli alberi stessi, facendo cadere ogni frutto dal suo posatoio, raccogliendoli e consegnandoli alle donne che li portavano via in ceste.

Stavano raccogliendo le piante, ma c'era qualcos'altro di strano che Ben aveva notato mentre guardava le donne consegnare i cesti a destinazione.

Gli uomini intorno a lui fecero un passo indietro e gli permisero di sedersi e poi di alzarsi. Si alzò in piedi con cautela, completamente sopraffatto dalla scena che lo circondava. Cercò di scrutare i loro volti in cerca di risposte, ma fu accolto da uno sguardo di confusione da parte di ognuno di loro che corrispondeva ai suoi sentimenti.

Osservò per quasi un minuto intero la catena di montaggio di raccoglitori e consegnatori di frutta che continuava il suo lavoro davanti a lui. Le donne che portavano i cesti svuotavano la loro collezione di frutta direttamente nel lago, camminando su un pontile di tronchi improvvisato che era stato fissato alla riva. I cesti venivano girati, svuotati, poi rimessi sopra la testa della donna e il processo continuava. I frutti stessi affondavano completamente nel piccolo lago.

"Ben?"

Si girò di scatto, cercando la fonte della voce. Il cuore gli batteva forte, quando capì a chi apparteneva.

Julie.

PARTE QUATTRO

"Oltre le montagne
  Della Luna,
  Nella valle dell'ombra,
  Cavalca, cavalca con coraggio".
  L'ombra rispose,-
  'Se cercate l'Eldorado!'...".
Edgar Allen Poe

LA VIDE, in piedi sul lato opposto del torrente, a soli sei metri di distanza. Accanto a lei c'erano Reggie e Archie, e alla loro destra, uscendo da un'altra grotta simile, c'era Paulinho, poi Amanda Meron, ognuno dei quali fu trasportato su un piatto di mani e portato in un punto circondato da altri indigeni.

"Stai bene?", chiese.

Non era sicuro del significato di quella domanda in questo contesto, ma annuì comunque. *Sto bene? È tutto vero?*

Cominciò a camminare verso di loro e fu sorpreso dal fatto che gli uomini della tribù non cercarono di fermarlo. Quando si avvicinò, Archie si fece avanti e spiegò.

"Credo che ci stiano osservando da vicino, ma non sono preoccupati che possiamo reagire". Fece un cenno verso il centro del piccolo villaggio e Ben vide subito su cosa era concentrato Archie. Gli erano sfuggiti la prima volta che aveva scrutato il villaggio, ma uno dei gruppi era impegnato ad affilare dei bastoni.

Armi.

"Probabilmente non sono preoccupati per noi perché l'unico

modo per entrare e uscire da qui è attraverso queste piccole grotte-tunnel".

"E immagino che abbiano una buona mira con una di quelle lance", disse Reggie. Si avvicinò ai due uomini. "Che cos'è tutto questo?".

"È un villaggio", rispose Archie. Ma non ho mai sentito o visto nulla di simile. Le loro case e i loro edifici sono di una tecnologia completamente diversa. Antiche, addirittura. I loro abiti corrispondono a quelli delle altre tribù contattate del bacino: abiti frammentari ricavati da qualsiasi capo d'abbigliamento che sono riusciti a comprare, rubare o scambiare".

"Ma non credi che siano una tribù 'contattata'?". Chiese Julie.

"Non riesco a immaginare come sarebbero stati. Siamo così lontani dai sentieri battuti, e un posto come questo non avrei mai pensato di vederlo nel mezzo dell'Amazzonia".

"Intendi questo villaggio?".

"No", disse Archie. "Questa struttura geologica. Un altopiano rialzato, anche se basso come questo, è già abbastanza strano. Ma questo, ovviamente, non è un altopiano. Si chiama *tepui ed è* una massa terrestre che si trova tipicamente molto a nord di qui. È una specie di altopiano rialzato, ma invece di avere una cima piatta, le scogliere circondano semplicemente una valle incassata al centro".

"Beh, esiste e noi ci siamo dentro", disse Reggie. "Purtroppo questo non ci aiuterà molto. Ha idea di chi siano?".

"Di nuovo, no", disse Archie. "Il loro dialetto non assomiglia affatto alle altre lingue che conosco".

"Quindi hanno parlato anche con te?". Chiese Ben.

Archie annuì. "Non sono riuscito a decifrare una parola".

Dietro di lui, Paulinho cadde a terra. Sbatte a terra, con forza, e Julie e Amanda si precipitano ad aiutarlo. Il gruppo fu colto di sorpresa e solo allora Ben si ricordò che l'uomo si era lamentato di un mal di testa poco tempo prima.

Si guardò intorno agli uomini che li avevano portati fin qui, cercando di stabilire un contatto visivo con uno di loro e di chiedergli in qualche modo aiuto. Due degli uomini, uno dei quali riconobbe come l'uomo che gli aveva parlato nella grotta, stavano ancora conversando vicino alla parete rocciosa. Si erano allontanati dai loro compagni di tribù per parlare poco dopo l'arrivo di Ben e solo ora Ben notò quanto fosse diventata vivace la loro discussione.

Prima che potesse attirare la loro attenzione, uno degli uomini tornò di corsa verso il gruppo e cominciò a parlare con gli altri, con una voce più animata e concitata di quella del primo uomo.

In pochi secondi, Ben sentì gli uomini delle tribù convergere su di loro e le sue mani furono strappate dietro la schiena e legate. Fu spinto a terra, con una lancia che improvvisamente gli trapassava la camicia e lo teneva stretto contro la parte superiore della schiena. Riuscì solo a sollevare la testa e quando lo fece vide ancora una volta Julie. Anche a lei era stato riservato un trattamento simile, con le mani già legate saldamente davanti a sé. Un altro uomo le premeva tra le scapole con il piede nudo, tenendola su un fianco a terra.

"Ben", sussurrò lei, con gli occhi lucidi. La voce le tremava, anche per la singola sillaba pronunciata, e Ben provò la vulnerabilità della completa impotenza mentre guardava gli uomini sollevarla rudemente da terra e portarla via.

Prima che potesse dire qualcosa, le mani che lo avevano portato qui lo tirarono di nuovo verso l'alto.

CAPITOLO 57

REGGIE LOTTÒ contro lo sforzo delle mani che ancora una volta lo stavano trasportando. Questa volta le mani erano più ruvide, più interessate a spostarlo dove volevano che a farlo stare comodo. Lottò, sapendo che sarebbe bastata una sola scivolata delle mani degli uomini della tribù per liberarsi.

Da lì in poi, non lo sapeva. Avrebbe combattuto, certo, ma a che scopo? Erano in inferiorità numerica e anche se fosse riuscito a liberare Joshua, anch'egli un soldato addestrato, quanti di questi uomini avrebbero potuto prendere? I membri di questa remota tribù erano circa 200, almeno nel villaggio, ma potevano essercene molti altri ancora fuori dalle pareti rocciose che circondavano la loro piccola valle.

Tuttavia, non era pronto ad ammettere la sconfitta. Mentre gli uomini trasportavano il suo gruppo, ogni membro sollevato in aria come un'offerta a un'antica divinità, fece del suo meglio per studiare ciò che lo circondava, spostando la testa per quanto le mani glielo permettessero per intravedere qualsiasi tipo di vantaggio che avrebbe potuto avere nel liberarsi.

Notò una lancia legata alla schiena di un uomo, che spuntava dalla sua spalla mentre camminava accanto a Reggie, tenendosi il fianco sinistro. *Se solo riuscissi a liberare le mani...*

Spinse tutta la sua forza nella mano destra, concentrandosi per liberarsi dalla loro presa. Si stavano avvicinando al centro del villaggio e al piccolo lago che dominava il paesaggio. Alcuni bambini smisero di raccogliere la frutta e guardarono i padri e i fratelli che portavano avanti gli stranieri, ma la maggior parte degli abitanti del villaggio non manifestò alcun interesse per gli intrusi dalla pelle chiara.

Reggie attese fino a quando non si sentì puntare leggermente verso il basso, mentre gli uomini spostavano il peso sui piedi per compensare la leggera pendenza del terreno che portava al lago basso. Si girò di lato e contemporaneamente strappò il braccio verso l'alto, sperando che il movimento improvviso liberasse la loro presa.

Non fu così. Gli indigeni aumentarono la presa sul suo braccio e Reggie rimase sbalordito dalla forza della loro presa. Aveva fallito e aveva perso l'opportunità di sorprenderli.

Si chiese se Joshua o Ben avessero provato qualcosa di simile, ed era quasi certo che l'avessero fatto. Non si sarebbero accontentati di essere portati nel centro di un villaggio tribale, soprattutto con l'ipotesi che la tribù amazzonica fosse ostile.

Doveva esserci un altro modo...

Si scervellò per trovare una soluzione, ma non era stato addestrato per questo. Essere trasportato a un metro e mezzo da terra, con le mani premute contro i fianchi, le armi fuori portata e completamente all'oscuro delle motivazioni dei suoi prigionieri non era una situazione in cui si sarebbe mai aspettato di trovarsi. Reggie era fuori dal suo elemento, letteralmente e figurativamente, e poteva solo sperare che gli altri avessero più fortuna.

Non l'hanno fatto.

Gli indigeni trasportarono il gruppo per le ultime centinaia di metri fino al lago. Lì, fu lasciato cadere a terra e atterrò con un duro tonfo. Prima che potesse dimenarsi, gli uomini gli tennero i piedi uniti mentre due di loro li legavano con una corda spessa e attorcigliata fatta di erbe, poi lo tirarono su. Lo trascinarono indietro di qualche metro e lo schiacciarono contro un alto palo che era stato conficcato nella morbida riva fangosa del lago, poi gli legarono le mani dietro.

Guardò gli altri membri del suo gruppo che venivano legati ai loro pali e aspettò che il lavoro fosse finito. I nodi che gli legavano polsi e caviglie erano solidi e non era sicuro di quanto tempo ci sarebbe voluto per scioglierli e liberarsi. Sapeva che sarebbe stato possibile, alla fine, allungare le corde d'erba a sufficienza per sgusciare fuori, ma potevano passare ore prima che ciò accadesse.

Era preoccupato per quello che sarebbe potuto accadere prima di allora.

Lanciò un'occhiata a Ben. L'uomo più grande lo stava fissando direttamente, e sembrava implorare con gli occhi che Reggie gli dicesse il piano.

Ha fatto spallucce. *Mi dispiace, amico.*

Ben annuì. Reggie provò ancora più rispetto per lui in quel momento. Bloccato a un palo nel mezzo dell'Amazzonia, a centinaia di chilometri di distanza da qualsiasi vera civiltà, Ben aveva accettato la sua non risposta senza fare domande.

Girò la testa dall'altra parte e vide Amanda che cercava di parlare con Paulinho. Reggie vide che la testa di Paulinho era inclinata di lato. Gli occhi erano chiusi, ma Reggie poteva sentirlo gemere, i suoni morbidi di gemiti dolorosi che si diffondevano nell'aria.

"Paulinho, stai bene?" Chiese Reggie.

Paulinho non rispose.

"È un mal di testa", ha detto Amanda. "Non sta bene". Le sue mani e i suoi piedi erano già legati, ma la sua voce sembrava portare un'aria di disperazione. Non c'era disperazione, non c'era lotta. Reggie sentì solo la sconfitta.

Gli uomini della tribù finirono di legare il gruppo ai loro pali e lasciarono immediatamente l'area. Reggie stava per chiamare gli altri, per tentare una sorta di discorso di incoraggiamento, quando tornarono. Stavano trasportando altri pali, due uomini per palo. Ogni gruppo di uomini iniziò a spingere i pesanti pali nel terreno, ansimando mentre forzavano le estremità affilate dei tronchi in profondità nel fango. Reggie osservò come distanziavano i pali in una linea curva, iniziando vicino al palo di Paulinho e lavorando quasi a metà del lago.

"Cosa stanno facendo?" Chiese Amanda.

"Si stanno preparando ad accogliere altri ospiti", ha detto Reggie.

"Cosa..."

Prima che lei potesse finire, Reggie sentì un canto di altri uomini da qualche parte dietro di lui. Il canto aumentò di volume e lui aspettò che si avvicinassero abbastanza al lago e guardò oltre. C'erano almeno altri dieci gruppi di guerrieri, ognuno dei quali teneva un'altra persona sopra la testa mentre marciavano a passo di marcia verso il lago.

Conosceva la loro destinazione e ne ebbe la conferma quando i gruppi si fermarono ciascuno davanti a uno dei pali appena conficcati nel fango, gli uomini furono fatti sdraiare a terra e poi furono legati al proprio tronco.

Rimase scioccato, tuttavia, quando vide chi erano gli uomini.

"Sono i mercenari", sussurrò, non volendo che le parole si spingessero più in là di qualche metro davanti a lui.

"Devono aver perso la battaglia con la tribù", disse Amanda.

Reggie guardò Amanda, legata al tronco alla sua destra, ma lei stava guardando i mercenari. La donna osservava con attenzione, e l'espressione preoccupata sul suo volto non alleviava i timori di Reggie.

Il canto continuava e diventava ancora più forte. Sta *succedendo qualcos'altro*, pensò. *Stanno aspettando qualcosa.*

Orde di tribù scesero sulle rive del lago, aiutando tutti a fissare i mercenari ai loro tronchi. Il canto si levò in un coro di ringhi profondi e sinistri e di parole inintelligibili, e Reggie costrinse la sua mente a concentrarsi sulla processione, non su quel suono stridente.

In pochi minuti il lavoro fu fatto ed entrambi i gruppi - i mercenari e la gente di Reggie - furono fissati ai loro pali intorno a un lato del lago. Intorno a loro era presente l'intera tribù, donne e bambini compresi.

Il canto si è fermato.

Tutti gli indigeni girarono la testa e guardarono dietro Reggie. Non riuscì a girarsi abbastanza per vedere la loro reazione, così aspettò che quello che stavano guardando diventasse visibile.

Quando lo vide, quasi sussultò.

CAPITOLO 58

È *l'uomo d'oro del sogno*, pensò. Guardò alla sua sinistra e vide Paulinho, con la testa inclinata mentre gemeva. Quando il collo ruotò e il viso di Paulinho cadde verso Reggie, vide che gli occhi dell'uomo erano bianchi, arrotolati nella testa.

"Paulinho, stai bene? Mi senti?"

Paulinho non risponde alla voce di Reggie, ma nota che il suo volto si trasforma lentamente. *Sta guardando l'uomo d'oro.* Paulinho chiaramente non vedeva nulla, ma il suo volto era in qualche modo bloccato sull'uomo in costante movimento che si avvicinava al lago.

L'uomo era nudo, ma coperto da capo a piedi da una polvere dorata. La polvere luccicava mentre catturava gli ultimi raggi di sole, ma Reggie non riusciva a capire se fosse la polvere stessa a riflettere o uno strato di sudore sulla pelle dell'uomo. La polvere sembrava densa, quasi sciropposa, e ricopriva ogni centimetro di pelle. Quando l'uomo sbatteva le palpebre d'oro sostituivano gli occhi bianchi. Due donne e una ragazza più giovane seguirono l'uomo d'oro, ognuna con in mano la metà di uno dei frutti che Reggie aveva visto prima. Tenevano il passo del loro capo, strofinandolo con la parte carnosa del frutto mentre si avvicinava al lago. Quando una delle donne vedeva un punto non sufficientemente coperto, allungava la mano e gli spalmava il frutto sulla pelle.

Reggie era sbalordito. L'esatta immagine che Amanda aveva descritto nei sogni dei suoi soggetti stava camminando direttamente verso di loro. Invece dell'oro vero e proprio, stavano usando il succo e la polpa di un *frutto* d'oro, ma l'immagine era inconfondibile. L'uomo passeggiava come se stesse ammirando il paesaggio di un parco, completamente ignaro dei prigionieri legati ai tronchi degli alberi a metri di distanza. Era robusto, ma sembrava muscoloso e si comportava con un'aria di autorità.

È il capo, pensò Reggie. C'era qualcosa di viscerale in lui, una sensazione che l'uomo aveva evocato quando aveva incrociato lo sguardo di Reggie. Sapeva, senza dubbio, che quest'uomo era al comando.

"È lui", sussurrò Amanda.

Reggie si accorse che le sue mani, legate ai polsi, stavano tremando. Annuì, poi si accorse che Amanda non aveva distolto lo sguardo dall'uomo d'oro.

"Lo so", ha detto. "E ho la sensazione che stiamo per partecipare alla loro cerimonia speciale".

"È la tradizione dei Muisca", disse Archie. Archie era montato due pali più in là, tra Amanda e Julie. Joshua era dall'altra parte di Julie e Ben era legato al palo in fondo. Reggie guardò Archie, aspettando che gli spiegasse. Quasi sorrise quando Archie si schiarì la gola per abitudine, guardò gli altri come se stesse preparando una lezione e continuò.

"Ricordiamo che i Muisca sono ritenuti i creatori di almeno uno dei miti di El Dorado", ha detto. Nessuno sa esattamente perché, ma durante il loro rituale di iniziazione, il loro capo si ricopriva di polvere d'oro e saltava nel lago". Gli spagnoli, e molti altri dopo di loro, hanno prosciugato il lago - il lago Guatavita - vicino alla casa dei

Muisca, ma le leggende non sono mai state confermate. Inoltre, questo non è affatto vicino al luogo in cui si pensava vivessero".

"Ma lei ci ha detto qualche giorno fa che se El Dorado non era una vera e propria città, ma un *popolo*, potevano spostarsi ovunque fosse necessario per non essere ostacolati".

Archie annuì, abbassando la testa. "È vero", disse. "Ma è ancora difficile da credere. Ho voluto crederci fin da quando ho sentito il mito, ma vedere questo, vedere davvero questa processione, è ancora incredibile".

Reggie guardò Amanda. "E sei sicura che sia l'uomo dei sogni?".

Annuì. "Senza dubbio". La sua voce tremava leggermente, ma i suoi occhi sembravano irremovibili.

"Ok", disse Reggie. "Archie, cosa succede, in questa 'leggenda', *dopo che* il capo si getta nel lago? In particolare, la leggenda parla delle persone legate ai pali intorno al lago?".

"No", disse Archie. "Ma quella era solo una leggenda. Non c'è nemmeno una barca qui. Nelle storie, il capo galleggiava fino al centro del lago su una barca ricoperta d'oro".

Il capo teneva le mani in alto, aspettando che tutti gli occhi si rivolgessero a lui. L'unico suono era lo scroscio della cascata che scendeva a valle dall'altra parte del lago. Soddisfatto, abbassò le mani ed entrò nel lago.

Il suo piede scese sotto la superficie, ma si fermò dopo pochi centimetri. Avanzò con sicurezza e l'altro piede atterrò di nuovo pochi centimetri sotto la linea di galleggiamento.

"Ci deve essere una piattaforma o qualcosa del genere", disse Ben.

"Massi", disse Archie. "Si vedono appena, ma solo quando la luce li cattura nel modo giusto".

Reggie lo vide e lo confermò di persona. I cerchi concentrici che si allargavano lentamente lasciati dai passi del capo rivelavano una linea di enormi rocce, perfettamente posizionate, che si dirigevano verso l'esterno della riva e si innalzavano appena sotto l'altezza dell'acqua.

Il capo tribù proseguì, senza esitare, fino a raggiungere il centro del lago. Si alzò fino alle caviglie e cominciò a parlare con voce lenta e profonda. Le parole erano incomprensibili per Reggie, ma sembravano avere un effetto calmante sui membri della tribù riuniti. Sospirarono e ne sentì alcuni che ripetevano le stesse sillabe al capo, con la voce abbassata a un quasi sussurro.

Stavano assistendo a un antico rituale. Le braccia del capo si stavano lentamente sollevando di nuovo, questa volta fino ad estendersi sopra la sua testa. Le sue parole, l'incantesimo ripetitivo, aumentavano di volume e di intensità in corrispondenza delle sue braccia e, quando aprì i palmi delle mani direttamente sopra la testa, stava quasi gridando.

Gli abitanti del villaggio imitarono il suo entusiasmo ed egli vide centinaia di mani alzarsi contemporaneamente a quelle del capo. Notò che alcuni membri della tribù alla sua sinistra, vicino all'ultimo palo sulla riva, si diressero verso il mercenario legato e iniziarono a sciogliere i nodi che legavano i polsi e le caviglie dell'uomo. Lavorarono metodicamente, ogni membro della tribù eseguì il proprio compito con precisione rituale. Alcuni slegarono, mentre altri lo tenevano fermo. Altri ancora gli tolsero i vestiti, uno strato alla volta, finché non rimase quasi nudo, con solo gli slip.

"Ora sappiamo dove prendono i vestiti", disse Reggie a nessuno in particolare.

In meno di un minuto l'uomo, uno degli uomini che Reggie non aveva riconosciuto dall'attacco nell'atrio, era in piedi con le braccia tenute ai fianchi da una manciata di indigeni. Si strinsero contro di lui, impedendogli di reagire o di reagire, e afferrarono lentamente parti del suo corpo fino a sollevarlo completamente da terra.

Per metà trascinarono e per metà trasportarono l'uomo nudo lungo il bordo del lago e verso la linea nascosta di massi sommersi. La loro traiettoria portò l'intero gruppo proprio di fronte a Reggie, che cercò di leggere i pensieri dell'uomo.

I suoi occhi erano scuri, infossati nella testa, e portava un profondo cipiglio. A parte questo, era completamente immobile, lasciando che gli uomini della tribù lo trascinassero fino a quando non si trovò di fronte a Joshua.

Girò rapidamente la testa, fissando il suo ex capo, e sputò. La saliva raggiunse i piedi di Joshua, atterrando sul lato del suo stivale. Joshua strinse i denti un paio di volte, ma per il resto rimase a guardare dritto davanti a sé, ignorando l'ovvio insulto.

Reggie sorrise - non poteva farne a meno - ma l'azione del mercenario ebbe una rapida risposta. Due dei guerrieri che lo trasportavano lasciarono per un attimo la presa su di lui. Nell'attimo in cui lo lasciarono cadere, si scagliarono con le armi che tenevano in mano. Uno degli uomini prese una mazza appesa alla cintura e la fece roteare sulla nuca del mercenario, provocando un urlo di rabbia da parte dell'uomo. Il secondo tribù estrasse una lancia accorciata che teneva a tracolla e gliela conficcò nel fianco. Questo particolare attacco provocò una reazione molto più forte: il mercenario si afflosciò, urlando in agonia.

Il gruppo di indigeni, tuttavia, non ha vacillato. Tirarono l'uomo in piedi e lo portarono sulla prima roccia. Due degli indigeni lo colpirono alle spalle con le lance, costringendolo ad avanzare verso il masso successivo.

Il mercenario lo obbligò, tenendosi il fianco e lavorando lentamente per mantenere l'equilibrio.

Fu una prova lunghissima, ma Reggie notò che il capo non aveva spostato la sua posizione sulla roccia al centro del lago. A braccia alte, aspettò i dieci minuti che il mercenario lo raggiungesse.

Quando lo fece, il capo non perse tempo. Si scagliò con entrambe le mani, ognuna delle quali impugnava un piccolo pugnale che Reggie non aveva mai visto prima, e le conficcò nel collo dell'uomo.

Reggie vide il mercenario allungare la mano per afferrare l'arteria recisa, ma i due indigeni dietro di lui si spinsero immediatamente in avanti con le loro lance e ne conficcarono la punta nella schiena dell'uomo.

Amanda urlò.

Reggie non poté fare a meno di distogliere lo sguardo. L'intero spettacolo nauseante era durato solo pochi secondi, ma il massacro era il più raccapricciante che avesse mai visto. Quando tornò a guardare verso il centro del lago, il mercenario stava già cadendo di lato nell'acqua. I due guerrieri lo tennero fermo per un attimo, poi estrassero le lance dalla carne dell'uomo e lo lasciarono affondare nel lago.

"Oh mio Dio", sussurrò Amanda. "Oh, mio Dio..." Tremava in modo incontrollato e ripeteva le tre parole con voce piagnucolante e sconfitta.

I due guerrieri con le lance stavano tornando verso la riva, ma il re stava già ricominciando il suo canto. Quando Reggie guardò dove era stato legato il mercenario, vide un altro gruppo di guerrieri che stava slegando il secondo uomo della fila.

Ecco cosa succede alle persone legate ai pali, pensò. *Ma non dobbiamo nemmeno aspettare che il capo si butti nel lago.*

Reggie desiderò per un attimo che la leggenda di El Dorado non fosse stata tramandata nei secoli con le sole parti buone della storia.

CAPITOLO 59

QUANDO IL TERZO mercenario fu trucidato e sacrificato al lago, il sole era completamente scomparso e non c'era altro che una nitida linea di luce lunare a illuminare il villaggio.

Ben aveva sperato che la tribù avesse interrotto la cerimonia per continuarla al mattino, ma al momento sembrava che avessero tutte le intenzioni di finirla. Stava cominciando a perdere il controllo, una sensazione che gli dispiaceva molto.

Era arrabbiato, non solo con la tribù e il villaggio, ma con tutti quelli con cui era venuto qui. Voleva dare la colpa a loro, a far sì che fosse colpa loro se lui era qui. Ma sapeva che era una sciocchezza; era l'unico a cui poteva dare la colpa. Aveva trascinato qui anche Julie e ora doveva assistere al suo assassinio da parte di una spietata tribù amazzonica.

La sua unica salvezza era che probabilmente non sarebbe vissuto abbastanza a lungo da avere il peso della sua morte addosso.

Ben lottò contro le legature, ma i polsi gli dolevano sempre di più a ogni rotazione delle mani, mentre le corde non si allentavano mai. Guardò Reggie, sperando che l'uomo avesse già trovato una via d'uscita.

Niente. Reggie guardava dritto davanti a sé, direttamente il capo in piedi al centro del lago con le mani sopra la testa.

Che cosa dovrebbe essere questo? pensò. *Non è così che dovrebbero svolgersi le cerimonie sacrificali.*

Non aveva idea se fosse vero o meno, ma aveva immaginato che ci sarebbero state più fanfare, più emozioni. *Uno scopo.*

Per lui non c'era alcuno scopo in tutto questo. Il capo sembrava a malapena impegnato nella cerimonia e anche alcuni dei bambini più piccoli avevano perso interesse.

"Ben".

Ben si girò alla sua sinistra e vide Joshua che lo guardava.

"Quello in fondo", disse, facendo un movimento con la testa.

"Paulinho?" Chiese Ben.

"Sì, lui. Che gli succede?"

Ben si accigliò. "Cosa vuoi dire?"

"Nell'atrio, ricordi? Eri circondato da un'altra tribù. Una tribù diversa. Ma si sono tirati indietro. Perché?".

Ben aveva quasi dimenticato il loro incontro precedente, ma la sua mente fu improvvisamente riportata a quel momento. Ricordava di aver battuto Rhett e di aver perso Julie e Amanda, ma ricordava anche l'incontro.

"Io... credo che fosse il suo tatuaggio".

"Un tatuaggio?"

"Sì, sul braccio. Il loro capo gli ha afferrato il braccio, l'ha guardato e si è spaventato".

"Qual era il tatuaggio?"

"Non ne ho idea. Non lo sa nemmeno lui. È solo un disegno su qualcosa che gli ha dato suo nonno".

Joshua annuì, pensando, e Ben cercò di anticipare i pensieri dell'uomo.

"Perché?" Chiese Ben. "Pensi che possa aiutarci qui?".

"Non lo so, ma è l'unica cosa che mi viene in mente oltre alla fila per morire".

Gli altri avevano iniziato ad ascoltare e Reggie prese la parola. "Voto contro l'attesa in fila".

"E se non ci aiutasse?". Chiese Amanda. Stava ancora sussurrando, temendo di attirare indebitamente l'attenzione su di sé.

"E se fosse così?" Chiese Julie.

Ben rabbrividì per il suo tono e cercò di attenuare l'ostilità. "Amanda, è la nostra unica speranza. Guardalo: ha bisogno di aiuto in ogni caso".

"Ed è per questo che dobbiamo capire come *uscire da* qui. Non chiedere loro di ucciderci più velocemente".

"Lo capisco, dottor Meron", disse Reggie. "Ma consideri le opzioni. Siamo attaccati ai pali e senza un *modo* per *liberarci* non aiutiamo nessuno".

Amanda cercò di asciugarsi una lacrima dall'occhio premendo la testa sulla spalla, ma non ci riuscì. La lacrima rotolò lentamente lungo il viso e cadde a terra davanti a lei. "Cerca almeno di svegliarlo", disse infine.

Ben guardò Reggie che cercava di sollecitare il risveglio dell'uomo alla sua sinistra. Paulinho rispose alla voce, ma i suoi occhi erano ancora ben chiusi, rivelando solo sfere bianche e iniettate di sangue.

"Paulinho", provò ancora Reggie. Gli occhi di Paulinho erano ancora spenti, il volto vuoto e inespressivo. "Dai, amico, svegliati".

Il quarto mercenario fu trascinato, nudo, sul ponte di roccia dove il capo lo attendeva.

"Ehi!" urlò Ben. Non era sicuro di quale fosse il suo piano, ma quello che avevano, quello in cui aspettavano solo il loro turno per essere portati nudi alla morte, non gli piaceva particolarmente. Voleva almeno attirare la loro attenzione.

Gridò di nuovo e questa volta una piccola parte degli abitanti del villaggio guardò verso di lui.

"Sì", gridò. "Da questa parte! Proprio qui. Sto parlando con te!".
Altri volti si voltarono verso di lui.

"Ben", disse Julie, "cosa pensi di fare?".

La ignorò e iniziò a girare la testa in tondo. Al momento non aveva accesso alle mani e ai piedi, quindi la testa era l'unica cosa del corpo che poteva muoversi. *Speriamo che sia sufficiente.*

Alcuni membri della tribù iniziarono a camminare verso di lui. Notò che alcuni guerrieri si guardavano intorno, così continuò a urlare. Reggie e Joshua si unirono a loro, e infine Archie e Amanda. Julie fu l'ultima ad aderire al piano, ma alla fine si arrese e iniziò a gridare alle persone che li circondavano.

Due dei guerrieri apparvero di fronte a Ben, che urlò più forte che poté, direttamente in faccia a loro. A loro merito, sembravano immuni alla sua follia caotica e più preoccupati che interrompesse il loro sacro lavoro.

"Non io, idioti", gridò. "Andate laggiù", indicò Paulinho. "È lui che dovete vedere".

Altri guerrieri apparvero davanti a loro, e anche alcuni degli uomini più anziani della tribù si aggirarono intorno ai pali a cui era legato il gruppo di Ben.

Il quarto mercenario fu portato fuori dalla riva del lago e sulla roccia con il capo in attesa. Per un evento apparentemente cerimonioso, il capo conficcò senza troppe cerimonie i pugnali intrisi di sangue nel collo dell'uomo e i due accompagnatori lo seguirono con le loro pugnalate.

Ben riuscì a malapena a sentire le urla dell'uomo che moriva, lottando per respirare mentre i polmoni e la gola venivano perforati. Era preso dalle sue stesse urla, che chiedevano attenzione. *Ho solo bisogno che uno di voi mi capisca,* pensò. *È chiedere tanto?*

"Ben, guarda". La voce di Julie gli giunse in qualche modo alle orecchie sopra la cacofonia, ed egli seguì le sue istruzioni e si voltò verso Paulinho. Tre guerrieri si erano radunati davanti all'uomo e altri si stavano dirigendo verso di lui.

"Credo che stia funzionando", disse Archie. "Penso che stiano...".

Sei guerrieri circondarono Paulinho e iniziarono a slegargli mani e piedi.

"No, no, *no*", disse Reggie. "Non è quello che noi...".

Paulinho non oppose resistenza mentre la camicia gli veniva strappata di dosso. Uno dei guerrieri stava lavorando sui suoi pantaloni quando gli altri iniziarono a trascinarlo verso il lago.

"Non va bene", ha detto Reggie. "Non abbiamo fatto altro che farli arrabbiare. Ora stanno rivolgendo la loro attenzione al nostro gruppo".

"No", disse Amanda. "Per favore, dobbiamo farglielo capire".

Paulinho era stato ormai spogliato fino alla biancheria intima e si trovava in piedi sul bordo del lago. I due uomini con le lance lo spinsero in avanti, sulla prima roccia. Fece un passo avanti precario, poi un altro.

Qualunque sia la droga che lo ha colpito, lo ha trasformato in un individuo calmo e placato. Non ha lottato, non ha reagito. Camminava semplicemente in avanti, verso la propria morte.

Si rende conto di quello che sta succedendo in questo momento? Pensò Ben.

Ben cominciò a perdere il controllo. Costrinse la parte superiore del corpo ad accovacciarsi il più in basso possibile, piegando i gomiti fino a quando la tensione delle spalle, causata dalle mani legate, urlò di dolore. Tirò il palo contro la schiena, premendolo con forza sul busto, poi si lanciò verso l'alto. Spinse con i piedi, sentendoli affondare nel fango. Il palo si mosse appena, ma sapeva che si muoveva.

Ripeté il processo, ancora e ancora. Lavorò in silenzio, mentre osservava Paulinho e il capo sulla roccia al centro del lago. Non voleva attirare l'attenzione su di sé, ma pregava silenziosamente gli altri di accorgersi di lui, in modo che potessero iniziare a liberarsi anche loro.

L'asta si allentava a ogni spinta verso l'alto, ma era troppo lunga perché lui potesse sollevarla dal buco in cui si trovava. *Quale sarà la prossima mossa?* Si chiese Ben. Stava solo allentando il tronco, ma era ancora legato ad esso. Anche se fosse riuscito ad allentarlo abbastanza da sollevarlo dalla buca, i suoi piedi erano ancora legati ad esso.

Tuttavia, gli dava qualcosa su cui concentrarsi, qualcosa che non fosse vedere il suo amico morire per mano di un pazzo religioso.

Il capo aveva le braccia alzate sopra la testa, preparandosi all'omicidio sacrificale. Ben poteva quasi percepire l'ansia degli abitanti del villaggio che assistevano al processo. I due guerrieri dietro Paulinho stavano sulla roccia con le lance pronte, in attesa della prossima mossa del loro capo.

Paulinho era stordito e guardava dritto davanti a sé. Era magrissimo e la mancanza di vestiti non faceva che accentuare il suo fisico magro.

Ben mise in pausa i suoi tentativi di staccare il palo dalla terra. Osservò la nuca di Paulinho che rotolava senza vita. *Svegliati*, pensò. *Per favore, per l'amor di Dio, svegliati.*

Paulinho non si è svegliato.

Le braccia del capo si tesero in attesa e Ben vide le sue mani iniziare a scendere verso il basso.

Ben voleva chiudere gli occhi, ma non ci riuscì. Le mani del capo iniziarono i semicerchi verso il basso che sarebbero terminati su entrambi i lati del collo di Paulinho, e Ben osservò con silenzioso orrore.

CAPITOLO 60

PAULINHO PARLÒ, la sua voce risuonò chiaramente sull'acqua. Ben non riuscì a distinguere la parola, ma era un suono gutturale, pieno di consonanti.

Il capo fece una pausa, con le braccia distese lungo i fianchi e i gomiti piegati.

Paulinho ripeté la parola. Il capo inarcò la testa di lato, ma non mosse le braccia. L'intera scena sembrò bloccarsi, appesantita dall'attesa. Paulinho ripeté la parola una terza volta. Ben non capì, ma si girò e guardò Archie.

"Non sono sicuro di cosa significhi", disse Archie.

"L'hai già sentita?" Chiese Julie.

"Sì, credo di sì. Ho sempre pensato che fosse solo una maledizione, qualcosa detto per frustrazione verso un'altra persona".

"Che lingua è?"

"È proprio così", disse Archie. "Non pensavo che significasse davvero qualcosa in *nessuna* lingua. Le diverse tribù lo hanno usato, quindi ho pensato che fosse solo un vernacolo condiviso della regione".

Il capo abbassò lentamente le mani e sussurrò alcune parole agli uomini in piedi dietro Paulinho. Questi ultimi si misero di nuovo le lance in spalla e afferrarono le braccia di Paulinho.

Il capo si avvicinò a Paulinho e lo fissò. Essendo più basso, abbassò la testa di Paulinho per guardarlo negli occhi. I due guerrieri cominciarono a punzecchiare Paulinho con le dita, pizzicandogli la pelle mentre lo esaminavano.

Uno dei guerrieri si fermò e lasciò cadere il braccio di Paulinho. Sussurrò qualcosa, una sola parola. Ben non riuscì a sentire cosa fosse dalla riva, ma il capo reagì prontamente.

Gridò, un lungo flusso di parole cariche di consonanti che sembravano più un grugnito che una conversazione. Il resto dei guerrieri entrò in azione, e anche alcune donne e bambini. L'intero villaggio si animò, una strana contrapposizione, mentre il gruppo di Ben, il resto dei mercenari, Paulinho e il capo rimanevano immobili.

Una delle donne si fece avanti dopo un paio di minuti e offrì due dei frutti gialli a uno dei guerrieri che erano tornati sulla riva. Il guerriero indigeno si avvicinò di nuovo al centro del lago e porse i frutti al capo. Il capo sollevò uno dei frutti alla bocca e ne morse un pezzo di polpa. Tenne l'altro frutto verso la bocca di Paulinho e aspettò.

C'erano alcune persone in piedi, ma la maggior parte del villaggio era scomparsa per svolgere qualche compito sconosciuto. Ben osservava con ansia cosa avrebbe fatto Paulinho.

Ci vollero circa dieci secondi, ma Paulinho abbassò lentamente la bocca e morse un pezzo del frutto. Ben capì che stava masticando, poi vide il collo di Paulinho tendersi mentre deglutiva. Lui e il capo si guardavano ancora.

Cominciarono a ondeggiare, dapprima lentamente, poi più rapidamente, man mano che il frutto faceva il suo effetto su di loro. Ben aggrottò le sopracciglia, più sorpreso e confuso che arrabbiato. Ma *che diavolo?* Osservò Paulinho che si sbilanciava sempre di più e che alla fine si accasciava sul grande masso al centro del lago. Il capo rispose a sua volta, impiegando più tempo, ma alla fine si unì a

Paulinho sul masso, con la schiena di entrambi appoggiata sulla roccia sommersa sotto la superficie.

L'acqua lambisce il viso di Paulinho, ma lui non si muove.

"L'hanno ucciso", ha detto Joshua.

Nessuno parlò. Ben e gli altri osservarono in silenzio per qualche minuto, ma nessuno dei due uomini mostrò segni di vita.

Ben sentì Julie sussurrare. "Che cosa sta succedendo? Sono morti?"

"Meglio di no", disse Reggie dalla sinistra di Ben. "Devo scambiare qualche parola con quel capo".

Passò un altro minuto, mentre il gruppo di Ben osservava con attenzione il centro del lago. Infine, Ben credette di vedere il braccio di Paulinho contrarsi. Aspettò per assicurarsi di non essere impazzito. Si mosse di nuovo e vide il capo agitarsi proprio dietro Paulinho.

Il capo boccheggiò, gli occhi si spalancarono per la sconcertante sorpresa. Paulinho tirò la testa verso l'alto, mentre le sue mani tremavano e battevano sulla superficie dell'acqua. Entrambi gli uomini ebbero alcune convulsioni, come se stessero vivendo la scossa di assestamento di una crisi epilettica. Il capo si alzò, sbatté le palpebre un paio di volte e cadde all'indietro nell'acqua.

Ben si tese, non aspettandosi che il capo fosse scomparso così all'improvviso, ma poi si ricordò della leggenda.

Il capo ricoperto d'oro si getta nel lago per sciacquarsi e segnare la fine della cerimonia.

Finalmente Paulinho si alzò a sedere.

"Paulinho!" Reggie gridò. "Che diavolo è successo? Stai bene?"

Paulinho lo ignorò, scuotendo lentamente la testa. Si portò le mani alla fronte e cominciò a spingere il cranio verso l'interno.

"Cosa sta facendo?"

"Prima si lamentava per il mal di testa", disse Amanda. "Immagino che quello che abbiamo appena visto non l'abbia aiutato".

Il capo era già tornato sulla roccia, bagnato fradicio e non più coperto d'oro, ad aspettare Paulinho. Non gli diede la mano, ma quando Paulinho cominciò ad alzarsi il capo gli si avvicinò. Ancora una volta avvicinò il viso di Paulinho al suo e parlò.

Quando ebbe finito, il capo abbassò la testa e tornò al centro della roccia. Paulinho si voltò e scese dal bordo della roccia per passare a quello successivo. Fece un passo deciso, senza guardare giù per assicurarsi che il suo piede fosse in bilico sulla superficie solida. La testa non girava più, gli occhi non erano più bianchi.

Paulinho raggiunse la riva e si rivolse al gruppo. Ben era incuriosito, ma ancora nervoso. Sentì il palo che gli premeva contro, con tutto il suo peso non più assicurato dal fango e dalla sporcizia. Si appoggiò al palo per stabilizzarsi. Paulinho si avvicinò al bordo del lago e si voltò verso il gruppo.

Si schiarì la gola, poi iniziò.

CAPITOLO 61

"NON HO idea di cosa sia appena successo", disse Paulinho. Julie sembrava sotto shock, mentre guardava un uomo a cui si era avvicinata sull'orlo della morte e poi tornava indietro. Era molto vivo, eppure sapeva di essere una persona diversa.

Paulinho ha continuato. "Il frutto ha fatto qualcosa per me, per noi", ha detto. "Mi sento... connesso. Posso capire cosa stanno cercando di fare ora, a livello generale".

Si rese conto solo allora che gli abitanti della tribù avevano iniziato a sciogliere le loro legature. Vide le mani di Julie liberate, poi i piedi. I due guerrieri che prima avevano condotto Paulinho al centro del lago a colpi di lancia, ora gli offrivano i suoi vestiti. La sua camicia era strappata in modo irreparabile, così gliene fu data una lunga e larga da un bambino che gli era corso incontro mentre parlava.

"Perché ci lasciano andare?". Chiese Julie.

"Sanno che siamo al sicuro. Capiscono che non siamo qui per sconvolgere il loro stile di vita".

"Sì?" Chiese Reggie. "Cosa pensano di *quei* ragazzi?". Fece un cenno ai mercenari rimasti, ancora legati ai loro tronchi d'albero. Fece il movimento con un movimento della testa, poiché era ancora legato al suo palo.

Paulinho si voltò verso Reggie. "Loro non sanno nulla di loro", disse semplicemente. "Sono io che sono stato attirato da loro, e voi siete quelli che mi hanno aiutato a tornare".

"Paulinho", disse Julie. "Di cosa stai parlando? Sei sicuro di stare bene?".

"Mi sento completamente normale", ha detto Paulinho. "C'è solo qualcosa... qualcosa di *più profondo* che sento anch'io. Questa tribù condivide il mio sangue. La mia famiglia discende da loro".

Julie si avvicinò e si mise accanto a Paulinho. Lentamente, mentre venivano slegati e liberati, gli altri si unirono a lui. La luna era sorta sopra il bordo del tepui, facendo risplendere di bianco il lago e il fiume. Alla luce di tutto ciò che stava accadendo, si trovò colpito dalla bellezza del luogo. Fece un giro completo, cogliendo l'essenza del bellissimo paesaggio, di cui non aveva notato la maggior parte fino a quel momento. L'alta e sottile cascata cadeva dalla cima della scogliera in lontananza, con il solo suono del dolce pulsare dell'acqua corrente a ricordargli che non stava guardando una cartolina.

"Come fai a saperlo?" Chiese Julie. "Sei sicura di non avere solo delle allucinazioni?".

Paulinho scosse la testa. "No, ne sono sicuro. Mio nonno portava questo simbolo su una collana", disse mentre rivelava il tatuaggio sul polso e lo fissava. "Non abbiamo mai saputo il nome della tribù da cui provenivamo, perché sono passate generazioni da quando abbiamo lasciato la foresta pluviale e ci siamo stabiliti in città".

Amanda stava già controllando la testa di Paulinho per verificare che non ci fossero ferite o contusioni. Lui continuò a spiegare. "Quando ero svenuto, ho sognato di nuovo. Ma questa volta era reale, era vivido come non mai. Vedevo i volti, i volti di queste stesse persone, ma di molto tempo fa. Ora conosco la loro storia e so perché sono qui. Hanno sempre vissuto sotto questi alberi, ma li hanno anche venerati come divinità. Il frutto dà loro la vita e li collega, in qualche modo. Apre un canale per ognuno di loro e lo usano per comunicare".

"Davvero?" Chiese Reggie. "ESP?" Poteva sentire lo scetticismo nella sua voce. Lo sentiva anche lui.

"No, non così", ha detto Paulinho. "Come i ricordi condivisi, ma più forti. Non so davvero come spiegarlo".

"Credo di sì", disse Amanda. Gli altri si voltarono a guardarla, aspettando che spiegasse. "È una relazione chimica tra i neuroni, quelli associati alla comunicazione e quelli che aiutano a immagazzinare la memoria. Stiamo solo iniziando a svelare i misteri del cervello, ma da tempo si ipotizza che gli esseri umani abbiano soppresso alcune aree del nostro cervello nascoste nella nostra evoluzione, tra cui qualcosa che assomiglia alla telepatia".

"Assomigliare alla telepatia?". Chiese Joshua, incredulo. "È un ordine piuttosto alto".

"Ma - se fosse vero - non sarebbe qualcosa che la vostra azienda farebbe quasi di tutto per scoprire?". Chiese Ben. "Se anche solo pensassero che una cosa del genere *possa* esistere...". Julie lo guardò mentre poneva la domanda. A un certo punto, Paulinho si rese conto che Ben aveva avvicinato Julie a sé, mettendole un braccio sulla spalla.

"Sì", disse Joshua. "Sì, lo sarebbe. Il potenziale..."

"Sembra che ora li capisca", ha detto Paulinho. "Non so come, ma so dove si trova ognuno di loro, in generale, e posso *sentire* con loro. Sento che stanno provando dolore, gioia o paura".

"Sembra una mente alveare", ha detto Reggie.

"Sì, il più vicino possibile a uno", ha detto Amanda. "È assolutamente affascinante. Le nostre ricerche ci hanno portato a questo punto, credo. L'"uomo d'oro", il capo della tribù di El Dorado, è una memoria condivisa, rafforzata nelle loro menti per generazioni, e vive in profondità nella memoria subconscia dei loro discendenti. Come abbiamo visto in laboratorio, la maggior parte dei soggetti sottoposti al test non sapeva nemmeno di avere questo ricordo. Questo è uno dei motivi per cui mi sono interessato a questo tipo di ricerca per così tanto tempo. Che tipo di ricordi abbiamo nascosti? Che tipo di cose sono rinchiuse nel nostro cervello a cui non possiamo accedere da soli? E il frutto - l'"oro" di El Dorado, credo - deve contenere una sostanza chimica che reagisce con il cervello e permette di sbloccare gli antichi tratti evolutivi".

"Ma perché?" Chiese Paulinho. "Perché stanno mandando un messaggio?".

"Credo che conosciamo già la risposta a questa domanda", ha detto Julie. "È per questo che siamo riusciti a trovarli".

"È un faro di segnalazione", ha detto Joshua.

"Giusto", rispose Julie. "Così la loro tribù, la loro gente, conoscerà sempre la strada di casa".

"La scienza non è confermata", ha detto Amanda. "Forse i ricordi condivisi. Ma la capacità di inviare un *messaggio* attraverso quegli stessi canali? La capacità di trasmettere una posizione a chiunque abbia lo stesso sangue? Non lo so. L'idea del faro di richiamo...".

"Ma sappiamo che funziona", ha detto Julie. "Paulinho ne è la prova".

Amanda annuì. "Certo, lo so. Voglio dire, non ha senso, ma è solo perché non capiamo i meccanismi che funzionano. Comunque non è da escludere, almeno per le parti che già conosciamo. Più forti sono le connessioni neuronali nel cervello, più vividi sono i ricordi. I vostri antenati appartengono a questa tribù, Paulinho, e quando vi siete avvicinati fisicamente a loro, siete stati in grado di richiamare vaghi "ricordi" dei loro. Quando hai mangiato il frutto, hai dato il via al processo. Immagino che si esaurisca in fretta, ma fino ad allora - cos'altro puoi dirci?".

Prima che Paulinho potesse rispondere, risuonarono tre colpi di pistola in rapida successione.

"Dovremo aspettare, amico", disse Reggie, accucciandosi istintivamente a terra. "Sembra che la festa non sia ancora finita".

Anche il resto del gruppo cadde a terra, seguendo l'esempio di Reggie. Joshua rimase accovacciato, fissando la fila di mercenari legati ai pali.

"Fammi indovinare", disse Ben, rivolgendosi a Joshua. "La tribù di Paulinho non ha catturato tutti i tuoi amici?".

CAPITOLO 62

ERA STATA UNA GIORNATA MOVIMENTATA, anche per Joshua. Aveva visto cose che nessun uomo avrebbe mai dovuto sperimentare e si era trovato in molte situazioni contorte. Tuttavia, l'Amazzonia era nuova per lui e una situazione come questa era qualcosa di cui non avrebbe mai pensato, nei suoi sogni più sfrenati, di far parte.

Paulinho - l'uomo che non aveva detto una parola da quando l'aveva conosciuto, a parte il suo lamento per il mal di testa - ora sosteneva di far parte di una sorta di mente alveare. Pensava di essere in grado di "sintonizzarsi" sulle frequenze della tribù, comprendendo il loro stato emotivo nel suo complesso.

Era una scienza da ciarlatani, ma c'era un motivo per cui credeva a ogni parola.

La Società ci ha creduto.

La Draconis Industries, l'azienda che suo padre aveva contribuito a far crescere, ci credeva.

Non c'era un'altra spiegazione plausibile al motivo per cui avrebbero speso una quantità incredibile di denaro per raggiungere questa destinazione. Avevano molte risorse, ma non erano spreconi. Anche i loro doppi giochi e le loro ridondanze avevano uno scopo e Joshua ne comprendeva le motivazioni.

Tuttavia, era rimasto sorpreso dall'atteggiamento noncurante del padre nell'inviare Rhett a seguirlo e intercettarlo, ed era rimasto sorpreso dai parametri apparentemente arbitrari della missione.

Ora, però, aveva senso.

La Compagnia, come sempre, agiva nel suo interesse. Aveva fatto qualcosa con suo padre, fingendo di *essere* suo padre quando avevano organizzato la missione, poi aveva chiesto a suo fratello di tenerlo d'occhio nel corso di tutto questo. Cercavano qualcosa, ed era qualcosa di così importante, così *potente*, che erano disposti a rischiare uno dei loro per ottenerlo.

Suo padre aveva pagato il prezzo della loro avidità e suo fratello aveva perso la vita come loro pedina. Joshua non provava alcun rimorso per aver ucciso il proprio fratello, ma avrebbe voluto comunque avere il tempo di ragionare con lui; avrebbe voluto spiegare al fratello come avesse combattuto per la parte sbagliata.

Non aveva importanza ora. L'unica cosa che contava era riportare il dottor Meron e gli altri sani e salvi, senza permettere ai suoi uomini di intercettarli e completare la *loro* missione. Lo facevano per la paga, e non l'avrebbero ricevuta senza il premio. Joshua sapeva che avrebbero combattuto con le unghie e con i denti per raggiungere il loro obiettivo e che avrebbero ucciso chiunque si fosse messo sulla loro strada.

Una volta era stato uno di quegli uomini.

Di solito era facile vedere il bene nei loro compiti di soldati a pagamento, e se non c'erano qualità esteriormente buone nella loro missione, Joshua si inventava qualcosa. Combatteva per il bene e se doveva creare quel bene, così era. Ora, però, non c'era alcun "bene" in ciò per cui i suoi uomini stavano combattendo. Lo vedeva per quello che era: stavano combattendo per un'organizzazione che non voleva altro che il potere per se stessa. Non c'era redenzione in questo.

Quando finalmente si rese conto che mancavano due uomini al gruppo, era troppo tardi. Alan - uno degli uomini che pensava gli fossero fedeli - e un altro soldato più anziano di nome Hallord non erano tra i mercenari che gli indigeni avevano portato nel loro villaggio.

Devono averci seguito fin qui, pensò. Gli spari erano arrivati dall'alto, ma non era ancora chiaro da quale direzione.

"Scendi!", urlò. Corse verso l'"edificio" più vicino, nient'altro che un insieme di rami e bastoni accatastati intorno a un rettangolo vuoto. Non era un granché come copertura, ma era meglio di niente.

Altri tre colpi, questa volta più forti e apparentemente da un'altra angolazione, sibilarono nell'aria e si conficcarono nel lato dell'edificio. I bastoni e le foglie esplosero al momento dell'impatto, mentre il proiettile sfrigolava attraverso il muro come se fosse fatto di carta.

Forse questa copertura non è *meglio di niente*. Istintivamente si abbassò, ma rialzò la testa per vedere se riusciva a individuare l'aggressore.

Non vide l'uomo, ma vide il bagliore di qualcosa di metallico sul giubbotto dell'uomo. *Lì*. Proprio sotto la cima delle scogliere, dall'altra parte del lago rispetto a dove si nascondeva Joshua.

Erano Alan e Hallord. *Dovevano essere loro*. E se non fosse stato per l'oscurità, Joshua pensò che forse avevano già abbattuto alcuni di loro.

Il gruppo stava ancora circondando Paulinho sul bordo del lago. Sembrava che Reggie e Ben stessero tentando di tenerli tutti in pugno e di farli correre verso i piccoli edifici, così Joshua fece il punto della situazione. Il capo non c'era più, scomparso a un certo punto dopo che Paulinho era tornato a riva e il gruppo. Il resto degli abitanti del villaggio, compresi i guerrieri, sembrava concentrato sulla difesa della propria casa. C'erano grida e urla da ogni angolo della valle e Joshua vide molti uomini - e alcune donne - che raccoglievano le armi che riuscivano a trovare.

Anche con una scorta limitata di munizioni e solo due tiratori, Joshua sapeva che il villaggio non aveva alcuna possibilità. Non era uno che si tirava indietro di fronte a un combattimento, soprattutto perché aveva una posta in gioco personale, ma le probabilità non erano a suo favore. Lui e il resto del suo nuovo gruppo erano disarmati e questo era il primo problema da risolvere.

Reggie era al suo fianco. "Qual è la chiamata? Pensi che possiamo tenerli a bada?".

Joshua guardò il caos in atto e poi di nuovo Reggie. Ben e gli altri erano dietro di lui, in attesa.

"No", disse Joshua. "Non lo so. Libereranno i mercenari, poi cercheranno le armi. Probabilmente la tribù non sa cosa siano, altrimenti le starebbero già usando, ma non le avrebbero semplicemente gettate. Le hanno portate da qualche parte".

"Ok", disse Ben. "Allora, prima andiamo alle armi".

Joshua annuì, ma mantenne l'attenzione sulle scogliere, cercando di individuare qualsiasi movimento. "Sì, è una buona cosa. Ma se non riusciamo a raggiungerli prima...".

Non era necessario che terminasse la dichiarazione. Il resto del gruppo conosceva il rischio. Guardò Paulinho. "Puoi aggiungere qualcosa? Qualcosa che possa darci un vantaggio?".

Il volto di Paulinho si corrucciò un po', profondamente pensieroso. "Non credo, purtroppo. Sento la loro paura e la loro confusione, ma non vedo quello che vedono loro".

"Ok, va bene. Ci arrangeremo. Tu e tu..." guardò Archie e Paulinho. "Voi due conoscete la tribù meglio di tutti noi, quindi mettete insieme le vostre teste e trovate una soluzione".

"Vuoi che restiamo qui e.... pensare?"

"No. Voglio che tu rimanga qui e *la tenga in vita*", questa volta indicando la dottoressa Amanda Meron. "E che pensi *anche*. Tieni gli occhi aperti e grida se c'è qualcosa che dobbiamo sapere".

Si voltò verso Reggie e Ben, in attesa della loro risposta.

Reggie sorrise. "È più o meno il piano che avevo", disse. Ben annuì.

"Ottimo. Restiamo uniti, ma guardatevi le spalle. Inoltre, se potete, tenete d'occhio il lago. Dobbiamo sapere immediatamente quando iniziano a slegare gli altri".

CAPITOLO 63

JOSHUA NON AVEVA ANCORA FINITO di impartire le istruzioni che i colpi risuonarono di nuovo. A cosa mirassero, Ben non lo sapeva. Questi tre spari sono arrivati da un'altra parte della valle, ma ha sentito le urla degli abitanti terrorizzati del villaggio che riecheggiavano. *Ora stanno sparando agli abitanti del villaggio.*

Ben strinse i denti e si precipitò verso la capanna successiva della fila. Joshua e Reggie stavano già controllando altre due capanne e fino a quel momento erano rimasti tutti a mani vuote. Si accovacciò e diede un'occhiata all'interno della capanna davanti alla quale si trovava e vide una famiglia, una donna e i suoi tre figli, rannicchiati contro il muro posteriore. Si tesero quando lo videro, ma lui alzò le mani e si allontanò.

Andiamo, pensò. *Devono essere qui intorno da qualche parte.* Cercò di ricordare cosa avevano fatto i guerrieri dopo averlo privato delle armi e dello zaino. Si scervellò, ma non gli venne in mente nulla di utile.

Eravamo sul bordo della valle, appena dentro le scogliere, quando ci hanno legato. Avremmo visto...

Si fermò. Dando una rapida occhiata alla capanna successiva e trovandola vuota, si rese conto di una cosa. Stavano controllando gli edifici al centro del villaggio, partendo dal presupposto che gli abitanti conoscessero l'aspetto delle armi moderne. Seguendo questa logica, avrebbero cercato di tenerle al sicuro, in un posto dove sarebbero state protette.

Ma se non avevano idea di cosa fossero...

"Joshua! Reggie!"

Entrambi gli uomini si ritirarono dagli edifici che stavano controllando e guardarono Ben.

"Dietro l'ingresso", disse. "Perché non li avrebbero nascosti da qualche parte vicino all'ingresso?".

Joshua ci pensò un attimo. Altri spari - questa volta da entrambi i lati - esplosero da un'altezza maggiore e da più lontano. Tutti e tre gli uomini si abbassarono, ma Ben si rese conto che stavano ancora mirando agli indigeni. Lanciò un'occhiata ai mercenari e fu soddisfatto di vederli tutti legati ai loro pali.

"Ottima osservazione. Perché tu e Reggie non vi dirigete lì e io do un'occhiata agli ultimi due edifici".

Ben e Reggie annuirono e iniziarono subito a correre verso le scogliere. Non appena lasciarono la relativa copertura del gruppo di capanne di fango e bastoni, Ben si sentì vulnerabile. La valle era completamente aperta, a parte alcuni alberi dai frutti dorati distanziati molto più di quanto avrebbe voluto. Se i mercenari sulle scogliere avessero deciso di aprire il fuoco su di loro, sarebbero stati un bersaglio facile. Sperava che riuscissero a correre abbastanza velocemente o che i loro aggressori fossero ancora troppo lontani per poter sparare bene.

Tuttavia, non perse tempo a preoccuparsi del suo destino precario. Cercò invece di concentrarsi sugli spari per capire da dove provenissero. Sentì ancora solo due distinti caccia, uno su entrambi i lati della valle. Uno di essi, tuttavia, sembrava sparare sugli abitanti della tribù da un'altitudine molto inferiore rispetto all'altro.

Girò la testa a sinistra, cercando di seguire l'aggressore mentre correva. Reggie raggiunse uno degli alberi e si fermò per un attimo vicino al suo ampio tronco. Ben lo raggiunse e si fermò anche lui per riprendere fiato.

"Sembra che ce ne sia uno da entrambi i lati", disse Ben.

Reggie si limitò ad annuire, appoggiando le mani sulle ginocchia e respirando profondamente alcune volte. "Sì, sembra proprio così. Sembra anche che siamo abbastanza fortunati che abbiano altri obiettivi su cui concentrarsi".

"Hai già individuato qualcuno di loro?".

"No, mi dispiace. Ho solo cercato di non farmi sparare".

Ben sorrise. "Qualunque cosa tu stia facendo, sta funzionando. Continuiamo a spingere in avanti e teniamo d'occhio il tizio alla nostra sinistra: credo che ora sia a terra. L'altro ragazzo potrebbe fornirgli copertura".

"Capito".

Reggie era partito e aveva ripreso a correre molto prima di quanto Ben avesse previsto. Ben era nel bel mezzo di una profonda inspirazione e iniziò a rincorrere con riluttanza l'uomo molto più veloce e in forma. Corsero per un altro minuto, finché non raggiunsero il bordo della valle e la parete rocciosa. Fermandosi di nuovo, Reggie si girò questa volta di fronte a Ben.

"Il suo piano, capo", disse Reggie. "Dove andiamo ora?"

Ormai Ben stava boccheggiando e alzò un dito per chiedere a Reggie di dargli un momento. Reggie sorrise, con nonchalance. Ben non aveva idea di come quell'uomo riuscisse a mantenere il suo atteggiamento freddo e raccolto in momenti come questo.

"Mi dispiace", disse Ben. "Comunque, stavo pensando -".

Il tintinnio dei proiettili che gli sfrecciavano accanto alla testa fece cadere Ben a terra, facendogli di nuovo mancare l'aria. I proiettili si schiantarono contro la parete di roccia accanto a loro e un'altra raffica arrivò dalla stessa direzione, allargandosi a dismisura.

"Hai colpito?" Sentì Reggie urlare.

"No", sussurrò Ben con voce affannosa e senza aria. "Ma sarebbe stato meglio se lo fossi stato".

"Posso assicurarle che non è vero", disse Reggie. "Comunque, credo di averlo visto. Verso le due, proprio a nord-ovest di dove siamo ora".

"Hai tenuto traccia della direzione in cui siamo rivolti?". Chiese Ben.

"Le vecchie abitudini sono dure a morire".

"Lasciami in pace", disse Ben in risposta, ancora sdraiato prono a terra. Girò la testa per vedere dov'era Reggie e fu sorpreso di vedere l'uomo accovacciato, parzialmente nascosto dietro un grosso masso. "Davvero? Hai una copertura e non me ne hai offerta nessuna?".

Reggie stava fissando la valle, verso la direzione da cui provenivano gli spari. "Non sta più sparando. Ha iniziato a correre e poi l'ho perso di vista". Spostò l'attenzione e incontrò lo sguardo di Ben, poi tese una mano.

Ben afferrò la mano di Reggie e gli permise di aiutarlo ad alzarsi. Spostandosi dietro il masso, Ben notò che la grande roccia faceva parte di un insieme di massi di dimensioni simili presenti nella zona. Per la prima volta da quando si erano fermati lì, osservò l'ambiente circostante con maggiore attenzione. La roccia affiorante era una delle due formazioni di questo tipo situate su entrambi i lati del punto in cui erano entrati nella valle. Non era certo se le rocce fossero cadute dalle rupi in questo modo o meno, perché si rese conto che avrebbero potuto essere rotolate in posizione dalla tribù.

Quando ha iniziato a considerare questa opzione, ha avuto una rivelazione.

"Reggie, pensi che questi massi siano postazioni difensive?".

"Come un bunker?"

Ben annuì.

Reggie si acciglò guardando il masso dietro cui si nascondevano, il resto dei massi sul lato dell'ingresso e la disposizione simile delle rocce sull'altro lato.

"Potrebbe essere", disse. "Per me ha senso".

"In questo caso, passiamo all'altro. Qui non c'è niente, ma...".

Le ultime parole di Ben furono interrotte dalla violenta esplosione di una granata contro la parete rocciosa. Si sentì scaraventare in aria come una bambola di pezza, lucido solo per il tempo trascorso in aria.

Quando ha toccato terra, ha perso i sensi.

CAPITOLO 64

QUANDO SI SVEGLIÒ, Ben ebbe l'improvviso impulso di rimanere nel tranquillo sonno dell'incoscienza. Intorno a lui infuriava una guerra e lui si era svegliato nel bel mezzo di essa. La sua vista era sfocata, ma vide una forma scura chinarsi sulla sua testa.

"Ben! Ben, stai bene?"

Le parole gli sembravano ovattate, come se fosse sott'acqua. Per un breve momento pensò a come, se avesse preso decisioni diverse una settimana fa, avrebbe potuto *essere* davvero sott'acqua. Lui e Julie avrebbero potuto essere in crociera proprio in questo momento, lontano dalla foresta amazzonica. Julie starebbe sorseggiando una specie di bevanda fruttata mentre Ben beve una birra con dentro un lime.

"Ben, torna sulla Terra! Svegliati!"

Le parole si misero a fuoco, così come la sua vista, e vide che sia la sfocatura che la voce appartenevano a Reggie. Reggie gli stava dando un leggero schiaffo sulla guancia.

Ben tirò la testa di lato. "Questa tecnica funziona davvero?" Chiese Ben, intontito.

"Mi piace il tuo senso dell'umorismo", disse Reggie. "Ma questo non è *proprio* un buon momento".

Quando Ben riprese i sensi e il mondo tornò a essere visibile, si rese conto che Reggie aveva ragione. Gli sembrava di sentire spari da tutte le direzioni, sapendo che la maggior parte dell'effetto era dovuto al fatto che si trovavano proprio accanto alla superficie dura della scogliera. Le urla erano aumentate di intensità, anche se erano ancora lontane.

"Va bene, ragazzone", disse Reggie, gettando il braccio di Ben sulla sua spalla. "Stai tranquillo, ma sbrigati. Siamo arrivati un po' tardi alla festa".

Ben guardò il gruppo di massi opposto, a circa un campo di calcio di distanza. All'inizio non vide nulla di strano. Le rocce lo fissavano con aria assente.

Dopo qualche secondo, però, vide una testa spuntare da dietro uno dei massi. Mentre Ben cercava di regolare la vista per mettere a fuoco il nuovo elemento della scena, la testa fu raggiunta dalla canna di un fucile.

"A terra!" Reggie urlò, spingendo Ben a terra.

Il fuoco dei fucili d'assalto era molto più forte di prima, amplificato dalla camera di riverbero naturale in cui erano seduti. Erano bloccati e Ben capì improvvisamente la frustrazione di Reggie.

"Come?" La singola parola fu tutto ciò che Ben riuscì a formulare sulle labbra.

Reggie capì benissimo la domanda. "Uno di loro deve essere già arrivato ai mercenari e li ha slegati. Non ho idea di come abbiano fatto a trovare le armi così in fretta, ma sono sicuro che avere un punto di osservazione superiore a tutto il resto non ha fatto male".

Certo, pensò Ben. *Possono vedere l'intera valle e se le armi non fossero state nascoste in un edificio sarebbero stati in grado di individuarle da qualsiasi punto.*

"E adesso?" Chiese Ben, anche se conosceva già la risposta.

"Non ne ho idea", disse Reggie. "Speravo che aveste un modo per chiamare un attacco aereo o qualcosa del genere".

Entrambi gli uomini attesero per un momento, mentre gli spari diretti contro di loro si spegnevano. Era la situazione più straziante in cui Ben si fosse mai trovato: completamente bloccato da nemici che cercavano di spargargli su due fronti, completamente disarmato e indifeso. La sua mente correva, cercando di trovare opzioni e soluzioni, ognuna delle quali non aveva successo. Il suo corpo sembrava irrequieto, come se da un momento all'altro dovesse entrare in azione contro la sua stessa autorità e cercare di scappare. Si impose di calmarsi, come aveva fatto tante volte in passato.

La sua memoria viaggiò indietro fino a molti anni fa. Vide una vivida rappresentazione di suo padre che cercava di salvare il fratello minore da mamma orsa che si era opposta alla sua vicinanza al cucciolo. Ben ricordava i sentimenti che gli attraversavano il corpo in quel momento, ma ricordava anche i sentimenti con cui li aveva sostituiti. Grazie alla forza di volontà, alla determinazione e a molti anni di pratica, Ben era riuscito a spegnere il calore bruciante del dolore e a sostituirlo con le braci ardenti della grinta. La sua capacità di concentrarsi su un obiettivo - a volte a spese delle persone che gli volevano bene - si era affilata fino a un certo punto. La vulnerabilità e la totale impotenza che ricordava di aver provato allora erano state quasi completamente sostituite da un ricordo insensibile e vuoto.

Quasi.

Oggi, proprio ora, nel bel mezzo della foresta amazzonica, lontano da chiunque possa aiutarlo, Ben provava gli stessi sentimenti che affliggevano il suo giovane io. Voleva scappare da tutto questo, nascondersi, come aveva fatto una volta diventando un guardaparco, e fuggire dal "mondo reale". Voleva ignorarlo, lasciare che Reggie combattesse i demoni che cercavano di penetrare nel suo guscio protettivo.

Avrebbe voluto, ma non l'ha fatto.

Se c'era qualcosa che Ben aveva imparato in poco più di tre decenni di vita, era che non era il tipo di persona che rifugge dal pericolo. Non aveva senso e la parte logica del suo cervello urlava contro l'esasperante follia della sua testardaggine, ma sapeva che in quel momento avrebbe combattuto.

Guardò Reggie, cercando di capire cosa stesse pensando il suo nuovo amico. Reggie aveva un modo di fare, un certo aspetto del suo carattere che smentiva sempre i suoi veri sentimenti, ma Ben pensava di saperlo. Guardandolo negli occhi, Ben pensava di capire il tumulto che stava vivendo dentro di lui. *Era lo stesso.* Reggie aveva una storia, proprio come lui aveva una storia, e voleva sapere. *Meritava* di sapere, ma ancora più importante, Reggie *meritava di* raccontarla.

Questo avrebbe dovuto aspettare, ma Ben sentì un'ondata di sicurezza che lo investì mentre faceva la sua scelta.

Avrebbe lottato per ascoltare quella storia, proprio come avrebbe lottato per Julie. Lei era da qualche parte nel villaggio, in attesa del suo ritorno. Reggie aveva bisogno di lui. *Lei aveva* bisogno di lui.

Qualcosa deve essere cambiato nel suo volto, perché qualcosa è cambiato in quello di Reggie.

"Allora sei pronto, immagino?".

Ben guardò Reggie e annuì, una volta. Strinse i denti e parlò dalla sottile linea che li separava. "Pronto come non mai".

CAPITOLO 65

REGGIE SAPEVA che i prossimi due minuti sarebbero stati più importanti dei due giorni precedenti. Se non fossero riusciti a raggiungere le armi, non c'erano molte speranze di sopravvivere. E in questo momento sembrava che non ci fosse alcun modo per raggiungere le armi.

Per lo meno aveva uno spirito affine in Ben. Se avesse dovuto combattere, sapeva che Ben sarebbe stato al suo fianco per tutto il tempo. Pensò a Joshua e a come quell'uomo fosse cresciuto con lui. Non si fidava ancora completamente di lui, ma non aveva avuto altra scelta. Sperava solo che Joshua onorasse la sua parola e li aiutasse a sopravvivere.

"Reggie!" Ben urlò dal suo fianco. "Muoviti!"

Reggie sfrecciò in avanti, dirigendosi verso la parete rocciosa. Non era sicuro delle intenzioni di Ben, ma non aveva intenzione di aspettare che gli uomini dietro le rocce di fronte a loro ricominciassero a sparare. La scogliera era a pochi metri di distanza, ma lui mirava a una sezione specifica della parete impenetrabile.

In particolare, era la parte della scogliera che *non era* impenetrabile. Erano entrati - anche se non di loro iniziativa - meno di un giorno prima attraverso un passaggio nascosto situato da qualche parte lungo questa parete. Se ricordava bene, sembrava addirittura che ci fossero più passaggi attraverso la pietra, poiché sapeva che Ben era stato trasportato da un altro ingresso.

Ma era impossibile dire con esattezza dove si trovassero queste aperture semplicemente osservando il muro. Viti e fitta vegetazione coprivano la totalità del muro, rivestendo la superficie della pietra come un tappeto. Sapeva che c'era un buco, ma non riusciva a vederlo.

E Reggie doveva trovarlo, in fretta.

Ben era subito dietro di lui e raggiunse la parete solo un secondo dopo. Reggie avanzò di corsa lungo la scogliera, allungando il braccio sinistro verso l'esterno, tra le liane tortuose. Premette contro il tappeto, lasciando che il suo corpo scomparisse per metà nella parete di piante spessa 30 centimetri, finché la sua mano non raggiunse la pietra fresca. Era un'operazione lenta e le liane erano pesanti contro il suo avanzamento, ma continuò finché la parete non cedette.

Si trovò quasi esattamente a metà strada tra le rocce dietro cui si nascondevano e l'affioramento opposto che il nemico stava occupando. Per poco non cadde di lato mentre il precipizio lo inghiottiva, ma recuperò l'equilibrio e proseguì nel tunnel. Nel giro di pochi secondi, la luce residua fornita dalla luna svanì completamente e lui si ritrovò nell'oscurità più totale.

"Reggie?"

"Qui dentro", rispose, con la voce che ora risuonava più profonda nella scogliera. "Ho pensato che questo potesse essere un buon posto per riorganizzarci".

"Questo è un tunnel, ricordi? E se altri guerrieri tornassero e non sapessero che siamo i buoni? Entreranno da questa parte. E poi, non credi che i mercenari potrebbero pensare la stessa cosa?".

"È possibile", disse Reggie. "Ma non sono sicuro che abbiamo di meglio...".

Sentì la punta fredda di una pietra affilata sul collo e poi la sensazione fastidiosa di essere osservato.

"Beh", sussurrò, "almeno non sono i mercenari".

Ben non rispose. Alla punta di lancia sul collo di Reggie se ne aggiunse un'altra, poi un'altra ancora sul petto.

Qualcuno dall'interno del profondo torrente nero del nulla grugnì alcune parole, cui rispose la voce di un altro uomo, ancora più in profondità nel tunnel. Da dietro un angolo emerse il rivolo arancione di una fiamma, che si fece più luminosa man mano che il suo portatore si girava e si avvicinava. Reggie vide per la prima volta le sagome di cinque guerrieri tribali, tre dei quali tenevano le lance in direzione del suo corpo.

Entrambi i gruppi si fissarono per un momento, senza parlare. Reggie si costrinse a respirare, facendo attenzione a non muoversi più di quanto fosse assolutamente necessario. Gli uomini con le lance lo tenevano sotto tiro, premendo quel tanto che bastava per tenerlo all'erta, ma non abbastanza da fargli male.

Il guerriero tribale che portava la torcia accesa si diresse verso di loro. Il suo volto era un miraggio contorto e tremante nelle ombre danzanti della luce del fuoco. Reggie rimase fermo sulla sua posizione. In sottofondo, Reggie poteva sentire i tonfi degli spari, profondamente attutiti dai fitti cordoni di liane e dalla vegetazione che coprivano l'ingresso del tunnel. Pensò agli altri, sperando che Joshua mantenesse la parola data e aiutasse a proteggere il resto del gruppo.

Anche se Joshua *avesse* mantenuto la parola, avrebbero avuto bisogno di tutta la fortuna possibile. I mercenari, la vecchia squadra di Joshua, avevano già raggiunto il deposito di armi ed era solo questione di tempo prima che slegassero e liberassero il resto dell'equipaggio.

L'uomo della tribù parlò, sempre con un suono gutturale e grugnito, e Reggie alzò le sopracciglia. *Non ho idea di cosa tu stia parlando, amico.* L'uomo ripeté i rumori.

Uno degli altri guerrieri parlò, poi si girò e sogghignò verso Reggie. Reggie scrollò le spalle.

Sentì quella strana serie di parole pronunciate una terza volta. L'uomo di fronte a Reggie alzò le mani, spingendo le lance in alto e togliendole di mezzo. Reggie aspettò, incerto sulle intenzioni dell'uomo. *È un altro rito sacrificale?* Non voleva forzare la mano all'uomo, ma Reggie non era mai stato il tipo di persona che aspettava che qualcun altro agisse.

Reggie fece un piccolo e lento passo indietro. I membri della tribù si tesero, ma il loro capo non si mosse.

"Cosa stai facendo?" Ben sussurrò. Con la coda dell'occhio vide Ben, bloccato di fronte a lui nel tunnel. Aveva solo mosso la bocca, chiaramente terrorizzato come Reggie.

"Dobbiamo farglielo capire...". Reggie mormorò. "Le armi."

Ben annuì. Il capo dei guerrieri indigeni fece un passo avanti, colmando nuovamente la distanza tra lui e Reggie. Reggie pensò a cosa dire. *Cosa dire a un gruppo di persone che non hanno idea di come capirti?*

Decise di non dire nulla.

Reggie sollevò le mani, una di fronte all'altra, a forma di fucile d'assalto invisibile. Arricciò l'indice della mano destra intorno a un grilletto inesistente e tenne la mano sinistra con il palmo a coppa rivolto verso l'alto. Lo puntò di lato, verso la parete della caverna. *Non voglio che questo tizio si faccia un'idea sbagliata.*

L'uomo si accigliò, poi abbassò la torcia per vedere meglio le mani di Reggie. Reggie scosse delicatamente le mani, fingendo di sparare. Con la bocca emise il rumore dei colpi di pistola, mantenendo il silenzio per non turbare i guerrieri, si spera.

Ripeté il processo alcune volte, spostando la posizione delle mani per puntare la "pistola" in direzioni diverse, continuando a emettere rumori. Il guerriero lo fissò, ancora accigliato, poi riportò la testa in alto e si raddrizzò.

I suoi occhi si allargarono e si girò verso gli altri del suo gruppo. Indicò Reggie, che chiacchierava eccitato con i due uomini più vicini a lui. Discussero per qualche secondo e Reggie si sentì sollevato nel vedere gli uomini di lancia appoggiare i mozziconi delle armi a terra e mettersi a proprio agio.

Il guerriero capo parlò di nuovo a Reggie, ma la sua voce era cambiata. Dove prima c'era una leggera burrosità, ora l'uomo usava una serie diversa di consonanti, quasi una voce cantilenante, e Reggie la interpretò come una domanda.

"Vedi", disse sottovoce, "è questo il punto. Non riesco a capire quello che dici". Enunciò le parole per la frustrazione della barriera linguistica. Reggie indicò alle sue spalle, verso la copertura di rampicanti all'ingresso del tunnel, ed eseguì nuovamente l'azione di impugnare la pistola.

Il guerriero parlò di nuovo, questa volta alla sua squadra, e tre di loro si staccarono dal gruppo di cinque. Si diressero verso la parte anteriore del tunnel e scansarono le liane, esponendo il tunnel a una sorprendente quantità di luce lunare. Gli spari si fecero più forti e Reggie notò che non sembravano esserci tante urla provenienti dalla valle.

Non c'è più tempo.

Il capo dei guerrieri spinse Reggie in avanti. Reggie sentì anche Ben muoversi al suo fianco. I due uomini si diressero verso l'ingresso del tunnel, diretti dai due guerrieri. Quando raggiunsero l'apertura, i tre guerrieri davanti si misero improvvisamente a correre, puntando verso il gruppo di massi a sinistra.

Reggie si rese conto che stavano *puntando alle armi. O ci aiuteranno o ho appena insegnato loro come usare le armi contro di noi.*

Non importava quale fosse: Reggie non aveva scelta. Il capo lo spinse fuori dalla caverna e lo portò all'aperto. Corse, sperando che Ben fosse dietro di lui.

Una testa spuntò da dietro uno dei massi, proprio come aveva fatto in precedenza. Erano nella grotta solo da un paio di minuti, quindi gli uomini dietro il cerchio di massi stavano ancora facendo la guardia a qualsiasi arma fosse rimasta nascosta lì.

"Reggie, abbassati!", sentì Ben urlare.

Prima di riuscirci, sentì un fresco fruscio d'aria proprio accanto alla sua testa, poi vide la testa dietro il masso che si lanciava violentemente all'indietro. Solo allora riuscì a scorgere la sagoma di una lancia che si ergeva nell'aria sopra la testa del soldato, fissata al suo cranio. L'uomo non emise alcun suono mentre cadeva all'indietro.

Reggie era stupito. *Che colpo*, pensò. Il guerriero che aveva scagliato la lancia accelerò il passo e raggiunse il masso nello stesso momento in cui i primi tre uomini uscirono dalla grotta. Reggie, Ben e il capo del piccolo gruppo di combattenti erano subito dietro di loro.

A differenza dell'altro cerchio di rocce dietro cui Reggie e Ben si erano nascosti, questo gruppo di massi era stato chiaramente disposto in una formazione specifica, un cerchio. Al centro del cerchio c'era un mucchio di armi: i quattro fucili d'assalto, le armi da fianco e i coltelli da combattimento dei quattro mercenari che erano stati sacrificati al lago, oltre alle armi di Reggie e ai due zaini rimanenti che avevano portato con sé. Ben non vide la borsa che Joshua portava con sé, lo zaino più piccolo che la tribù gli aveva tolto dalle spalle quando erano arrivati.

Se da un lato fu sollevato nel vedere una piccola pila di armi accatastate lì, dall'altro significava che il *resto* dei mercenari aveva già ripreso le armi o stava per farlo. Lanciò un'occhiata al lago, ma da quella distanza era impossibile capire se i soldati fossero ancora legati alle loro postazioni. Ancora una volta pensò a Joshua, Archie, Paulinho e alle ragazze e sperò che fossero al sicuro o che fossero in qualche modo fuggiti.

C'era anche *un altro* problema. Le armi non erano le uniche cose che aspettavano all'interno del cerchio di massi. Due mercenari, escluso quello che era già stato ucciso dalla lancia, erano appostati all'interno del cerchio, ognuno rivolto verso l'esterno in una direzione diversa, a fare la guardia. *Immagino che non siano più legati.* Uno degli uomini si stava già girando per vedere cosa fosse il trambusto alle sue spalle. Vide per primo il suo compagno morto, con la lancia che sporgeva dal volto dell'uomo, inclinato all'indietro con un'angolatura ripida. Poi notò i guerrieri indigeni, che strisciavano sopra e intorno alla parete di massi. Sollevò il fucile e sparò.

Reggie trasalì, abbassandosi, mentre il primo guerriero cadeva a terra. Il secondo riuscì a scagliare una lancia, ma ormai il secondo mercenario si era girato per aiutarlo. Reggie si ritirò, afferrando Ben prima che entrasse nel ring.

"Facciamo il giro", disse. Ben annuì, ma si staccò dalla presa di Reggie. "Cosa state facendo?"

"Allora farò il giro dall'*altra parte*", disse Ben. Prima che potesse ribattere, Ben se ne andò.

Reggie corse intorno al resto delle rocce e puntò alla fessura tra due dei massi più piccoli. Qui si trovava uno dei soldati appostati e, man mano che entrava nell'anello, acquistava velocità. Non aveva armi, ma sperava di avere almeno l'elemento sorpresa. Ci furono altre due raffiche di mitra e Reggie sperò che i colpi non andassero a segno.

Fece breccia nella linea di massi e vide che Ben aveva raggiunto il suo ingresso nello stesso istante. Entrambi gli uomini corsero verso il centro del cerchio, mirando ai soldati scelti che si trovavano accanto al mucchio di armi. Nella sua visione periferica vide due dei nativi, sanguinanti a terra all'interno del cerchio. Il capo del gruppo e l'ultimo guerriero non erano in vista.

Nell'ultima frazione di secondo prima dell'impatto, si concentrò di nuovo sul suo obiettivo: i soldati davano le spalle a lui e a Ben, tenendo le armi in alto e pronte per un assalto frontale. Reggie si tuffò in avanti, mirando alla parte più bassa della schiena dell'uomo. Sperava non solo di placcare l'uomo in modo solido, ma anche di procurargli il maggior dolore umanamente possibile. Il collegamento fu brusco e la visione di Reggie si illuminò in un lampo di bianco.

Il dolore si attenuò rapidamente ed ebbe un breve momento di assenza di peso, sentendosi librare in aria con il suo prigioniero sotto di sé. Avvolse le braccia intorno all'uomo ed entrambi caddero a terra, con forza.

Aveva fatto mancare l'aria al soldato, ma l'uomo si stava riprendendo rapidamente, iniziando già a rotolare di lato per scrollarsi di dosso l'attacco. Reggie reagì più rapidamente, avendo il vantaggio di non trovarsi sul fondo del mucchio, e si avvicinò per afferrare qualsiasi arma si trovasse nelle vicinanze.

Una pistola. *È sufficiente.*

L'uomo si dibatteva sotto di lui, ma Reggie sollevò la pistola e la premette contro la tempia dell'uomo. "Questa storia finisce *qui*, amico".

Il soldato si bloccò, riconoscendo la sconfitta. Reggie lo sentì rilassarsi leggermente, ma continuò a osservare le mani dell'uomo. Il mucchio di armi era ugualmente a portata di mano del soldato. "Non pensarci nemmeno", disse Reggie. "Ben, stai bene?"

Reggie non si voltò, non osando lasciare che l'uomo su cui era seduto lo cogliesse di sorpresa. Aveva ancora la pistola puntata alla testa, ma Reggie non voleva correre rischi.

"Ben, ci sei?"

Reggie sobbalzò al rumore di una pistola che sparava alle sue spalle. Lasciò momentaneamente cadere la pistola dalla testa dell'uomo, spaventato.

L'uomo colse l'occasione per sporgersi in avanti di qualche centimetro e afferrare il coltello a terra di fronte a lui. Con un unico, rapido movimento, ruotò la parte superiore del corpo e colpì con un manrovescio la punta del coltello verso Reggie.

Reggie era in movimento, ma troppo lento. Vide la punta del coltello avvicinarsi sempre di più al suo viso, come se stesse guardando un replay istantaneo rallentato da un'angolazione separata. Costrinse il suo corpo a muoversi più velocemente, ma non ce l'avrebbe fatta.

Il coltello si curvò nell'aria fino a un centimetro dall'occhio, poi si fermò. Solo allora la mente di Reggie registrò un altro sparo. Il soldato sotto di lui si afflosciò immediatamente, il braccio ricadde a terra e rilasciò il coltello. Reggie vide il foro aperto sul lato della testa dell'uomo, il piccolo cerchio di sangue che segnava la ferita d'ingresso.

"Che diavolo, Ben?" Reggie urlò. "Si è arreso. Avremmo potuto usare...".

"Beh, non possiamo più. È morto", disse Ben. Reggie riusciva a malapena a sentirlo. "E abbassa la voce. Stai urlando".

"*Hai* scaricato un'arma vicino al mio *orecchio*", urlò Reggie. "Non è divertente".

"Non ho detto che lo fosse", disse Ben, facendo spallucce. "Ma dai... Smettila di lamentarti, dovresti essere addestrato per questo".

CAPITOLO 66

"DOBBIAMO TORNARE al lago e trovare gli altri", disse Ben. Reggie apriva e chiudeva la mascella, cercando di recuperare l'udito.

"Vai tu", disse Reggie, parlando ancora a voce troppo alta. "Io rimango indietro e ti copro".

"Sei sicuro?" Chiese Ben. Non si aspettava che l'uomo rifiutasse.

"Ai tempi ero un cecchino, quindi sto meglio qui dietro, comunque. Inoltre, qualcuno deve assicurarsi che i mercenari non arrivino ai tunnel".

Ben non ci aveva pensato, ma sapeva che Reggie aveva ragione. Qualunque fosse la sua decisione, Ben sarebbe tornato da Julie. "Ok, va bene. Fammi prendere un po' di questi".

Reggie stava già consegnando a Ben i fucili d'assalto. Ignorò i coltelli, ma tenne per sé le due pistole.

"Quanti ne sono rimasti?" Chiese Ben.

"I cattivi? Noi ci siamo occupati di tre qui, gli indigeni ne hanno presi quattro prima, e credo che abbiano iniziato con dieci o undici, giusto?".

"Allora, ancora un po'".

"Sì, ma qualche altro soldato *ben addestrato* ci dà la caccia. E senza armi, siamo pesci in barile".

Ben annuì, poi si girò per andarsene.

"Ti copro le spalle".

I quattro fucili d'assalto erano pesanti. Non c'era modo di portarli in una posizione che gli permettesse di sparare, e gli venne in mente ancora una volta che si affidava completamente alla capacità di Reggie di "prendergli le spalle". Ben non era nemmeno in grado di portare con sé munizioni extra, quindi tutto ciò che rimaneva nel caricatore di ogni fucile era tutto ciò che avrebbero avuto.

Sperava che fosse sufficiente.

Aumentò il passo, lottando contro il peso scomodo dei fucili, ma procedendo senza problemi. Il lago era a circa 100 metri, ma sembrava un chilometro. Le gambe si affaticavano, era madido di sudore e l'aria era pesantemente umida. Faceva fatica a respirare, come se fosse in un bagno turco. Ogni inspirazione era segnata da fitte di dolore, perché lo sforzo, lo stress, la fatica e il calore agivano contro di lui.

Il lago diventava sempre più grande ogni secondo che passava e all'improvviso lui era lì. Raggiunse l'edificio più vicino al laghetto e usò tutte le forze che gli rimanevano per superare la soglia di terra battuta e controllare l'interno.

"Julie?", gridò.

Nessuna risposta.

Li trovò all'interno del secondo edificio, rannicchiati insieme. Archie, Julie, Amanda e Paulinho, che aveva uno sguardo un po' stralunato, ma per il resto era sano. Ben pensò che si stessero nascondendo, ma quando Julie non si precipitò verso di lui quando vide chi era entrato, guardò meglio.

Joshua era disteso a terra al centro della capanna. Archie e Amanda erano al lavoro per curare una ferita terribilmente insanguinata sull'addome.

"Sembra peggio di quello che è", disse Archie rivolgendo uno sguardo a Ben.

"Beh, sembra piuttosto grave. Che cosa è successo?"

"Sparato, dal suo stesso uomo".

"È stato Alan", disse Joshua, tendendo il collo per scrutare Ben. "Pensavo che fosse leale, ma stavano tutti lavorando contro di me".

Amanda gli spinse delicatamente la testa verso il basso e cercò di costringere l'uomo a riposare, ma Joshua continuò.

"Credo che la Compagnia abbia pianificato tutto questo da tempo", ha detto. "Si sono sbarazzati di mio padre in qualche modo e ora devono solo sbarazzarsi di me e di mio fratello per chiudere le questioni in sospeso. Io ho fatto parte del loro piano".

"Sei troppo duro con te stesso", disse Julie.

"Non importa, ormai è troppo tardi", rispose. "Uccideranno tutti gli abitanti del villaggio e poi convergeranno su questi edifici. Siamo fritti".

"No", disse Ben. "Non lo faremo".

Infine, tutti si voltarono a guardare ciò che Ben aveva gettato a terra appena dentro la porta della capanna. Senza una parola, Paulinho e Julie si avvicinarono e presero un'arma.

"Hai trovato la scorta", disse Julie. Lei sorrise, poi iniziò a tornare verso gli altri. Ben le afferrò il braccio prima che lei potesse allontanarsi da lui, la fece girare e la baciò.

Sentì il suo corpo teso rilassarsi dopo che la sorpresa era svanita, poi lei si raddrizzò di nuovo e si spinse più vicino a lui. Lui le avvicinò la schiena, continuando a baciarla.

"Ok, ragazzi, probabilmente non è un buon momento per questo...". disse Amanda. Sorrise, ma Ben sentì il viso arrossire per il lieve imbarazzo.

Julie si alzò in punta di piedi e lo baciò di nuovo, velocemente, poi finalmente staccò la mano dalla sua e lo guardò. Sapeva che era a dir poco scomoda, con i vestiti sporchi di sudore, i capelli spettinati e un fucile d'assalto in mano, ma pensò che non era mai stata così bella.

"Grazie, Ben", sussurrò. Le due parole parlavano chiaro e nessuno dei due sentì il bisogno di riempire l'improvviso silenzio con altre parole.

"Uomo fortunato", disse Joshua, facendo una smorfia per il dolore della ferita da arma da fuoco. Ben tornò di scatto al mondo reale, sentendo la sua effimera iniezione di fiducia esaurirsi di nuovo quando ricordò la loro situazione.

"Allora, dov'è Reggie?" Chiese Paulinho.

"Sta sorvegliando le uscite", rispose Ben. "Ma saranno facilmente più numerosi di lui se decidono di raggrupparsi e dirigersi in quella direzione. Dobbiamo andare là fuori e dargli una mano".

"Ma Joshua..."

"Sto bene", disse Joshua con gli occhi chiusi. La parola "bene" fu pronunciata a denti stretti.

"Devi riposare", disse Archie. "Credo che si tratti solo di una ferita superficiale, ma avremo bisogno di un medico che la esamini".

Joshua ignorò Archie. "Nel mio zaino... ho un modo per far arrivare qui un elicottero. È il protocollo di estrazione di emergenza".

"E funzionerà anche da qui?". Chiese Paulinho.

Joshua annuì. "Dovrebbe. Basta un po' di energia per inviare un segnale, ammesso che si riesca a triangolare da qui. Non ci sono alberi, quindi questo dovrebbe aiutare".

Ben considerò questo piano. "Ma che ne sarà del pilota? Non lavoreranno per...".

"Ne parlerò con il pilota", disse Joshua con aria decisa. Non aveva intenzione di discutere il piano con nessuno e, se Ben leggeva bene tra le righe, Joshua non avrebbe fatto molto "discutere".

"Posso dare una mano con le *discussioni*, allora", disse Ben. "Dov'è questo vostro branco?".

Joshua scosse la testa. "Non ne ho idea. Ora è Alan a comandare, la catena di comando. È ancora là fuori, ma da qualche minuto non sparano più a nulla".

Anche Ben lo notò. Gli spari, a parte qualche raffica ogni trenta secondi circa, erano per lo più cessati. *Probabilmente non era un buon segno.*

"Probabilmente siamo dei bersagli facili qui dentro", disse Amanda, dando voce alla preoccupazione in cui Ben era appena incappato. "Non dovremmo..."

La sua voce fu interrotta bruscamente da un'altra, proveniente dall'esterno della capanna.

"In piedi, tutti quanti. Fuori, subito".

CAPITOLO 67

NON POTEVA FARE altro che obbedire. Senza guardare, Ben sapeva che la voce sarebbe stata accompagnata da un uomo che gli puntava una pistola direttamente alla nuca.

Ben fece un passo indietro, lentamente, verso la luce della luna. L'area sembrava più luminosa ora, come se la luna avesse avuto paura di sorgere completamente prima. Non si voltò, ma continuò a indietreggiare fino a quando non sentì il cerchio caldo della canna della pistola premere contro di lui.

"Il resto di voi", gridò la voce. "Fuori!"

Ben vide Julie, poi Paulinho, Amanda e Archie uscire dalla porta. Joshua non apparve. Ben guardò tutti i membri della squadra che aveva contribuito a condurre fin qui, incrociò gli sguardi con ognuno di loro e cercò di trasmettere il messaggio di "mi dispiace" con uno sguardo profondo. Ognuno del gruppo portava sul volto un'ostinazione che rifiutava silenziosamente le sue scuse e la sua resa. Paulinho non aveva nemmeno gli occhi aperti mentre passava accanto a Ben.

L'uomo afferrò la spalla di Ben e lo strattonò all'indietro, dove fu preso da altri due mercenari e tenuto fermo. L'uomo, Alan, entrò nella capanna. Ben attese lo sparo.

Invece, sentì un rumore stridente quando uno degli uomini che lo tenevano in pugno perse improvvisamente la presa. Si girò e vide un uomo dagli occhi spalancati, con la bocca piena di sangue, cadere a terra. L'altro uomo, stordito dall'attacco improvviso, aveva momentaneamente dimenticato il suo compito e aveva permesso a Ben di liberarsi dalla sua presa. Ben gli diede una gomitata sul naso e si girò per affrontare l'ultimo dei soldati. Questo soldato era pronto e aveva già iniziato a mirare nella direzione da cui era stata lanciata la lancia.

Aprì il fuoco e Ben iniziò a correre.

Julie era più vicina e diede una forte spinta all'uomo. L'uomo perse l'equilibrio e la pistola gli cadde sul fianco mentre inciampava e cadeva in ginocchio. Ben era già su di lui e stava per afferrare la pistola, ma un altro tonfo profondo e nauseante provenne dall'uomo. Ben guardò in basso e vide una sezione affilata di roccia piatta che spuntava dalla schiena dell'uomo.

Il manico di una lancia di due metri spuntava davanti all'uomo, che istintivamente lasciò cadere la pistola e cercò di estrarre la lancia. Ben, che stava ancora osservando il dramma da dietro, poteva sentire il respiro affannoso dell'uomo che lottava, invano, per estrarre l'arma dal petto.

Li vedeva ora, avanzare strisciando nell'ombra. Si muovevano silenziosamente, sapendo dove camminare per evitare la luce diretta della luna. Erano spettri, fantasmi di un'antica civiltà che si vendicavano degli intrusi che avevano minacciato il loro modo di vivere.

Ben si sentiva completamente impotente, e lo era. La sua vita era nelle loro mani ora. Poteva vederne solo cinque, traditi dal bianco dei loro occhi, ma sapeva che ce n'erano altri. Da tutte le direzioni, che li osservavano, avanzando lentamente, ce n'erano altri.

I guerrieri, ma anche gli abitanti del villaggio. Vide un bambino, con le strisce di lacrime secche ancora attaccate alle guance. Si aggrappò alla madre ed entrambi si avvicinarono.

Ben si girò di scatto, ricordandosi solo allora del terzo soldato, quello che aveva colpito in faccia. La sua preoccupazione fu però annullata quando vide le braccia dell'uomo sollevate sopra la testa, intrecciate tra loro. Era in ginocchio, in attesa che il gruppo decidesse il suo destino.

Dietro quest'uomo, in attesa fuori dalla capanna, c'era il capo dell'antica tribù. L'uomo che solo un'ora prima era ricoperto d'oro e stava in piedi su una predella sacrificale al centro del lago, ora era in piedi sulla porta, e guardava dentro.

Cosa sta aspettando? Si chiese Ben. Nessuno si mosse. Ogni gruppo - il gruppo di Ben, il mercenario rimasto e gli innumerevoli indigeni della tribù che osservavano dall'oscurità - aspettava che il capo agisse. Ben pensò di aiutarlo, ma era disarmato e non aveva idea di cosa avrebbe potuto fare. Le armi erano ancora a terra vicino alla capanna.

Cosa ci fa Joshua lì dentro?

Sapeva che avrebbero parlato, che il nuovo capo avrebbe spiegato al vecchio le colpe che avevano portato a questo momento. Il vecchio capo, Joshua, avrebbe chiesto la sua vita o una morte rapida. Erano dentro insieme da circa un minuto, quindi Ben non era sicuro del punto in cui si sarebbero trovati nel processo di negoziazione.

La scaramuccia iniziò in quel momento. Sentì Alan urlare qualcosa di incomprensibile, e Joshua gridare una risposta sofferta, poi entrambi gli uomini grugnirono con il suono inconfondibile dell'impatto di due corpi. Non ha alcuna *possibilità,* pensò Ben. La ferita di Joshua da sola sarebbe stata più di quanto la maggior parte degli uomini potesse sopportare, e ora veniva attaccato da un assassino addestrato.

Ben dovette sforzarsi di non correre in avanti e spingere il capo fuori strada. Joshua non faceva necessariamente parte della "loro squadra", ma si fidava di lui. Si era già dimostrato utile al loro gruppo e tutti erano ancora vivi, in gran parte grazie a Joshua. Tuttavia, era l'odio di Ben per l'*altro* gruppo di uomini che li aveva inseguiti nella giungla ad accendere la sua furia e a spingerlo ad aiutare Joshua.

Ma il capo non si muoveva ed era chiaro che non lo avrebbe fatto. Ben cercò di capire le sue motivazioni.

Permette che il combattimento avvenga per scoprire chi è più forte? È una persona in meno che deve sacrificare?

La fine avvenne molto più rapidamente di quanto Ben si aspettasse. Sentì un altro grugnito, questa volta più forte e profondo, e vide vagamente Alan barcollare all'indietro verso la porta. *Doveva essere stato preso a calci.* Alan si afferrava allo stomaco, come se gli avessero tolto l'aria, e continuava a muoversi all'indietro. Raggiunse l'apertura del minuscolo edificio e continuò a uscire, riuscendo finalmente a recuperare l'equilibrio.

L'uomo si sollevò, si sollevò dalle ginocchia e si alzò in piedi. Si era ripreso bene e in fretta. Fece un ultimo respiro e sollevò il piede per marciare di nuovo in avanti.

E il capo conficcò da dietro i due pugnali in miniatura nel collo di Alan. Ben vide, anche nella luce più scura della luna, da dove erano spuntati. Il capo portava braccialetti su ogni polso, e su ognuno di questi erano fissate le due strisce di roccia appuntite. Aveva un'abilità e un controllo nell'usarle, e se Ben non fosse stato in piedi proprio dietro al capo avrebbe potuto non accorgersene del tutto.

Alan tossì, soffocando mentre i pugnali gli giravano nel collo. Il capo li lasciò lì, poi si chinò in modo da appoggiare la testa quasi sulla spalla di Alan e parlò. Le parole erano la stessa lingua dal suono antico che avevano già sentito tutti, ma per Ben erano irriconoscibili. Il capo ripeté il comando, più forte, poi strappò violentemente i pugnali dal collo di Alan.

Alan sprofondò a terra, con forza. Non c'era acqua per attutire la caduta e non c'erano lance per accelerare il passaggio dalla vita alla morte. Ansimò in cerca di aria, mentre si teneva il collo con le mani bagnate di sangue.

Ben fissò la scena raccapricciante, ma non riuscì a distogliere lo sguardo. Si sentiva, in parte, come se avesse *bisogno* di guardare, *di* chiudere la faccenda. Non ha fatto il tifo, né in silenzio né in altro modo, ma ha guardato. Non era catartico o terapeutico, ma doveva accadere, e Ben lo sapeva. Aveva orchestrato in parte la morte di quell'uomo, che scegliesse di crederci o meno, e il minimo che potesse fare era guardarla fino alla fine.

Un'altra parte di lui si rese conto della verità della loro intera missione. Aveva fallito. Non era più vicino a capire chi fosse la società o l'organizzazione che stava dietro a tutto questo, e Joshua non sembrava essere sicuro che nessuno di loro avrebbe trovato qualcosa. Voleva che tutto questo fosse diverso, ma non poteva tornare indietro.

L'aveva già imparato in passato, molti anni fa. Non poteva "tornare indietro". Non c'era modo di nascondersi, fuggire o ritirarsi dal suo passato. *Si era* ritirato, ma non era mai riuscito a sfuggire a nulla di ciò che aveva vissuto, per quanto ci avesse provato. Oggi non era diverso, quindi lo guardò.

Alan gorgogliò ancora una volta, poi morì. Il sangue non aveva recepito il messaggio che il suo proprietario aveva smesso di vivere, così continuò a uscire da lui, riempiendo e macchiando il terreno intorno alla testa e al busto.

Joshua era sulla porta. "Qualcuno vuole darmi una mano?", chiese.

Il suo volto mostrò un segno di shock quando si accorse di chi lo aspettava alla porta, ma il capo sembrò disinteressato e si allontanò, tornando verso la sua gente.

Ben si rivolse a Paulinho. "Puoi dirci qualcosa su tutto *questo*?".

Paulinho spalancò gli occhi. "L'ho *sentito*", disse. "L'ho sentito *tutto*. È stato strano, come ho detto prima. Sapevo cosa stavano provando e come avevano intenzione di agire. Sapevo che ci stavano circondando, ma capivo che il loro scopo non era quello di farci del male".

"E il capo?" Disse Julie. "È stato strano, vero?".

Paulinho scosse la testa. "Era un duello leale, due uomini, entrambi disarmati". Ben ricordava di aver visto Alan gettare l'arma appena dentro la porta della capanna, vicino alla catasta esistente. "Il capo avrebbe fatto sacrificare o uccidere Alan in ogni caso, credo. Ma vide che i due uomini si stavano già allontanando, così lasciò che si concludesse prima".

"Affascinante", ha detto Amanda.

Archie annuì. "Potrei passare *settimane* qui fuori, solo per studiarli".

"Beh, forse hai la tua occasione", disse Joshua.

Tutti si voltarono verso di lui. Dallo zaino che Alan indossava, teneva in mano un dispositivo in frantumi, simile a un vecchio telefono cellulare.

"È questa la strada per tornare a casa?". Chiese Ben.

"Lo era", ha detto. "Alan l'ha distrutta".

"C'è la possibilità che abbia premuto il pulsante magico prima di farlo?".

"Ne dubito".

"Ok", chiese Amanda, con la voce che già si alzava. "Cosa facciamo?"

Ben guardò Paulinho. "Devi cercare di comunicare con loro", disse. "È la nostra unica possibilità. Forse ci daranno canoe, zattere o altro".

"Sì", disse Archie, "possiamo dirigerci a valle e la corrente sarà abbastanza facile da navigare. Non dovrebbe volerci molto per tornare a Manaus".

Paulinho scuoteva la testa. "No, non capisci. Non posso *parlare* con loro. Non è così. Sono *sentimenti,* in senso generale".

"Paulinho", disse Amanda. "Non abbiamo altre opzioni".

Crack! Ben cadde a terra mentre lo sparo risuonava nell'aria e non riuscì a riprendersi mentre si buttava a faccia in giù sulla terra battuta di fronte alla capanna.

CAPITOLO 68

REGGIE VIDE BEN sobbalzare al suono abrasivo della pistola che sparava proprio vicino al suo orecchio. Ben era rimasto in piedi a lato del gruppo, deliberando con tutti loro, mentre Reggie si era avvicinato furtivamente alle sue spalle. Aveva aspettato il momento giusto, poi aveva alzato la pistola in modo che fosse abbastanza vicina all'orecchio di Ben da provocargli un forte allarme senza che l'udito ne risentisse troppo.

Era uno scherzo di cattivo gusto, ma aveva funzionato alla grande.

Reggie offrì a Ben una mano, sorridendo. Ben non ricambiò l'espressione.

"Perché diavolo è stato fatto?" Chiese Ben. La sua voce era più alta del necessario e Reggie non riuscì a controllare le sue risate.

"Scusa, te lo dovevo".

"Avresti potuto farmi diventare sordo!".

"Non proprio, Ben. E poi, cosa volevi fare con questo ragazzo?".

Ben aggrottò le sopracciglia, poi si voltò a guardare dove indicava Reggie. L'ultimo mercenario, quello a cui Ben aveva dato una gomitata, era steso a terra, morto.

"Perché l'hai fatto?"

"Come ho detto", spiegò Reggie, "ti dovevo un favore".

Reggie aveva già stabilito che non c'era alcuna possibilità di lasciare qualcuno in vita e, dopo aver eliminato il resto dei soldati, aveva tenuto gli occhi puntati su di lui. Non gli avrebbero strappato nessuna nuova informazione, e qualsiasi cosa sapesse sarebbe stata già in possesso di Joshua.

"Da dove vieni?" Chiese Julie.

Reggie si limitò a girare un po' la testa all'indietro, come se la spiegazione fosse sufficiente. "Là dietro. Ben è scappato e non mi ha invitato alla festa".

Guardò Ben per vedere se era riuscito a suscitare in lui una reazione, ma Ben era impegnato a scuotere il suono squillante dalla testa.

"Non ho sentito alcuno sparo e non ho visto nessuno per dieci minuti, così ho iniziato a camminare verso di loro. Gli abitanti del villaggio sono sbucati dal nulla, ma non mi hanno nemmeno fermato. Erano tutti diretti qui, così li ho seguiti e mi sono fermato un po' più in là, finché il capo non ha fatto... quello". Fece un cenno verso il mucchio di sangue di Alan a terra. "Scusate il ritardo".

Reggie allungò la mano e la offrì a Ben. Ben esitò, ma un attimo dopo lo afferrò e si avvicinò.

"Grazie, amico". Poi interruppe la stretta di mano, stringendo ancora quella di Reggie, e aggiunse: "Ma sei sempre uno stronzo".

Reggie si lasciò sfuggire una risatina verbale. "Non dirlo a nessuno". Si rivolse al resto del gruppo, compreso Joshua all'ingresso. "Ora, come usciamo da qui?".

CAPITOLO 69

IL CUORE di Julie batteva all'impazzata e non era sicura se fosse per il bacio di Ben, per la loro terrificante esperienza in Amazzonia o per la paura che rimaneva sul modo in cui sarebbero tornati a casa.

Forse era un po' di tutto.

Avevano passato la notte nelle capanne, dopo una serie di silenziose trattative con segnali a mano tra gli abitanti del villaggio e il loro gruppo che avevano stabilito che era quello che si voleva fare. Aveva dormito bene, un sonno veloce e senza sogni, anche se al risveglio sentì l'ondata di insicurezza che la avvolgeva ancora una volta, quando si rese conto che erano ancora bloccati nel mezzo della giungla più remota del mondo.

Si voltò verso Ben, che russava accanto a lei, e lo guardò dormire per un minuto. Lui si agitò, in qualche modo consapevole di essere osservato, e aspirò una boccata d'aria e di saliva, poi aprì gli occhi.

"Sei davvero carino quando dormi", disse lei, sorridendo verso di lui.

La guardò con occhi spenti.

Lei rise. "Ti senti bene?"

"Sto benissimo, a parte una schiena che sembra essere stata

passata da una betoniera e un mal di testa che mi fa pensare di essere stato lobotomizzato. Per non parlare della spalla". Si rotolò su se stesso, facendo leva su un punto dolente del fianco mentre si massaggiava la spalla.

"Sei un bambino".

La bocca di Ben si allargò per la finta sorpresa. "Stai dicendo sul serio? Ho *sparato a delle* persone! Dammi un po' di tregua".

Julie rise di nuovo, poi rotolò su di lui prima che potesse reagire.

"Cosa stai..."

"Che ne dite di un po' di *febbre della giungla?*" chiese.

"Questo è... cosa? Non significa questo", disse Ben. "Sei vivace stamattina", aggiunse.

"Scusa, è che... ci sono state molte cose, sai?".

Ben annuì. "Lo so".

"Avete davvero intenzione di farlo qui?", disse una voce proveniente dall'interno della capanna. Reggie sembrava intontito, la sua voce era molto più profonda del normale. Tossì un paio di volte, poi si stiracchiò e si alzò in piedi. Si erano addormentati in due capanne: Ben, Julie e Reggie in una, Paulinho, Amanda, Archie e Joshua in un'altra. Non avevano nessun tipo di lenzuola e il pavimento della capanna era la stessa terra ed erba che c'era nel resto della valle, quindi avevano dormito con i loro vestiti. Gli alberi nella valle erano troppo distanti tra loro per appendere le tende Stingray, quindi avevano deciso di non provare a dormire all'aperto. Reggie e Ben avevano usato i loro zaini come cuscini, ma Julie era troppo esausta per preoccuparsene.

Julie era già in piedi quando Reggie si diresse verso la parte anteriore della capanna e allungò una mano verso Ben per aiutarlo ad alzarsi. Sapeva che si trattava per lo più di un gesto gentile, visto che lui pesava 100 chili in più di lei, ma lui le afferrò comunque la mano e si mise a sedere.

Anche lei aveva dolori e dolori, e lavorava per placarli. Premette contro i nodi della schiena e dei fianchi, massaggiandoli con le nocche e la parte inferiore dei polsi. Ben era ancora seduto e giocava con i suoi capelli. Erano diventati grassi e li stava scompigliando come se potesse fare la differenza.

"Ci metti una vita ad alzarti", ha detto.

"Di nuovo, ho *sparato a delle* persone", ha detto.

"Per quanto tempo hai intenzione di usare questa scusa?", scherzò lei.

"Per tutto il tempo che posso, e poi ancora un po'", rispose senza esitazione.

"Sbrigatevi. Dobbiamo vedere come si è comportato Paulinho".

Ieri sera, dopo che il capo aveva "sacrificato" il capo dei mercenari e la loro sistemazione era stata negoziata, Paulinho aveva cercato di ottenere un'udienza con il capo e con alcuni guerrieri e abitanti del villaggio per cercare di ottenere un trasporto fuori dalla valle. Era chiaro che la tribù non considerava più nessuno di loro una minaccia, ma cercare di infrangere la barriera linguistica per chiedere barche o zattere si era rivelato un compito quasi impossibile.

Reggie e Archie avevano esortato Paulinho a disegnare figure di bastoni nel fango, mentre Amanda pensava ancora che ci potesse essere un modo per comunicare con la tribù usando solo la mente di Paulinho. Julie e Ben pensavano che non ci fossero speranze ed erano andati a letto.

Il sole stava raggiungendo il bordo superiore della scogliera sul lato opposto della valle e la nebbia della cascata stava proiettando un lungo e sottile arcobaleno sull'intero spettacolo scenico. In breve, era di una bellezza mozzafiato. Julie non era stata in grado di apprezzare appieno l'arte geologica che esisteva in questo luogo, quindi si fermò fuori dal rifugio per osservare tutto. Il suo telefono era tornato in albergo a Marabá, insieme ai bagagli e all'auto a noleggio, quindi non aveva modo di immortalare il momento in modo digitale.

Ben era dietro di lei, le avvolse le braccia intorno alla vita e la tirò a sé. Lei sorrise, ancora stupita dalla bellezza che la circondava.

Il momento, però, non durò. Si rese conto all'improvviso che il paesaggio pittoresco era avvolto da un'ombra: la natura era splendida nella luce del mattino, ma c'era qualcosa che i suoi occhi avevano scelto di ignorare in quella scena.

I corpi.

Gli abitanti del villaggio giacevano ovunque, morti. Faccia a terra, donne e bambini, sparsi per la valle come se fossero stati granelli di sale sparsi a casaccio dalla mano di un gigante. Alcune delle capanne vicine stavano fumando, bruciando lentamente e diffondendo nella zona un odore simile a quello dei falò. Il lago era l'unica parte della zona che sembrava incontaminata, con il dolce sciabordio delle onde che colpivano la riva nello stesso modo in cui lo avevano fatto per millenni.

Julie si guardò intorno, cercando di far tornare la sensazione di meraviglia che aveva provato un attimo prima, ma era passata. Ora vedeva la valle per quello che era veramente: il guscio fumante e carbonizzato di una civiltà un tempo fantastica. Almeno la metà delle persone che, solo poche ore prima, avevano chiamato questo posto casa, giacevano a terra senza vita.

Gli abitanti del villaggio erano alacremente al lavoro, alcuni spostando i corpi in grandi mucchi ai lati della valle. Altri stavano usando spesse liane per abbattere i pochi alberi della zona, quelli che portavano i frutti dorati. Dovette guardare meglio per assicurarsi che i suoi occhi dicessero la verità, ma era vero.

"Ben, stanno tagliando gli alberi".

Non ha risposto.

Paulinho arrivò con un sorriso sofferto sul volto. Aveva ammirato il suo sorriso giorni prima, a Marabá, quando aveva il fascino ampio e spensierato di un uomo senza preoccupazioni. Ora era macchiato, un sorriso che compensava solo in minima parte lo sguardo stanco dei suoi occhi.

"Buongiorno, Paulinho", disse, ignorando l'interpretazione mentale dell'espressione del viso dell'uomo.

"Spero che abbiate dormito bene", disse. "Abbiamo delle barche". Si voltò e indicò un sentiero che portava al lago sull'altro lato della valle. Lì c'erano quattro canoe, piccole ma dall'aspetto robusto.

Si accigliò. "Paulinho, è fantastico. Perché sei arrabbiato?".

Si fermò per un momento, raccogliendo i suoi pensieri. "Non sono sicuro", disse. Lasciò cadere il sorriso. "È questo, credo. Tutto questo. Un tempo, questa era la *mia* gente. Ma questo non è rilevante ora, rispetto alla devastazione che abbiamo portato loro".

Ben lasciò Julie e si avvicinò a Paulinho. "Ehi, Paulinho", disse. "Non l'*abbiamo* portato *noi*. Sono stati *loro*. E non sono più qui".

Paulinho annuì una volta, ma gli occhi gli caddero. "Eppure...".

"Sistemeremo tutto", disse Archie, che era uscito all'improvviso dalla capanna accanto. Lo seguirono Joshua e Amanda. "Sistemeremo tutto, in qualche modo".

"Ho già qualche idea", aggiunge Amanda. "La ricerca che possiamo fare ora li aiuterà a rafforzare le loro menti, dando loro un vantaggio maggiore qui fuori. Possiamo...".

"No", ha detto Paulinho. "No, non vogliono questo. Non vogliono - hanno *sempre* voluto - nulla da noi. Hanno cercato per secoli di stare fuori dai piedi, vivendo qui e morendo qui, nella giungla".

Joshua si guardò intorno e Julie osservò il suo volto. Cercava di dare un senso agli abitanti del villaggio, guardandoli lavorare. "Perché stanno abbattendo gli alberi?".

Paulinho parlò subito, anticipando la domanda. "È il loro albero, il che significa che non solo è la base della loro città e dell'intero stile di vita, ma che *appartiene a* loro. Per loro è un bene che condividono tutti. Hanno dovuto adattarsi e spostarsi per sopravvivere, come qualsiasi altro gruppo, ma il loro albero è sempre stato un vantaggio unico. Ecco perché non possono lasciare che i frutti o le foglie - niente di tutto questo - lascino El Dorado. Dove vanno loro, va l'albero, per essere ripiantato e coltivato in un posto nuovo, e quando lasciano un posto, rimuovono ogni residuo dell'albero e dei suoi frutti".

"È l'unico posto sul pianeta con questi esemplari", disse Archie. "Notevole".

"E El Dorado è ovunque *siano*", aggiunse Julie. "Quindi se ne vanno?".

Paulinho annuì. "Sì, devono farlo. Non c'è altra alternativa".

"Ma avremo sempre un modo per tornare indietro", disse Amanda, avvicinandosi all'uomo brasiliano che aveva fatto da inaspettato tramite nell'ultimo giorno e toccandogli la spalla. "Paulinho, tu hai il loro sangue, il che significa che hai i loro ricordi. Saremo in grado di trovarli, qualunque cosa accada".

Annuì, poi fece l'ultimo passo in avanti tra sé e la dottoressa Amanda Meron. Lei era più bassa di lui, quindi la testa le cadde naturalmente all'indietro mentre lo scrutava. Lui non esitò. Si slanciò in avanti e premette le labbra sulle sue. Lei dapprima alzò le mani per opporre resistenza, poi le lasciò cadere sui fianchi e si chinò sul bacio.

Julie sorrise, e la giustapposizione di quel momento con lo sfondo degli abitanti del villaggio che lavoravano non bastò a impedirle di essere raggiante.

"Andiamo", disse Reggie. "Ci *si* bacia troppo qui. Non dovremmo testare quelle barche?".

Amanda si staccò dall'uomo più alto. "Ci dia solo un minuto. Dobbiamo recuperare un po' di tempo", disse.

CAPITOLO 70

LA MANO DI BEN SUDAVA, ma non osava muoverla. Le dita di lei erano strettamente avvolte tra le sue, strette in una morsa mortale. Non era sicuro di *poterla* muovere, anche se avesse voluto. All'inizio le aveva afferrato la mano mentre il loro aereo lasciava l'aeroporto di Manaus, apparentemente perché "odiava decollare".

Era vero che non gli piaceva volare, ma stava iniziando a capire che in realtà non gli piaceva avere il controllo. Ben era un uomo che voleva controllare non solo le situazioni in cui si trovava, di proposito o inavvertitamente, ma anche quelle che non era possibile controllare.

L'amore ne è stato un grande esempio.

Mentre la testa di Julie rotolava di lato e trovava l'angolo perfetto tra la testa e la spalla di Ben, quest'ultimo indietreggiò sullo scomodo sedile dell'aereo e cercò di trarre il meglio dalla situazione.

Non era difficile. Oltre a non avere alcun controllo sulle decisioni del pilota e del copilota in alto nella cabina di pilotaggio, la situazione in cui si trovava al momento era qualcosa che non avrebbe potuto progettare nemmeno in un milione di anni. Era innamorato della donna che dormiva sulla sua spalla più di quanto avesse mai sognato, e non guastava il fatto che fosse più attratto da lei di chiunque altro avesse mai incontrato.

Come se non bastasse, al momento non c'era nessuno che cercasse di ucciderlo.

La dottoressa Amanda Meron e il suo nuovo amante, Paulinho, tornarono a Manaus e poi a Marabá, insieme ad alcuni dei "frutti d'oro" che avevano portato via di nascosto dalla valle, per continuare la ricerca che aveva iniziato. Aveva alcune idee sul frutto e su come avrebbe potuto aiutare a "sbloccare" alcuni dei potenti meccanismi che riteneva potessero essere ancora nascosti nel cervello umano. Paulinho aveva promesso di usare le sue conoscenze nel governo per fornirle la protezione legale di cui avrebbe avuto bisogno per avviare una nuova azienda, lontano dallo sguardo vigile delle Industrie Draconis, o Drache Global, o Drage Medisinsk, o come si chiamava.

Reggie, un uomo apparentemente misterioso come Ben aveva sempre voluto apparire, gli aveva fornito una risposta semplice quando Ben gli aveva chiesto cosa sarebbe successo dopo.

Scrollò le spalle.

Ben rise, poi ripeté la domanda.

Reggie si limitò a fargli lo stesso sorriso da ebete, troppo largo per essere autentico, ma con un'autenticità sufficiente negli occhi da far pensare che il sorriso non potesse essere completamente inventato, e si girò per prendere un autobus per tornare a casa sua. Il suo "bunker" era stato attaccato dai soldati di Draconis, ma come aveva spiegato durante il viaggio in canoa per tornare alla civiltà, "se non può resistere a qualche idiota radicale, che senso ha costruire un bunker?".

Il dottor Archibald Quinones era stato un po' più riservato durante il viaggio di ritorno a Manaus e, quando Julie lo aveva incalzato, non aveva risposto. Ben aveva lasciato correre, ma alla fine il dottor Meron lo aveva messo con le spalle al muro e gli aveva chiesto la stessa cosa. Ben era ancora riservato, ma aveva promesso di aiutare Amanda nelle sue ricerche e aveva persino accennato a un'eredità che teneva da tempo e che avrebbe messo a frutto investendo in qualsiasi cosa lei avesse in mente.

Infine, pensò a Joshua Jefferson, il figlio di un uomo coinvolto negli affari di un'organizzazione che Ben aveva giurato di consegnare alla giustizia. Joshua sembrava essere un uomo di parola, anche se era stato traviato dal padre, con il pretesto di fare del bene al mondo. Joshua disse a Ben e agli altri che "ci sarebbe stato di più" e lasciò Ben a chiedersi cosa significasse esattamente. Joshua aveva dato a Ben la sua parola che si sarebbe fatto sentire - doveva prima trovare suo padre, ma disse a Ben che aveva intenzione di dare la caccia alla società che aveva fatto il doppio gioco con la sua famiglia e li aveva messi l'uno contro l'altro. Quando sarebbe stato pronto, disse, Ben avrebbe avuto sue notizie.

Il loro gruppo di improbabili avventurieri si era in qualche modo trasformato in una banda di esperti esploratori, e Ben era ancora più orgoglioso di essere stato nominato uno di loro. Aveva bisogno di una pausa e desiderava disperatamente un po' di "tempo libero" con Julie, ma sapeva che c'era di più nella storia di Draconis di quanto avesse scoperto nella giungla. Stavano lavorando a qualcosa e lui voleva sapere di cosa si trattava.

Il poco che sapeva dell'organizzazione gli diceva tutto quello che doveva sapere: non erano interessati ad applicazioni altruistiche per le loro ricerche avanzate. Draconis era astuta, senza obblighi morali e interessata a spendere qualsiasi risorsa per raggiungere i propri obiettivi. Non sapeva quali fossero questi obiettivi, ma sapeva che non avrebbero portato al bene. Aveva rinnovato il suo voto di abbatterli e sapeva che Joshua lo avrebbe aiutato a portarlo a termine, in qualche modo.

Per il momento, però, avrebbe cercato di godersi il successo che avevano ottenuto: avevano trovato la mitica città perduta di El

Dorado e, sebbene il suo "oro" non fosse quello che tutti nella storia si aspettavano, ne avevano finalmente svelato il segreto.

Quando l'assistente di volo passò a consegnargli il suo rum e coca, sorrise, chiuse gli occhi sorseggiando la bevanda e cercò di convincere la sua mente che l'aereo non sarebbe precipitato in un incendio.

RINGRAZIAMENTI

Questo libro non solo segna il quinto anno di scrittura per me, ma segna anche un traguardo che mi sta molto a cuore: da quando ho preso in mano una copia di *Amazonia* di James Rollins, ho desiderato scrivere un libro ambientato in Amazzonia. Ma non un libro qualsiasi. Doveva essere degno del nome "thriller" e, per estensione, del nome di James Rollins: azione, avventura, trame ampie che invocassero un ampio spettro di emozioni umane... e tante pistole. Volevo un libro che potesse piacere sia al viaggiatore in poltrona che allo storico in incognito.

Sono solito chiamare i tipi di libri che scrivo (e che scrive Rollins) "libri da aeroporto", perché sono il tipo di narrativa veloce che si potrebbe leggere durante un lungo viaggio in aereo. La definizione tipica di "libro da aeroporto" aggiunge che questi libri vengono spesso scartati, dimenticati e destinati a prendere polvere in una valigia o a vivere a lungo sugli scaffali di una libreria usata.

Ma questo genere nel suo complesso, e certamente il lavoro di James Rollins, è sempre stato più di questo per me. In ogni suo libro intreccia in qualche modo fili di scienza, cospirazione, mito e folklore e argomenti militari in un arazzo di meraviglia che mi fa fermare e pensare, e poi pensare ancora per molto tempo dopo aver messo giù il libro. Crea personaggi che vivono nella mia mente, mi fanno venire voglia di saperne di più e, soprattutto, mi fanno venire voglia di emularli nei miei libri.

Non so se ci arriverò mai, e di certo non voglio avanzare l'idea che *questo* libro - *Il Codice delle Amazzoni* - sia degno di stare accanto ad Amazonia di Rollins. Ma è importante sapere, come autore, da dove vengono le nostre ispirazioni, e non credo sia più un segreto che lui sia in cima alla lista.

Ricordo di aver incontrato James a Denver, nella libreria *Tattered Cover*, e di avergli chiesto di firmare una copia del suo ultimo libro. Avevo con me una copia del mio ultimo libro e gliela offrii. Lui accettò la mia solo se l'avessi firmata nello stesso momento in cui firmava il suo libro. Per un giovane autore esordiente, quel momento è stato più importante di qualsiasi status di bestseller, e ancora oggi è quello a cui penso quando prendo l'ultimo James Rollins dallo scaffale della libreria.

Allora, Jim, questo è per te!

Nick Thacker
Colorado Springs, Colorado
23 maggio 2016

POSTFAZIONE

Grazie per aver letto! Spero che questo thriller vi sia piaciuto e che lasciate una recensione onesta.

Per ringraziarvi, visitate nickthacker.com/italiano per scaricare gratuitamente un romanzo thriller!

OVER DE AUTEUR

Nick Thacker è un autore di thriller texano che vive alle Hawaii e in Colorado. Nel tempo libero, gli piace leggere su un'amaca in spiaggia, sciare, bere whisky e stare con la sua bellissima moglie, i suoi due cani e le sue due figlie.

Per maggiori informazioni e per un elenco degli altri lavori di Nick, visitate il sito web di Nick: www.nickthacker.com.

www.ingramcontent.com/pod-product-compliance
Lightning Source LLC
Chambersburg PA
CBHW050853210726
48290CB00004B/1213